Veröffentlicht von
DREAMSPINNER PRESS

5032 Capital Circle SW, Suite 2, PMB# 279, Tallahassee, FL 32305-7886 USA
www.dreamspinnerpress.com

Dies ist eine erfundene Geschichte. Namen, Figuren, Plätze, und Vorfälle entstammen entweder der Fantasie des Autors oder werden fiktiv verwendet. Ähnlichkeiten mit lebenden oder verstorbenen Personen, Firmen, Ereignissen oder Schauplätzen sind vollkommen zufällig.

Von Fischen und Geistern
Urheberrecht der deutschen Ausgabe © 2015 Dreamspinner Press.
Originaltitel: Fish and Ghosts
Urheberrecht © 2013 Rhys Ford
Original Erstausgabe. Dezember 2013
Übersetzt von Jutta Grobleben.

Umschlagillustration
© 2017 Anne Cain
annecain.art@gmail.com
Die Illustrationen auf dem Einband bzw. Titelseite werden nur für darstellerische Zwecke genutzt. Jede abgebildete Person ist ein Model.

Deutsche ISBN. 978-1-64405-850-3
Deutsche eBook Ausgabe. 978-1-63476-260-1
Deutsche Erstausgabe. Juli 2015
Deutsche Buchausgabe. März 2020
v 1.1

Gedruckt in den Vereinigten Staaten von Amerika.

# Von Fischen und Geistern

## Rhys Ford

# PROLOG

„RIECHST DU das?" Wolf Kincaid blieb neben einer schmalen Tür stehen und lehnte sich mit seinen breiten Schultern gegen den knarrenden Holzrahmen. „Ein natürlicher Geruch. Frisch und ein wenig nach Schmutz."

Er sprach von dem feinen Nebel, der über den ramponierten Fußboden waberte, und der von den unebenen Dielen und den beiden umherlaufenden Männern aufgewirbelt wurde. Um Wolf herum hallten Echos wider, winzige Geräusche, die die Männer verfolgten, die die Spukgeschichte des Plantagenhauses dokumentieren sollten.

Die Willow Hills Plantage wurde in den frühen Tagen der Besiedelung Louisianas erbaut und war einst der Mittelpunkt des öffentlichen Lebens im Süden. Sie versorgte die Umgebung mit Nahrungsmitteln und war in düstereren Zeiten eine Durchgangsstation für entflohene Sklaven, die im Norden ein neues Leben beginnen wollten. Nachdem es von seinen alternden Bewohnern entkernt worden war, war Willow Hills als Bed-and-Breakfast wieder von den Toten auferstanden. An der letzten Station einer Untergrundbahn gelegen, verdiente sich die Plantage schnell den Ruf als ein Ort, an dem man wunderbar essen konnte, der aber auch das Zuhause von ruhelosen Geistern war.

Und Wolf Kincaid war gekommen, um genau diesen Ruf zu zerstören.

„Hey, Wolf, soll ich eine Luftprobe nehmen?" Matt schaute hinter seiner Schulterkamera hervor, die gerade genug Licht warf, um in den dunklen Gängen der Plantage etwas sehen zu können. „Oder dringt das durch ein Loch von draußen herein? Sumpfgas?"

„*Irgendein* Gas auf jeden Fall", murmelte Wolf. „Nein, ich weiß, was das ist. Keine Sorge."

Nein, es würde ihm kein schlechtes Gewissen bereiten, die Willow Hills Geister zu entlarven.

Und wenn er die Möglichkeit hätte, würde er in der Zeit zurückreisen und den Erbauern kräftig in den Hintern treten. Mit einer Körpergröße von gut einem Meter achtzig hätte er gerne mehr Raum nach oben gehabt, wenn er durch die Flure im oberen Stockwerk ging. Stattdessen fühlte er sich wie Alice im Wunderland, die gewachsen war, nachdem sie zu viele Törtchen gegessen hatte. Seine Ellenbogen schmerzten, weil sie ständig gegen die Wände stießen, und das Personal würde keine Spinnweben entfernen müssen, denn Wolf war sich sicher, dass er durch alle auf dem Dachboden hindurchgelaufen war. Wenn er etwas vorausgedacht hätte, dann hätte er einen Staubwedel mitgebracht, um den Job anständig zu erledigen

1

und dies dann den Eigentümern von Willow Hills zusammen mit der Spektral-Ermittlung in Rechnung zu stellen.

Er machte einen weiteren Schritt in einen weiteren winzigen Raum im Labyrinth der Bedienstetenquartiere, und Wolf fand sich Auge in Auge mit einer Erscheinung wieder.

Die Erscheinung war deutlich sichtbar. Starke Blässe, ein stöhnender schwarzer Mund, leere Augenhöhlen, mit dunklen Spuren auf der fleckigen Haut. Ihre Gesichtszüge waren schwer zu erkennen, aber die Brüste, die sich unter ihrem Leinenhemd abzeichneten, ließen Wolf nicht daran zweifeln, dass er sich einer Frau gegenübersah.

Dann öffnete sie den Mund und ein grauenhafter Schrei ließ seine Trommelfelle erzittern und seine Nerven vibrieren.

Irgendwo hinter ihm schrie Matt, darauf folgte ein Poltern. Wolf nahm an, dass er gestolpert war, wahrscheinlich mit der Kamera. Die Frau flackerte, ein blau-weißer Schleier aus Formen und Stoff. Ohne Vorwarnung stürzte sie sich mit ausgestreckten Armen und Händen, die zu Klauen geformt waren, auf Wolf.

Er duckte sich. Dies war ein menschlicher Instinkt und er verfluchte sich dafür, als er sich von dem Geist wegdrehte. Ein eisiger Luftzug traf ihn und fuhr über sein Gesicht und seine Arme. Dann ein weiterer Luftzug, stärker diesmal, und kalt genug, um Gänsehaut auf seiner Haut zu verursachen. Das Geschrei hielt an, ein mörderischer Laut, der irgendwo hinter seinem Kameramann widerhallte.

Etwas Feuchtes traf seine Wange, und Wolf drehte sich um und sah zu der schrägen Decke, von wo etwas Dunkles und Widerliches langsam auf sie hinuntertropfte. Es roch ranzig und metallisch. Wolf fuhr mit dem Finger über eine feuchte Stelle auf seiner Wange. Er probierte die dicke Flüssigkeit und zuckte zurück, als sie sich säuerlich auf seiner Zunge ausbreitete.

„Blut", murmelte er und hielt Matt seinen feuchten Finger hin. „Nimmst du das auf?"

„Ich friere mir meine Eier ab und ich glaube, ich habe meine Zunge verschluckt." Der junge Mann kämpfte sich auf die Füße und zog sich das schlecht sitzende Hellsinger Investigations T-Shirt über seinen rundlichen Bauch. „Hast du das gesehen, verdammt? Scheiße, sag mir bitte, dass du Messwerte davon hast."

„Oh, ich habe auf jeden Fall etwas", gab Wolf mit einem Grinsen zurück. „Komm schon, Matty. Sieh zu, dass du mithalten kannst."

Er ließ den jüngeren Mann stehen, drängte sich an ihm vorbei und eilte die schmale Treppe hinunter, die zur Küche führte. Seine Ellenbogen mussten erneut leiden. Offensichtlich hatte sein Körper, als er seine genetische Suppe umgerührt hatte, die enorme Größe seiner schottischen Vorfahren bevorzugt und seine Muskeln und Knochen mit großem Enthusiasmus zusammengebaut.

Während Größe und Muskelkraft in einem Kampf von Vorteil waren, brachten sie einem überhaupt nichts, wenn man versuchte, eine enge Wendeltreppe hinunterzurennen, die für zarte Frauen aus dem siebzehnten Jahrhundert gemacht worden war.

Matt folgte ihm stolpernd. Er hatte den jungen Mann wegen seiner Fähigkeiten im technischen Bereich und beim Filmen eingestellt, nicht um einen Hindernisparcours zu meistern, und das störte Wolf auch nicht. Meistens konnte Matt mithalten. Dieses Mal allerdings war es wichtiger, nach unten zu gelangen, wo die Erscheinung, Wolfs Meinung nach, ihren Ursprung hatte.

Denn er musste dem Spuk ein Ende setzen.

Dafür wurde er bezahlt. Das war es, was er liebte. Den Moment auf Film festzuhalten war nicht so wichtig, wie den Moment selbst zu erleben.

Und Wolf Kincaid war berühmt dafür, diese Momente oft zu erleben.

Donnernde Schritte hallten durch das hintere Ende des Hauses, laut genug, um die gespenstische Stille, die sich nach den Schreien des Geistes auf alles gesenkt hatte, zu zerstören. Die Wände um Wolf herum erzitterten und er duckte sich, als eine gerahmte Stickerei von ihrem Haken fiel, während er um eine Ecke bog.

Matt folgte ihm stampfend und über die enge Bauweise fluchend. Der junge Mann hatte offensichtlich Probleme. Die Kamera war zu groß und zu schwer, um die engen Kurven schnell zu bewältigen. Trotzdem bestand Matt darauf, sie auf der Schulter zu behalten, um weiter filmen zu können. Und das würde er auch tun. Das war es, wofür er von Wolf bezahlt wurde, auch wenn er dafür Hals über Kopf hinter seinem Boss eine Treppe hinunterstürmen musste.

Die Treppe führte in die Küche der Bediensteten, einen moderig riechenden, geschlossenen Raum, der an seinen schmutzigen Unterschicht-Wurzeln festzuhalten schien, auch wenn die Angestellten sich Mühe gegeben hatten, dies zu ändern. Wolf schlitterte über die Fliesen, bis seine Sneakers ihm auf den breiten Fugen etwas mehr Halt gaben als auf dem glänzend polierten Keramik-Fußboden.

Vor ihm wurden die Geräusche lauter, noch mehr ohrenbetäubendes Rasseln und Knallen. Es folgten weitere Schreie, die erst oben widerhallten und dann plötzlich ins unterste Stockwerk schossen, noch lauter und unheimlicher als die Banshee-Schreie zuvor. Wolf bog um eine Ecke und fand sich in einem rechteckigen Raum direkt unter der Treppe wieder, der auf der Plantage als Lagerraum genutzt wurde.

Ein Krug flog an Wolfs Kopf vorbei und traf ihn fast an der Schläfe. Die schwere Keramik zerschellte an der Wand hinter ihm und er fühlte, wie ein Splitter in seine Wange schnitt und das kurze Stechen zu etwas Schwerem und Feuchtem auf seiner Wange wurde. Ein weiterer Krug folgte, dann eine Platte, die groß genug für einen ganzen Truthahn war.

„Fuck!" Matt begann, lauthals zu fluchen. Den Geräuschen nach zu urteilen, die hinter ihm erklangen, nahm Wolf an, dass ein Stück umherfliegenden Geschirrs sein Ziel in dem Kameramann oder seiner Ausrüstung gefunden hatte.

Wolf tastete nach dem Lichtschalter. Seine Finger fanden mehrere Schalter an der Wand neben der Tür und der Lagerraum wurde hell erleuchtet. Zwei Lampen mit Neonröhren tauchten alles in einen scharfen Kontrast aus Licht und Schatten. Im hellen Licht erstarrten zwei Frauen in historischen Kostümen mitten in der Bewegung, eine der beiden wollte gerade eine Dampfgarschale aus Metall werfen, während die Hände der anderen mit einem Gewirr aus AV-Leitungen beschäftigt waren. Die Kabel verschwanden durch ein kleines Loch in der Decke und in der Nähe lag ein Dreifuß auf der Seite neben etwas, das wie ein Kamerakoffer aussah. Beide Frauen waren kalkweiß dank vieler Schichten Make-up, ihre Augen erschienen hohl und trüb durch dicken Kajal.

Wolf verbeugte sich höhnisch grinsend und spottete: „Hallo, meine Damen.“

# 1

„SIE HABEN so getan, als wären sie Geister, damit die Leute dort übernachten?" Nahryn setzte Wolf eine Tasse mit dampfendem schwarzen Kaffee vor und nahm in einem leeren Ohrensessel neben ihm Platz. „Warum würde jemand so etwas machen?"

Nahryn, eine lebhafte junge Frau armenischer Herkunft und Hellsingers Mädchen für alles, hielt ihr Büro am Laufen und, was für Wolf noch viel wichtiger war, stellte sicher, dass immer eine Kanne Ka'u Kaffee bereitstand, um ihn auf den Beinen zu halten, wenn er in ihrem Büro in San Francisco war.

Auch wenn ihr Kaffee manchmal stark genug war, um Wolfs dunkelbraunes Haar vor Schreck erbleichen zu lassen.

„Weil Geister Profit bedeuten", stellte Gidget hinter ihrer Teetasse fest, während ihre dick getuschten Wimpern im Dampf, der von ihrem Earl Grey aufstieg, flatterten. „Es war aber trotzdem eine ziemlich dumme Idee. Etwas auf Trockeneis zu projizieren mit verkabelten Lautsprechern, die bis in den dritten Stock reichen. Sie werden das Schweineblut nie aus den Deckenstrahlern herausbekommen."

Ihre Technikerin, die Matts Freundin war, sah heute Morgen aus wie eine Comicfigur. Ein senfgelbes Kopftuch hielt ihre flammend roten Locken aus ihrem Gesicht und ihr Overall quietschte, als sie sich auf ihrem Stuhl bewegte. Der schwere Jeansstoff war noch so neu, dass er nach Färbemitteln stank. Gläserne Kirschen baumelten von ihren Ohrläppchen, vier in jedem Ohr, und sie klimperten, wenn sie den Kopf bewegte. Sie passten zu den Kirschen, die auf ihre Bluse gedruckt waren, und Wolf dachte, dass sie aussah, als hätte sie einen Ringkampf mit einem Obstsalat verloren.

Das würde er Gidget sagen, sobald er mit Nahryn über ihren Kaffee gesprochen hatte. Ein falsches überhebliches Wort, und Gidget konnte dafür sorgen, dass seine Sensoren bei jedem Hundehaufen, an dem er vorbei ging, einen spektralen Treffer landeten.

Wenn er auch eher auf Männer mit langen Beinen in Jeans scharf war, so konnte er doch mit Hetero-Männern mitfühlen, wenn es um das Minenfeld ging, das es bedeutete, mit einer Frau zusammenzuleben. Er verbrachte seine Tage mit zwei von ihnen und musste auf jedes Wort achten. Außerdem – Wolf grinste in seinen Kaffee – hatte er immer noch Matt, den er ihnen zum Fraß vorwerfen konnte, wenn er eine Auszeit brauchte.

„Aber das ist gelogen", beharrte Nahryn.

„Das ist es, was uns im Geschäft hält, Nahryn", stellte Wolf fest. „Und da Willow Hills sich auf die Vertraulichkeitsklausel beruft und die Rechnung komplett bezahlt wurde, können wir nichts über die unberechenbaren Fremdenführerinnen verlautbaren lassen. Die Chefs wussten nichts davon und jetzt, da sie es wissen, wollen sie sichergehen, dass es auch sonst niemand erfährt."

„Also können wir nicht einmal erzählen, dass sie lügen?" Ihre großen braunen Augen verengten sich. „Das ist genauso falsch. Die Welt ist scheiße."

„Die Leute engagieren uns, damit wir beweisen, dass ihre Geister echt sind, oder zumindest, dass wir zu keinem eindeutigen Ergebnis kommen." Wolf schaltete sein Tablet an und tippte sich durch seine Termine. „Willow Hills hat gezockt und verloren. Sie wussten nicht, dass sie mit gezinkten Würfeln spielen. Das passiert hin und wieder. Viele Leute denken, sie können einem Ermittler etwas vor–"

„Aber das Equipment lügt nicht", warf Gidget ein und legte ihre Füße auf die Ecke des Konferenztisches.

„Nein. Normalerweise nicht." Wolf nickte ihr mit der Kaffeetasse in der Hand zu. „Wir wollen mal sehen, was für heute auf dem Plan steht."

„Du hast einen Termin mit einer Mrs. Walter Pryce dem Dritten in einer halben Stunde. Sie hat angerufen, als ich gerade Kaffee gemacht habe, also konnte ich es noch nicht in die Bücher eintragen." Nahryn nahm ihr eigenes Tablet zu Hand, legte es dann aber wieder hin, um ihre braunen Locken zu einem Zopf zu binden. „Sie will euch engagieren, um eine Heimsuchung zu untersuchen. Sie hält es für Bullshit."

„Sie hat wirklich Bullshit gesagt?" Wolfs Augenbrauen hoben sich. „Leute mit *der Dritte* im Namen benutzen für gewöhnlich keine Wörter wie Bullshit."

„Nein, sie sagte übel beleumdet, aber ich wusste nicht, wie man das buchstabiert, also habe ich einfach Bullshit notiert." Nahryn grinste ihn an. „Ich dachte, das macht dir nichts aus."

„Nein, tut es nicht", gab Wolf zu. „Okay, ich werde mit Mrs. Pryce reden. Und danach gehen wir ins *Pier 39* zum Mittagessen."

„Krabben?" Nahryn war von ihrem Sessel aufgestanden, aber hielt mitten in der Bewegung inne und schien auf der Polsterung zu tanzen. „Also, du weißt schon … *Krabben*."

„Für dich, Nahryn, besorgen wir Krabben." Er kniff seinem Mädchen für alles in die Nase. „Zuerst die Hirngespinste von Mrs. Pryce, und jemand soll Matt ans Telefon holen. Es wird langsam Zeit, dass er zur Arbeit erscheint."


„MEIN NEFFE ist verrückt."

Wolf warf der Frau einen kurzen Blick zu, während er durch die Papiere blätterte, die sie mitgebracht hatte. Mrs. Walter Pryce III. war eine ältere Dame der Gesellschaft, die immer den kleinen Finger abgespreizt hielt. Sie berührte ihr kunstvoll hochgestecktes, blondes Haar, während sie einen Moment in der Tür innehielt, als sie sein Büro betrat, das zum Pier wies. Ihr kritischer Blick nahm die Möbel, die auch in einen Herrenclub gepasst hätten, und den weiten Blick über das Wasser auf. Fast hätte er nicht wahrgenommen, wie sich ihre Lippen leicht kräuselten und ihre Nasenflügel sich kaum wahrnehmbar blähten, aber er tat es dennoch. Das spröde Lächeln, das der angedeuteten Missbilligung gefolgt war, verschwand von ihrem Gesicht. Sie ließ sich in den Konferenzraum von Hellsinger führen, nachdem sie am Saum ihrer Strickjacke gezupft und ihren schwarzen Rock glattgestrichen hatte.

Jetzt, nachdem sie in einem Ledersessel Platz genommen hatte und mit einer Tasse Lavendel-Zitronen-Tee bewaffnet war, schien sie viel beherrschter zu sein, besonders, nachdem sie Wolf mit ihrer Aussage sprachlos gemacht hatte. Sie nickte Wolf auf seinen Blick hin kurz zu, wahrscheinlich missverstand sie seine Neugier. Oder vielleicht, überlegte Wolf, war ihr auch völlig egal, was er dachte, solange er den Job erledigte.

„Warum geben Sie mir nicht eine kurze Zusammenfassung, anstatt zu warten, bis ich all das hier durchgelesen habe, damit ich entscheiden kann, ob ich den Fall annehme?" Wolf beantwortete Mrs. Pryces vornehmes Nippen an ihrem Tee mit einem lauten Schlürfen von seinem Kaffee.

„Mir war nicht bewusst, dass ich mich hier würde bewerben müssen." Ein weiteres Nippen und diesmal blähten sich ihre Nasenflügel zu lange, um es als Tick abzutun.

„Ich nehme nicht jeden Fall an, der uns angeboten wird", antwortete Wolf. „Wenn ich das täte, bekäme ich überhaupt keinen Schlaf. Aber, bitte, erzählen Sie mir von Ihrem Neffen ... dem Verrückten."

„Machen Sie sich über mich lustig, Mr. Kincaid?"

„Keineswegs, Mrs. Pryce." Wolf schüttelte den Kopf. Viele Leute, die zu Hellsinger kamen, dachten entweder sie wären verrückt und hofften, dass sie es nicht waren, oder sie hätten eigentlich eine Zwangsjacke nötig und suchten jemanden, der das Gegenteil bewies. Es war auf jeden Fall das erste Mal, dass ihm jemand gegenübersaß, der einen anderen offen als irre bezeichnete. „Bitte sprechen Sie weiter. Ich bin ganz Ohr."

„Tristan war schon immer ein seltsamer Junge." Ihr kleiner Finger zuckte leicht, ohne den Henkel der Tasse zu berühren, als wäre es ihr unangenehm. „Es hat alles angefangen, als Großonkel Mortimer Pryce gestorben –"

„Mortimer?" Fast prustete Wolf Kaffee durch die Nase. „Wirklich?"

„Der Name liegt in unserer Familie", gab sie elegant zurück. „Mein dritter Sohn ist nach ihm benannt."

„Gott helfe ihm", murmelte er zu sich selbst. „Tut mir leid, fahren Sie fort. Ich wollte Sie nicht unterbrechen."

„Tristans Eltern waren normal. Sie haben ihr Bestes für ihn getan, aber er schien immer abwesend zu sein. Selbst wenn er direkt vor einem stand, war er trotzdem ... nicht bei der Sache. Großonkel Mortimer mochte den Jungen und Tristan besuchte ihn immer den Sommer über. Ich persönlich denke, seine Eltern hätten ihn nicht allein nach Hoxne Grange gehen lassen sollen. Mortimer war ... ein

7

eingefleischter Junggeselle, wenn Sie wissen, was ich meine." Irgendwie schaffte sie es, finster zu schauen, obwohl sie die Augenbrauen hochgezogen hatte. Wolf hätte nicht gedacht, dass das möglich war, bevor er die Frau kennengelernt hatte.

Er antwortete nicht, sondern tat ahnungslos, auf was sie anspielte. „Es war niemand da, mit dem er spielen konnte?"

„Nein, das ist *nicht*, was ich meinte", sagte Mrs. Pryce fest. „Tristan war ein Junge und in einem Alter, in dem er leicht zu beeinflussen war. Großonkel Mortimer hätte keinen Umgang mit ihm haben dürfen. Er hat dem Jungen nur Flausen in den Kopf gesetzt."

„Was für Flausen?"

„Dass es in Hoxne Grange spukt und er eine Art Hausmeister war … der Hausmeister der Geister." Sie erschauderte, entweder wegen dieses Unsinns oder wegen des kalt und bitter gewordenen Tees. „Mortimer war eine Sache. Ich meine, er war ein älterer Mann. Ziemlich eingefahren in seiner Art und der Grange ist … naja, das Familienerbe. Die Pryce-Familie hat ihn vor fast eineinhalb Jahrhunderten erbaut. Auf einem fantastischen Grundstück in Mill Valley. Großonkel Mortimer hat es geerbt, als sein Vater verstorben ist. Und er hat es Tristan hinterlassen. Das ist ein wunder Punkt in unserer Familie."

„Also hat keiner damit gerechnet, dass Tristan das Anwesen erben würde?" Wolf machte sich Notizen und erstellte den Stammbaum der Pryce-Familie.

„Nein, mein Ehemann ist der älteste Sohn in der Pryce-Familie. Tristans Vater war sein jüngster Bruder." Sie stellte ihre Tasse geräuschvoll ab. „Es hätte an ihn gehen sollen, aber stattdessen wurde Tristan sein Alleinerbe und, so weit wir es ersehen können, er hält an der verrückten Behauptung des Mannes fest, dass es auf dem Grange spukt."

„Wie lange ist er schon der Eigentümer?"

„Seit seinem neunzehnten Geburtstag. Aber es ist wirklich eine zu große Aufgabe, um sie einem Teenager zu übertragen. Er ist jetzt fast achtundzwanzig." Mrs. Pryce presste die Lippen zusammen, was ihren pinkfarbenen Lippenstift zu verknittern schien. „Glücklicherweise hat er den Großteil der Landschaftsgärtner behalten und jeden Tag kommt Reinigungspersonal ins Haus, also wird das Anwesen wenigstens instand gehalten."

„Also kümmert er sich darum?"

„Glücklicherweise hat Mortimer einen Fonds angelegt, aus dem Tristan bis zu seinem achtundzwanzigsten Geburtstag Geld erhält. Das ist wirklich ein Segen. Tristan ist … ein Art Künstler. Ein Kinderbuchautor, glaube ich. Auf keinen Fall reicht sein Einkommen aus, um den Grange zu unterhalten." Sie hob elegant ihre Schultern. „An seinem Geburtstag geht das gesamte Anwesen in Tristans Besitz über und er erhält die volle Kontrolle über das Vermögen. Die Familie ist besorgt, dass Tristan durch seine … Absonderlichkeit … leicht ausgenutzt werden könnte. Wir möchten, dass Sie uns helfen, dass das nicht passiert."

„Was ist mit Tristans Eltern?" Wolf neigte den Kopf zur Seite und tippte mit dem Bleistift auf zwei leere Kästchen in seinem Diagramm.

„Carol und Sandy … sein richtiger Name war Alexander … sind etwa sechs Monate, nachdem Tristan das Anwesen geerbt hat, beim Absturz eines Kleinflugzeugs vor der italienischen Küste ums Leben gekommen." Ihre Augenbrauen legten sich in Falten und sie spielte mit einem Knopf an ihrer Jacke. „Sandy war dagegen, dass Tristan dort lebt. Er dachte, Mortimer hätte seinen Sohn dazu angestiftet, sein kleines Geisterspiel weiterzuspielen. Natürlich verneint Tristan das. Er glaubt felsenfest, dass der Grange seine kleinen Freunde beherbergt. Er hat das Familienheim in ein Hotel verwandelt, Mr. Kincaid, und der Großteil seiner Gäste ist *nicht* real."

Wolf musste über die Motivation der Pryces nicht lange nachdenken. Mortimers Geld und sein Anwesen schienen ihre oberste Priorität zu sein, obwohl er der Frau die Sorge um ihren Neffen nicht vollkommen absprechen wollte. Er tippte ein paar Mal auf sein Tablet und rief eine Luftaufnahme des Grange auf. Das Anwesen war im späten neunzehnten Jahrhundert inmitten einer Hügelgruppe erbaut worden. Wolf konnte erkennen, dass es mit großer Liebe für die Renaissance geplant worden war. Ein Foto von Hoxne Grange zeigte seine Auffahrt und die Gartenanlagen. Es war riesig – weitläufig schien ein zu schwacher Ausdruck für die W-förmige Anlage zwischen Mammutbäumen zu sein – und mit künstlichen Gärten verschönert.

„Was erwarten Sie von mir? Es ist nicht meine Aufgabe, jemanden für unzurechnungsfähig erklären zu lassen", stellte Wolf klar. „Auch wenn ich einen Wisch habe, der mir dies erlaubt."

„Die Familie möchte, dass Sie Tristans Behauptungen auf dem Grange untersuchen. Ihre Agentur ist dafür bekannt, ehrlich zu sein. Wir wollen nur, dass Sie Tristan zeigen, dass seine Geister nur in seiner Vorstellung existieren. Wenn Sie es schaffen, Mr. Kincaid, ihm zu zeigen, dass der Grange keine Zwischenstation für Phantome ist, werden wir Ihnen bezahlen, so viel Sie verlangen. Er muss die Realität erkennen, Mr. Kincaid, und ich glaube, Sie sind genau der richtige Mann dafür."

SEIN ONKEL würde noch ein Loch in den Boden der Bibliothek laufen, da war Tristan sich sicher. Die vergangene halbe Stunde war vom Quietschen seiner italienischen Slipper erfüllt gewesen, und dieser Fünf-Sekunden-Rhythmus zerrte an Tristans Nerven. Er sah wahrscheinlich zum hundertsten Mal auf die Standuhr, seit Walter Pryce III. durch seine Eingangstür getreten war. Tristan wartete darauf, dass sein Onkel ein weiteres Argument anbrachte, warum er aus dem Grange ausziehen sollte.

„Deine Tante spricht gerade mit der Agentur –" Walter begann eine weitere Runde, und seine fleischigen Hände waren hinter seinem Rücken verschränkt.

9

„Ist sie trotzdem meine Tante, auch wenn sie deine dritte Frau ist?" Tristan versuchte, sich seine blonden Haare aus den Augen zu pusten. Wenn er die Finger benutzt hätte, hätte er bloß begonnen, mit seinem Haar zu spielen, und alles, was Walter ihm vorbetete, würde an ihm vorbeiziehen, während er darüber sinnierte, wie sich das Sonnenlicht in seinen Strähnen fing. „Ich meine, Tante Judith zählt, weil sie die Erste war, richtig? Sharon vielleicht, weil sie Mortie zu Welt gebracht hat, aber Ashley? Ist sie auch meine Tante?"

„Tristan, bitte konzentriere dich, wenn ich mit dir rede." Der Mann räusperte sich und atmete so kräftig aus, dass seine Lippen flatterten. Tristans Finger sehnten sich nach seinem Zeichenblock und wollten seine Idee von einem schlecht gelaunten Walross zu Papier bringen, das auf einer Eisscholle hin und her watschelte. „Wir hatten gehofft, du würdest Vernunft annehmen."

„Vernunft …", wiederholte Tristan leise. „Indem ich Leute in den Grange kommen lasse, die Geister jagen?"

„Sie sind Parapsychologen. Zumindest der Leiter der Agentur." Walter drehte sich wieder um und quietschte weiter. „Ich weiß, dass es schrecklich für dich wäre, wenn du erkennen müsstest, dass du dazu gedrängt wurdest, zu … ähm … mir liegt das Wort auf der Zunge."

„Halluzinieren?", schlug Tristan seinem Onkel vor. „Fledermausguano in meinem Glockenturm einzuatmen? Mit nur einem Ruder zu rudern?"

„Du bist nicht verrückt!" Sein Onkel legte die Stirn in Falten und hielt mitten im Schritt inne, wodurch sein dicker Bauch unter seinem Anzug zu schaukeln begann. „Sieh mal, Junge, ich mag dich. Ich will nur dein Bestes. Lass sie einfach für eine Weile herkommen und sehen, was sie finden. Ist das zu viel verlangt?"

Tristan streckte seine Beine aus und rieb seine verkrampften Oberschenkel. Er hatte Mara heute Morgen nicht gebeten, die Heizung in der Bibliothek anzuschalten, bevor Onkel Walters Auto vor dem Grange vorgefahren war. Es war ein unangekündigter Besuch gewesen und sie hatten beide geflucht, als der Fahrer seines klein gewachsenen Onkels mit dem gepolsterten Bauch ihm die Autotür geöffnet hatte.

Also, er hatte geflucht. Mara hatte lediglich düster vor sich hingemurmelt und war dann davongeeilt, um die Heizung aufzudrehen und ein Tablett mit Kaffee für seinen Gast vorzubereiten. Er hatte genug für sie beide geflucht. Seine ältere Haushälterin, meistens eine angenehme Person, erledigte ihre täglichen Aufgaben gerne zügig, damit sie den Nachmittag damit verbringen konnte, die Fernsehsendungen anzuschauen, die sie in der Nacht zuvor aufgenommen hatte. Da ihre Aufgabe größtenteils darin bestand sicherzustellen, dass er etwas aß, war es Tristan egal, wie sie ihre Tage verbrachte, solange der Grange immer bereit für neue Gäste war. Mit Hilfe von zwei jungen Frauen aus der nahe gelegenen Stadt, die mit ihr die fünfzehn Räume abstaubten und wischten, hielt Mara den Grange in Ordnung und zitronenfrisch, und sie hasste das plötzliche Auftauchen seines Onkels an diesem geschäftigen Dienstagmorgen.

Tristan war auch nicht gerade begeistert über die Ankunft seines Onkels. Er hatte nur noch zehn Minuten Zeit, bis er an dem Schreibtisch an der Rezeption sein musste, und dem quietschenden Auf-und-Abgehen des Mannes nach zu urteilen, sah es nicht so aus, als würde Walter Pryce gehen, bevor Tristan ihm nicht irgendeine Art von Zugeständnis gemacht hatte.

„Und wenn sie herausfinden, dass ich nicht verrückt bin?", brachte er stattdessen hervor. „Nehmen wir mal an, sie präsentieren euch einen Bericht, der besagt, dass ich klar im Kopf bin und der Grange das ist, was Onkel Mortimer und ich behaupten? Werdet ihr mich dann in Ruhe lassen?"

Der verwirrte Blick im Gesicht seines Onkels zeigte Tristan, dass der Mann diese Möglichkeit nicht in Betracht gezogen hatte. Ein paar Lippenflatterer und eine quietschende Runde später brummte Walter Pryce: „Falls er zurückkommt und feststellt, dass hier tatsächlich etwas ist, dann ja, dann werde ich anerkennen, dass an deinen Behauptungen *vielleicht* etwas dran ist. Aber die Agentur muss bestätigen, dass es irgendeine Form von Aktivität gibt. Falls nicht, dann werde ich darauf bestehen, dass du mit diesem Unsinn aufhörst und nach Hause kommst."

„Ich bin zu Hause, Onkel Walter", sagte Tristan leise. „Ich habe den Großteil meines Erwachsenenlebens und fast jeden Sommer hier verbracht. Wenn dies nicht mein Zuhause ist, was dann?"

„Dann kommen wir zu dir." Die Hand des Mannes auf seiner Schulter sollte ihm Halt geben, aber für Tristan war sie ein schwereres Gewicht als nur Haut, Knochen und Fleisch seines Onkels. „Wir werden zu dir auf den Grange kommen. Schließlich *ist* es immer noch der Familiensitz."

Er schaffte es, seinen Onkel mit einigen gemurmelten Versicherungen hinauszubefördern und atmete erleichtert aus, als sich die Tür hinter ihm schloss. Einen Moment später wurde das sanfte Brummen seines Autos immer leiser und Tristan blieb in dem stillen Grange zurück.

Das Klickklick von den Krallen eines Hundes auf dem Parkett des Foyers hallte an der hohen Decke wider und Tristan grinste, als ein strubbeliger grauer Kopf hinter dem Tresen aus Mahagoni hervorschaute, den Onkel Mortimer an der Rezeption des Grange errichtet hatte.

„Komm schon raus, Boris." Er pfiff nach dem Irischen Wolfshund. „Er ist weg."

„Der Hund erkennt das Böse, wenn er es riecht." Mara erschien so leise neben Tristans Ellenbogen wie die Gäste des Hauses.

„Er weiß, dass Onkel Walter ihn nicht mag." Tristan beugte sich vor und kraulte die schlaffen Ohren des Hundes und Boris wedelte erfreut mit dem Schwanz. „Der Mann ist nicht böse, er ist einfach … engstirnig."

„Naja, Geister oder nicht, er ist eine Bedrohung." Das Räuspern der Frau war weniger laut als das von Walter, aber dennoch beeindruckend. „Deine lieben Geister sind deine Angelegenheit. Dies ist dein Haus. Wenn du einen Feenball ausrichten willst, dann ist das dein gutes Recht, und jeder, der etwas dagegen hat, soll verdammt sein."

Von ihrem Ellenbogen hing ein Staubwedel herab und ein leichter Hauch von grünem Tee von der Seife, die Tristan ihr zu Weihnachten geschenkt hatte, duftete auf ihrer weichen, weißen Haut, aber der zarte Duft hatte gegen die Zitronenpolitur und die Salbe, die Mara gegen die Arthritis in ihren schmerzenden Knien verwendete, keine Chance. Sie war eine Frau mit sanften Kurven, die Tristan bis zur Schulter reichte und die Räume oft unbemerkt betrat und wieder verließ, und nur Teller mit Sandwiches oder Keksen blieben als Beweis zurück, dass sie überhaupt da gewesen war. Etwas hing in Maras silbernem Haar, das an Zuckerwatte erinnerte, und Tristan zog es heraus.

Es war ein einzelner Diamant-Ohrstecker und er reichte ihn ihr. „Hast du den Zweiten gefunden?"

„Nein." Sie schüttelte den Kopf und schloss ihre Finger um den Stein. „Behalte den hier. Vielleicht kannst du ihn statt dieses albernen Ringes in dein Ohr machen. Du siehst aus wie ein kleiner Junge, der Pirat spielt."

„Vielleicht." Er hatte Mara nie erzählt, dass der Ohrring seiner Mutter gehört hatte, ein kleines Stückchen Gold, dass ihm ein gesichtsloser Offizieller zusammen mit ihren Überresten übergeben hatte. Sie würde ihm vorhalten, das sei makaber. Sie würde nicht verstehen, dass er sich durch den Ring der Frau näher fühlte, die ihn zur Welt gebracht hatte, aber ihn, den Wechselbalg, mit dem sie geschlagen gewesen war, nie verstanden hatte. „Oder vielleicht auch ein zweites Loch?"

„Du brauchst nur noch einen Papagei, statt dieses Bigfoots, den du hier ins Haus geschleppt hast." Das tiefe Schlagen einer Uhr war aus der Bibliothek zu hören und Mara roch die sich abkühlende Luft. „Also, es ist wohl soweit. Ich verschwinde. Du kümmerst dich … *darum*. Rede nicht zu lange. Ich bringe dir um zwölf Uhr dein Mittagessen und vergiss nicht, die Gärtner kommen heute Nachmittag her, also lass dieses Biest nicht vorher raus."

„Ja, Mara."

Als die Standuhr der Bibliothek zuende geschlagen hatte, sprach er nur noch mit ihrem Rücken. Nachdem er sich auf den Stuhl hinter dem Tresen der Rezeption gesetzt hatte, bereute er sofort, dass er seinen Kaffee nicht mitgenommen hatte. Man konnte nicht vorhersagen, wann der Ankömmling des heutigen Morgens auftauchen würde, und er hatte nur eine halbe Tasse getrunken. Er würde noch eine Kanne aufsetzen müssen, bevor er in sein Büro im dritten Stock ging.

„Wenn ich richtig nachgedacht hätte, dann hätte ich meinen Zeichenblock auch mitgebracht", sagte er zu Boris. Der Hund streckte ihm seine pinkfarbene Zunge heraus und begann, sich gemächlich an einer Stelle an seiner Backe zu kratzen. „Wirklich, dass Onkel Walter hier aufgetaucht ist, hat den ganzen Morgen durcheinandergebracht."

Er musste nicht lange warten. Ein paar Minuten, nachdem er sich hingesetzt hatte, rappelte die Vordertür und schwang dann auf. Ein frischer Wind fegte durch das offene Tor und brachte den Geruch von Regen herein. So plötzlich, wie sie sich geöffnet hatten, schlossen sich die breiten Türen leise wieder. Boris wimmerte hinter dem Schreibtisch und kauerte sich zusammen, und Tristan tätschelte den großen Kopf des Hundes.

Ein nasser Fußabdruck erschien etwa einen halben Meter von der Tür entfernt, dann ein weiterer. Eine triefende Spur, die zeigte, dass jemand auf die Rezeption zukam. Schatten spielten auf einem Tisch und ein paar Stühlen in der Mitte des runden Raumes, und etwas berührte eine pinkfarbene Rose, die aus einem riesigen Gesteck in einer mintfarbenen Urne auf dem Tisch hervorstach.

Als sie etwa ein oder zwei Schritte an dem Tisch vorbeigegangen war, wurde sie sichtbar, eine durchnässte Frau in einem einfachen, geflickten Kleid. Sie klammerte sich mit weißen Knöcheln an ihren Koffer, als sie Tristan vorsichtig zunickte, und schließlich ein zögerndes Lächeln aufsetzte und sich räusperte, bevor sie sprach.

„Ich bin wegen der Stelle als Köchin hier, Sir." In ihrer melodischen Stimme war der Akzent von Nord-London deutlich zu hören und Tristan war sich sicher, dass er noch den Dreck unter ihren Fingernägeln sehen könnte, wenn er genau hinschauen würde. Der Rest von ihr war gepflegt und ordentlich, abgesehen vom Zustand ihrer Kleidung und der Erschöpfung in ihrem noch jungen Gesicht. „Ich habe keine Referenzen, weil die Lady mir dafür, was der Lord getan hatte, keine geben wollte, aber ..."

„Ich brauche keine Referenzen. Du schaffst das bestimmt", versicherte Tristan ihr. „Dein Lohn beträgt vierzig Pfund und du bekommst außerdem Tee, Bier und Zucker."

„Das ist zu großzügig, Sir." Sie wurde rot, ein zartes Pink erhellte ihre Blässe. „Ich bin nicht ausgebildet –"

„Wir haben nur eine Stelle als Koch", unterbrach er sie behutsam. „Die Küche befindet sich durch diese Tür und dann den Flur hinunter. Kannst du sofort anfangen? Die Zimmer sind fast alle belegt und das Abendessen für die Gäste muss hergerichtet werden. Deine Räume sind hinter der Küche."

„Ja, Sir, ich kann sofort anfangen." Sie machte einen leichten Knicks und verlor dabei fast ihren Rucksack. „Mein Name ist Heather. Heather Cook, Sir. Vielen Dank. Ich werde Sie nicht enttäuschen."

„Ich weiß, Heather. Ich weiß", sagte Tristan und wies zur Tür. „Willkommen auf Hoxne Grange. Wir freuen uns, dass du hier bist."

Sobald er die Worte ausgesprochen hatte, löste sie sich auf, verschwand in schimmerndem Licht, bis nichts mehr von ihr zu sehen war außer den nassen Fußabdrücken auf dem Holzfußboden des Foyers. Er wollte gerade einen Mopp holen, als Mara aus der Tür kam, durch die er Heather gerade geschickt hatte.

„Sie ist also weg?", fragte Mara, während sie einen metallenen Wischeimer vor sich herschob.

„Ja, das ist sie." Tristan lächelte. Die junge, tote Frau, mit der er gerade gesprochen hatte, machte ihn traurig.

„Also, dann wäre das bis zum nächsten Dienstag erledigt", stellte seine Haushälterin nüchtern fest. „Ich kümmere mich um das hier und du gehst nach oben. Dort warten Kaffee und Frühstück auf dich. Vielleicht kannst du später ein Nickerchen machen. Ich weiß, wie sehr dir die Dienstage zusetzen."

„Vielen Dank, Mara." Er küsste die silberweißen Locken an ihrer Schläfe. „Ich weiß nicht, was ich ohne dich tun würde."

„Du würdest jeden Dienstag deinen eigenen verdammten Fußboden wischen, nachdem du wieder deine tote Köchin angeheuert hast." Sie gab ihm einen Klaps auf den Arm. „Na geh schon und nimm dieses feige Biest mit."

# 2

„ACH DU heilige Scheiße, das ist eine Villa!"

Matt lag mit seiner Beschreibung von Hoxne Grange gar nicht so falsch. Das Bauwerk – kein anderes Wort schien passend für diesen Ort – erhob sich über eine Hügelgruppe, seine soliden, hohen Schornsteine überragten die Mammutbäume, die den Garten des Grundstücks umrahmten. Aus grauen Ziegeln erbaut, dominierte die Struktur das Grün um sich herum, seine solide, dreistöckige W-Form erhob sich in den Himmel und forderte ihre Aufmerksamkeit, als Wolfs SUV die geschmiedeten Eisentore passierte. Gewölbte Fenster unterbrachen die strengen Ziegel, ihre Form wiederholte sich in den überdachten Gängen, die die einzelnen Flügel des Gebäudes verbanden. Davor standen immergrüne Büsche, die in ovale Formen getrimmt worden waren und so die sanfte Linienführung des vergangenen Jahrhunderts widerspiegelten.

Dies war ein Ort, an dem Leute nicht nur mit einem Silberlöffel im Mund geboren wurden, sondern einem gesamten Bestecksett mitsamt einer oder zwei Teekannen, nur um sicherzugehen.

Wolf gefiel es sofort, auch wenn er den überwältigenden Drang verspürte, um das Gebäude herum zur Rückseite zu fahren und an den Dienstboteneingang zu klopfen, um eingelassen zu werden.

„Das, Matt, ist ein Wochenendhaus", informierte Wolf seinen Techniker. „Nur etwa dreißig Räume. Das hängt von der Zählweise ab. Manche dieser Bauten haben bis zu siebzig."

„Wer zum Teufel putzt das alles?" Gidget pfiff und zählte die Schornsteine. „Himmel, das sind bestimmt zehn Kamine."

„Könnten auch mehr sein. Die Schornsteine haben manchmal zwei Kamine auf verschiedenen Etagen", gab er zurück. „Man will ja nicht, dass die Familie friert."

Die lange Auffahrt wand sich zur Eingangstür, vorbei an einem Brunnen mit einem riesigen Trio Fische, die direkt von der Schatzkarte eines Piraten entnommen zu sein schienen. Geschwärzt vom Alter versprühten die Figuren zarte Spritzer Wasser in das marmorne Becken darunter. Ein Weg zweigte vom Hauptweg ab und führte hinter das Haus, wo Wolf die Garagen vermutete. Er schielte auf die Ausrüstung, die sie in das Auto gequetscht hatten, und war sich nicht sicher, wo sie sie ausladen sollten.

„Okay, Kinder." Er hielt vor dem Haupteingang an und schnallte sich ab. „Machen wir uns auf die Suche nach den Geistern."

15

Von Nahem sah der Grange noch Furcht einflößender aus. Wolf war sich sicher, dass der Architekt eine andere Vorstellung von der korrekten Größe eines Schlafzimmers gehabt hatte als er, vierundzwanzig Räume oder nicht. Als er die Vordertür öffnete, um Gidget und Matt zuerst hineinzulassen, senkten sich ihre Stimmen zu einem erstaunten Flüstern, und seine Vermutung, was das räumliche Verhältnis anging, wurde bestätigt, sobald er über die Schwelle getreten war.

Er war sich sicher, dass sein gesamtes Appartementhaus in die Eingangshalle des Grange gepasst hätte, und es gäbe trotzdem noch genug Platz für ein chinesisches Restaurant und ein paar Starbucks-Filialen.

„Heilige Scheiße", flüsterte Matt und drehte sich zu Wolf um. „Und *das* ist ein Wochenendhaus?"

„So bezeichnen es diese Leute." Er ärgerte sich, dass sich seine Stimme senkte, und räusperte sich. Er wies mit dem Kopf zu den Sortierfächern und dem geschwungenen Möbelstück, die jemand von einem der großen alten Hotels in San Francisco ergattert haben musste. Der fast 2,50 m lange Tresen und das Regal dahinter, die in dem riesigen Foyer des Grange sofort auffielen, gehörten bestimmt nicht zur ursprünglichen Ausstattung.

Genau wie der blonde Mann, der mit sich selbst zu reden schien.

Eine schiere Explosion aus Blumen, die in teurem Porzellan drapiert war, verdeckte den jungen Mann, aber Wolf konnte durch kunstvoll arrangierte, regenbogenfarbene Blumen und pinkfarbene Rosen einen kurzen Blick erhaschen. Wolf hätte ihn als zerzaust bezeichnet, wenn ihm verdammt hinreißend nicht zuerst in den Sinn gekommen wäre. Selbst sein unordentliches Aussehen schien eine Absage an das Tadellose zu sein, das man in einer Multimillionen-Dollar Villa erwarten würde, die reiche Leute als Wochenendhaus bezeichneten.

Sein blondes Haar schien eine Mischung aus kristallartigen, goldenen und nerzbraunen Flecken zu sein, mit einem dunkleren Ton darunter. Gidget würde seufzen angesichts der strubbeligen Strähnen, die das aristokratisch anmutende Gesicht mit den hohen Wangenknochen und der Adlernase, die offensichtlich nie mit einer geschwisterlichen Faust in Berührung gekommen war, umrahmten. Er sah auf und Wolf hätte schwören können, dass sich seine Augen vor Widerwillen verdunkelten. Sein dünner Pullover schien farblich auf die meerschaumfarbene Vase abgestimmt zu sein, aber sein Blick war eisiger als der kalte Hauch, der Wolf streifte, während er wartete. Von der anderen Seite des Raumes aus waren seine Augen so braun und intensiv erschienen wie der Schreibtisch, hinter dem er stand, aber als sie näherkamen, erkannte Wolf auch Bernstein und Grün in ihren Tiefen.

Was den Ärger anging, hatte er allerdings recht gehabt. Der Mund des Mannes, von dem Wolf annahm, dass er Tristan Pryce war, verkniff sich, und seine Augen verengten sich leicht. Er sprach weiter mit sich selbst, ein rollendes, weiches Krächzen mit dem silberlöffelartigen Tonfall und etwas Dunklerem, dass Wolf nicht zuordnen konnte.

Hinter ihm spazierten Matt und Gidget im Foyer umher, fasziniert von dessen künstlerischer Gestaltung und Möblierung, aber Wolf hatte nur Augen für den Mann vor sich.

„Es ist nicht schlimm, wenn Sie ihren Namen nicht schreiben können", säuselte der Mann zu einem Punkt links von sich und nickte höflich ins Leere. „Viele Leute haben in ihrem Leben Besseres zu tun, als Schreiben zu lernen. Ich werde sie aufnehmen und ihnen ein Zimmer geben."

Es schien, als hätte Tantchen Mrs. Walter Pryce der Dritte tatsächlich recht. Verdammt, sie hatte ja so was von recht.

„James Rhodes?" Er buchstabierte den Nachnamen und ein wissendes Lächeln erschien auf seinen Lippen. „Sagen wir einfach, dass das so stimmt. Wo kommen Sie her?"

Er legte den Kopf schräg, und goldene Strähnen ergossen sich über seine Schulter. Wolf räusperte sich und der blonde Mann ignorierte ihn. Er gab weiterhin vor, der leeren Stelle vor sich genau zuzuhören. Gidget trat hinter Wolf. Sie war entweder neugierig oder gelangweilt von den Selbstgesprächen des Mannes.

„Was macht er da?", flüsterte sie in Wolfs Ohr.

„Ich hab keine Ahnung", antwortete er leise. „Ich denke, er tut so, als ob gerade jemand eincheckt. Immerhin *ist* das ein Hotel."

„Also, soll ich unsere Sachen ausladen oder sagen wir einfach, er ist verrückt und fahren wieder nach Hause?"

„Ausladen." Wolf wies mit dem Kinn auf den Eigentümer. „Er scheint fast fertig zu sein. Ich nehme an, Mrs. Walter hat uns angekündigt. Wollen wir mal sehen, ob sie es damit leichter oder schwerer für uns gemacht hat."

„Genießen Sie ihren Aufenthalt, Mr. Rhodes. Das Abendessen wird pünktlich um sieben Uhr in der großen Halle serviert und danach findet ein Tanz im Ballsaal statt. Ihr Zimmer ist im zweiten Stock auf der rechten Seite." Der Mann schloss das große Buch, in dem er geschrieben hatte, und zeigte auf einen Aufzug mit Metalltüren, der zwischen zwei Treppen in den zweiten Stock führte. „Bitte lassen Sie es mich wissen, wenn Sie etwas benötigen. Herzlich willkommen in Hoxne Grange."

Wolf überquerte den Fußboden der Lobby und ging auf den Blonden zu, dabei straffte er die Schultern. Die Art, wie der Mann sein Kinn reckte, zeigte Wolf, dass er in eine Schlacht zu ziehen schien, und das Knurren, das ihn begrüßte, bestätigte diese Annahme nur.

„Ich war mit einem Gast beschäftigt." Sein heiseres Brummen zeugte nicht von zur Schau gestellten Manieren. Der Mann hatte eine Schärfe in der Stimme, die sie rauchig und sinnlich machte. „Ich nehme an, Sie gehören zu den Leuten, von denen die Frau meines Onkels gesprochen hat."

„Dr. Wolf Kincaid." Wolf bot ihm nicht die Hand an. Der andere schien es auch nicht zu erwarten, denn er schob seine Hände in die Taschen seiner Jeans. „Ich nehme an, Sie sind Tristan Pryce?"

„Das bin ich", gab er elegant zurück. „Kein Doktor. Ich habe kaum die High School überlebt. Da Sie also hier sind, finden wir besser ein Zimmer für Sie und Ihr Team. Nur Sie drei?"

„Ja." Wolf sah sich demonstrativ um. „Hier ist ja nicht viel los."

„Der Grange ist fast ausgebucht. Ich wünschte, Sie hätten angerufen, bevor Sie hergekommen sind. Dann hätte ich Ihnen gesagt, dass wir nicht viel Platz haben. Onkel Walter hätte das eigentlich *vorher* Ihnen gegenüber erwähnen sollen."

Er blickte nicht zu Wolf auf, als er das Register wieder öffnete und durch die Seiten blätterte. Die vergilbten Seiten waren mit Namen und Adressen bedeckt, mit Zimmernummern und Daten in drei rechtsbündigen Spalten. Soweit Wolf erkennen konnte, hatte der Grange viele Gäste, wenn auch unklar war, wie viele davon echt waren. Nachdem er fast zwei Drittel durchgeblättert hatte, stoppte Tristan und studierte das Buch. Er verglich die Einträge mit einem Lageplan, den er unter dem Tresen hervor holte.

„Ich habe tatsächlich nur noch zwei Räume frei und die sind recht klein. Zwei von Ihnen werden sich ein Zimmer teilen müssen." Pryce langte hinter sich, holte zwei Schlüssel mit Lederanhängern hervor und reichte sie Wolf. „Sie befinden sich im dritten Stock. Bitte denken Sie daran, dass die Tür, auf der 'Betreten verboten' steht, bedeutet, dass Sie und Ihre Angestellten dort nichts zu suchen haben. Das sind meine privaten Räume. Mara – die Haushälterin – lebt im Kutschenhaus, also gehen Sie dort ebenfalls nicht hin. Die Bedienstetenquartiere hinter der Küche gehören Cook, daher möchte ich Sie bitten, ihre Privatsphäre während Ihres Aufenthaltes zu respektieren. Die meisten der Hotelgäste werden Sie nicht bemerken, aber wenn Sie Geräusche oder Musik hören, dann denken Sie bitte daran, dass sie Gäste des Grange sind. Manche werden uns morgen verlassen. Wenn Sie vorhaben, länger als ein paar Tage zu bleiben, können Sie dann größere Räume beziehen, aber es ist möglich, dass Sie in den dritten Stock zurückkehren müssen, wenn wieder jemand eincheckt. Haben Sie alles verstanden, Mr. Kincaid?"

„Dritter Stock, zwei müssen sich ein Zimmer teilen, Ihre Räume sind Sperrgebiet. Mara ist die Haushälterin und Cook lebt hinter der Küche", wiederholte Wolf, als er die Schlüssel annahm. „Dinner ist um sieben im großen Esszimmer und wir dürfen Ihre … Gäste nicht stören. Spektral oder nicht. Natürlich nur, wenn Sie *tatsächlich* nicht-spektrale Gäste haben."

„Mir ist bewusst, dass meine Tante Ihnen wahrscheinlich erzählt hat, dass ich wahnsinnig bin, aber der Grange *ist* … naja, er ist, was er ist. Ja, manchmal kommen lebendige Gäste hierher, aber unsere Klientel besteht größtenteils aus Geistern, die diese Welt verlassen werden. Ich werde mich nicht für das entschuldigen, was ich tue oder was auf dem Grange passiert." Pryce zuckte mit den Schultern und schmetterte Wolfs Andeutungen mit einer Eleganz ab, die Wolf unmöglich kalt lassen konnte. „Die Tür befindet sich direkt hinter Ihnen, wenn Sie damit ein Problem haben, Dr. Kincaid."

18

„Nicht im Geringsten", gab Wolf zurück. „Sie wissen, dass Ihre Tante und Ihr Onkel mich beauftragt haben, den … Zweck des Grange zu dokumentieren."

„Sie wollen mich irgendwo wegschließen lassen, wo man nur Erdbeerwackelpudding und Brei zu essen bekommt, und sie hoffen, dass Ihr Bericht dabei helfen wird, mich in eine Zwangsjacke stecken zu lassen. Ich bin nicht dumm, Dr. Kincaid." Das Grün in seinen Augen wurde smaragdgrün, und die Luft, die Wolf umgab, wurde eiskalt. „*Oder* verrückt."

„Wir brauchen einen Ort, wo wir unsere Ausrüstung aufbauen können." Wolf hob beschwichtigend die Hände. „Ich bin unvoreingenommen, Pryce. Falls es hier paranormale Aktivität gibt, dann will ich sie dokumentieren, ja. Wenn es keine gibt, dann werde ich das an Sie und Ihre Verwandten weitergeben. Wie dem auch sei, mein Team und ich sind als Beobachter hier. Nichts weiter."

„Sie können sich im Ballsaal einrichten." Pryce klatschte eine Kopie des Lageplans auf den Tresen und schob Wolf das Papier hin. „Im Orchestergraben. Dort gibt es Strom für Ihre Ausrüstung. Entweder dort oder im Keller, aber der steht manchmal unter Wasser. Ich nehme nicht an, dass Sie dort unten irgendetwas aufstellen wollen, dass Strom braucht. Schließlich erwarten wir Stürme."

„Der Ballsaal sollte ausreichend sein", antwortete Wolf, als Tristan sich umdrehen wollte. „Pryce, wenn Sie uns hier nicht haben wollen, warum haben Sie dann zugestimmt?"

„Weil meine Familie mich nicht in Ruhe gelassen hätte, bis ich *irgendetwas* zugestimmt hätte, um sie ruhig zu stellen." Pryces Mund entspannte sich. Er schob die Unterlippe vor und senkte die Schultern. „Und Sie sind das Resultat."

„Ich verspreche, dass wir Ihnen nicht im Weg sein werden. Heute ist was? Freitag? Wir sollten … spätestens am Montag wieder verschwunden sein."

„Ich bin nicht besorgt, dass Sie mir im Weg sein werden." Pryces Mundwinkel hob sich, wodurch ein Grübchen in seiner Wange sichtbar wurde. „Wenn Sie die Gäste verärgern, werden sie es Sie wissen lassen. Oh, eins noch, Dr. Kincaid."

„Ja?" Wolf hob die Augenbrauen.

„Das Abendessen in dem großen Esszimmer ist nur für die spektralen Gäste. Cook bereit ihre Mahlzeiten zu und ich glaube nicht, dass Sie dort viel zu essen finden werden." Pryce drehte sich um und warf das Haar über seine Schulter. „Sie und Ihr Team werden mit mir im Blauen Zimmer zu Abend essen. Ich werde Ihnen Bescheid geben, wenn es fertig ist. Normalerweise, wenn Mara damit fertig ist, sich zu beschweren, dass wir mehr saubere Laken brauchen."

WOLF WAR überrascht, dass eine kurvige, ältere Frau in einer grauen Dienstmädchen-Uniform sie an der Treppe zum dritten Stock erwartete. Ihr rundliches Gesicht hatte nur angedeutete Krähenfüße, aber ihr Alter war in ihren sturmgrauen Augen zu erkennen. Ein Hauch silbernen Haares fiel in ihre Stirn und ihre Hände spiegelten ihre Jahre wieder, durch harte Arbeit geschwollene Gelenke und raue Finger. Sie trug einen goldenen Ring an ihrem Daumen, der viel zu wuchtig für eine Frau war, und er konnte das Siegel eines Siegelringes erkennen. Weiche Slipper bedeckten ihre Füße, und das steife Grau ihrer Uniform wurde durch eine weiße Schleife um ihre Hüfte und ihrem Kragen und den Ärmeln gemildert, die im selben weißen Satin gesäumt waren. Sie hatte die Hände vor dem Körper gefaltet und schien geduldig auf ihn zu warten.

„Sie müssen Mara sein." Er lächelte die Frau so charmant an, wie er konnte. 'Man fängt mehr Fliegen mit Honig, als mit Essig', hatte seine Mutter oft gesagt, aber er persönlich fand Essig wirkungsvoller. Er überdeckte den Honig und wusch seine klebrige Süße besser weg als alles andere, was er kannte. „Ich bin Wolf. Ich stehe dem Team vor, das hier bleiben wird."

„Ja, das hat er mir erzählt." Ihr kluger Blick wanderte zu dem leeren Aufzug hinter ihm. „Er hat gesagt, es wären mehr als nur Sie allein. Sind die anderen noch unten?"

„Ja, sie bauen unsere Ausrüstung auf." Er gab sich weiterhin charmant, auch wenn die Frau davon überhaupt nicht beeindruckt zu sein schien. Sie war hart und direkt und Wolf nahm an, dass Mara, die Haushälterin, Tristans bissiger Aufpasser war, der sich auf keinen Unsinn einlassen würde. Er nahm die Koffer hoch, die Gidget mitgebracht hatte, hielt sie an der Seite fest und griff nach seinem Rucksack.

„Geben Sie mir die Schlüssel. Ich werde Ihnen Ihre Zimmer zeigen." Er hielt sie ihr hin, und sie las die Zimmernummern, die in die Anhänger eingraviert waren. „Ah, in diesen Räumen sind die Laken frisch. Ich habe sie erst gestern gewechselt, aber Sie werden mehr Handtücher brauchen. Die meisten Räume hier oben werden als Lagerräume genutzt, aber Tristans Räume und sein Atelier sind hier oben im rechten Flügel. Sie sind gegenüber im linken Flügel. Er hat Ihnen gesagt, dass zwei von Ihnen sich ein Zimmer werden teilen müssen."

„Das ist in Ordnung." Wolf schnappte sich schnell zwei der Koffer, die anderen würde er später holen, als Mara sich umdrehte und auf leisen Sohlen in Richtung des linken Flügels davonging. „Gidget und Matt sind … verlobt."

„Dann sollen sie das größere Zimmer bekommen."

Die Frau war fast dreißig Zentimeter kleiner als er, aber ihr zu folgen brachte Wolf außer Atem. Er fühlte sich wie ein Wasserbüffel, der hinter ihren eleganten Schritten hertrampelte, während Gidgets Hartschalenkoffer gegen alles zu schlagen schien, was sich in dem Flur befand. Er hätte fast einen halbrunden Tisch mit einer pinkfarbenen Hutschachtel darauf zerstört und dann beinahe einen viktorianischen Ganzkörperspiegel irreparabel beschädigt, als er sich schnell umdrehte, um den wackelnden Tisch festzuhalten. Der Flur war schmaler als die Flure in den unteren Stockwerken und Wolf nahm an, dass der dritte Stock einst die Quartiere der Bediensteten beherbergt hatte, was Mara ihm schnell mit einem kurzen Nicken bestätigte.

„Der Dachboden ist nicht sehr groß und fast voller Möbel. Wir benutzen diese Räume wirklich nur für Gäste, die kurzfristig anreisen. Sie waren früher kleiner, aber der verstorbene Mr. Pryce hat viele Wände entfernt, damit die Räume größer werden. Jedes Zimmer hat sein eigenes Badezimmer, daher müssen Sie sich kein Bad teilen."

Der lange Flur des L-förmigen Flügels hatte nur vier Türen, zwei am Übergang ins Haupthaus und zwei weiter hinten. Eines der großen bogenförmigen Fenster, die Wolf von draußen gesehen hatte, ließ am Nachmittag ein wenig blasses Licht in den Flur und brachte die Goldfäden in dem Rosenteppich unter seinen Füßen zur Geltung. Mara zeigte auf die nächstgelegenen Türen und sagte: „Das sind Lagerräume. Größtenteils für Laken. Wenn Sie etwas brauchen, bitte bedienen Sie sich. Wenn Sie frische Handtücher brauchen, stecken Sie die gebrauchten in den Wäschekorb, und ich werde sie ersetzen, wenn ich morgens die Betten mache."

„Sie müssen uns nicht bedienen", sagte Wolf leise. „Wir sind hier, um zu arbeiten. Wir können unsere Betten selbst machen und die Laken wechseln, wenn Sie viel zu tun haben."

Die Frau schaute ihn unergründlich an, dann steckte sie einen der Schlüssel in ein Schloss und öffnete eine Tür auf der rechten Seite des Flurs. Sie stieß die Tür auf und bedeutete Wolf, hineinzugehen. „Wenn Sie das kleinere Zimmer nehmen, dann ist dies hier Ihr Zimmer. Es zeigt zu den Gärten seitlich vom Haus, nicht zum Vorgarten, und das Badezimmer ist ein wenig größer. Beide Zimmer haben jeweils nur ein Bett, aber sie sind groß. Dieses hier sollte groß genug für jemanden wie Sie sein. Ihre Füße sollten nicht über den Bettrand hängen."

Nachdem er die Koffer vor der anderen Tür abgestellt hatte, betrat Wolf das Zimmer, und seine Liebe für alte Häuser flammte auf.

Das, was man auf dem Grange unter einem kleineren Zimmer verstand, war ein himmelweiter Unterschied von Wolfs Verständnis davon. Er war in einem Wandschrank von einem Zimmer aufgewachsen. Auf die Art hatte er wenigstens etwas Privatsphäre gehabt, aber damals hatte er sich geschworen, dass er einmal an einem Ort leben würde, wo er seine Ellenbogen ausstrecken konnte, ohne dabei an eine Wand zu schlagen.

In dem sogenannten kleineren Zimmer konnte er höchstwahrscheinlich ein Rad schlagen und hätte dann noch genug Platz für ein Tänzchen. Ein riesiges Himmelbett stand an der gegenüberliegenden Wand, eine dicke rote Daunendecke und eine Wagenladung Federkissen inklusive. In dem Zimmer waren zwei alte Schränke, ein Sideboard, zwei Ohrensessel und eine Sitzecke am Fenster mit noch mehr Kissen. Eine geöffnete Tür rechts gab ihm einen guten Blick auf ein sehr modernes Badezimmer, aber der Rest der Möbel zeigte deutliche Spuren von Alter und Möbelpolitur.

Es wirkte einladend, gemütlich und luxuriös.

Wolf fragte sich, was er wohl tun müsste, um hier einzuziehen.

„Ist es Ihnen recht?" Maras leises Murmeln unterbrach seine Bewunderung des Raumes. „Wir haben wirklich nichts anderes frei. Die anderes Zimmer sind … belegt."

Wolf riss sich los und sah die Frau mit einer hochgezogenen Augenbraue an, als ihm wieder einfiel, warum er hier hergekommen war. „Glauben Sie das? Dass dieser Ort ein Hotel für Geister ist?"

„Es gibt so viele Dinge auf der Welt, die ich mir nicht erklären kann, Dr. Kincaid", wandte Mara ein. „Und wenn Tristan sagt, dass Geister hierherkommen und drei Tage bleiben, bevor sie in ihr nächstes Leben weiterziehen, steht es uns dann zu, zu sagen, dass er unrecht hat … oder verrückt ist?"

„Sieht er sie? Spricht er mit ihnen?" Wolf runzelte die Stirn und dachte an den schlanken, blonden Mann, den er unten gesehen hatte. „Als wir ankamen, hat er angeblich gerade jemanden eingecheckt. Soll ich wirklich glauben, dass er jemandem helfen wollte, oder war er einfach nur unhöflich zu uns, weil er uns nicht hier haben will?"

„Naja, Sie können glauben, was Sie wollen. Wenn Sie recht haben, dann tut Tristan niemandem weh. Aber wenn Sie unrecht haben und seine Familie es schafft, ihm den Grange wegzunehmen, dann haben Sie einen Anteil daran, dass jede verlorene Seele, der er *hätte* helfen können, dazu verdammt ist, auf ewig auf der Erde zu wandeln." Mara verschränkte wieder ihre Hände und strahlte eine Ruhe aus, die Wolf verstörend fand. „Also, wenn das dann alles ist, werde ich mich jetzt verabschieden. Wir hoffen, Sie werden Ihren Aufenthalt auf dem Grange genießen."


„Du hättest sie zu ihren Zimmern bringen sollen, Tristan Pryce", sagte Mara, als sie den Salon des Kutschenhauses betrat. „Dein Onkel wäre enttäuscht von dir."

„Ich weiß." Tristan wusste, dass sie recht hatte. Onkel Mortimer war zu jedem freundlich gewesen, der über die Schwelle des Grange trat. „Es ist nur … er hat mich wütend gemacht."

Und da er gerade ehrlich mit sich selbst war, musste Tristan auch zugeben, dass Dr. Wolf Kincaid Emotionen und Gefühle in ihm geweckt hatte, mit denen er sich noch nicht befassen wollte. Bis zu dem Moment, als er den großen ungehobelten Wissenschaftler gesehen hatte, war es nur eine theoretische Vorstellung gewesen, dass er sich zu Männern hingezogen fühlte. Doch als er dem blauäugigen lachenden Mann mit dem kantigen Kinn gegenüberstand, der nach Sonnenschein und Kirschen roch, konnte Tristan an nichts anderes denken, als an die großen Hände des Mannes, die unter sein T-Shirt fuhren und jeden Zentimeter seiner Haut erkundeten.

Er hatte es nie wirklich verstanden, dass er sich zu Bad Boys hingezogen fühlte, bis Wolf Kincaid sein Foyer verdunkelt hatte. Seine Jeans saßen tief auf den Hüften und waren an vielen Stellen so abgewetzt, dass Tristan ohne Probleme die dicken Muskeln erkennen konnte, die sich unter dem verführerischen, schweren Etwas bewegten, das sich links von Kincaids Reißverschluss befand. Seine dunkelbraunen Haare hatten einen Haarschnitt wahrscheinlich nötiger als die von Tristan. Etwas, dass er nie für möglich gehalten hätte, da er seinen blonden Wirrwarr regelmäßig vergaß, bis er nicht mehr darunter hervorschauen konnte. Wolf Kincaid allerdings ließ die strubbeligen Strähnen erscheinen, als sei er gerade nach einer langen Nacht voll heißem Sex und geölten Fingern aufgestanden.

Wegzulaufen war die einzige Möglichkeit gewesen, aber Tristan blieb, solange er konnte, und klammerte sich an die Kante der Rezeption, damit er nicht über den Tresen kletterte, seine Beine um Kincaid schlang und den Mann anbettelte, seinen jungfräulichen Körper zu öffnen und alles mit ihm zu machen, was er wollte.

„Sie sind also eine Woche lang hier?" Maras Blick bohrte sich in ihn und er war sich sicher, dass er ihn noch sehr lange würde fühlen können. Er hatte Mara schon gekannt, bevor er gelernt hatte zu laufen, und es gab Momente, in denen er sich sicher war, dass sie direkt in seinen Kopf sehen und seine peinlichsten Gedanken hervorlocken konnte. Besonders, seit seine Gedanken zu Wolfs Zunge drifteten und er sich fragte, wie es sich wohl anfühlen würde, wenn sie seinen Rücken entlangfuhr. Tristan nickte mit hochrotem Kopf. Er war immer noch wütend auf die Quacksalber auf seiner Türschwelle und mehr noch auf seinen Onkel, aber sie hatten ihn schon viel zu lange in Ruhe gelassen. Onkel Mortimer hatte ihn gewarnt, dass die Familie versuchen würde, sich einzumischen. Er hatte bloß gehofft, dass er schon lange tot wäre, bevor sie ihre Nasen in Angelegenheiten steckten, die sie nicht verstanden.

„Kincaid sagte Montag, aber du kennst diese Art von Leuten." Er ließ sich in einen weichen Sessel mit Blumenmuster sinken. Hellsinger Investigations waren nicht die ersten neugierigen Geisterjäger, mit denen sie es zu tun hatten, aber sie waren mit Sicherheit die Ersten, die seine eigene Familie geschickt hatte. „Wenn sie zu viel mitbekommen, müssen wir sie rauswerfen. Vielleicht sollte ich mir Dobermänner zulegen. Große, abgerichtete, grausame Dobermänner. Die nur Deutsch verstehen. Und Wissenschaftler beißen."

„Das wäre wirklich besser, als dieser haarige Feigling zu deinen Füßen." Mara schnaubte, als Boris sich reckte, umdrehte und sein linkes Hinterbein in die Luft streckte. „Er würde sich eher im Schlaf die Zunge abbeißen, als dich zu verteidigen."

„Schon, aber ich habe ihn, um mir Gesellschaft zu leisten", murmelte Tristan und rieb den Bauch des Hundes mit seinen blanken Zehen. „Ich will die Dobermänner, damit sie Leute fressen."

„Solche Reden bringen dich auf jeden Fall ins Irrenhaus." Ihre Finger fuhren durch ein Stück Garn und ihre Stricknadeln auf Metall zwinkerten Tristan zu, als sie den Faden in etwas verwandelte, das er nie tragen würde. „Soll ich sie vergiften? Schlechte Meeresfrüchte? Vergammeltes Schweinefleisch?"

„Nein, dann würden nur andere kommen." Sein Stöhnen klang wie das des Hundes. „Der verdammte Doktor sieht auch noch gut aus. *Das* hat mir gerade noch gefehlt."

„Deine Ausdrucksweise, mein Lieber", korrigierte sie ihn sanft. „Wenn du schon fluchen willst, dann mach es auch richtig."

23

„Tut mir leid. Der bescheuerte Doktor", murmelte Tristan.

„Schon besser. Es fehlt immer noch die richtige Schärfe, aber das liegt dir einfach nicht." Sie seufzte und legte ihre Strickarbeit in ihrem Schoß ab. „Hast du schon einmal darüber nachgedacht in die Stadt zu fahren und etwas Spaß zu haben? Vielleicht findest du jemanden, der dir hilft?"

„Na klar, es ist garantiert jemand, der Geister sehen und mit ihnen sprechen kann, auf der Suche nach einem Job." Sein kleiner Finger steckte in einem Knoten im Fell an der Flanke von Boris fest und er musste ihn erst befreien. „Himmel, kannst du dir vorstellen, was aus mir geworden wäre, wenn Onkel Mortimer mich nicht aufgenommen hätte? Ich würde sabbernd in einer Ecke sitzen und aus den Haaren an meinen Beinen Körbe flechten."

„Ich habe deine Beine gesehen, mein Lieber." Mara schielte auf Tristans Schienbeine. „Sie sind so kahl wie ein frisch geschlüpfter Vogel. Hast du bei dem Doktor irgendwas gespürt? Ist er ... wie sagt man? Ein Mitspielerling?"

„Du meinst wohl, ob er im gleichen Team spielt? Ich glaube, das Wort Mitspielerling gibt es gar nicht." Er dachte kurz darüber nach und meinte, dass er recht hatte. „Ich hatte nicht das *Gefühl*, dass er schwul ist. Scheiße, ich weiß nicht mal sicher, ob *ich* schwul bin. Wie zu Teufel soll ich dann wissen, ob jemand anderes es ist? Es sollte einen geheimen Handschlag oder etwas Ähnliches geben. Der beschissenste Club überhaupt."

„Dieser Fluch passt besser." Sie nickte anerkennend. „Sehr natürlich. Und jetzt erzähl mir von dem Doktor und warum du wegen ihm so rot wirst wie ein Ferkel, das man kräftig versohlt hat?"

# 3

Hoxne Grange war wie eine Schüssel Rice Krispies, über die jemand Pop Rocks geschüttet und das Ganze dann angezündet hatte.

Sobald Gidget ihr erstes EMF-Messgerät eingeschaltet hatte, begann es zu blinken und spielte 'Yankee Doodle Dandy' und wechselte dann zu einer Coverversion von 'Rapper's Delight' von R2-D2.

Und von ihrer Ausrüstung war dieses Gerät noch das am wenigsten empfindliche.

„Fick mich." Es war selten, dass Gidget sprachlos war, aber es hatte fast eine Minute gedauert, bis ihr diese Obszönität eingefallen war. „Ich meine es ernst ... fick mich."

Das überraschendste war aber das Ausbleiben von Matts üblicher Antwort *Mach ich doch sowieso*. Hellsingers Kameramann stand mit offenem Mund regungslos vor einer Reihe Schalttafeln und Monitoren, die nicht eingeschaltet waren, als das EMF eine neue Litanei aus Quietschen und Piepsen anstimmte.

„Hast du es fallen lassen?" Wolf holte das Netzteil hervor und schaltete den Scanner erneut ein. Das EMF wiederholte seine Reaktion, und wenn es auf dem Tisch herumgetanzt und 'Hello My Baby' gesungen hätte, wäre Wolf nicht überrascht gewesen.

„Hast du mich gerade wirklich gefragt, ob ich einen Teil der Ausrüstung habe fallen lassen?" Gidgets Ananas-Ohrringe klimperten verärgert, als sie den Kopf herumriss und ihn anfunkelte. „Ernsthaft? Ausgerechnet *du*?"

„Ich habe *ein* EMF-Messgerät fallen lassen und das willst du mit noch die nächsten zehn Jahre vorhalten?" Er kletterte auf einen der breiten Bankett-Tische, die sie an die Wand des Ballsaales geschoben hatten, und beschäftigte sich mit den Verbindungssteckern.

„Du hast es in den Mississippi geworfen", fauchte sie Wolf an, bevor sie unter den Tisch glitt, um einen weiteren Überspannungsschutz anzuschließen.

„Es hat *gebrannt*. Erinnerst du dich?", gab er zurück und starrte durch den Spalt zwischen dem Tisch und der Wand auf seine Technikerin hinab.

„Weil du zu diesem Poltergeist gesagt hast, er solle mit dem Quatsch aufhören und herauskommen", warf Matt ein. „Und das muss er falsch verstanden haben, denn er hielt sich für einen Kriegshelden, dabei war er der größte Feigling überhaupt."

„Angeblicher Poltergeist", brummte Wolf zurück.

„Das EMF-Messgerät *Hat. Gebrannt.*" Matt begann, seine Kameratasche auszupacken und die Kabel, die er brauchte, auf einem kleineren Tisch zu sortieren. „Ich bin mir sicher, dass du uns eines Tages ins Grab bringen wirst."

Gidgets Stimme erklang unter dem Tisch. „Ich will hoffen, dass wir dann verheiratet sind, damit ich deine Lebensversicherung kassieren kann."

„Geister ... wenn sie denn existieren ... können einen nicht töten." Wolf fand das Ende einer Leitung und stöpselte ihren wichtigsten Spektralanalysator ein. Glücklicherweise begann das Gerät nicht 'Glory, Glory, Hallelujah' zu singen, denn er lag gerade darauf. „Seht ihr? Dieser hier tut gar nichts. Etwas muss mit dem anderen –"

„Er ist nicht eingeschaltet", sagte Matt und langte unter Wolfs Bauch zum Netzschalter des Analysators. Er sprang an und auch wenn er nicht 'Glory, Glory, Hallelujah' spielte, kam es dem doch nahe genug, dass Wolf meinte, eine Horde geflügelter Frauen zu sehen, die sich auf sie stürzen wollten. „Ja, anscheinend ist das hier auch defekt. Naja, das ist ein wirklich schönes Haus. Zu schade, dass wir jetzt gehen müssen."

„Ich gehe keinen Schritt vor diese Türen, bevor ich nicht die Badewanne oben ausprobiert und alle Badezusätze benutzt habe." Gidget kam unter dem Tisch hervor und klopfte ihre Hose ab. „Okay, erleuchte uns, Babe."

Matts Hände flogen über die Ausrüstung, drehten und drückten Knöpfe, bis die Konsole von grünen und roten Lichtern erstrahlte. Die Monitore leuchteten blau und rauschten, als sie begannen, Messwerte anzuzeigen. Eines nach dem anderen schaltete sich jedes Gerät ein, scannte ihre unmittelbare Umgebung und verglich die gesammelten Daten mit den Kontrollwerten, die Wolf einprogrammiert hatte.

Der Lärm ließ sie alle einen Schritt zurückzutreten und Gidgets einfallsreiche Flüche gingen in dem schnellen Crescendo eines der Nachtsichtgeräte unter, als dieses überlud. Das Kreischen wurde lauter. Dann explodierte das Nachtsichtgerät und Funken regneten auf den Tisch und den Marmor-Fußboden des Ballsaals. Rauch drang darunter hervor und stieg nach oben, gefolgt vom Ausbruch einer kleinen Flamme, die sich schnell über das gesamte Gerät ausbreitete.

Alle stürzten sich auf einen der Feuerlöscher und Gidget war die Erste, die das Gerät mit gezückter Düse einschäumte. Das Feuer erstarb knisternd und sie sprühte die Überreste ein weiteres Mal ein, bevor sie den geschmolzenen Haufen aus Plastik und Elektronik mit einem Bleistift anstupste, der hinter ihrem Ohr gesteckt hatte.

„Fick. Mich." Gidget schüttelte den Kopf und fluchte weiter.

„Wem sagst du das." Matt wischte sich mit einem Papiertuch den Schweiß aus dem Gesicht. „Stellt euch vor, was wohl passiert wäre, wenn ich *das hier* eingeschaltet hätte."


Es dauerte fast eine halbe Stunde, bis Wolf den Eigentümer des Grange gefunden hatte. Eigentlich hätte es einfach sein sollen, aber die Echos, die durch das leere

Anwesen hallten, lockten Wolf in eine Vielzahl von Räumen im ersten und zweiten Stock und zwischendurch auch zurück in den Ballsaal, weil er dachte, er hätte etwas gehört.

Und er fand Matt und Gidget auf einem der Bankett-Tische, halb nackt und sehr erregt.

„Himmel!" Er drehte sich um und hielt sich die Augen zu. Hinter ihm erklangen hastige Geräusche, Flüche und Geraschel, aber Wolf wagte nicht hinzusehen. „Das will ich *nicht* sehen."

„Warum zum Teufel bist du zurückgekommen?", fuhr Gidget ihn an. Den Geräuschen nach zu urteilen hüpfte jemand herum, entweder, weil er versuchte, sich eine Hose anzuziehen oder weil er einen Schuh suchte. „Du solltest weg sein. Also ... *verschwunden!*"

„Sieht nicht so aus", murmelte Matt irgendwo hinter Wolf. „Er scheint in der Tür zu stehen, als wäre er meine Mutter."

„Also, macht ... baut einfach die Ausrüstung auf und ich versuche Thursday Addams zu finden." Wolf verzog das Gesicht, als er ein weiteres Krachen vernahm. „Und ihr beide ... seht zu, dass wir wegen euch nicht aus dem Haus geworfen werden."

Wolf trat aus dem Ballsaal und stieß hinter einer Ecke mit Mara zusammen. Er taumelte einen Schritt zurück und sein Herz hämmerte wie die piepsenden Geräte, die er im Ballsaal zurückgelassen hatte.

„Scheiße!" Wolf rieb sich über das Gesicht und sagte seinem Herz, es solle sich zusammenreißen. „Tut mir leid. Ich ... Sie haben mich zu Tode erschreckt."

„Entschuldigen Sie sich nicht für Ihr Schimpfwort, Dr. Kincaid." Mara schürzte verachtend die Lippen. „Wenn die Situation nach einem passenden Fluch verlangt, dann ist das eben so. Ich bin kein zartes Pflänzchen, das gleich die Fassung verliert, weil ein Mann ein böses Wort verwendet hat. Also, kann ich ihnen helfen? Oder spazieren Sie nur herum, um sich mit dem Haus vertraut zu machen?"

„Ich bin auf der Suche nach Pryce." Sein Herz hatte sich beruhigt. „Ich wollte ihn bitten, uns zu erlauben, Kameras aufzustellen, um eventuelle Aktivitäten zu dokumentieren. Und vielleicht etwas über die Geschichte des Anwesens zu erfahren. Falls Sie das nicht übernehmen wollen."

„Wegen der Kameras müssen Sie auf jeden Fall mit ihm sprechen. Und was die Geschichte des Grange angeht, nehme ich an, dass Sie von den ätherischen Gästen sprechen. Darüber müssen Sie *definitiv* mit Tristan sprechen. Zu diesem Thema habe ich keine Meinung." Sie beobachtete ihn, und Wolf kratzte mit den Füßen über den Boden. Er fühlte sich wie ein kleiner Junge, der beim Stehlen von Keksen ertappt worden war. „Gehen Sie einfach in den dritten Stock und dann nach rechts statt nach links. Sie werden ihn in seinem Atelier vorfinden. Er hat sich gerade Kaffee geholt. Ich bin sicher, er gibt Ihnen auch eine Tasse ab, wenn Sie eine mitnehmen. Dort stehen welche auf dem Sideboard."

„Vielen Dank, Mara", sagte er leise. „Ich weiß es zu schätzen, dass Sie sich um uns kümmern."

Ihre Slipper quietschten leise und Wolf sah der Frau nach, als sie in dem dunklen Flur auf dem Weg in den hinteren Teil des Hauses verschwand. Wolf nahm sich eine schwere weiße Kaffeetasse von einem Tablett auf dem Sideboard und eilte die Treppe hinauf auf der Suche nach dem blonden Mann, der ihn fast so sehr aus dem Gleichgewicht gebracht hatte wie das Haus selbst.

Anders als der Flügel, den Wolf sich mit seinen beiden Technikern teilte, war Tristans Flügel mit einer soliden Eichentür verschlossen, auf der ein diskretes Schild darüber informierte, dass man sich in einem privaten Bereich befand. Klopfen würde ihm wahrscheinlich nicht helfen, nach dem Blick zu urteilen, den Pryce ihm zugeworfen hatte, als er den Mann zum letzten Mal gesehen hatte.

„Klopfen oder einfach hineingehen?" Wolf legte seine Hand an den Griff und stellte dann fest, dass die Tür einen Spalt geöffnet war. „Okay, das war leicht. Auf zu Don Quijote."

Dieser Flügel des Gebäudes war definitiv nach dem Geschmack von Tristan Pryce eingerichtet. Als er den Eingangsbereich durchquert hatte, fand sich Wolf im Wohnbereich den Appartements wieder, und er nahm sich einen Moment, um ein Gefühl für den Mann zu bekommen, mit dem er sprechen wollte. Es waren keine antiken Möbelstücke zu sehen. Die Möblierung war eher modern gestaltet; bodenständig anmutende Stücke mit gemütlichen Polstern in freundlichen Farben, und weiche, hauchdünne Vorhänge, die die großen Fenster des Gebäudes verhängten. An fast jeder Wand standen mindestens zwei Bücherregale, vollgestopft mit einer interessanten Mischung aus Literatur und Fotobänden. Der Bereich wirkte bewohnt und hatte nichts von der polierten Starre des Hauses auf der anderen Seite der Eingangstür des Appartements, aber es waren die Kunstwerke an den Wänden, die Wolfs Aufmerksamkeit erregten.

Es waren sehr viele Kunstwerke.

Und sie alle zeigten Monster.

Sie waren wie eine Sammlung alter Familienportraits arrangiert und variierten in Größe und Stil, aber der Inhalt war durchgehend fantastischer Natur. Ein dämonischer Hase mit schwarzen Flügeln und einem Katana hielt mit konzentrierter Miene ein Nagetier fest und hörte ihm zu. Daneben brach eine wilde Horde aus Büchern und Karten hervor und war in eine Schlacht mit Banshees und Meermännern verwickelt. Einige Stücke waren nachdenkliche Kunst, Portraits oder einzelne Ausschnitte, während andere komplette Szenerien darstellten. Bei allen waren die Farbtöne genau abgestimmt und sie waren mit schwarzem Stahl gerahmt.

Aber dennoch … Monster.

„Fick mich." Wolf lieh sich Gidgets Lieblingsfluch aus. „Du bist *wirklich* Thursday Addams."

Irgendwo im Appartement sangen die Gorillaz über ein grünes Haus und Wolf ging durch den Flur in Richtung Vorderseite des Hauses. Die Suite war riesig und nahm die gesamte Länge des Flügels ein, der gegenüber von den Zimmern der Hellsingers lag.

Da er unsicher war, wo er den Eigentümer des Grange finden würde, ließ sich Wolf von der Musik und dem Geruch von gutem Kaffee leiten.

Tristan Pryce saß in einem Papasansessel und hatte seine langen, schlanken Beine vor sich verschränkt. Der Sessel war zum Fenster hin ausgerichtet, sodass das Licht des späten Nachmittages auf blanke Seiten fiel, die auf einem großen Zeichentisch vor ihm verteilt waren, und sein weicher Glanz ließ Tristans Haar weizenfarben und golden erscheinen. Der Mann hielt eine dampfende Tasse fest und sein Zeigefinger tippte dagegen, während er aus einem der Bogenfenster starrte. Ein verwaschenes graues T-Shirt bedeckte seinen Oberkörper und seine Falten umspannten Tristans Bauch. Seine Füße waren nackt und seine Knie schauten aus Löchern in seinen Jeans hervor. Breite weiße Stellen und Fäden waren auf dem Stoff zu sehen, und danach zu urteilen, wie Tristan in Gedanken versunken an einer solchen Stelle an seinem Oberschenkel spielte, konnte Wolf sich gut vorstellen, wie die Löcher entstanden waren.

Der Mann war eher Aristokrat als Raufbold, sowas von *überhaupt nicht* Wolfs Typ, aber sein Schwanz sah das anders. Er zuckte und füllte sich, seine Eier zogen sich an seinen Oberschenkeln zusammen, und Wolf blieb in der Tür stehen und griff sich in den Schritt, um sich etwas Erleichterung zu verschaffen.

Natürlich war genau dies der Moment, in dem Tristan Pryce wahrnahm, dass noch jemand anders im Raum war, über die Schulter sah und Wolf mitten in der Bewegung ertappte.

Er überspielte es. Er hatte jahrelange Übung darin. Er war darin sehr gut, egal, was seine Mutter davon hielt. Wolf räusperte sich und hielt die Tasse hoch, die er mitgebracht hatte.

„Kann ich mir eine Tasse Kaffee ausleihen?" Er ließ die Tasse von seinem Zeigefinger hängen und schwang sie leicht hin und her.

Tristan wies mit dem Kinn zu einer eleganten Kaffeemaschine aus Edelstahl auf einer Anrichte, deren Glaskanne fast voll mit dem dunklen Gebräu war. Das Gerät war viel moderner als das alte, viel benutzte Plastikmodell in der kleinen Einbauküche, und nach der Vielzahl an unterschiedlicher Kaffeemilch zu schließen, ein zentraler Punkt im Leben ihres Besitzers. Wolf musste über einen großen Berg aus bräunlich-grauem Fell steigen, um zu der Kaffeekanne zu gelangen. Der Hund brummte gutmütig und schnaubte, als er dessen Kopf tätschelte.

„Wer ist das?" Er kraulte die Ohren des Wolfshundes. Die Hinterbeine des Hundes bewegten sich im Rhythmus zu Wolfs Zuwendung und er seufzte zufrieden, als Wolf sanft an seinem Fell zog.

„Das ist Boris, der Feige. Im Kühlschrank ist Kaffeemilch mit Crème brûlée-Geschmack, wenn Sie möchten." Tristan deutete auf den großen Schrank neben der Kaffeemaschine. „Das oberste Fach in der Tür."

„Danke", murmelte Wolf und durchquerte den Raum. Sein Schwanz zuckte wie eine Wünschelrute und Tristan schien seine Vorstellung von einer Wasserader zu sein, denn er hätte schwören können, dass dessen Kopf starr auf den blonden Mann fixiert blieb, als er seine Tasse füllte.

„Woher wussten Sie, dass ich hier oben Kaffee habe?"

„Mara hat es mir gesagt", antwortete er, während er einen Teelöffel Zucker einrührte. Wegen der Kaffeemilch war er unsicher, also öffnete er den Kühlschrank, schnappte sich die Flasche und öffnete sie, um daran zu riechen.

„Mara?" Der Mann klang überrascht und Wolf schielte neugierig zu ihm hin. „Mara hat Ihnen gesagt, dass ich hier oben bin? Mit Kaffee?"

„Ja, sie war unten, als ich aus dem Ballsaal kam." Er gab etwas Kaffeemilch in seine Tasse, dann stellte er sie zurück und rührte den Kaffee um. Der Raum war ähnlich wie der vordere Raum möbliert und er setzte sich auf eine tiefe, rote Couch in der Nähe von Tristans Papasansessel. „Ich hatte nach Ihnen gesucht, und sie sagte mir, Sie seien hier oben. Der Kaffee war ein Bonus. Ich wollte in die Küche gehen und sehen, was ich dort finden kann."

„Sowas." Wolf konnte Tristans Gesichtsausdruck nicht einordnen. „Okay."

An den Wänden von Tristans Atelier waren noch mehr Monster. Anders als die Förmlichkeit der Kunstwerke im Wohnzimmer waren die Stücke an den Wänden des Ateliers Skizzen und Charakterstudien, größtenteils mit Klebeband an die Wand bei Tristans Arbeitsplatz befestigt. Einige fertige Stücke hingen gegenüber von den Fenstern, eine Galerie von wild und kuschelig aussehenden Kreaturen, die aus ihren Rahmen lachten, als seien es Schulfotos der Verdammten.

Wolf brauchte etwas, um seine Hände zu beschäftigen, irgendetwas, um seine Gedanken von dem Mann abzulenken, der die Augen wie ein Chamäleon bewegte, und seiner scheinbar knochenlosen, sexy Pose. Er erblickte einen roten Flummi auf einem Tisch neben der Couch, und er wollte ihn gerade nehmen, als Tristans scharfe Stimme ihn aufhielt.

„Nicht. Wenn Sie den einmal in der Hand halten, lässt er sie nie wieder in Ruhe", warnte Tristan ihn. „Sie werden den Ball in ihrer Badewanne finden, wenn Sie nicht aufpassen."

„Der ist doch zu klein für ihn." Wolf hielt den Ball in der Handfläche und schätzte seinen Umfang. „Haben Sie keine Angst, dass er ihn verschluckt?"

„Es ist nicht Boris, wegen dem Sie sich Gedanken machen müssen. Legen … Sie ihn einfach wieder hin."

Wolf legte den Ball zurück und sah sich um. Ein Schaf-Warzenschwein-Mutant-Kuscheltier saß neben Wolf auf der Couch und er nahm es, betrachtete sein fuchsiafarbenes Fell, wie von einer Orchidee, und die leuchtend blauen Hörner, die sich um seine plumpen Wangen wanden. Zwei goldene Ohrringe hingen von dem linken Ohr des Spielzeugs und weiße Stoßzähne schauten aus dem schmalen Mund hervor. Seine gelben Glasaugen starrten Wolf unter rauen, finsteren Augenbrauen bösartig an.

„Das ist Vernon", sagte Tristan leise.

„Vernon?" Wolf setzte das … Ding … wieder auf seinen Platz.

„Er ist Carls Monster." Der Mann begann, wieder an seine Tasse zu tippen.

„Er?" Wolf beäugte die Kreatur. „Er wirkt etwas … blumig?"

„Das ist sein Fluch, jedenfalls denkt er das." Etwas in den Augen des blonden Mannes sagte Wolf, dass er gerade einem Test unterzogen worden war und ihn nicht bestanden hatte. „Er ist ein männliches Monster mit einem pink- und lilafarbenen Fell und deshalb hält er sich nicht für einen guten imaginären Freund für Carl. Wegen seines Aussehens. In ihrem Buch muss Vernon verstehen, dass er sein kann, wer auch immer er sein will, solange er ein gutes Monster ist. Das ist alles, was Carl braucht. Dass sein Monster ihm ein zuverlässiger, lieber Freund ist."

„Und tut er es?" Der verurteilende Blick milderte sich etwas und erhellte den dunklen Goldton in Tristans Augen zu einem leuchtenden Bernsteinton. „Ich meine verstehen."

„Nach einer Weile." Tristan drehte sich in seinem Sessel um und sah Wolf direkt an. „Aber ich glaube nicht, dass Sie hier heraufgekommen sind, um mit mir über meine Monster zu sprechen."

„Ich wollte mit Ihnen über die Möglichkeit sprechen, dass mein Team im Haus Kameras aufstellt. Keine Nägel oder Schrauben. Nichts, was Schäden zurücklassen würde, wenn wir sie wieder abnehmen." Wolf erklärte, wie die Halterungen mit Unterdruck in den Ecken von Räumen und Fluren funktionieren würden. „Wir wollen einen guten Überblick über das Gebäude haben, damit wir jede mögliche Aktivität aufnehmen können."

„Sicher." Tristan nickte langsam. „Das dürfte kein Problem sein. Sonst noch etwas? Habe Sie Ihre Zimmer bezogen?"

„Ja, Mara hat sie mir gezeigt." Wolf bemerkte die kleine amüsierte Falte auf Tristans Stirn. „Sonst zeigt sie den Gästen nicht ihre Zimmer? Sie ist die Haushälterin, richtig? Sie ist eine Angestellte, oder?"

„Sozusagen", sagte Tristan leise. „Eigentlich hat sie nichts mit den Gästen zu tun, lebendige oder anderweitige. Ich habe Mara eher als Angestellte geerbt. Sie hat für Onkel Mortimer gearbeitet und nachdem er verstorben ist, ist sie bei mir geblieben. Dies ist genauso sehr ihr Zuhause wie meines. Wir haben Reinigungspersonal, das sich um den Großteil des Hauses kümmert, aber sie wechselt die Laken, nachdem die Gäste uns verlassen haben."

„Auch wenn sie … nicht echt sind?", stichelte Wolf, weil der die Reaktion des Mannes sehen wollte.

„Nur weil jemand keinen Körper hat, heißt das nicht, dass er in einem Bett schlafen will, das zuvor jemand anderes benutzt hat", gab Tristan zurück. „Normalerweise wuselt sie vormittags durch das Haus und geht dann wieder zurück ins Kutschenhaus, um sich auszuruhen. Wenn ihr danach ist, jemanden herumzukommandieren, kommt sie manchmal wieder hierher zurück und sagt mir, dass es Zeit ist, das Abendessen zuzubereiten."

„Sie ist nicht die Köchin?" Falls er sich jemals zur Ruhe setzen musste und trotzdem ein Einkommen brauchte, schien der Job als Haushälter von Hoxne Grange genau das Richtige zu sein. „Ihre Tante sagte, wir müssten uns keine Gedanken machen, was die Mahlzeiten angeht, aber wenn ich Lebensmittel für meine Crew besorgen muss, dann lassen Sie es mich wissen. Dann fahre ich in die Stadt."

„Glauben Sie mir …" Tristans plötzliches Auflachen war eine Welle der Freude. „Sie wollen *nicht*, dass Mara für uns kocht. Sie ist grauenhaft in der Küche. Nein, ich werde kochen. Es ist genug in der Speisekammer und im Kühlschrank unten für ein paar Tage, aber ich habe schon eine Bestellung aufgegeben. Morgen Vormittag werden die Lebensmittel geliefert, wenn das Personal hier ist. Kochen macht mir nichts aus, aber ich hasse es, Einkäufe zu verstauen."

Wolf grinste schelmisch. „Herr des Hauses und so weiter?"

„Nur was das Verstauen der Einkäufe angeht." Tristan neigte leicht den Kopf. „Und Abstauben. Oh, und Rasenmähen. Das überlasse ich den Profis. Kochen ist in Ordnung. Irgendwelche Allergien? Damit ich niemanden umbringe, den Sie noch brauchen."

„Nicht, dass ich wüsste." Wolf drehte seine Tasse in den Händen. „Da ich nun schon einmal hier bin, macht es Ihnen etwas aus, wenn ich Ihnen ein paar Fragen über diesem Ort hier stelle? Für Hintergrundinformationen?"

„Welche Fragen?" Jegliche Kameradschaft, die sich zwischen ihnen aufgebaut hatte, verwandelte sich unter Tristans harten, argwöhnischen Blick in Asche. „Ob ich Medikamente nehme? Die Antwort darauf lautet nein."

„Eigentlich habe ich mich gefragt, warum Sie der Besitzer des Grange sind, statt Ihres Onkels Walter. Ihre Tante schien der Ansicht zu sein, dass das Anwesen an ihn hätte gehen sollen. Da es der Familiensitz ist und so weiter. Wie ist das für Sie?"

„Sie würde es keinen Tag auf dem Grange aushalten", schnaubte Tristan. „Onkel Mortimer hat mir den Grange hinterlassen, weil er wusste, dass ich mich darum kümmern würde. Ashley würde die Gärten umgraben und einen Tennisplatz oder etwas Ähnliches bauen lassen."

„Und das wäre schlecht?"

„Unglaublich schlecht." Der blonde Mann fuhr sich mit den Fingern durchs Haar und verwob so die helleren und die dunkleren Strähnen miteinander. „Ob sie … oder Sie … es glauben oder nicht, Hoxne Grange *ist* ein Übergangspunkt für weiterziehende Geister. Es ist eine letzte Ruhepause, bevor sie diese Welt verlassen. Ashley würde dem Grange genug Schaden zufügen, um die Geister zu verjagen, vielleicht sogar, um sie für immer hier festzuhalten. Onkel Mortimer würde sich im Grabe herumdrehen, wenn das passieren würde. Ich werde den Grange nicht wegen der Gier anderer Leute opfern. Er hat eine *Aufgabe*. Ich bin bloß der Verwalter."

„Sie sagten drei Tage. Also bleiben sie … die Geister … drei Tage lang, und was dann? Gehen sie ins Licht?" Wolf war sich nicht sicher, was ihn mehr erstaunte, die Monster an den Wänden oder die Wahnvorstellungen dieses Mannes. „In den Himmel auffahren? Woher wollen Sie wissen, dass es nicht die Hölle ist?"

„Gott ist wie ein Vater. Welcher liebende Vater würde einen Ort der ewigen Qualen für seine Kinder erdenken?", schoss Tristan zurück. Er bewegte sich in seinem Sitz, streckte die Beine aus und wackelte mit den Zehen. Ein silberner Ring glitzerte an der vierten Zehe seines linken Fußes. „Und ja, sie … machen ihren Frieden, denke ich. Ich denke, das ist ein passenderes Wort dafür. Onkel Mortimer nannte es Himmel, aber ich weiß nicht. Der Grange zieht alle an, alle Religionen. Ich will dem, was die Seelen hier erlangen, keinen Namen geben, solange sie Frieden finden."

„Das klingt sehr modern. Der Grange steht also im Einklang mit dem Wandel der Zeit."

„Die Geister, die hier herkommen, stammen aus verschiedenen Epochen." Tristan sprach langsam, als würde er mit jemandem sprechen, der Probleme hatte, die einfachsten Dinge zu verstehen. „Heather, die Köchin, kommt jeden Dienstag. Sie stammt wahrscheinlich aus dem späten neunzehnten Jahrhundert. Ich denke, sie ist gestorben, als sie auf dem Weg zum Haus eines Lords war, um dort um eine Stelle zu bitten. Mein Onkel Mortimer dachte, dass sie vielleicht von jemandem getötet wurde, weil der Lord sie geschwängert hatte, aber das werden wir nie herausfinden."

„Sie bricht die Drei-Tage-Regel."

„Das tut sie. Ich weiß nicht, warum. Manchmal frag ich mich das, aber vielleicht wird sie niemals Frieden finden? Sie ist glücklich, während sie hier ist, als *wäre* Hoxne Grange vielleicht ihr Frieden", murmelte Tristan. „Ich unterhalte mich manchmal mit ihr. Heather mag es, sich mit den Gästen zu treffen, und sie alle mögen sie. Sie ist wirklich nett und es macht ihr nichts aus, wenn ein Kaufmann, der Hindu ist, um eine Alternative zu Rindfleisch bittet."

„Aber alle anderen ziehen weiter?" Wolf wünschte, er hätte sein Diktiergerät mitgebracht, oder wenigstens einen Block, um sich Notizen zu machen. „Haben Sie schon mal einen gesehen? Wenn er weiterzieht, meine ich."

„Die Gäste tun das, ja. Vielleicht zählt Cook nicht als Gast?" Der blonde Mann bewegte sich wieder, und das Silber an seinem Fuß blinkte verführerisch. „Und ja, ich habe ein paar gesehen, als sie über den Teich gingen und im Nebel verschwanden. Ich weiß nicht, wohin sie von dort aus gehen."

„Woher wissen Sie, dass sie … ausgecheckt haben?"

„Ihre Namen sind im Register durchgestrichen und Mara findet ihre Räume benutzt, aber leer vor. Manchmal lassen sie etwas zurück."

„Und immer am dritten Tag?" Wolf machte eine gedankliche Notiz, die Mythen zu diesem Thema zu recherchieren. Wenn Tristan viel Zeit mit seinem

Onkel verbracht hatte, könnte der ältere Mann seinen Neffen auf eine Art beeinflusst haben, die für Wolf nachweisbar war.

„Immer." Tristan nickte. „Fisch und Gäste stinken nach drei Tagen. Ich schätze, das Gleiche gilt für Geister."

„Also, was wird mit diesem Ort geschehen, wenn *Sie* gehen?" Wolf stellte seine Tasse ab und rutschte näher an den Rand der Couch. „Hoffen Sie, den Grange Ihren Kindern zu hinterlassen? Wie erkennen Sie, wer das Anwesen bekommen sollte? Woher wusste ihr Onkel, dass Sie der Richtige dafür waren?"

„Weil ich die Gäste des Grange sehen kann, seit ich ein Kind war."

Das Lächeln auf Tristans Gesicht war zurück, aber es war wehmütig und deutete auf eine innere Traurigkeit hin. Er sah verletzlich aus und flexibel genug, um in Wolfs Arme zu passen und sich mit heißen Küssen und forschenden Fingern in Ekstase versetzen zu lassen. Wolf riss seine Gedanken von der Vorstellung los, dass Tristans blasser Körper unter ihm auf der dunkelroten Tagesdecke in seinem Zimmer ausgestreckt lag, seine Jeans über seine Hüften gerutscht, und seine Brustwarzen von Wolfs Zähnen gerötet. Nein, auf den Verrückten, der auf Hoxne Grange lebte, scharf zu sein, war wirklich nichts, was Wolf gebrauchen konnte. Nicht im Geringsten.

Besonders, weil der Mann eine ganze Horde kleiner Plagen in die Welt setzen musste, damit seine Wahnvorstellungen seinen Tod überdauerten.

„Und was das Schicksal von Hoxne Grange angeht? Ich weiß nicht."

Tristans Zähne kauten auf seiner Unterlippe. „Eine Heirat ist kein Thema. Ich mag keine Frauen, nicht auf diese Art. Also, falls mich kein anderer Mann schwängert, werde ich im gleichen Boot sitzen wie Onkel Mortimer ... darauf hoffen, dass einer meiner Verwandten ein Kind hat, das genauso verkorkst ist wie ich."

Na toll, dachte Wolf. Bei diesem Job ging es nicht nur um einen heißen Irren, der dachte, er könnte mit Geistern reden. Der Typ war auch noch schwul und Single. Wenn Wolf sich jemals gewundert hatte, ob Gott einen Sinn für Humor besaß, dann hatte er jetzt den Beweis. Als ob Schnabeltiere nicht schon Beweis genug dafür waren.

# 4

DAS ABENDESSEN des Teams bestand aus hastig verschlungenen Roastbeef Sandwiches und Chips, die mit Kaffee und Diät-Cola heruntergespült wurden. Beflügelt von Tristans Erlaubnis, Kameras aufzustellen, hatte Wolf auf etwas Schnellem bestanden und auf eine Mahlzeit im Sitzen verzichtet. Innerhalb von einer halben Stunde hatte ihnen jemand vom Haushaltspersonal eine Platte vorgesetzt, die eines Banketts würdig gewesen wäre, mit Sauerteigbrot, sehr dünn geschnittenem Rindfleisch, selbstgezogenen Tomaten und einer Radieschen-Mayonnaise, die Gidget so sehr liebte, dass sie jeden mit dem Messer bedrohte, der zwischen ihr und dem Glas stand. Bewaffnet mit vollen Bäuchen und einer Sammlung von piepsenden Maschinen, arbeitete sich Hellsinger Investigations durch das Haus und legte seine Geisterfallen aus.

Um drei Uhr morgens überprüfte das Team die Verkabelung der Kameras, ging alles noch einmal durch und fiel anschließend erschöpft von dem langen Tag in das jeweilige Bett.

Um drei Uhr fünfundvierzig begannen die Geräusche.

Es gab keine Steigerung des Hämmerns von der Zimmerdecke über ihnen oder des Quietschens der Servierwagen, die durch den Flur geschoben wurden. Der Lärm begann ohne Vorwarnung, ein lautes Kreischen von Geräuschen ohne erkennbaren Ursprung.

Lärm, der sofort aufhörte, wenn Wolf, Gidget oder Matt ihre Zimmertüren öffneten.

„Ich gehe nach unten und sehe nach, was die Monitore erfasst haben", brummte Matt und rieb sich die Augen.

„Ich gehe mit dir." Wolf griff nach einem T-Shirt und zog es sich über den Kopf. „Da muss ein Auslöser oder so etwas an den Türen sein. Diese Art der Aktivität ist zu konzentriert … zu präzise. Das stinkt nach Betrug."

„Aber warum?", murmelte Gidget und schlurfte hinter ihnen her. Ihre Schlafbekleidung bestand aus einem Pyjama, bedruckt mit lächelnden Dinosauriern und Hai-Schlappen aus Plüsch, deren Maul sich mit jedem Schritt öffnete und schloss. „Er betreibt nicht wirklich ein Hotel. Es bringt ihm keinen Gewinn. Scheiße, er will nicht einmal eine Reality Show oder so etwas."

„Vielleicht ist es gerade das." Matt drückte den Knopf am Aufzug und das vogelkäfigartige Gefährt klapperte vom Erdgeschoss nach oben. „Er will es in eine dieser Sendungen schaffen. Ein national bekanntes Spukhaus daraus machen."

„Ich frage mich, warum der Aufzug nicht in dieser Etage ist." Wolf tippte auf die sorgfältig hergestellte Tür, die den Aufzugschacht sicherte. „Wir waren die Letzten, die ihn benutzt haben. Er hätte hier oben sein sollen."

„Also ist jemand unten?" Gidget gähnte. „Fuck. Es wäre scheiße, wenn er dahinterstecken würde. Er ist scharf."

„Ich stehe direkt neben dir", beschwerte sich ihr Freund, während er die Aufzugtür öffnete, sobald die Kabine zum Stillstand kam.

Gidget lehnte sich zu ihm und rieb seinen leicht gerundeten Bauch. „Ich liebe meinen haarigen Teddybär, aber ich bin nicht blind. Dieser Pryce ist heiß, aber ich hätte nie eine Chance bei ihm. Und ebenso wie Kincaid bevorzugt er die Sonderausstattung. Ich sollte mir mehr Gedanken machen, dass Pryce hinter dir her ist, als dass du dich sorgen müsstest, dass ich hinter ihm her bin."

„Scheiß drauf, nehmt ihr das Ding. Wir treffen uns unten." Wolf nickte in Richtung der Treppe. „Vielleicht können wir denjenigen erwischen, der für den Mist verantwortlich ist."

Er war ein paar Sekunden schneller als der Aufzug. Als Wolf um das Ende der Treppe zum zweiten Stock bog, hörte er, wie Matt sich darüber beschwerte, wie schnell der Aufzug nach unten fuhr, und die leichte Hysterie, als Gidget überlegte, ob sie sich wohl im freien Fall befanden. Wolf überließ es dem Paar, ihm zu folgen, als er zum Ballsaal ging und die Lichter dort einschaltete.

Nur um vom Anblick der Ausrüstung, die sie auf den Tischen aufgebaut hatten, bis zur Sprachlosigkeit geschockt zu werden.

„Heilige Scheiße." Matts normalerweise fröhliche Stimme wurde zu einem tiefen, zittrigen Flüstern. „Gott verdammt nochmal."

„Okay, wir haben ein Problem." Gidget schluckte. „Kincaid, ich werde bei diesem Fall eine Gefahrenzulage beantragen, denn verdammt … wir haben *wirklich* ein Problem"

Ihre gesamte Ausrüstung war von den Tischen geräumt und an der Wand aufgereiht, den Koffern und Kisten nach zu schließen. Jedes einzelne Teil war verpackt und beiseite geräumt, als hätten sie nicht den ganzen Nachmittag damit verbracht, sie aufzustellen.

Rollen mit ordentlich aufgewickelten Kabeln lagen bei den blauen Kisten, die das Team für Transporte benutzte. Sie waren mit Kabelbindern gesichert und so ordentlich arrangiert, dass Wolf sich fragte, ob er nach unten geschlafwandelt war und es selbst getan hatte. Eine nähere Betrachtung bestätigte Matts Befürchtungen. Alles, was sie aufgebaut und angeschlossen hatten, saß ordentlich in den gepolsterten Koffern oder Kisten aus Plastik, inklusive aller Kameras und Schalldetektoren, die sie auf drei Etagen verteilt hatten.

„Leck mich am Arsch." Gidget fuhr mit der Hand über das EMF-Messgerät. „Es war nicht genug Zeit, verdammt, für das alles hier. Ich meine … wir haben die ganze verdammte Nacht gebraucht, um den Scheiß aufzubauen!"

„Nicht, wenn du Geld hast, um genügend Leute anzuheuern", knurrte Wolf. „Ihr zwei fangt an auszupacken. Wenn Pryce denkt, er hätte es mit Amateuren zu tun, dann hat er sich verdammt noch mal geschnitten."

„Moment, ernsthaft?" Matts aufgerissene Augen weiteten sich. „Komm schon Kincaid, das war´s für uns."

„Und was meinst du mit *ihr zwei*?" Gidget sah ihn an, straffte die Schultern und stemmte die Hände in die Hüften. „Wo, zum Teufel willst du hin?"

„Ich begebe mich in die Höhle des Löwen", gab Wolf scharf zurück. „Tristan Pryce wird nicht wissen, wie ihm geschieht."


DAS KLOPFEN auf der anderen Seite des Hauses hatte lange genug aufgehört, dass Tristan wieder einschlafen konnte, bis es zu seiner Seite des Hauses gewandert zu sein schien. Er lag im Dunkeln, mit der Bettdecke über den Kopf gezogen, und fragte sich müde, ob es das wohl wert wäre, wenn er sich aus dem Bett schleifen und Wolf und seine Crew anschreien würde, als das Hämmern aufhörte und Stille folgte.

Sogar unter den Laken versteckt sah Tristan, wie das Licht in seinem Zimmer angeschaltet wurde, und er stöhnte.

Jetzt schienen die Geister ganz in ihrem Element zu sein. Tristan schlug die Decke zurück und murrte laut zur Zimmerdecke: „Hey, könntet ihr mich einfach schlafen lassen?"

Im Gegensatz zu sonst, wenn er ins Leere brüllte, blieb das Licht an, und er starrte auf einen großen, knurrenden Geisterjäger, der nur ein enges, weißes Unterhemd und kurze, schwarze Baumwollshorts trug. Wenn er schon in Jeans und einem Sweatshirt gut ausgesehen hatte, so war er halbnackt kaum zu ertragen.

Tristan glaubte nicht, dass er es überleben würde, sähe er den Mann je nackt.

Selbst unter seiner dichten Behaarung war Wolfs sinnliche Kraft in seiner muskulösen Brust und in den Armen offensichtlich. Seine Oberschenkel waren auch nicht zu verachten, stark geformt, prall vor Stärke und mit feinen schwarzen Haaren überzogen. Die schattenhafte Linie, die Tristan wahrnahm, als Kincaids Shirt nach oben rutschte, während er auf Tristans Bett zukam, versprach noch mehr weiches Fell. Falls es bis jetzt unklar gewesen war, ob Wolf Kincaid unter seinen weiten Shorts Unterwäsche trug, dann wurde dies beantwortet, als der Mann seine Hände auf der Matratze abstützte und sich nah zu Tristan lehnte, bevor er sprach.

Was auch immer aus dem vollen, sinnlichen Mund des Mannes kam, verblasste unter dem Gewicht von schwerem Fleisch, das Tristans nackte Oberschenkel berührte, die Bewegung von Wolfs warmen, mit Baumwolle bedeckten Schwanz, der eine brennende Spur auf Tristans Haut hinterließ.

Diese gesamte Erfahrung schien aus einem verdammten Liebesroman zu stammen, der so schlecht geschrieben war, dass die Person, die ihn gekauft hatte, ihn nur halb gelesen und klebrig auf der Toilette einer Bushaltestelle zurücklassen würde.

Seine Brustwarzen fühlten sich heiß unter seinem T-Shirt an, und in seinem Bauch entstand ein seltsamer Knoten. Hitze strömte durch Tristan, Feuer kroch unter seine Haut und verteilte sich, bis seine Finger und Zehen kribbelten und brannten. Wenn er die Zeit gehabt hätte … und bemerkt hätte, wie verdammt sexy Wolf Kincaid aussah, wenn er über ihn gebeugt war, dann hätte er sich ein Kissen in den Schritt gelegt, damit der Mann nicht sah, wie Tristans Schwanz begann, sich vor Lust zu härten.

Er hatte noch nie einen anderen Mann so sehr gewollt. Die wenigen Male, die er in der Stadt in Clubs und Bars gewesen war und gehofft hatte, dass jemand ihn bemerkte … jemanden, der ihm zeigte, was sein verdammter trotziger Körper wollte … hinterließ bei ihm den Eindruck, dass er eigentlich gar keine Männer bevorzugte. Er hatte sich in die Wälder zurückgezogen, um seine Wunden zu lecken und zu grübeln, was ihn dazu gebracht hatte, seinen Hügel zu verlassen und Antworten auf seine Fragen zu suchen.

Denn im Dunkel der Nacht, wenn er von Geistern und den Geräuschen eines alten Hauses umgeben war, quälte Tristan eine einsame Kälte in seinem Inneren. Nichts schien sie zu lindern. Nichts, was er sagte oder tat, erwärmte den kalten Kern in ihm. Bis zu diesem Moment, als Wolf Kincaids Mund den seinen fast berührte und die ozeanfarbenen Augen des Mannes eine stürmische, leidenschaftliche Wut zeigten, hatte Tristan sich oft gefragt, ob er genauso tot war wie die Geister, die er in sein Haus ließ.

Durch diese kleine zufällige Berührung eines Schwanzes an seinem Oberschenkel – des Schwanzes dieses Mannes – schmolz Tristans kalte Seele dahin und er fand sich entblößt und verletzlich vor Wolfs Hitze und wollte doch so viel mehr.

„Als wäre ich eine verdammte Teenagerin", flüsterte Tristan zu sich selbst. Oder wie er sich eine Teenagerin vorstellte. Er wusste genauso viel über Frauen, wie er übers Schwulsein wusste. Er rieb sich die Augen und versuchte, sich auf das zu konzentrieren, was aus Wolfs Mund kam, statt auf den Mund selbst. „Entschuldigung, was? Können Sie das wiederholen?"

Wolf tat einen zittrigen Atemzug und wandte den Blick ab, um sich zu sammeln, bevor er wieder sprach. „Wenn Sie uns hier nicht haben wollen, dann hätten Sie einfach nein sagen sollen."

„Ich habe nein gesagt." Tristan blinzelte verwirrt. „Sie sind trotzdem hier. Davon abgesehen, wenn nicht Sie, dann jemand anderer. *Deshalb* haben Sie mich geweckt?"

„Ich habe Sie geweckt, weil Ihre kleinen Freunde unsere gesamte Ausrüstung verpackt haben, nachdem wir die ganze Nacht damit verbracht hatten, sie aufzubauen." Wolfs Lächeln hatte plötzlich etwas Kaltes, und Tristan lief es eiskalt den Rücken hinunter, trotz der Hitze, die er eben noch verspürt hatte. „Wie viele Leute haben Sie angeheuert? Dreißig? Mehr? Denn, verdammt, sie waren schnell."

„Ich habe niemanden angeheuert. Wovon zum Teufel reden Sie da?"

„Nicht mal eine Stunde, nachdem wir zu Bett gegangen waren, hatten Ihre Leute nicht nur alles auseinandergenommen, sondern auch verpackt, damit wir morgen früh direkt zur Abfahrt bereit sind." Das Knurren in Wolfs Stimme wurde tiefer. „Halten Sie das für einen Witz? Es interessiert mich einen Scheiß, ob Sie mich hassen, aber meine Ausrüstung? Mein Team? Das ist eine Grenze, die Sie nicht überschreiten sollten."

Jetzt dämmerte Tristan, wovon Wolf da sprach, und er verdrängte die erotischen Bilder, die durch seine Gedanken wanderten. Er schüttelte den Kopf und antwortete: „Das war ich nicht. Wahrscheinlich waren es die Geister. Vielleicht wollen sie Sie nicht hier haben?"

„Ernsthaft? Weil es ihnen etwas ausmacht, dass sie gefilmt werden?"

„Das ist schon irgendwie aufdringlich." Tristan zuckte mit den Schultern. „Und sie sind neugierig. Ganz besonders, wenn sie aus einer Epoche stammen, in der es nicht so viel Technologie gab. Mann, Sie sollten einmal sehen, was sie manchmal mit meinem Atelier anstellen."

„Erwarten Sie etwa, dass ich das glaube?"

„Es ist mir egal, was Sie glauben", seufzte er. „So etwas passiert hier auf Hoxne Grange. Bitten Sie sie einfach, Ihre Sachen in Ruhe zu lassen. Sie halten sich normalerweise daran, wenn man es ihnen einmal gesagt hat."

„Einfach 'Lasst meine Sachen in Ruhe'?", Es klang weniger wie eine Frage, mehr wie höhnisches Nachplappern eines Fünfjährigen, der einen anderen nachäfft. „Also, was? Ich gehe einfach in den Ballsaal, und was dann? Ich frage höflich? Zünde ein paar Kerzen an? Verbrenne etwas Weihrauch?"

„Es würde wahrscheinlich schon reichen, sich nicht wie ein Arsch zu benehmen", brachte Tristan zwischen geschlossenen Zähnen hervor. „Eventuell noch ein Bitte?"

Wolf richtete sich vom Bett auf. Kühle Luft drang zwischen sie, wofür Tristan dankbar war, denn er hoffte, er könnte so seinen verräterischen Schwanz unter Kontrolle bringen. Er wartete darauf, dass der andere Mann sprach, aber Wolf schien mehr daran interessiert, ihn genau zu beobachten, als ob er im Vorbeigehen etwas Seltsames gesehen hätte.

Nach einer Weile sagte Wolf: „Sie glauben diesen Mist wirklich, oder?"

„Was? Dass ein Bitte hilft?" Tristan nickte verwirrt. „Normalerweise mögen die Leute es, wenn man höflich ist. Sogar Tote. Sehen Sie, wir versuchen es mal. Können Sie bitte gehen, damit ich weiterschlafen kann? Ich habe morgen *tatsächlich* Arbeit vor mir. Heute … wie auch immer."

Kincaid öffnete den Mund und schloss ihn wieder. Dabei starrte er Tristan die ganze Zeit über an. Schließlich warf er die Hände in die Luft, drehte sich um und ging zur Schlafzimmertür. Tristan stöhnte und vergrub das Gesicht in seinem Kissen, als Wolfs strammer Hintern sich beim Gehen anspannte.

„Gott, ich will doch nur etwas Schlaf", murmelte er in die Federn. „Warum tust du mir das an? Erst der Lärm und jetzt … er?"

„Wissen Sie was?" Wolfs Stimme unterbrach Tristans stilles, verzweifeltes Gebet und er zog sich das Kissen vom Gesicht, nur um festzustellen, dass Wolf wieder neben ihm stand. Sein Blick fuhr Wolfs langen Oberkörper hinauf und Tristan atmete tief ein. Dabei nahm er versehentlich den Geruch des Mannes auf.

Es war schon schlimm genug, dass Wolf zum Anbeißen aussah, aber musste er auch noch nach Zitronencreme und Mann riechen?

Wenn er es vorher noch nicht genau gewusst hatte, so war er sich jetzt sicher. Er hatte Gott irgendwie verärgert und war in seinem persönlichen Kreis der Hölle gelandet. Dazu verdammt, sich um Geister zu kümmern und in sexueller Ungewissheit gefangen, die nur von einem hinreißenden Mann durchbrochen werden konnte, der ihn für verrückt hielt.

Sein. Persönlicher. Kreis. Der. Hölle.

Wenn es nicht so grausam gewesen wäre, dann hätte Tristan sich geehrt gefühlt, dass Gott sich wegen ihm solche Mühe machte. Aber da Wolf Kincaid aussah, als erwarte er eine Art Antwort, seufzte Tristan: „Okay, was?"

„Ich werde Ihr Spielchen mitspielen. Sagen wir, dieser Ort ist die verdammte Grand Central Station für Geister, die ein neues Leben –"

„Der Vergleich wäre passender, wenn Sie Ellis Island gesagt hätten", unterbrach Tristan. Er vertraute darauf, dass Kincaid ihn nicht erwürgen würde, aber danach zu schließen, wie er die Hände zu Fäusten ballte, sollte Tristan nicht darauf wetten. „Entschuldigung. Na schön, die Grand Central Station."

„Ich bin hierhergekommen, um festzustellen, ob hier irgendeine Aktivität vorhanden ist. Nicht, um herauszufinden, ob Sie verrückt sind … obwohl, ganz ehrlich, nach heute Nacht denke ich, dass Ihre Verwandten ziemlich gute Argumente haben."

Die großen Hände waren wieder entspannt und Tristans Gedanken wanderten zu der Vorstellung, dass die Handflächen des Mannes seinen Hintern umfassten und drückten.

Seinem Schwanz schien die Vorstellung zu gefallen und er stemmte seinen Kopf erneut gegen sein Gefängnis aus Baumwolllaken.

„Also, nur zwischen uns beiden, warten wir ab, was ich finde, okay?" Kincaid neigte den Kopf zur Seite. „Keine Versuche, mich zu überzeugen, dass Gespenster meine ganze Ausrüstung verpackt haben oder dass es eine Frau gibt, die jeden Dienstag vorbei kommt, um hier als Hausmädchen zu –"

„Sie ist Köchin und ihr Name ist –", korrigierte Tristan vorsichtig. Wolfs harter Blick ließ ihn verstummen. „Entschuldigung. Richtig. Keine Überzeugungsarbeit."

„Und ich werde mich nicht zu Ihrer kleinen Charade, dass hier tatsächlich Leute einchecken, äußern." Wolf streckte Tristan die Hand entgegen. „Ist das ein Angebot?"

Wolfs Hand zu ergreifen, wäre ein riesiger Fehler, aber Tristan wollte den Fehler wirklich machen. Wolfs Haut war stellenweise rau und mit Schwielen an der Handfläche. Als sich seine Finger um Tristans schlossen, spannte sich sein Hintern tatsächlich an bei der Vorstellung, dass Wolfs lange Finger noch mehr tun würden, als ihn nur zu drücken.

Seiner Meinung nach konnte das Team von Hellsinger Investigations gar nicht schnell genug verschwinden. Tristan glaubte nicht, dass sein überhitzter Körper den engen Kontakt mit Wolf Kincaid länger als ein paar Tage überstehen würde. Wenn er sich nicht vorsah, würde er dahinschmelzen wie eine Hexe, die man mit Wasser übergossen hatte, und seinem Onkel Walter würde Hoxne Grange in die Hände fallen.

Mara würde ihm nie verzeihen und würde seine möglicherweise-Tante Ashley bei erster Gelegenheit im Koi-Teich im Garten ertränken.

„Abgemacht", stimmte Tristan zu und verbiss sich ein weiteres Stöhnen, als Wolfs Fingerspitzen über seinen Puls am Handgelenk strichen, während der Mann seine Hand zurückzog.

„Übrigens." Wolf nickte in Richtung des schlafenden Wolfshundes, der am Fuß von Tristans King-Size-Bett zusammengerollt war. „Einen schönen Wachhund haben Sie da. Sie sollten vielleicht in eine Alarmanlage oder Ähnliches investieren."

„Wir hatten eine. Onkel Mortimer hat sie abgeschaltet. Die Gäste haben sie immer mitten in der Nacht ausgelöst."

„Ja, verrückt." Der Mann schüttelte den Kopf.

„Ich dachte, wir würden das Thema Verrückt außen vor lassen."

„Ich bin nicht hier, um zu beweisen, dass Sie verrückt sind. Das heißt aber nicht, dass ich es nicht denken kann." Wolf blieb neben der Schlafzimmertür stehen, beugte sich vor und nahm etwas von dem Tisch, auf dem Tristan normalerweise seine Schlüssel und seinen Geldbeutel ablegte. Er hielt den roten Ball hoch, von dem ihm gesagt worden war, er solle ihn nicht anfassen. Wolf warf ihn in die Luft und fing ihn mit einer schnellen Bewegung wieder auf. „Und um Ihnen zu zeigen, für wie verrückt ich Sie wirklich halte, nehme ich den hier mit."

EIN PAAR Stunden später schlurfte Wolf nach unten, nachdem er aus dem Bett gefallen war. Als er im Ballsaal ankam, hatten Gidget und Matt die Ausrüstung wieder ausgepackt und auf den Tischen platziert. Er sagte dem Paar, es solle wieder nach oben gehen und sich ausschlafen. Er folgte ihnen mit der Absicht, selbst noch etwas Schlaf zu bekommen, bevor sie alles wieder anschlossen.

Nur schien Schlaf das Letzte zu sein, was ihm in den Sinn kam.

41

Ein blonder Mann mit langen Beinen und vom Schlaf zerzaustem Haar stahl sich in seine Träume, und Wolf konnte das Verlangen nicht abschütteln, einen nackten und stöhnenden Tristan unter sich zu haben, während er herausfand, wie sehr der Mann tatsächlich erröten konnte.

„Komm schon, Wolfgang", knurrte er sich selbst im Badezimmerspiegel an. „Männer wie Tristan Pryce machen dich *nicht* an. Scheiße, seine Beine würden wie ein dünner Ast brechen, sobald du sie hochhebst und in ihn eindringst."

Wenn sich die Vorstellung seines festen Hinterns nur nicht an Wolfs Verlangen reiben würde wie eine freundlich schnurrende Katze.

Er rieb sich immer noch die müden Augen, als sie bereit waren, die Kameras wieder aufzustellen, als Gidget ihm mit ihren Fingernägeln zwischen die Rippen pikste.

„Wusstest du, dass es hier kein WLAN gibt?" Sie schürzte angewidert die Lippen. „Ich habe Pryce danach gefragt und er sagte, die Übertragungen würden die Geister stören. Er meinte, dass die Kameras vielleicht deshalb abgebaut wurden. Wegen der Übertragungen in den Fluren."

„Sicher, das klingt überhaupt nicht verrückt", flüsterte Wolf. „Hat er zu dir gesagt, dass du die Gespenster bitten sollst, unsere Sachen in Ruhe zu lassen?"

„Ja, also hab ich mich mitten in den Ballsaal gestellt und bitte gesagt."

Gidget zuckte mit den Schultern. „Es scheint zu funktionieren. Wir haben alles eingeschaltet und nichts ist explodiert. Das scheint ein gutes Zeichen zu sein."

„Oder was auch immer wir gestern überladen haben, ist jetzt durchgebrannt, und wir benutzen es nicht mehr", schlug Matt vor. „Aber er schien zufrieden zu sein, was das Bitte angeht. Ich habe die Angestellten, die hergekommen sind, gefragt, ob sie wüssten, was mit unseren Sachen passiert ist, aber … ihr wisst schon."

„Sie wissen von nichts, nehme ich an", schnaubte Wolf. „Natürlich, er kann andere Leute angeheuert haben. Was müssen wir noch machen? Was steht als Nächstes auf der Checkliste?"

„Warum machst du nicht eine Pause, Boss?" Gidget reichte Matt drei mobile Überwachungsgeräte. „Wir bauen die in der Lobby auf und machen für heute Feierabend. Oder warum interviewst du unseren Gastgeber nicht? Das wäre noch besser. Vielleicht leuchtet er ja im Dunkeln?"

„Ihr braucht aber –" Er wollte ihr widersprechen, doch Matt schaltete sich ein.

„Nein, das ist alles erledigt. Pryce hat uns ein paar seiner Hausangestellten zur Verfügung gestellt, also haben wir schon eine Menge geschafft. Der dritte Stock ist fertig und der Großteil des zweiten. Es fehlen nur noch wenige Teile und dann sind wir fertig, bis es Zeit ist, die Bildschirme zu überwachen." Matt wies mit dem Kopf in Richtung der Tür des Ballsaals und belud sich mit Leitungen. „Ein Interview wäre gut. Vielleicht nimmt das Spektralanalysegerät etwas an ihm wahr. Einer der Leute vom Haushaltspersonal sagte, in der Nähe von Pryce passieren seltsame Dinge. Es wäre gut, wenn wir etwas davon filmen könnten, oder?"

„Wir sollten auch mit den Angestellten reden. Vielleicht kurz bevor sie gehen?" Wolf nickte. „Ganz besonders Mara."

„Welche ist Mara?" Gidget roch an einer Tasse mit kaltem Kaffee, nahm dann einen Schluck und verzog das Gesicht, als er ihre Zunge berührte. „Oh Gott, das ist übel. Zeit für eine neue Kanne."

„Äh, eine ältere Frau. Etwas rundlich. Sie sieht aus, als sollte sie eigentlich Kuchen und Plätzchen backen." Wolf hob die Hand über die Schulter und deutete die Größe der Frau an. „Wahrscheinlich könnte sie uns den Hintern mit einem Kochlöffel versohlen, wenn wir ihr einen Grund dazu geben würden."

„Die habe ich noch nicht getroffen, aber das liegt bestimmt daran, dass hier ungefähr dreißig Leute arbeiten." Matt ließ Gidget eine weitere Kabelrolle auf seinen Arm hängen. „Babe, der Kram ist schwer. Nehmen wir einen Wagen."

„Den müssten wir dann zurückbringen", flüsterte Gidget. „Und ich würde lieber gleich nach oben gehen, wenn wir fertig sind, damit wir –"

„Das will ich gar nicht hören …" Wolf warf die Hände in die Luft, um sich zu schützen.

„Ein Nickerchen machen können, bevor wir die ganze Nacht wach sind", beendete sie ihren Satz und pikste ihn erneut. „Du hast wirklich sehr, sehr schmutzige Gedanken, Kincaid. Vorwärts, Ambrosius!"

Gidget schwang sich den Kamerakoffer auf die Schulter und Matt schlurfte gehorsam hinter ihr her, bevor er plötzlich den Kopf hochriss. Er beschwerte sich, demonstrativ jammernd: „Warum, zum Teufel, muss ich der Fantasy-Film-Hund sein?"

Es war überraschend einfach, Tristan zu finden. Er stand hinter dem antiken Schreibtisch der Rezeption des Grange, seine Augen waren umwölkt, als sein Blick über Wolf glitt. Einmal mehr sprach er mit sich selbst. Er schien eine Unterhaltung mit mehr als einer unsichtbaren Person zu führen und kritzelte in das Register des Hotels. Wolf unterbrach Tristan nicht, er nahm sich die Zeit, die er brauchte, um die Empfänger in der Eingangshalle zu verteilen und überprüfte dann den Akku seines mobilen Empfängers. Als Tristan das Register zuschlug, wartete Wolf schon bei einem Arrangement aus Rittersporn, das ein Angestellter auf einem Tisch in der Mitte der Halle platziert hatte.

Er ging zur Rezeption, aber verlangsamte seinen Schritt, als Mara aus einer Tür kam, die das Foyer mit dem Bereich der Angestellten verband. Wolf bedeutete Mara, zuerst zu Tristan zu gehen und hielt die Kamera für sie sichtbar hin. „Bei mir wird es etwas dauern, da braucht Mara nicht zu warten. Ich hatte gehofft, der Schlossherr gibt mir ein Interview."

„Mara braucht normalerweise nicht lange. Es ist fast ein Uhr. Es warten Geschichten auf sie." Tristans amüsiertes Grinsen wärmte Wolfs Inneres genauso sehr, wie der Gedanke an seine langen Beine, die um Wolfs Hüften geschlungen waren.

„Ich werde mich beeilen." Die ältere Frau steckte eine verirrte Locke ihres glänzenden, hellen Haares hinter ihr Ohr. Sie griff in die Tasche ihrer Uniform und zog eine Taschenuhr hervor, ihre Kette in Seemanns-Optik hing von ihrem Finger. „Die war im Zimmer der Sturas. Ich dachte, du möchtest sie vielleicht haben. Es schien ihnen hier gefallen zu haben."

„Darf ich sie mal sehen?" Wolf hielt Tristan die geöffnete Hand hin. „Die Details erinnern an Norditalien."

„Das könnte stimmen", sagte Mara, nahm die Uhr und legte sie in Wolfs Handfläche. „Der Ehemann der Familie stammte aus dem Norden. Ich glaube, die Frau war Sizilianerin. Ein sehr nettes Paar. Ich verabschiede mich, Tristan. Der Nachmittag wartet auf mich."

Wolf wartete, bis die Frau gegangen war, bevor er die Uhr vor Tristans Nase hin und her schwang. „Wissen Sie, sie hat mir erzählt, dass Sie diese Dinge für sie zurücklassen, damit sie sie findet. Finden Sie nicht, das geht zu weit?"

„Wenn Sie mit *das* meinen, jemanden von der Stura-Familie zu finden, der an der Uhr interessiert sein könnte, dann ist die Antwort Nein." Tristan schüttelte den Kopf. Das Lächeln war von seinem Gesicht verschwunden. „Ich hinterlasse nichts für Mara oder irgendeinen der Angestellten. Und wenn etwas entdeckt wird, dann versuchen wir, es dorthin zurückzubringen, wo es hingehört, falls wir wissen, von wem es zurückgelassen wurde. Wenn nicht, dann geht es entweder an jemanden, dem es gefällt, oder es kommt in eine Kiste für Andenken. Ich denke, sie kamen aus der Gegend. Er hat auf sie gewartet, damit sie zusammen weiterziehen konnten. Ich erinnere mich, dass er das erwähnt hat, also sollte die Familie nicht allzu schwer zu finden sein."

„Wie wollen Sie die Familie ohne Internet finden? Mit Brieftauben?", bohrte Wolf.

„Ich habe Internet. Wir haben bloß keine drahtlose Verbindung." Tristan sah ihn leicht angewidert an. „Am Schreibtisch in ihrem Zimmer sollte es eine LAN-Verbindung geben. Genauso wie in Gidgets und Matts Zimmer. Es gibt auch eine in der Bibliothek, dem Schreibzimmer und in einigen Räumen im zweiten Stock."

Falls Tristan die Uhr von einem Familienmitglied oder einem Nachlass erworben hatte, dann würde er das herausfinden. Wenn der Mann wirklich und wahrhaftig seine eigenen Wahnvorstellungen für die Realität hielt, dann würde sein Onkel Walter ihm vielleicht die Hilfe besorgen können, die er brauchte, unabhängig davon, was er Tristan versprochen hatte.

„Dann stört es Sie also nicht, wenn ich versuche herauszufinden, wem dies hier gehört hat?" Wolf studierte die Gravur auf der Innenseite der Uhr. Der Name eines Mannes war hier verewigt, als Erinnerung daran, dass er geliebt worden war. Da stand kein Datum, aber Wolf war sicher, dass das als Ansatz ausreichte.

„Tun Sie sich keinen Zwang an." Tristan lehnte sich vor und schloss Wolfs Finger um die Uhr, der Druck seiner Finger so hart und unbeugsam wie seine haselnussbraunen Augen. „Und wenn Sie schon dabei sind, können Sie vielleicht auch herausfinden, wer Ihre Seele gekauft hat. Denn falls Satan keine Quittung dafür hat, möchten Sie sie vielleicht zurück."

# 5

DAS ABENDESSEN bestand aus Boeff Stroganoff mit Eiernudeln, das Wolf möglichst schnell verspeisen wollte, damit er wieder an die Arbeit gehen konnte. Gidget und Matt hatten anderes im Sinn.

Sie ließen sich Zeit mit ihrer Mahlzeit, tranken genüsslich ihren Rotwein und seufzten angesichts des Zitronen-Baiser-Kuchens, von dem Tristan zugab, dass er ihn in einem Café in der Nähe gekauft hatte, das selbstgebackene Kuchen servierte. Backen schien nicht zu den Talenten des Künstlers zu gehören. Gidget glaubte bestimmt, dass dies das Einzige war, das der Mann nicht fertigbrachte, da war Wolf sich sicher.

Er hatte auf etwas brüderliche Unterstützung von Matt gehofft, aber der Techniker war recht nutzlos.

„Verdammt, mein Bauch ist glücklich", stöhnte Matt und tätschelte seinen runden Bauch. „Ich hätte wohl nicht so viel essen sollen, aber es war sooooo gut."

„Wir arbeiten es später ab", sagte Gidget und zwinkerte ihm zu.

„Hey, das will ich nicht hören." Wolf hätte es wirklich schon vor Jahren aufgeben sollen, sich über das Flirten der beiden zu beschweren. Keiner von ihnen war sonderlich diskret und er hatte von seinen beiden Technikern mehr über Hetero-Sex gelernt, als er je hatte wissen wollen. „Können wir uns auf das konzentrieren, weswegen wir hier sind?"

„Geht klar, Boss." Matt lehnte sich vor, um in Gidgets Ohr zu flüstern: „Tristan hat mir gesagt, wir können uns die Reste des Kuchens später holen. Ich habe mit dem weißen Zeug noch etwas vor, nur damit du es weißt."

Wolf konnte sich selbst vorstellen, was er mit Baiser alles anstellen konnte, nachdem er beobachtet hatte, wie Tristan sich eine Gabel voll Kuchen in den Mund gesteckt, die Lippen über der weißen Creme geschlossen, und sie mit vor Verlangen verdunkelten Augen saubergeleckt hatte. Er wollte über den Tisch klettern, das zierliche Porzellan und die Bleikristall-Gläser zur Seite schieben und die Kleidung von Tristans Körper reißen, damit er Gidget und Matt zeigen konnte, wie genau heißer, schlüpfriger Marathon-Sex aussah.

Stattdessen spießte er seinen Kuchen auf und starrte für den Rest des Abendessens auf die mit Creme beschmierten Lippen von Pryce.

Wolf schob jeden Gedanken an einen nackten Tristan, der auf dem Rücken lag mit Zitronencreme auf seinen pinkfarbenen Brustwarzen, beiseite und deutete auf die Messstation auf dem Bankett-Tisch. „Matt, schalte die Kaffeemaschine ein. Das wird eine lange Nacht."

Das Team hatte sich dagegen entschieden, durch die Flure zu gehen. Sie hofften, dass ihre Ausrüstung ihnen helfen würde, die Orte mit der größten spektralen Aktivität festzustellen und machten es sich in gemütlichen Sesseln bequem, die Pryce ihnen zur Verfügung gestellt hatte. Gegen Mitternacht hatten sie kaum etwas gesehen und noch weniger gehört. Matt tätschelte immer noch seinen Bauch und gegen ein Uhr morgens lehnte er den Kopf dösend an die Schulter seiner Liebsten. Gidget seufzte zufrieden und schielte zur ihrer Messstation. Sie schien zu grübeln, ob sie etwas zu essen haben wollte.

„Pryce geht nach draußen", verkündete Matt von seinem Platz hinter den Monitoren aus. „Der Typ ist wirklich Hardcore. Es war draußen eiskalt, als ich zum Rauchen hinausgegangen bin. Jetzt ist es bestimmt schon arktisch."

„Das ist ziemlich kalt." Gidget schälte sich aus ihrem Sessel und ging zu den Tabletts. Sie hob die Deckel an und schien sehr zufrieden mit dem Inhalt. „Ich sollte ihm einen Pullover oder sowas bringen. Denkt ihr, er hätte gern einen Kapuzenpulli von Hellsinger?"

Das Letzte, woran Wolf denken wollte, war, das Gidget Tristan Pryce in ein Gespräch verwickelte, während er etwas anzog, um seinen schlanken Körper warmzuhalten. Besonders nicht etwas mit Wolfs Namen darauf.

„Ich mache das. Ich muss ihm sowieso noch ein paar Fragen über das Haus stellen. Ihr beide bleibt hier", murmelte Wolf und nahm eine der Sweatjacken mit ihrem Logo darauf. „Und kein Sex."

„Doch nicht während der Arbeit, Boss", versicherte Matt ihm. „Sobald die Kameras eingeschaltet sind –"

„Sind die Augen auf die Bildschirme gerichtet", beendete Gidget den Satz. „Nimm vielleicht etwas Kaffee mit. Es scheint Nebel aufzuziehen."

Er wusste, wie Tristan seinen Kaffee mochte. Er hatte beobachtet, wie der Mann etwa gleich große Mengen Zucker und Milch hineinrührte, und anscheinend hatte sein Gehirn die Sekunden mitgezählt, wie lange Pryce dafür brauchte. Mit dem Pullover unter dem Arm balancierte Wolf zwei Tassen Kaffee hinaus zur Rückseite des Grange.

Die Villa war seltsam ruhig. Ein Haus dieser Größe sollte von den Geräuschen von Menschen erfüllt sein. Leise Gespräche oder sanfte Musik, die aus einem der eleganten Räume drang. Stattdessen durchquerte Wolf eine traurige Stille. Sogar die Geräusche seiner Schritte wurden von den Teppichen auf den honigfarbenen Eichenfußböden gedämpft.

Doppeltüren führten zu dem hinteren Pavillon des Grange, eine halbkreisförmige Terrasse, die sich über die Gärten erhob. Der sanfte Hang wurde von einem gepflasterten Pfad durchschnitten und führte zu den Teichen und Gärten hinunter, die das Haupthaus umgaben. Das Dach des Kutschenhauses war hinter einer Gruppe Wacholderbüsche zu erkennen, den Türmchen des Haupthauses nachempfunden.

Gidget hatte recht gehabt, was den Nebel anging. Dichte Nebelbänke waberten über die Hecken und Büsche heran. Wolf fand sein Opfer auf eine Marmorbrüstung gestützt vor, die Knöchel übereinandergeschlagen und den Hintern herausgestreckt, während er sein Gewicht auf den Ellenbogen abstützte.

Das Mondlicht verwischte die Farben in der Umgebung und verwandelte das Grün der Pflanzen in dunkle Punkte und Striche in einen Regenbogen aus Grauvariationen. Rote Punkte hoben sich von dem farblosen Meer ab, müde Rosenblüten, die unter den kriechenden Fingern des aufziehenden Nebels erzitterten. Das spärliche Licht, das durch die Wolken fiel, berührte Tristans Körper und erzeugte einen Schatten auf seinem Rücken und erleuchtete eine Handbreit blanke Haut, genau über dem Bund seiner Jeans, wo sein T-Shirt ein wenig nach oben gerutscht war.

Es war die perfekte Stelle für einen Kuss. Die Kurve von Tristans Rücken bettelte förmlich danach und Wolf lief bei dem Gedanken, dass seine Zähne rote Linien auf der blassen Haut hinterließen, das Wasser im Munde zusammen. Seine Kehle verengte sich und wurde trocken vor Verlangen, als ihm bewusst wurde, dass er genauso schnell die locker sitzende Jeans des Mannes herunterziehen und in den saftigen, runden Arsch beißen könnte, der darunter versteckt war.

Es wäre eine Schande, die sinnlichen Formen des Mannes unter warmem Stoff zu verstecken, aber der Wind biss mit eisigen Zähnen in Wolfs Gesicht, und Tristan fror wahrscheinlich ebenso, auch wenn er seine Aufmerksamkeit ganz auf den großen Teich konzentrierte, der sich vor einem kleinen Bauwerk im gotischen Stil erstreckte.

„Hier", sagte Wolf und hielt Tristan die Tassen hin, die er mitgebracht hatte. „Ich habe Ihnen auch einen Pullover mitgebracht. Gidget hat sich Sorgen gemacht, dass Sie sich erkälten könnten."

„Ah, vielen Dank. Einen Moment, den werde ich gleich anziehen." Tristans Finger berührten die von Wolf, und sie waren so kalt wie er erwartet hatte. Er beobachtete, wie Tristan in dem warmen Stoff schlüpfte und den Reißverschluss hochzog. Er berührte das Hellsinger-Logo auf der Brust und nahm dann die Tasse aus Wolfs Hand. „Ich hatte nicht erwartet, dass es heute Nacht so kalt wird. Man könnte meinen, ich wäre ein Tourist. Ich bin nie passend für das Wetter angezogen."

„Wo ist Ihr haariger Begleiter?" Wolf blickte sich nach dem übergroßen Hund um.

„Drinnen. Wahrscheinlich schläft er auf meinem Bett, wo es warm ist." Tristan grinste. „Ich habe frische Luft gebraucht und ich komme gerne hier hinaus. Der Ausblick ist schön."

„Sie kommen nachts hier hinaus, um … nichts anzustarren?" Wolf lehnte sich an das Geländer und sah in den Garten hinunter. „Im Dunkeln gibt es nicht viel zu sehen."

„Ich warte darauf, dass die Glühwürmchen herauskommen." Der Mann legte seufzend die Hände übereinander und nahm einen Schluck Kaffee. „Ich habe immer gedacht, *ich* trinke zu viel von dem Zeug, aber ihr schlagt mich um Längen."

„Das liegt am Job. Wir haben größtenteils nachts zu tun, wenn es totenstill ist." Er versuchte, den Mann neben ihm zu ignorieren, aber Tristans kühle Haut ließ ihn erzittern. Wolf trat näher heran. Er sagte sich, dass er den schlanken Mann damit aufwärmen wollte, aber das Zusammenziehen seiner Eier sagte ihm, dass er ein Lügner war.

„Das ist lustig. Geister. Totenstill." Tristan prustete. „Wissen Sie, Geister sind auch bei Tage unterwegs. Besonders hier. Keine Menschen."

„Sie meinen, die Menschen sind der Grund, warum die Gruselgestalten tagsüber nicht herauskommen?"

„Menschen sind laut."

„Laut." Wolf hob eine Augenbraue. „Geister mögen Ruhe und Frieden? Sie sind also die Bibliothekare des Übernatürlichen?"

„Nein, es ist nicht so, dass die Geister keine Geräusche mögen. Also, manche Geräusche, denke ich." Tristan sah Wolf unergründlich an. „Menschen machen *sub-physikalische* Geräusche. Nicht durch reden, einfach durch ihre Anwesenheit. Ihre Wärme, ihre Körper … all das erzeugt Schwingungen. Sie erzeugen Echos. Das können Geister hören … und fühlen. Lebendige Menschen dringen in ihren Bereich ein, ein unhöflicher Nachhall. Es ist ruhiger, wenn die Menschen schlafen. Dann können die Geister sich frei bewegen und werden nicht verdrängt."

„Sie denken also, es ist die Ruhe von Hoxne Grange, die die Geister anzieht?" Wolf dachte über die Theorie des Mannes nach. Sie klang weniger unsinnig als so manche Erklärungsversuche, die er von anderen Ermittlern gehört hatte. „Weil die Menschen in ihren Bereich eindringen?"

„Genau." Tristan nickte. „Das will ich sagen."

„Hm." Er blinzelte und dachte nach. „Das macht irgendwie Sinn. Ich habe noch nie über den Sinn der Existenz von Geistern nachgedacht. Außer vom Aspekt des Spukens her."

„Geister erzeugen … kleinere Echos als die Lebenden. Sie haben keine Form. So zu existieren ist schwieriger", gab der andere zurück. „Ich weiß, das hört sich vereinfacht an, aber wäre es nicht schwer zu existieren, wenn sich andere immer in den eigenen Bereich drängen? Wenn man keine gleichwertige körperliche Masse hat, kann man auch nicht den gleichen Raum einnehmen."

„Also glauben Sie nicht, dass sie nur Erinnerungen sind? Abdrücke? Das ist die beliebteste Theorie."

„Ich war noch nie beliebt." Tristan lachte bitter. „Vielleicht ist das anderswo so. Hier sind sie … Leute."

„Leute, die Sie umherlaufen sehen? Reden? Auf der Veranda eine Kleinigkeit zu sich nehmen?", spottete Wolf. „Es ist praktisch, dass immer genug freie Zimmer vorhanden sind. Keine Überbuchungen. Kein verlorenes Gepäck."

„Ich hab die Regeln nicht gemacht." Der Mann ignorierte Wolfs skeptische Kommentare. „Ich bin nicht sicher, wer das war. Vielleicht Onkel Mortimer? Vielleicht jemand vor ihm? Ich weiß nur, was mir beigebracht wurde. Öffne die Türen, nimm sie auf, heuere Cook dienstags morgens an und sei höflich, wann auch immer jemand von ihnen mit dir sprechen will. Ich sehe sie nicht immer. Manchmal sehe ich sie *nur*, wenn sie einchecken. Manchmal komme ich auch in den Ballsaal und ich sehe sie alle, aber sie sehen mich nicht."

„Und Sie haben sich nie gefragt, ob sie wirklich da sind?", fragte Wolf vorsichtig.

„Nein, nicht, nachdem ich hierhergekommen bin." Tristan schüttelte den Kopf und sein goldbraunes Haar leuchtete auf. „Vorher schon. Als ich ein Kind war, hatte ich Angst einzuschlafen, denn ich sah durchsichtige chinesische Prostituierte, die von einem dicken Mann mit einer Pistole durch mein Zimmer getrieben wurden. Er erschoss eine von ihnen, manchmal auch zwei. Jede Nacht. Und sie starben … es dauerte lange, bis sie tot waren, aber ich hörte ihre Schreie nicht jedes Mal. Manchmal lagen sie einfach nur auf dem Boden, traten um sich und rollten sich herum, bis sie sich in Rauch verwandelten. Und das nächste Mal waren es andere Frauen … eigentlich junge Mädchen. Und ich erlebte das Ganze von neuem."

„Haben Sie das Ihren Eltern erzählt?" Er konnte sich kaum vorstellen, was eine rational denkende Person denken würde, wenn ihr Sohn zu ihr käme und von sterbenden Geister-Huren erzählte.

„Ich war bei jedem Psychiater, der je in San Francisco praktiziert hat." Tristan seufzte. „Ich war nicht in der Schule. Hauslehrer. Denn man konnte sich nicht darauf verlassen, dass ich nicht plötzlich etwas 'sah' und verrückt spielte. Nach einer Weile habe ich es einfach nicht mehr erwähnt. Nicht die Prostituierte. Nicht die Cowboys, die nach Stockton ritten. Nicht mal den kleinen Jungen, der von einem Pier ins Wasser geworfen wurde. Sie dachten, dass es verschwunden wäre. Das war es nicht. Ich habe einfach nicht mehr darüber geredet."

„Bis Onkel Mortimer."

„Ja, bis … Hoxne Grange." Sein Gesichtsausdruck wurde wehmütig und er nahm noch einen Schluck von dem abgekühlten Kaffee. „Onkel Mortimer hat meinen Eltern gesagt, sie sollten mir erlauben, den Sommer hier zu verbringen. Daraus wurden dann sämtliche Ferien. Eines Tages bin ich dann gar nicht mehr nach Hause gegangen. Die Lehrer kamen hierher und ich konnte so verrückt sein wie ich wollte, ohne dass jemand mir drohte, mich in eine Zwangsjacke zu stecken."

„Das könnten sie immer noch", murmelte Wolf und grinste bei dem Stoß, den Tristan seinen Rippen mit dem Ellenbogen versetzte. „Besonders, da Sie hier draußen auf Glühwürmchen warten. In San Francisco. Sie leuchten hier nicht. Das tun sie nur östlich der Rocky Mountains."

„Wovon reden Sie da?" Tristan runzelte die Stirn. „Wir haben hier leuchtende Glühwürmchen. Ich beobachte sie schon seit ich ein kleines Kind war."

„Ich weiß nicht, was sie da beobachten, aber es sind bestimmt keine Glühwürmchen."

„Sie sind da", versicherte Tristan. „Sie glänzen und sie schweben über dem Wasser. Manche kommen auch näher, aber die meisten bleiben dort drüben. Manchmal sind es so viele, dass es scheint, als seien die Sterne vom Himmel gefallen. Und wenn es neblig ist, dann erleuchten sie die ganze Nebelbank. Es sieht aus wie ein *Leong* – die langen Drachen – in den chinesischen Paraden zu Neujahr."

„Naja, das klingt nicht verrückter als Geister zu sehen." Wolf hob die Schultern und zuckte dann zusammen, als Tristan gegen seinen Arm boxte.

„Ich bin nicht verrückt", murmelte der Mann leise. „Warten Sie nur ab. Ich sage es Ihnen, sie werden hier sein."

„So wie Sie mich wegen dieses Balls gewarnt haben?" Wolf zog das kleine Spielzeug aus seiner Tasche. „Ich sage Ihnen was. Ich werde den Ball irgendwo hinwerfen, wo Sie ihn im Dunkeln nicht finden können. Wenn er morgen früh wieder da ist, *könnte* ich an Ihre Geister glauben."

„Für Sie ist alles an Bedingungen geknüpft, oder, Kincaid?" Ein trauriges Lächeln erschien auf Tristans hübschem Gesicht. „Werfen Sie ihn. Jack wird ihn zurückbringen und dann werden Sie ihn nie wieder los."

„Jack?"

„Ja, der Hund. Er ist hier, so lange ich mich erinnern kann." Ein weiteres Schulterzucken, aber dieses Mal mit einem fast schon selbstgefälligen Lächeln. „Er ist der einzige spektrale Hund, den ich auf dem Grange je gesehen habe. Pferde, ja, und einmal auch eine Giraffe, aber sie verschwinden zusammen mit den Gästen. Oh, und es gab auch ein Kamel. Onkel Mortimer sagte, er hätte ein paar Tasmanische Tiger gesehen, aber ich glaube, das war ein Scherz. Jack ist der Einzige, der hiergeblieben ist."

„Und Sie kennen seinen Namen?" Wolf wog den Ball in seiner Hand. Er war schwer genug, um ihn weit zu werfen. Er schaute sich um und überlegte, ob sein Arm wohl stark genug war. Es war schon Jahre her, dass er ernsthaft Baseball gespielt hatte, und es war ein Unterschied, ob man sich gegenseitig ein paar Bälle zuwarf, oder ob man einen Ball aus dem Outfield in Richtung Homebase warf. „Der Hund. Nicht das Kamel. Oder die Giraffe. Redet er? Oder haben Sie das in Ihrem Kopf gehört?"

„Ich nenne ihn einfach so, Arschloch. Es ist ja nicht so, dass er ein Halsband mit einer Hundemarke hat. Ich glaube, er ist ein Jack Russell Terrier. Ich meine, man nennt sie jetzt anders. Parsons oder so. Aber ich ändere seinen Namen deshalb nicht. Er weiß es. Glaube ich."

„Du bist ein wunderschöner, aber seltsamer junger Mann, Tristan Pryce."

„Das hab ich schon gehört." Tristans Augen folgten dem Ball, während er durch die Luft flog. Er landete mit einem Platschen in einem der kleinen Teiche bei den Trampelpfaden des Gartens. „Also, was das 'seltsam' angeht. Ich glaube nicht, dass mich schon einmal jemand als schön bezeichnet hat."

„Gesagt ist gesagt. Und ja, du bist wunderschön. Das hätte dir schon längst jemand sagen sollen. Dann würdest du vielleicht in der wirklichen Welt leben, statt hier mit deinen eingebildeten Freunden", sagte Wolf, bevor er seine Kaffeetasse leerte. „Geh jetzt nicht da hinein."

„Das hatte ich auch nicht vor. Das Wasser ist zu kalt." Tristan lehnte sich wieder vor und starrte in den Garten. Die Zwischenräume der Balustraden aus Stein waren weit genug auseinander, dass er sein Knie dazwischen hindurchstecken konnte, aber mehr auch nicht. Wolf stellte seine Tasse auf den Boden der Veranda und drehte sich um, sodass er an Tristans Seite war. Der Mann beäugte ihn, aber zog sich nicht zurück. „Was?"

„Du bist wie Dornröschen in ihrem Palast. Du wartest auf einen Prinzen, der an den Rosen hinaufklettert und gegen den Drachen kämpft, um dich zu befreien."

„Ich glaube, in der Geschichte kommt eigentlich kein Drache vor." Tristan grinste. „Und du hast mein Atelier gesehen. Ich hätte lieber den Drachen als den Prinzen. Davon abgesehen gibt es so etwas wie einen Traumprinzen nicht."

„Und da dachte ich, *ich* wäre von uns beiden der Zyniker."

Er wollte nur kosten. Der Mund des Mannes hatte Wolf verfolgt, seit er Tristan zum ersten Mal hinter der Rezeption des Grange gesehen hatte. Seine Hände wollten sich in der widerspenstigen goldenen Mähne vergraben. Sie hatten genau die richtige Länge, damit er sie festhalten und Tristans Mund damit näher zu sich ziehen konnte.

Und das war es, was Wolf Kincaid tat.

Der Winkel war ungünstig, aber das kümmerte Wolf nicht. Seine Hände hielten Tristans Wangen, und sein Mund schmeckte den Mann selbst.

Er hatte recht gehabt mit Tristans Haar. Die Strähnen waren weich, seidig und lang, als sie durch Wolfs Finger glitten, aber das war nichts im Vergleich zu dem Gefühl von Tristans Zunge, die seine eigene berührte.

Tristans Hände wollten auch beschäftigt werden, denn sie fuhren über Wolfs Brust und Schultern, bis sie schließlich an seinen Seiten ruhten. Ihre Zungen umschlangen sich, ihre Zähne berührten sich leicht, als Wolf noch tiefer eindrang. Er wollte in den Mann hineinkriechen, jeden Winkel und jeden Schatten erkunden, bis er aus seiner Lust, befeuert von Tristans Geruch und seinen Berührungen, wieder auftauchte.

Alles an Tristan Pryce war falsch … von seinem zerrütteten Verstand bis hin zu den Gedanken, die darin brüteten, und Wolf hätte schreiend davonrennen sollen, als er den blonden Mann im Bett vorgefunden hatte. Er mochte vielleicht seinen Lebensunterhalt mit Herausforderungen bestreiten, vor denen andere Männer flüchteten, aber Tristan Pryce, süß und sinnlich, ließ ihn innehalten. Der Mann hatte keine Ahnung, wir verführerisch er in seiner Unschuld war, und Wolf wollte derjenige sein, der Tristans Eispanzer durchbrach und zu dem Feuer durchdrang, von dem er wusste, dass es tief in seinem Körper schlummerte. Wolfs Körper bettelte darum, Tristan zu berühren, der vor Sehnsucht und Intensität zu vibrieren schien, auch wenn er wusste, dass er sie beide damit bis zur Unkenntlichkeit verbrennen konnte.

Verdammt waren alle geflüsterten Warnungen seines Gehirns, es langsam angehen zu lassen, und Wolf wollte Tristan gerade an sich ziehen, als der sich zurückzog und Wolf nach mehr verlangend zurückließ.

„Das … hättest du nicht tun müssen." Tristan trat einen Schritt von Wolf zurück und berührte seinen Mund mit den Fingern. „Ich brauche keinen Traumprinzen, Kincaid. Auch nicht, um mich wachzuküssen."

„Ich bin kein Traumprinz." Wolf war dankbar, dass der Mann sich nicht seinen Geschmack mit dem Handrücken von den Lippen wischte. Er konnte mit Tristans Verlangen nach Freiraum und Luft zum Atmen umgehen – sie waren beide in den anderen versunken – aber er glaubte nicht, dass er es ertragen hätte, wenn er sich das Gefühl von Wolfs Mund von den Lippen gerieben hätte. „Und wenn es jemand nötig hat, wachgeküsst zu werden, dann bist du das, Pryce. *Auf jeden Fall.* Wenn du schon nicht willst, dass ich dich küsse, dann komm wenigstens mit nach drinnen. Es ist eiskalt hier draußen."

„Nein, ich –" Tristan schüttelte den Kopf, aber beendete den Satz nicht und ließ Wolf neugierig zurück. „Außerdem ist es Zeit, die Glühwürmchen zu beobachten."

„Sieh mal, ich habe es dir doch gesagt. Glühwürmchen gibt –"

„Und was ist das?" Tristan deutete auf den von Seerosen bedeckten Teich bei dem Gartenhäuschen. „Sumpfgas? Elektrische Störungen? Schlechte Pilze zum Abendessen?"

Es waren hunderte. Tristans Glühwürmchen tanzten und schwebten in Schwärmen durch den kreisenden Nebel und über den großen Teich. Winzige Tupfen, die grünliche Spuren in der feuchten Luft hinterließen. Wolf war von der unglaublichen Schönheit der leuchtenden Punkte, die sich in einem stillen Ballett hoben und senkten, überwältigt. Sie bedeckten die Landschaft und sanken in die tieferen Regionen des Gartens ab, bevor sie sich über die Hügel mit ihren Blumenbeeten hinaufschwangen.

Sie schwammen, glitzerten und wogten durch den Nebel. Ein Spektakel einzig und allein für die Männer auf der Terrasse des großen Pavillons des Grange. Schließlich verloschen die Lichter in einem rauschenden Flüstern. Zuerst nur wenige, doch dann ergoss sich die Dunkelheit in großen Wellen aus den Schatten des Gartens und verschlang die verlorenen, gefallenen Sterne.

„Ich will verdammt sein", flüsterte Wolf, bevor er sich umdrehte und sich allein auf dem Balkon wiederfand, die Hitze von Tristans Körper in sein Fleisch eingebrannt. Er nahm die abgestellten Tassen, schüttelte den Kopf und schaute ein letztes Mal auf den grauen Garten unter ihm. „Verdammte Scheiße, das gibt´s doch nicht."

„DU WARST ziemlich lange da draußen", stellte Gidget fest, als Wolf hereinkam. Die Kaffeekanne war voll und er ging hinüber und schüttete etwas davon in eine der Tassen. Als er ein wenig Milch untergerührt hatte, merkte Wolf, dass er Tristans

Tasse gefüllt hatte. Er starrte sie an und fragte sich, ob der blonde Mann die Tür zu seinem Schlafzimmer verschloss, nur für den Fall, dass sein Geschmack bei Wolf dazu führte, dass er noch mehr davon kosten wollte.

Er riss sich zusammen, drehte sich zu seinen Technikern um und nickte zu den Monitoren. „Hat sich etwas getan?"

„Ja, ein wenig. Kreise, ein paar Lichtstrahlen." Matt grinste seinen Boss an, als Wolf sich neben ihn setzte. „Vor einer halben Stunde haben wir ein Cembalo in der Ecke dort drüben gehört. Gidget hat es aufgenommen und ich habe die Messwerte. Es hat einen der Scanner erledigt, aber ich glaube, ich kann ihn reparieren."

„Untersuchst du den Ton?" Wolf stellte seine Tasse auf einer der umgedrehten Kisten ab und rollte mit dem Stuhl zu Gidgets Ausrüstung. „Könnte es von einem Lautsprecher gekommen sein? Dieser Raum ist dafür ausgelegt, dass hier Bälle stattfinden."

„Ich versuche, es zu isolieren. Ich brauche aber noch etwas Zeit." Ihre Augen verließen nie die Lichter, die auf ihrem Monitor auf und ab tanzten. „Es war ziemlich laut. Ich habe mich zu Tode erschreckt, denn es war zuerst so still und dann bumm … Musik. Es *könnte* etwas Übernatürliches gewesen sein, aber ich weiß es nicht genau. Es war ziemlich schnell vorbei, deshalb bin ich mir nicht sicher, ob ich genug Material habe. Wir haben hier keine Empfänger aufgebaut, da musste ich meinen MP3-Player nehmen. Matt hat mehr auf dem Spektralanalysegerät."

„Toll." Wolf klopfte ihr auf die Schulter. „Das war schnell reagiert mit dem MP3-Player. Wir wollen mal sehen, was davon wir verwenden können. Vielleicht können wir sogar den Ursprung finden. Zu dumm, das mit dem Scanner. Ich werde dem Onkel von Pryce das Doppelte berechnen müssen, schon allein wegen der Schäden an unserer Ausrüstung."

„Hey, da wir gerade von der Ausrüstung sprechen", unterbrach Matt und stupste mit dem Fuß an Wolfs Stuhl. „Warst nicht du derjenige, der uns immer anschreit, wenn wir etwas Nasses neben die Ausrüstung legen?"

„Ja." Wolf merkte, wie er erblasste, als er sich zu Matt umdrehte.

„Du lässt nach, Boss. Ein Toaster in der Badewanne wäre viel einfacher, um uns einen elektrischen Schlag zu verpassen, meinst du nicht?" Er hielt einen roten Ball hoch, dessen Oberfläche von Wasser und Algen glänzte und krähte: „Diesen elenden nassen Ball auf den Tisch neben die Schalttafel zu legen, reicht da sicher nicht aus."

# 6

MARAS GEMÜTLICHE Schritte auf dem feuchten Marmor waren Tristans einzige Warnung, bevor sie begann, mit ihm zu schimpfen. „Du wirst dir noch den Tod holen, wenn du hier herauskommst, ohne –"

„Kann nicht sein. Ich habe eine Jacke." Tristan unterbrach Maras Tirade und drehte sich um, damit sie die Jacke sehen konnte, die er von Kincaid bekommen hatte. Der Stoff war warm, fast schon zu warm, und falls etwas von Wolfs Geruch daran haften geblieben sein sollte, als sie sich berührt hatten, war er schon lange verflogen.

Er wusste es. Er hatte an der Jacke gerochen, um vielleicht etwas Wolf daran wahrzunehmen, aber da war nur der Geruch der Farbe des Aufdrucks und des weichen Materials.

„Hmpf." Dieses Thema diskutierten sie schon seit Jahren. Sie bearbeitete ihn, er solle wärmere Kleidung tragen, und Tristan vergaß einfach, sich etwas überzuziehen, wenn er nach draußen ging. „Du wirst dir trotzdem den Tod holen."

„So ein Glück, dass ich ja schon hier bin, was?" Er beugte sich vor, um Boris am Kopf zu kraulen und langte unter sein Kinn zu einer Stelle, bei der der Hund vor Vergnügen mit dem Bein trommelte. Tristan tätschelte seine Seite, wobei er die Backen des Wolfshundes mied, an denen sich Speichel sammelte, und Boris sackte zufrieden in sich zusammen. „Kincaid hat mich gefragt, ob sie noch länger bleiben können. Sein Team hat angeblich Aufzeichnungen, aber keine vollständigen. Er erwartet morgen neue Ausrüstung. Anscheinend hat das Haus vieles von dem, was sie mitgebracht haben, zerstört."

„Ja, es kann hin und wieder schon etwas grob sein", räumte Mara ein. „Erinnerst du dich an den armen Aufzug-Mann? Ich hatte befürchtet, er bekommt noch einen Nervenzusammenbruch."

„Ich hatte ihm gesagt, er solle ein Schild, dass der Aufzug außer Betrieb ist, aufhängen. Ihn bloß auszuschalten war nicht genug." Tristan schüttelte den Kopf und lehnte sich auf das Geländer, wobei er den nassen Stein unter seinen Armen ignorierte. „Es hat mich eine Stunde meines Lebens gekostet, seinen Kopf aus der Tür herauszubekommen. Er hätte auf mich hören sollen."

„Manche Leute lernen es nie. Das weißt du." Mara stand neben ihm und atmete tief ein. „Die Rosen haben letzte Nacht viel Wasser bekommen. Die Nacht, in der du mit diesem Hellsinger-Mann hier draußen warst – Kincaid. Er hat gefragt, ob sie noch länger hier bleiben können, richtig? Ich nehme an, du hast ja gesagt."

„Ja, das habe ich." Er kratze mit den Schuhen auf dem Marmorboden und kickte ein paar trockene Blätter vom Balkon. „Es schien ihm wichtig zu sein und, ganz ehrlich, die Gäste scheint es nicht zu stören. Ich sollte jedoch mehr Lebensmittel bestellen. Wir haben noch Tiefkühlware, aber ich koche lieber mit frischen Zutaten. Anscheinend können wir hier alles anbauen, außer Spargel."

„Dafür hat dein Onkel bestimmt mit einem Fluch gesorgt." Maras Kichern brachte ein Lächeln auf Tristans Lippen. „Den hat er wirklich gehasst. Abscheuliche Dämonen-Penisse hat er ihn genannt. Er hat ihn nur gekauft, weil du ihn so gerne magst."

„Das hat Onkel Mortimer oft getan."

Er vermisste den alten Herrn. Hoxne Grange war ein besonderer Ort, den er mit dem Bruder seines Großvaters geteilt hatte, und der ältere Pryce hatte alles getan, damit Tristan wusste, dass er hier sicher war und geliebt wurde. Für Tristan war eine Welt zusammengebrochen, als er die Bibliothek betreten und seinen Onkel zusammengesunken, leblos, seelenlos und kalt in seinem Lieblingssessel gefunden hatte. Tristan hatte zum ersten Mal seit Jahren Angst gehabt. Er hatte nicht gewusst, was er ohne seinen Mentor machen sollte, und es gab Tage, an denen er in den zweiten Stock gegangen war, nur um zu hören, ob sein Onkel in der Bibliothek umherging und mit sich selbst sprach.

Die Stille hatte ihm das Herz gebrochen, aber Tristan hatte sich in Liebe von dem Mann verabschiedet und ihm versprochen, dass sie sich wiedersehen würden. Auch wenn Tristans Innerstes sich nach dem Verlust leer und kalt anfühlte.

Aber jetzt gab es Stimmen in seinem Haus, lebendige Stimmen, die lachten, sich zankten und neckten. Er war es nicht gewohnt, *Menschen* zu hören, und der Grange fühlte sich *anders* an. Er zögerte noch zuzugeben, dass sich der Ort lebendiger anfühlte als vorher, schon weil das Anwesen größtenteils aus Holz, Stein und Putz bestand. Es war nicht leicht, sich einzugestehen, dass er es *mochte*, Menschen hier zu haben, und er wollte verdammt sein, wenn er zugab, dass er sich so lebendig fühlte wie noch nie zuvor, wenn er Wolf jeden Morgen am Frühstückstisch gegenübersaß.

Es war ein paar Tage her, dass er ihn auf dem Balkon geküsst hatte, und Tristan ertappte sich dabei, dass er ins Leere starrte, wenn er eigentlich arbeiten sollte, und sich das Gefühl der Lippen des Mannes oder seiner Zunge in Erinnerung rief, als sie seinen Mund berührten und seine innere Ruhe störten.

Genauso wie das Paar, das mit wütend erhobenen Stimmen durch den Garten eilte. Gidget schielte zu ihm, als sie an ihm vorbeiging.

Tristan musste zugeben, dass eine wütende Gidget ein wunderbarer Anblick war. Er mochte die junge Frau. Sie erinnerte ihn an Mara, mit einem modernen Einschlag, den man nur in der hippen Subkultur San Franciscos finden konnte. Da ihr Sommerkleid im Retrostil ihre Schultern unbedeckt ließ, konnte Tristan die Tätowierungen auf ihrer Haut erkennen, die Dreiviertel ihrer Arme mit Vögeln, Blumen und was ihr auch sonst noch gefiel, bedeckten. Dank des leuchtend gelben und orangefarbenen Kleides konnte man sie leicht in den Grünanlagen erkennen, erst recht, als sie durch den Pavillon mit den Säulen stürmte und die Fenster passierte.

Matt sah ihn nicht einmal an. Stattdessen eilte der Mann an ihm vorbei und rutschte fast auf den glatten Stufen der Marmortreppe in den Garten aus. Sie waren ganz aufeinander fixiert und keiner sagte ein Wort zu Tristan oder Mara.

„Du hast mich betrogen!" Gidget wirbelte am Fuß der Treppe herum und stieß Matt den Finger vor die Brust.

„Es ist ein Spiel!", schoss er zurück und klammerte sich Halt suchend ans Geländer. „Es ist *nicht* echt! Du bist –"

„Denk gut nach, bevor du diesen Satz beendest, Olson", spie Gidget aus und drehte sich um. „Oder besser noch, denk an andere Dinge, die du beendet hast. Wie das mit uns zum Beispiel."

„Es ist ein *beschissenes* Spiel!", protestierte er, ihr dicht auf den Fersen. Beide waren in vollem Laufschritt und Gidget schoss durch den Garten, als wäre sie auf einer Safari. Matts trauriger Ruf, sie solle auf ihn warten, traf auf taube Ohren. Stattdessen beschleunigte sie ihren Schritt noch und brachte sie beide in kurzer Zeit fast ans andere Ende des Gartens.

„Ah, die wahre Liebe. Das sieht … kompliziert aus." Tristan schielte zu Mara. „Erklär mir noch einmal, warum ich das wollen sollte. Meine Beziehung zu Cook ist besser als die der beiden, so wie es aussieht. Und *sie* sehe ich nur dienstags morgens."

„Weil man solche Tiefs leicht überwinden kann", gab sie elegant zurück, „wenn man zu zweit daran arbeitet. Und die Hochs werden unglaublich, wenn man mit Leidenschaft dabei ist. Abgesehen davon ist Cook nicht nur ein Geist, sie ist auch eine Frau. Aber wie auch immer, Wolf ist keins von beiden."

„Wir sind nicht 'zu zweit'. Wolf und ich, meine ich", brummte er. „Du weißt, was ich meine. Fuck."

„Das wird schon noch. Was machen die zwei da? Können die nicht drinnen streiten? Es ist kalt hier draußen. Und es wird Regen geben." Mara reckte den Hals und deutete in Richtung der Techniker von Hellsinger, als das Paar um den großen Teich am anderen Ende des Gartens lief. „Sie werden hineinfallen, wenn sie nicht aufpassen. Was wird dann mit ihnen passieren?"

„Sie werden nass, denke ich." Tristan entdecke Gidget und Matt zwischen den niedrigen immergrünen Büschen. Sie waren nah am Ufer und der Boden war bestimmt schlüpfrig vom Regen. Er selbst war mehr als einmal in den Teich gefallen, meistens mit Absicht, aber manchmal auch aus Versehen. „Sie scheinen immer noch zu streiten. Ich warte nur darauf, dass einer den anderen hineinstößt."

„Sie werden mehr Handtücher brauchen, wenn einer hineinfällt", brummte sie gutmütig und runzelte dann die Stirn. „Das sieht nach mehr als einem einfachen Streit aus."

Es sah aus wie eine epische Schlacht. Eine, über die Barden lange Lieder dichten und weitere Verse dazu erfinden würden, weil die Kneipenbesucher nach mehr verlangten. Tristan war zu weit entfernt, um etwas zu verstehen, aber er konnte sich vorstellen, wie Gidget dem sich duckenden Matt harte, wütende Worte an den Kopf warf. Er zuckte unter einer besonders heftigen Attacke zusammen, seine Schultern zitterten und waren gestrafft, die Ellenbogen waren gegen die Rippen gepresst, als erwarte er einen Angriff.

„Sie ist wirklich ein Anblick", stellte Mara fest. „Wirklich eine gute Position. Sie formt mit den Armen interessante Gesten und sie hat die Beine weit genug auseinander positioniert, sodass sie einen sicheren Stand hat. Schau, wie sie ihm gegenübersteht, mit ihrer ganzen Power. Was auch immer er getan hat, sie ist wirklich sauer."

„Das ist das Beste daran, schwul zu sein", murmelte Tristan. „Ich glaube nicht, dass ich so etwas überleben würde. Sieh dir Onkel Walter und Ashley an. Sie scheint jemand zu sein, der einen im Schlaf erstechen würde. Mit winzig kleinen Nadeln. Vergiftete Nadeln, damit es aussieht, als wäre man in eine Orgie mit ein paar lesbischen Schwarzen Witwen geraten."

„Die meisten Männer würden das nicht überleben, schwul oder nicht", gab die Frau zurück. „Ernsthaft, Tristan? Schwarze Witwen?"

„Etwas Besseres ist mir auf die Schnelle nicht eingefallen. Du weißt, was ich meine. Gottesanbeterinnen wären unpassend gewesen. Es mussten Schwarze Witwen sein."

Gidgets Stimme, gleich dem Schrei einer Banshee, wurde lauter und wehte zu ihnen herüber. Tristan hörte eine Anschuldigung heraus. Es schien um Untreue zu gehen, etwas, das sie herausgefunden hatte, aber er konnte nicht sagen, was genau.

„Ich habe nicht gesehen, welche Schuhe sie trägt. Ich hoffe, es sind nicht diese Stilettos, in denen ich sie neulich gesehen habe", meinte Mara. „Damit könnte sie jemanden umbringen."

„Sie sahen aus wie Klappmesser." Plötzlich kam Tristan ein Gedanke. „Deshalb nennt man sie Stilettos. Na sowas. Darauf wäre ich nie gekommen."

„Zum Glück bist du hübsch, Tristan." Sie tätschelte seine Schulter. „Sonst müsste ich mir Sorgen machen, dass dich nie ein Mann heiraten wird."

„Sehr nett", grummelte er. „Ich denke nicht über Frauenschuhe nach. Ich denke nicht mal über *meine* Schuhe nach, verdammt."

Matts beruhigende Worte schienen die Frau nur noch wütender zu machen und sie blieb am Fuß der Treppe am Rand des Pfades stehen. Gidget zog an etwas an ihrem Finger, sie drehte und drehte, bis sie schließlich erfolgreich war. Was auch immer sie von ihrem Finger gerissen hatte – Tristan konnte nur annehmen, dass es ein Ring war – glitzerte, als es sich im Flug drehte, ein weißes und goldenes Blitzen, das sich vom grauen Himmel und dem grünen Hintergrund abhob.

Der Ring flog, von der Wut der Frau beflügelt, und landete in der Mitte des Teiches, wo er ein leichtes Platsch in dem dunklen Wasser verursachte.

Das Wasser war nicht das einzige, das Wellen schlug, als der Ring im Teich landete. Etwas Dunkles schoss aus dem aufgewühlten Wasser, eine falsche Andersartigkeit, die sich über dem Garten ausbreitete und Tristan mitten ins Gesicht traf. Neben ihm jaulte Boris, kauerte sich zusammen, versteckte seinen Kopf hinter Tristans Beinen und versuchte, seine Schnauze zwischen Tristans Knien zu vergraben. Mara keuchte und klammerte sich an das Geländer des Balkons. Ihre Knöchel waren weiß, während sie versuchte, sich auf den Beinen zu halten. Ihre Knie knickten ein, aber sie hielt sich fest und ertrug die kraftvollen Wellen, die sich ringförmig ausbreiteten und das Grundstück und das Haus in einen dünnen, dunstigen Schleier hüllten.

Was auch immer Matt oder Gidget danach gesagt haben mochten, wurde von dröhnendem Donner, der aus den grimmigen Wolkenbänken erklang, und zuckenden Blitzen übertönt, die über den Himmel jagten und die Schatten einen Moment zurückdrängten, bevor das Anwesen wieder darin eingehüllt wurde. Der Sturm bewegte sich mit rasender Geschwindigkeit und baute seine kohlenstaubfarbene Front viel schneller auf, als Tristan sich je hätte vorstellen können. Innerhalb von Sekunden setzte der Regen ein. Seine riesigen Tropfen fühlten sich dort, wo sie seine Haut berührten, heiß und schmerzhaft an.

„Ins Haus, Mara", knurrte er und beugte sich nach unten, um Boris auf die Füße zu ziehen. Der Hund wimmerte und duckte sich, aber er hievte ihn hoch und hielt ihn in seinen Armen. „Verschwinden wir hier."

Sie rannten den kurzen Weg vom Ende des Pavillons zum Haus, aber der Regen hatte schon genug Schaden angerichtet. Tristan war völlig durchnässt, als er Boris vorsichtig auf den Boden absetzte, sobald er über die Schwelle getreten war, denn er wollte auf dem polierten Boden nicht das Gleichgewicht verlieren.

„Was zum Teufel war das?" Er drehte sich zu Mara um. Die Pfütze, die er auf dem Parkett hinterließ, interessierte ihn nicht. „Was zum Teufel ist da draußen gerade passiert? Was haben wir da gesehen?"

„Ich weiß nicht, Tristan, mein Lieber." Mara drehte sich um und starrte durch die Doppeltüren hinaus, wo Regen und Hagel gegen die soliden Mauern des Grange trommelten. „Ich weiß es wirklich nicht."


Es war ein schlechter Zeitpunkt für die Kinder, um zu streiten. Nicht, dass es dafür einen passenden Zeitpunkt gegeben hätte, aber Wolf hatte sich gerade mit einem Kurierdienst auseinandersetzen müssen, der Kisten für sie geliefert und mitgenommen hatte, was während ihrem Aufenthalt auf dem Grange kaputt gegangen war. Fünf Plastikcontainer durch den langen Flur in den Ballsaal zu schleppen, ließ seine Schultern schmerzen, und was er wirklich tun wollte, war Tristan aufzuspüren und zu verlangen, dass der Mann ihm sagte, warum er ihm aus dem Weg ging. Er hatte die letzten Tage damit verbracht, Katz und Maus mit dem blonden Mann zu spielen, und er hatte ihn gerade lang genug zu fassen bekommen, um ihn zu fragen, ob sie ihren Aufenthalt verlängern durften. Aber als Wolf versucht hatte, über den Kuss zu reden, war der Mann verschwunden wie eine Rauchwolke.

„Man könnte meinen, *er* wäre der verdammte Geist hier", brummte Wolf und schob eine weitere Kiste unter einen Tisch. „Wo zum Teufel *sind* die zwei?"

Ihre Mittagspause war schon lange vorbei ... und dieser *verdammte Kuss*.

„Verdammt nochmal." Wolf legte den Kopf zurück, presste die Hände in sein Kreuz und rieb über eine Verspannung. „Pryce, ich werde wegen deinem Mund und diesem verdammten Ball noch verrückt. Das muss ein Ende haben."

Es ließ sich nicht leugnen, dass der Ball immer wieder auftauchte. Er hatte ihn schon mehrere Male weggeworfen, ihn sogar in eine Plastiktüte gesteckt und in dem Müll geworfen, aber das verdammte Ding tauchte immer dann wieder auf, wenn er es am wenigsten erwartete. Um sechs Uhr morgens, als sie für diese Nacht Schluss gemacht hatten, hatte er den Ball aus seinem Schlafzimmerfenster geworfen. Er hatte sich frische Unterwäsche geholt, die er nach einer Dusche anziehen wollte, und hatte den Ball in der Badewanne gefunden – in einem heißen Schaumbad, das er *nicht* eingelassen hatte, bevor er sich auf die Suche nach einer Unterhose gemacht hatte.

Wolf hatte den Ball aus dem Wasser genommen, seine Unterwäsche auf die Anrichte geworfen, das Wasser aus der Wanne abgelassen und sich gesagt 'Scheiß auf das Bad'. Er würde am Morgen duschen.

Da seine Träume von einem nackten, schlanken Tristan erfüllt gewesen waren, der sich auf dunklen Satinlaken wand, war es eine sehr kalte Dusche gewesen.

„Du solltest ihn einfach ficken, Kincaid." Er ließ sich auf einen Sessel fallen und durchsuchte die Bilder der Kameras, um seine Crew zu finden.

Denn Sex mit dem jungen Mann mit dem Knackarsch zu haben, würde den verdammten roten Ball bestimmt daran hindern, plötzlich unter seinem Fuß aufzutauchen, wenn er ihn an einem anderen Platz als seiner Tasche oder seinem Nachttisch aufbewahrte.

Er nahm den Ball aus seiner Jackentasche und ließ ihn auf den Marmorfußboden des Ballsaals prallen. Es gab ein titschendes Geräusch, dann ein weiteres, als er ihn gegen eine der mit Seide bedeckten Wände warf. Er traf auf, schnellte zurück, und landete direkt in Wolfs ausgestreckter Hand. Es verursachte bei ihm ein winziges Gefühl der Befriedigung, dass auf der Seidentapete ein Fleck zurückblieb, aber das hielt nur einen Moment an, bevor er aufstand und den Fleck wegwischte.

„Dieser verdammte Hurensohn." Gidget stürmte durch die Tür des Ballsaals und stapfte auf die Ausrüstung zu. Sie kam schlitternd zum Stehen und starrte auf die aufgestapelten Kisten, die Wolf hereingeschleppt hatte. Tropfnass war das beste Wort, mit dem er seine Technikerin beschreiben konnte. Sie war total durchnässt und ihr einst makelloses Sommerkleid war mit erdbeerroten Flecken von der auswaschbaren Farbe in ihrem Haar bedeckt und die Pfützen, die sie hinterließ, waren teilweise pink. Wolf seufzte und fragte sich, wo er in der riesigen Küche des Grange einen Wischmopp finden könnte.

„Was ist passiert?" Er wollte es eigentlich nicht wissen, erst recht nicht, nachdem auch Matt durch die geöffneten Türen kam, Gidget dicht auf den Fersen, und noch nasser als seine Freundin, sofern das möglich war. Gidgets Gesichtsausdruck wurde hart, als sie Matt erblickte, und ihre Brust hob sich, weil sie tief einatmete und so ihre Lungen offensichtlich für einen ordentlichen Schrei füllte. Wolf trat zwischen sie und hob die Hände. „Stopp. Ich werde das nur ein einziges Mal sagen. Als das mit euch angefangen hat, habt ihr versprochen, dass es die Arbeit nicht beeinflussen würde. Also muss ich euch fragen: Passiert das jetzt gerade? Wenn die Antwort ja lautet, dann müsst ihr euch beide zusammenreißen und damit zurechtkommen, denn ich will damit nichts zu tun haben. Ist das klar?"

„Ja, Sir", murmelte Matt. Gidget sagte nichts, aber sie nickte und sah verlegen zu Boden.

„Ich habe dich nicht verstanden, Gidget", hakte Wolf nach.

„Ja, Boss", antwortete sie leise.

„Also, einer von euch sucht einen Mopp und macht den Fußboden sauber. Ihr seid dafür verantwortlich, also kümmert ihr euch darum." Wolf zeigte auf den Tisch hinter ihnen. „Dann trocknet euch ab und schließt das Zeug hier an. Wenn ihr dann noch Zeit habt, euch mit euren Problemen auseinanderzusetzen, schön. Wenn nicht, dann sorgt dafür, dass sie aus der Welt geschafft sind, wenn wir heute Abend unseren Job machen. Verstanden?"

Sie nickten und beäugten sich über das Meer von pinkfarbenen Pfützen hinweg, die sie im Ballsaal verteilt hatten. Matt räusperte sich. „Ähm, was hast du vor?"

„Ich werde unseren Gastgeber suchen." Wolf drückte den roten Ball in seiner Hand. „Es gibt ein paar Dinge, die er und ich klären müssen."


DIE DUNKELHEIT war verstörend. Tristan schaute von seinem Appartement aus in den Garten und beobachtete, wie die Schatten sich verlängerten, was eigentlich unmöglich war, wenn man bedachte, dass es eine mondlose Nacht war, aber sie waren da. Sie wanderten und wanden sich über die Wege, als wären sie lebendig und suchten Nahrung. Das Haus erschien soweit ruhig und von den Fingern der Dunkelheit draußen unberührt, aber er fragte sich, wie lange noch und, was noch viel wichtiger war, wie zum Teufel er sie aufhalten konnte.

Seine Bibliothek, die hinter der Küche gelegen war und sich über die gesamte Länge des Flügels erstreckte, war eine wilde Mischung aus Büchern, Möbeln und Artefakten, die Onkel Mortimer von seinen Reisen mitgebracht hatte, bevor er sich auf Hoxne Grange niedergelassen hatte. Tristan suchte auf der gemusterten Couch Zuflucht, die er auf dem Dachboden zwischen den Sachen seines Onkels gefunden hatte, ein uraltes, abgenutztes Möbelstück, das während der goldenen Zeiten des

Anwesens aus England hierher verfrachtet worden war. Es war ein fantastisches Stück, lang genug, damit er sich ausstrecken konnte, wenn er das wollte. Aber meistens rollte er sich in einer Ecke zusammen, türmte die Kissen um sich herum auf und beobachtete, wie das Leben an den großen Fenstern des Grange vorbeizog.

Jetzt wünschte er sich, er könnte die durchsichtigen Gardinen schließen und sich hinter ihnen verstecken, verborgen vor den Schatten und dem Sturm, die sich vor den Mauern des Grange zusammenbrauten.

Die heulenden Winde übertönten jeden anderen Laut und er verschluckte beinahe seine Zunge, als Wolf Kincaid am anderen Ende der Couch erschien. Er trat vorsichtig um den Wolfshund herum und setzte sich im Schneidersitz neben Tristan. Seine Füße waren nackt wie die von Tristan, aber mit feinen, schwarzen Haaren auf den Zehen. Es sah weicher aus als das drahtige Haar an seinen Unterschenkeln, aber Tristan würde beides berühren müssen, um sicher sein zu können.

Als ob Wolf Kincaid wollen würde, dass Tristan ihn berührte, erst recht, nachdem er sich von ihrem Kuss zurückgezogen hatte.

Wie der Mann sich unter seinen Händen angefühlt hatte, war zu viel für Tristan gewesen, und er wusste, wenn er nur noch einen Moment länger an Wolfs Körper gepresst geblieben wäre, dann hätte er ihm und sich die Kleider von Leib gerissen und sicher einen Narren aus sich gemacht. Noch mehr als für gewöhnlich.

Stattdessen beäugte Wolf ihn misstrauisch und hielt ihm den Ball unter die Nase, während er mit den Fingern darüber fuhr. Der Geruch von Hundespeichel auf dem Gummi reizte Tristans Sinne und er musste beinahe niesen, als er den Geruch von Algen und etwas Dunklerem wahrnahm. Er rieb sich über das Gesicht, um die Eindrücke zu verscheuchen und wartete darauf, dass Wolf etwas sagte.

„Reden wir über Jack", sagte er endlich.

„Jack?" Tristan sah ihn wieder an, diesmal leicht verärgert. „Ernsthaft? Du willst über den Hund reden?"

„Erst der Hund. Dann wir."

„Ich glaube, ich hatte dir alles über Jack erzählt, was ich weiß. Er ist ungefähr fünfundvierzig Zentimeter groß. Bläulich, wie die anderen. Sie haben alle nicht sonderlich viel Farbe an sich. Ich glaube, sein Fell ist weiß. Ein paar dunklere Flecken an seinem Körper und den Ohren. Sie könnten schwarz oder braun sein. Schwer zu sagen." Tristan schürzte nachdenklich die Lippen und machte sich ein wenig über den Mann lustig. „Oh, und er ist ein *Hund*."

„Und er mag diesen Ball?" Wolf hielt das stinkende Ding wieder unter Tristans Nase, und er versuchte, Wolfs Arm wegzuschieben.

„Ja. Zwing mich nicht, daran zu riechen. Er stinkt. Schlimmer als die Tennisbälle von Boris."

„Okay", sagte Wolf und steckte den Ball hinter sich. „Jetzt reden wir über uns. Und diesen Ort."

„Ich würde lieber darüber reden, auf wie viele Arten man einen Fingernagel verlieren kann, angefangen mit einer heißen Zange", brummte Tristan. „Aber sicher, wir können über *uns* reden. Was gibt es da zu sagen? Du hast mich geküsst. Ich bin geflüchtet, während du meine Halluzinationen beobachtet hast. Ende der Geschichte. Ich würde lieber darüber reden, was dein Team mit meinem Haus angestellt hat."

Weiter kam er nicht. Die Lichter flackerten. Dann explodierte eine Glühbirne in einer Glaslampe bei der Tür. Eine weitere folgte und Rauch stieg auf. Tristan setze sich auf, erschrocken von der Schwärze, die über die Fenster der Bibliothek kroch. Boris wimmerte und drückte sich so fest gegen die Couch, wie er konnte. Tristan dachte, er würde mit dem Hund auch um ein besseres Versteck kämpfen.

„Sag mir, dass du das auch siehst, Kincaid." Er sprang auf die Füße und stolperte fast über Boris. Eine intensive Kälte zog über ihn hinweg und an den Fenstern bildete sich Frost, ineinander verschlungene Muster, die schnell die Fenster bedeckten. „Und *dann* sag mir noch einmal, dass ich verrückt bin."

„Was zum Teufel ist das?" Wolf stellte sich hinter ihn und die starken Arme des Mannes schlangen sich um Tristans Taille und hielten ihn fest. Die Berührung des Mannes war zu angenehm, als dass Tristan ihn wegschieben konnte, da seine Wärme das eisige Prickeln vertrieb, das über seine Haut wanderte.

Etwas fühlte sich ... falsch an. Tristan fiel kein besseres Wort dafür ein. Es verwirrte seine Sinne und er schluckte, um den dicken, öligen Geschmack auf seiner Zunge loszuwerden. Seine Finger gruben sich in Wolfs Unterarme, ein harter Griff, der fest genug war, um Male zu hinterlassen, aber der andere Mann sagte nichts und ertrug es klaglos, falls er den Schmerz spürte.

„Heute ist etwas passiert", flüsterte Tristan leise. Die Kälte zog sich Stück für Stück aus ihm zurück, aber sie verweilte vor den einst klaren Fenstern des Grange. „Gidget und Matt haben bei dem Gartenhäuschen gestritten ... und sie nahm etwas von ihrem Finger. Sie warf es, und es landete im Teich ... dem großen Teich, wo sich die Glühwürmchen sammeln ... wo ich einige der Gäste gesehen habe ... die Geister ... wenn sie uns verlassen.

Als der Ring das Wasser traf, gab es eine Explosion ... irgendetwas. Nichts Wirkliches. Nichts, was du als wirklich bezeichnen würdest, aber etwas war da. Es wühlte das Wasser auf. Ich konnte sehen, wie der Teich Wellen schlug, viel größer und stärker, als der Ring es vermocht hätte." Tristan erschauderte. „Ich konnte sehen, wie es durch den Garten näherkam. Dann brach der Sturm los und wir ... Mara und ich ... rannten ins Haus. Ich dachte, es würde draußen bleiben ... was auch immer es ist ... und verschwinden, wenn der Regen aufgehört hat. Ich hätte nie gedacht, dass es ins Haus kommen würde."

„Es könnte etwas Natürliches sein", dachte Wolf nach. „Etwas in den Wolken. So etwas passiert. Irgendwo hat es schon einmal Frösche geregnet. Es könnte etwas Harmloses sein, wie Sporen, die irgendwo aufgenommen und hier wieder abgeladen wurden. Oder Asche. Es ist schon Seltsameres passiert."

Tristan wollte gerade etwas sagen, als das Heulen begann. Es begann leise, ein entferntes Kreischen, das immer näherkam, bis die Fenster unter der Wut des Krachs zu rütteln begannen. Die Tür der Bibliothek schlug zu, wieder und wieder, bis der Rahmen unter der Wucht der wiederholten Einschläge zerbrach. Verängstigt schaffte es Boris irgendwie, unter einen der Sessel zu kriechen, der daraufhin umkippte, den Schwanz hoch erhoben und die langen Beine unter sich ausgestreckt.

„Ich glaube, sie haben etwas zerbrochen … etwas, dass all das hier von dem Grange ferngehalten hat", murmelte Tristan. Seine Furcht wurde langsam von der wachsenden Wut übertroffen, dass sein Zuhause von etwas eingenommen wurde, dass er nicht sehen konnte. „Was zum Teufel haben sie getan?"


ER HATTE keine Antwort für Tristan parat. Nicht wirklich. Wolf konnte auf jeden Fall die schwarzen Ranken sehen, die sich über die Fenster verteilten, und dass die Tür Selbstmord begangen zu haben schien konnte auch nicht mit dem Wind abgetan werden. Die grausigen Schreie, die durch das Anwesen hallten, wurden leiser und wieder lauter. Er hätte sie einer schlechten Tonanlage zuschreiben können oder einer uralten Gegensprechanlage, die bei einer früheren Renovierung unter Schichten von Putz versteckt worden war, aber dafür hatte er keine Hinweise gefunden, als sie die Kameras angebracht hatten. Und was noch viel wichtiger war, der Mann, den er in seinen Armen hielt, war blau. Eine bläuliche Färbung, die sich an den Rändern von Tristans Lippen abzuzeichnen begann.

„Komm schon, wir müssen dich ins Warme schaffen." Wolf stupste Tristans bewegungslosen Körper an. „Es ist eiskalt hier."

Ihr Atem war in der Luft sichtbar, während er wie Nebel aus ihren Münden entwich, als Wolf Tristan mehr oder weniger nach draußen trug. Boris stürzte ihnen voraus aus dem Zimmer, denn er wollte nicht zurückgelassen werden, und riss die Männer dabei fast von den Füßen. Sobald sie die Bibliothek verlassen hatten, hörte das Kreischen auf, und die Temperatur im Appartement stieg an und schlug in Wolfs Gesicht wie die Hitze in einer Sauna. Tristan stolperte zitternd, aber Wolf hielt den Mann fest und führte ihn vorsichtig in den Wohnbereich. Er setzte Tristan auf die Couch, legte eine weiche Kaschmirdecke über ihn und steckte sie um seine Beine fest. Dann gab er ihm einen kurzen Kuss auf den Mund.

Boris war nirgends zu sehen, daher nahm Wolf an, der Hund hätte sich unter Tristans Bett versteckt.

„Ich werde dir einen Tee machen, okay?" Wolf fragte sich, ob Tristan etwas stärkeres im Schrank hatte, denn sein Magen zog sich verlangend zusammen.

Als ob er seine Gedanken gelesen hätte, stotterte Tristan mit klappernden Zähnen: „Im Sideboard ist ein Macallan."

Die Kälte des Mannes einfach wegzuküssen, schien eine bessere Idee zu sein, aber er wollte, dass sie bei klarem Verstand blieben. Und da es ihm als eine größere Ablenkung erschien, Tristan in die Couch zu pressen und über ihn herzufallen, entschied er sich für den Alkohol.

Sein Schwanz wollte ihm widersprechen, aber sein Gehirn blieb standhaft. Er wollte Antworten ... vernünftige Antworten, die nicht darin bestanden, dass Gidget etwas in einen alten Teich geworfen und der Schlund der Hölle sich daraufhin geöffnet hatte.

Wolf fand den Whiskey und pfiff, als er den Staub von der Flasche wischte. Es war ein großes, einfaches Gefäß mit einem weißen Etikett in schwarzen und goldenen Rändern, aber das Etikett zeugte von einer seltenen Qualität, und Wolf drehte sich zu dem Mann hinter ihm um. „Du willst, dass ich einfach so eine Flasche mit fünfundzwanzig Jahre altem Whiskey öffne?"

„Ein Geschenk meiner Agentin", murmelte Tristan, und das seidige Seufzen wand seine Wärme um Wolfs Schwanz. „Für meine Monster. Ich denke, das ist passend. Das habe ich für meine Monster bekommen. Jetzt werde ich es wegen der Monster trinken."

„Du hast hier auch einen unverschnittenen Macallan. Nehmen wir den stattdessen. Wenn ich einen Whiskey trinke, der mehr gekostet hat als mein erstes Auto, dann will ich ihn auch genießen." Wolf nahm zwei Gläser, ging zur Couch und reichte sie dem anderen Mann, damit er die Flasche öffnen konnte. Nachdem er etwas von der bernsteinfarbenen Flüssigkeit in eines der Gläser geschüttet hatte, nahm er Tristan das andere ab und goss sich selbst ein.

Wolf hob sein Glas, prostete dem blonden Mann neben sich zu und sagte: „*Slàinte mhòr agad.*"

Er hätte noch mehr gesagt, etwas Cleveres und Warmes, um die Schauer, die durch Tristans schlanken Körper zuckten, zu mildern, aber er sah einen vertrauten roten Ball auf der Couch, als der das Glas auf halbem Weg zum Mund geführt hatte. Für gewöhnlich erschien der Ball unter seinen Füßen oder in seinem Bett, wenn er wieder auftauchte, manchmal auch auf einem Tisch oder in seinem Badezimmer. Dieses Mal war nicht so sehr das Auftauchen an sich ein Schock, sondern wo er auftauchte.

Dieses Mal war der Ball im Maul eines durchsichtigen, bläulich schimmernden Hundes, der stolz auf einem Kissen der Couch stand, und wie wild mit seinem Stummelschwanz wedelte, aber Wolf konnte ihn kaum erkennen. Der Terrier mit dem rauen Fell kam näher, bis er auf Tristans Schoß saß, und ließ den Ball fallen. Seine kornblumenblaue Zunge hing aus seinem Maul und seine Lippen waren scheinbar zu einem Lächeln verzogen. Der Ball rollte über die Kissen bis an Tristans Bein und sein durchdringender Geruch erreichte Wolfs Nase fast so schnell wie der heiße Atem des Hundes, der sein Gesicht berührte.

„Heilige Scheiße." Wolf verschluckte sich an dem Schottenbräu, das in seiner Kehle brannte. „Ich schätze, das ist Jack."

# 7

ALS WOLF endlich aufwachte, war das Bett unter ihm kalt und über ihm brütend heiß. Aber was noch viel schlimmer war: anscheinend war es um einige Zentimeter geschrumpft und dafür schien ihm eine harte Rückseite gewachsen zu sein, gegen die er mit dem Ellenbogen geschlagen war. Irgendetwas roch nach nassem Hund und er hörte ein surrendes Geräusch, das er nicht zuordnen konnte. Schließlich drehte er den Kopf und bemerkte, dass das Geräusch irgendwo hinter ihm einen Ursprung hatte … in Form eines eleganten lilafarbenen Staubsaugers, der über den Holzfußboden gezogen wurde.

Seine Augen funktionierten noch nicht richtig. Alles um ihn herum war verschwommen, wenn er versuchte zu blinzeln, und sich aufzusetzen, schien ein riesiger Fehler zu sein, weil etwas in seinem Kopf von innen gegen seinen Schädel hämmerte, und zwar im perfekten Rhythmus mit dem Surren. Das Bett stellte sich als Couch heraus, die zwar gemütlich war, aber sicherlich nicht dafür gemacht, sie mit einem Wolfshund mit herunterhängenden Beinen zu teilen, der etwas feucht zu sein schien, entweder vom Regen oder weil er in einen Abwasserkanal gesprungen war, denn das Fell des Hundes verströmte auf jeden Fall einen außergewöhnlichen Geruch.

Neben dem Surren und dem Schnarchen des schlafenden Wolfshundes tobte der Sturm über dem Anwesen und wütete ebenso brachial wie die Kopfschmerzen hinter Wolfs Schläfen. Boris zu bewegen war schwieriger, als er gedacht hatte, und für einen Moment erwog Wolf, einfach hier auf der Couch zu sterben und seine Knochen von dem schweren Hund zu Staub zerquetschen zu lassen.

„Ist das nicht eine Hexenprobe?", murmelte er und entfachte damit erneut eine Explosion aus Geräuschen in seinem Kopf. „Moment, das war nur eine Hexe. Corey?"

„Giles Corey. Und der war Amerikaner", half Mara aus und schaltete den Staubsauger ab. „Die meisten Leute, die durch *peine forte et dure* gestorben sind, waren Briten, die sich geweigert hatten, ein Geständnis abzulegen. Aber nach dem Biest zu urteilen, das auf Ihnen liegt, dauert es bei Ihnen auch nicht mehr lang."

„Das liegt nicht an dem Hund. Ich fühle mich grauenhaft", stöhnte Wolf und schob Boris von sich, als er sich von der Couch rollte. Sein Magen schloss sich den Schmerzen in seinem Kopf an. Er hielt sich den Bauch und fragte sich, was zum Teufel er getan hatte, um eine solche Attacke verdient zu haben. Sogar seine Knochen schmerzten und er hatte den leisen Verdacht, dass er entweder einen Bimsstein verschluckt oder die Kamine des Grange mit der Zunge sauber gemacht hatte.

In seinem Blickfeld erschien eine leere Flasche Macallan und plötzlich waren die Erinnerungen wieder da, inklusive des schlabberigen Kusses, den er Tristan gegeben hatte, bevor er in einen tiefen, traumlosen Schlaf gefallen war.

„Fuck." Wolf rieb sich die Stirn. Sogar seine Haare taten weh. Die Flasche war definitiv leer und der Hund schnarchte zufrieden weiter, weil er die Couch jetzt für sich allein hatte. „Wo ist Tristan?"

„Unten." Mara hob ein Zierkissen auf, klopfte es in Form und platzierte es wieder auf dem Sessel. „Es ist Dienstag. Er wartet auf Cook. Dann will er noch etwas arbeiten. Aber das müssen Sie ihn fragen."

„Er hat keinen …" Wolf biss sich auf die Innenseiten seiner Wangen, um nicht zu jammern, als er aufstand. Dem Hund gegenüber Schwäche zu zeigen war eine Sache, aber der scharfäugigen Frau, die durch Tristans Appartement wuselte, eine ganz andere.

„Kater?" Die Frau schüttelte ein weiteres Kissen auf und nahm dann die leere Whiskeyflasche vom Tisch. „Nein, dem Jungen geht es gut – keine Kopfschmerzen oder ähnliches. Sie sind immer noch etwas ausgedörrt?"

„Ist das ein schicker Ausdruck für 'total im Arsch'?" Er schielte zu der Frau, als er sich nach vorne beugte und tief Luft holte, bevor er erneut versuchte aufzustehen.

„Ja. Ja, das ist es."

„Dann ja, ich bin ausgedörrt, mumifiziert, oder als was Sie mich sonst noch bezeichnen wollen." Die Welt kippte ein wenig zur Seite, als er sich aufrichtete, aber sein Magen blieb an seinem Platz. „Ich werde duschen gehen."

„Und dann?" Mara drehte sich um und ihre Schuhe quietschten auf dem Boden.

„Dann werde ich nach unten gehen, um der Sache auf den Grund zu gehen", sagte Wolf und griff sich den roten Ball von dem niedrigen Tisch vor ihm. „Und einem bestimmten Hund vielleicht auch."

NACH EINER Dusche fühlte er sich wieder wie ein Mensch – mehr oder weniger –, aber Wolf ließ lieber keine scharfe Klinge in die Nähe seines Gesichts, nicht einmal eine, die in einem Nassrasierer steckte und mit Rasierschaum abgemildert wurde. Das Zimmer gegenüber von seinem war still, also waren Gidget und Matt entweder nicht da oder sie hatten sich gegenseitig umgebracht und zählten jetzt zu den spektralen Gästen des Grange.

„Gut, dann können sie den Ball für den verdammten Hund werfen." Jack war bis jetzt noch nicht wieder aufgetaucht, aber darauf konnte man sich nicht verlassen. Irgendetwas hatte ihn dazu gebracht, Tristans Wahnvorstellungen zu teilen, oder er gehörte auch in die Klapsmühle. „Verdammte Scheiße, meine Mutter wird sich kaputtlachen."

Die Türen zum Ballsaal waren geöffnet und er hörte das leise Gemurmel von Stimmen, die aus dem riesigen Raum drangen. Stimmen, die nicht nur nicht stritten, sondern sich über etwas sehr zu freuen schienen.

„Es hat mir besser gefallen, als sie gestritten haben." Wolf biss in den sauren Apfel, betrat den Ballsaal und hoffte, dass seine Techniker angezogen waren und sich nur über ein Kätzchen freuten. Selbstverständlich schuldete er ihnen eine Entschuldigung, weil er letzte Nacht nicht da gewesen war. „Ich hatte nicht mal Sex. Nur zu viel gesoffen."

Was er drinnen vorfand, war viel aufregender als ein Kätzchen.

Die Kronleuchter waren gedimmt und die Monitore und Messgeräte warfen ein unheimliches Licht auf die Tische und den Fußboden. Gidget und Matt saßen beide vor den Displays der Kameras, tippten wie wild auf ihre Tastaturen und kicherten fröhlich miteinander. Auf ihren Anzeigen tanzten grüne und gelbe Wellen, während die Sensoren die Aktivität innerhalb des Grange aufnahmen.

Matt entdeckte ihn als Erster und er grinste Wolf an und gestikulierte wild. „Das musst du dir ansehen, Mann. Das ist verrückt seit letzter Nacht. Die Messgeräte sprengen die Skalen."

Er vibrierte förmlich vor Aufregung. Einerseits wollte Wolf die Ergebnisse seines Teams begutachten, aber andererseits nach Tristan suchen, um mit ihm darüber zu reden, was letzte Nacht zwischen ihnen passiert war. Auf Gidgets Bildschirm piepste und blinkte etwas, und Wolf entschied, dass es niemandem wehtun würde, wenn er einen Moment auf die Anzeigen schaute.

„Hier, sieh dir das an." Gidget erhob sich von ihrem Stuhl und wippte auf den Fußballen. „Ich besorge dir einen Kaffee. Willst du Kaffee? Wir haben genug. Deidre ... sie gehört zum Personal ... hat uns eine Espressomaschine besorgt. Eines dieser Dinger für Kaffeepads. Wir haben schon die ganze Nacht davon getrunken. Geniales Zeug."

„Sicher, ein Espresso wäre gut." In Wolfs Kopf klopfte es, als er sich in Gidgets leeren Stuhl fallen ließ.

„Schau dir mal an, was ich aufgenommen habe", rief Gidget. „Auf den Aufnahmen sind ganz klar Gestalten zu erkennen. Keine Gesichter, aber trotzdem Formen! Oder so was!"

Wolf schaltete zum Anfang von Gidgets Datei. Er grübelte stirnrunzelnd welchen der vielen Flure des Anwesens er gerade vor sich sah, als er plötzlich erkannte, von wo die Daten stammten. Die Sensoren im Flur der zweiten Etage waren von Anfang an vielversprechend gewesen. Die Kamera zeigte nach einigem Flimmern und Rauschen den Aufzug.

Die Aufnahme schien mit doppelter Geschwindigkeit zu laufen, sodass das Video zügig abgespielt wurde. Plötzlich huschte eine weiße Gestalt über den Bildschirm, gerade so innerhalb des Blickwinkels der Kamera. Wolf ließ den Film neugierig langsam zurücklaufen, so lange, bis er die Gestalt erkennen und etwas ausmachen konnte, was wie eine Schulter und vielleicht ein Arm aussah. Der Rest der Gestalt war kaum zu erkennen, ein Gewirr aus Licht und Schatten, aber etwas war definitiv da.

„Hast du die Infrarot-Sensoren gecheckt?" Er nahm die Tasse, die Gidget ihm über die Schulter reichte.

„Das ist ja das Verrückte." Sie zog einen weiteren Stuhl zum Tisch. „Sie sind immer sofort wieder ausgegangen, wenn wir sie eingeschaltet haben. Matt ist sogar mit einem Handgerät nach oben gegangen. Aber sobald er aus dem Aufzug gestiegen ist, wurde alles schwarz."

„Genau, das haben wir letzte Nacht ein paar Male versucht." Matt gähnte und seine Augen schienen geschwollen. „Das war Mist. Jedes Mal, wenn wir wieder nach unten gekommen sind, haben die Bildschirme erneut etwas angezeigt. Kreise. Blitze. Alles außer Gesichtern und kompletten Körpern. Vom vielen Treppauf- und Treppabgehen tun mir schon die Beine weh."

„Ja, wir haben gedacht, der Aufzug löst einen Schalter aus, also haben wir ihn in den dritten Stock fahren lassen und haben immer die Treppen genommen." Gidget zeigte auf eine weitere Gestalt in einer Ecke ihres Videos. „Siehst du das? Es ist kleiner und bewegt sich schneller. Ich denke, das ist ein Kind."

„Das ist kein Beweis", gab Wolf automatisch zurück. Das hatten sie schon viele Male erlebt. Gidget oder Matt waren aufgeregt und er war derjenige, der sie wieder auf den Boden der Tatsachen holte. Beweise konnten nur als Beweise gelten, wenn es eindeutige Messwerte gab, und ein paar Lichter auf dem Bildschirm reichten ihm nicht aus, um von einer Heimsuchung zu sprechen.

Zum Beispiel ein verdammter Hund, der ihm einen stinkenden Ball zurückgebracht hatte, während er sich mit Whiskey betrunken und sich nach einem blonden Mann mit ausdrucksstarken Augen verzehrt hatte, die die Farbe änderten.

„Scheiße ..." Um es kurz zu machen, Geister sollten Menschen sein, nicht fröhlich aussehende Terrier, die ihr Bällchen holen wollten. „Ich brauche mehr Messwerte. Ich kann einfach ..."

Dem Paar etwas davon zu sagen, würde ihn nicht weiterbringen. Er hatte keine Beweise. Nur Spekulationen und schwarzen Frost, der die Fenster von Tristans Bibliothek bedeckte. Stirnrunzelnd klickte Wolf durch die Aufnahmen. Er hoffte, eine Außenaufnahme des Grange zu finden.

„Wir installieren noch mehr Kameras", verkündete er schließlich. „Stopfen wir die Löcher. Natürlich vorausgesetzt, ihr beide redet wieder miteinander."

„Ja." Matt klang verlegen. „Was das angeht ..."

„Tristan hat gesagt, zwischen euch beiden ging es im Garten ziemlich hoch her. Und nicht auf die angenehme Art." Wolfs Blick durchbohrte Gidget. „Es hat gesagt, du hättest etwas in den Teich bei den künstlichen Ruinen geworfen."

„Scheiße, der Ring", murmelte Matt.

„Warte, bis der Regen aufgehört hat." Gidget stöhnte leise und vergrub das Gesicht in den Händen. „Ich kann nicht glauben, dass ich das getan habe."

„Ich will nicht sagen, dass es wahr ist …", begann Wolf. „Aber Pryce sagte, etwas wäre passiert, als du den Ring in dem Teich geworfen hast. Habt ihr beide etwas gespürt? Oder gesehen?"

„Ich war stinksauer." Gidget sah verlegen aus. „Er …"

„Ich hatte Sex mit jemand anderem", erklärte Matt und hob abwehrend die Hände, als Wolf ihn böse anblickte. „So war das nicht. Kein *echter* Sex. Im Spiel. In einem Videospiel. Sozusagen. Sie war nicht mal auf dem gleichen Server."

„*Betrug*, Mann." Der Ärger mochte Gidgets Stimme verlassen haben, aber die Strenge war geblieben. „Man macht nicht mit anderen Leuten rum. Weder in Fleisch und Blut noch in Pixeln."

„Kommen wir wieder auf den Ring zurück." Wolf lenkte das Gespräch zurück auf sein ursprüngliches Thema. „Habt ihr irgendwas *gesehen*?"

„Da fing der Sturm an", antwortete Matt. Der junge Mann lehnte sich in seinem Stuhl zurück und starrte in Richtung Decke ins Leere. „Äh, da war lauter Donner. Und er war nah –"

„Man konnte es auf der Haut fühlen, weißt du?", unterbrach Gidget. „Als ob er direkt nach uns schlagen würde."

„Ja, so war es." Matt senkte den Blick und starrte seinen Boss an. „Und der Regen war so verdammt kalt."

„Und hart." Gidget sah zu den Fenstern des Ballsaals, die mit Gardinen behängt waren. „Ich glaube, es hat noch gar nicht aufgehört. Vielleicht etwas nachgelassen, aber nicht genug für mich, um rauszugehen und den Ring von Matts Großmutter zu suchen."

„Urgroßmutter", korrigierte Matt. „Es war ihr Ehering. Aus ihrer ersten Ehe. Irgendein Graf, oder so. Er ist gestorben und dann hat sie noch ein paar andere Typen geheiratet."

„Wie viele? Fünf?" Gidget runzelte die Stirn und zählte an den Fingern ab. „Ja, ich glaube, es waren insgesamt sechs, richtig?"

„Sie war *sechs* mal verheiratet? Himmel, ich schaffe es nicht mal, *einmal* zu heiraten." Wolf schüttelte ihre forschenden Blicke ab. „Nicht, dass ich das wollte. Es ist nur … Scheiße. Sechs? Wie viele Ex-Ehemänner kann eine einzige Frau haben? Wie zum Teufel sahen da wohl die Familienfeiern aus?"

„Nicht Ex-Ehemänner." Matt grinste Wolf an. „Tote Ehemänner. Dafür war Urgroßmutter Winnie bekannt. Dass sie ihre Ehemänner umgebracht hat. Sie wurde geschnappt, bevor sie Nummer Sieben umbringen konnte. Anscheinend war er allergisch auf Chinin. Er bekam Blasen im Mund, als er von einem Tee getrunken hat, den sie ihm gegeben hatte. Jemand von Scotland Yard kam und hat sie befragt, und sie hat zugegeben, dass sie versucht hat, ihn zu töten. Es stellte sich heraus, dass sie alle ihre Ehemänner getötet hat, weil man sich damals nicht scheiden lassen konnte, glaube ich."

„Deine Urgroßmutter war eine Serienmörderin?" Wolf rieb seine Augen. Er fühlte die Migräne, die hinter seinem rechten Auge entstand.

70

„Ja, genau." Matt nickte. „Ihre Kinder hat sie allerdings geliebt. Sie hatte drei. Aber keines von dem Grafen, sonst würden wir jetzt in einem Schloss sitzen, Oolong-Tee trinken und über den Pöbel die Nase rümpfen. Sie hatte für alle Versicherungen abgeschlossen, aber in den Namen der Kinder. Darauf hatte das Gericht keinen Zugriff."

„Und *du* …" Wolf unterbrach sein Reiben und starrte Gidget an. „Du hast den Ring einer bekannten Serienmörderin in den Teich eines Hauses geworfen, das wir auf spektrale Aktivität untersuchen? Ein Ort, der schon seit *Generationen* als Hotel für Geister gilt?"

„Ja, irgendwie schon." Gidget verzog das Gesicht. „Wir wollten ihn wieder zurückholen, wenn der Regen aufhört. Dieser Teich ist tief. Eher ein Mini-See. Wirklich, darin könnte man ertrinken."

„Sehr tief. Man kann nicht mal den Grund sehen", murmelte Matt. „Auch ohne den Regen. Davon abgesehen war nicht ich derjenige, der ihn hineingeworfen hat. *Das* war Gidget."

„Hey! Ich war stinksauer!", protestierte Gidget.

„Was wolltest du überhaupt mit dem Ring einer Frau, die ihre Ehemänner kaltgemacht hat?", fragte Wolf, auch wenn er die Antwort nicht hören wollte. „Und warum zum Teufel hast du ihn ihr gegeben, Matt?"

„Ich fand den Gedanken interessant, verstehst du? Ich meine … sie war schließlich eine Serienmörderin. Es ist ein hübscher Ring." Gidget verschränkte die Arme vor der Brust. „Mit einem Rubin. Die Familie glaubt, er stammt aus Indien."

„Niemand sonst aus der Familie wollte ihn." Matt zuckte mit den Schultern. „Gidget und ich fanden es süß … makaber, aber süß. Er stammte aus ihrer ersten Ehe. Du weißt schon … ihre erste Liebe."

„Und ihr erster Mord. Eventuell. Bei *ihm* konnte man es ihr nicht nachweisen." Gidget lächelte ihren Freund an. „Nicht wie bei den anderen, die sie zu Hackfleisch verarbeitet hat."

„Oh mein Gott", seufzte Wolf schwer. „Es scheint, als wolltet ihr beide uns umbringen."

„Hey, moment mal", protestierte Matt. „Es ist ja nicht so, als dass du an diesen Scheiß glaubst. Es ist nur ein Sturm … und ein verdammter Ring! Es passieren keine seltsamen Dinge, wenn man einen Ring wegwirft. Wir haben keinen Beweis, dass das wirklich so ist, und du glaubst nicht mal an Geister, weißt du noch?"

Wolf stand auf und sein Stuhl kippte nach hinten. Er verfluchte die Zweifel, die nicht länger in seinem Kopf existierten. Er stampfte knurrend aus dem Raum, um Tristan zu finden. Dabei rief er den beiden zu: „Also, *jetzt* schon, verdammt."


DER BODEN war nass. Oder vielmehr waren es feuchte Fußabdrücke, die in den Grange hineinführten, eine große Pfütze und weitere, genauso nasse Fußabdrücke, die wieder hinausführten.

Tristan konnte es nicht glauben.

Da war keine Heather Cook. Es gab keine Bitte um eine Anstellung. Es gab mich einmal das schüchterne Geständnis, dass sie keine Referenzen hatte, weil die Lady ihr keine geben wollte.

Nichts. Nur Wasser, Fußabdrücke und Stille.

Er hatte sie nicht einmal *gesehen*.

Heather Cook, seit mindestens zwei Generationen die spektrale Köchin des Grange, war nicht gekommen, um um den Job zu bitten, den sie jedes Mal bekommen hatte. Stattdessen hatte sich Heather Cook umgesehen und war verschwunden, ohne ein einziges Wort zu dem Mann, der auf sie gewartet hatte. Und das, obwohl sie kein Empfehlungsschreiben oder nettes Wort von einer boshaften Frau bekommen hatte, deren Ehemann seine Aufmerksamkeit einem hübschen Mädchen aus Cockney zugewandt hatte, das mehr vom Leben gewollt hatte.

Tristan war nach Weinen zumute. Er fühlte sich, als hätte er Onkel Mortimer erneut verloren.

Oder schlimmer noch, als hätte er sich selbst verloren.

Er zuckte zusammen, als er eine Hand auf seiner Schulter spürte, dann beschwor er sich, nicht zu weinen, als Wolf ihn vorsichtig herumdrehte. Der mitfühlende Blick im Gesicht des Mannes war zu viel für ihn und Tristan biss sich auf die Unterlippe, damit er nicht wie ein Baby an Wolfs breiter Brust heulte.

„Hey, was ist los?" Es war schwer für sein brüchiges Herz, zu ignorieren, wie sinnlich sich Wolfs Hände anfühlten, die über seinen Rücken strichen. Insbesondere, als die großen, rauen Hände des Mannes über sein Kinn strichen, eine zärtliche, vorsichtige Berührung, von der Tristan nicht wusste, dass er sie gebraucht hatte, bis er sie fühlen konnte. „Pryce, rede mit mir. Was ist passiert? Ich sehe es dir an."

„Sie kommt nicht." Er schielte zur Tür und sein Blick fing sich an den nassen Fußabdrücken, die den Fußboden bedeckten. „Also, sie kam, aber sie … ist nicht geblieben. Etwas *stimmt nicht*, Kincaid. Etwas stimmt ganz und gar nicht."

„Ja, ich weiß." Wolfs Mund senkte sich und berührte Tristans Wange, und alles, was er hatte sagen wollen, blieb ihm im Halse stecken, abgeschmettert von der Wärme des Mannes. „Komm schon, wir müssen reden."


„Sɪᴇ ʜᴀʙᴇɴ den Ring einer Mörderin in meinen Teich geworfen?" Tristan starrte aus dem Fenster der Bibliothek. Er konnte nicht glauben, was Wolf ihm gerade erzählt hatte. „Und nicht nur eine einfache Mörderin. Eine Frau, die sechs ihrer Ehemänner umgebracht hat."

„Fünf. Der sechste … naja, er war der erste … ist nicht bewiesen", murmelte Wolf, als er Tristans Weinglas wieder füllte. „Er könnte auch eines natürlichen Todes gestorben sein."

Er hatte sich von Wolf in sein Appartement führen lassen, sich in Decken eingehüllt und dann auf einer weichen Couch in seiner Bibliothek zusammengerollt. Man konnte jetzt durch die Fenster des Raumes hindurchsehen. Der schwarze Frost war entweder von dem starken Regen abgewaschen worden oder vielleicht war er auch in das Haus eingedrungen und störte seinen Frieden.

Ganz so, wie es Wolf Kincaid mit seinem Körper und seiner Seele tat.

Kincaid stellte die Flasche zurück auf den Tisch, von wo er sie genommen hatte. Dabei streckte er seinen langen Arm über Tristans Knie und an seinem Gesicht vorbei. Wenn er gewollt hätte, dann hätte Tristan den Mann beißen können, ein Mundvoll Fleisch und Haut des Mannes, bis ihm Wolfs Blut übers Kinn lief. Nicht, dass er tatsächlich Blutdurst verspürt hätte, aber er war stinksauer wegen dem, was Gidget und der Rest des Hellsinger-Teams über sein Zuhause gebracht hatten.

Offensichtlich nicht so sauer, dass sein Schwanz nicht zuckte, als Wolf Tristan berührte, denn er begann einen kleinen Tanz hinter seinem Reißverschluss, als Wolf einen Arm um seine Schultern legte und ihn an sich zog.

„Verdammter Schwanz", brummte Tristan das verräterische Stück Fleisch an. „Ich hoffe, du wirst eines Tages von einem Barrakuda abgebissen. Das würde dir recht geschehen."

„Mit wem redest du?" Wolf sah sich um. „Ist hier jemand?"

Vor ein paar Tagen hätte Tristan darüber gelacht, dass Wolf Kincaid, der großartige, außergewöhnliche Geisterjäger, die Möglichkeit einer übernatürlichen Präsenz im Raum in Betracht zog. Aber inmitten der Dunkelheit, die sein Heim verschlang, waren die Worte des Mannes ein kleiner Freudenschimmer.

„Hier ist niemand. Scheiße, sogar Boris schläft auf meinem Bett", brummte Tristan und legte die Stirn auf seine angezogenen Knie. „Ich weiß nicht, wo Jack ist, und der Teufel weiß, wo Cook ist."

„Ist sie jemals *nicht* aufgetaucht?"

„Nein, selbst wenn man sie verpasst wartet sie normalerweise." Das Gewicht von Wolfs Arm auf seiner Schulter lenkte ihn ab, fast genauso sehr, wie das gelegentliche Kratzen seines unrasierten Gesichts an Tristans Wange, wenn er sich bewegte. „Hör auf, dich zu bewegen. Ich kann dann ... nicht denken."

„Kater?" Wolfs Prusten fuhr durch die Haare in seinem Nacken. „Mara sagte, du wärest nicht ... wie hat sie es ausgedrückt? Ausgedörrt?"

Wenn er einen Kater hätte, dann von Wolfs Zunge, die sich unkoordiniert zwischen seine Lippen hatte wühlen wollen, bevor der Mann ohnmächtig wurde, während er auf ihm lag. Sie hatten den Whiskey und den Sturm geteilt, ein berauschendes Hämmern von Hitze und Blitzen, unterbrochen nur von fast ebenso intensiven Küssen. Es war für Tristan viel zu schnell zuende gewesen. Erst siedende Hitze, dann nichts als das schlaffe Gewicht eines Mannes auf sich und ein wenig elegantes Schnarchen.

Es war, wie neben Boris zu schlafen. Nur weniger haarig.

„Das mit Cook tut mir leid", flüsterte Wolf. Er streichelte Tristans Wange mit den Fingern. „Ich sollte etwas unternehmen."

„Das solltest du. Du hast dieses Chaos verursacht." Er wollte wütend klingen oder zumindest verärgert, aber es war schwierig, sich angesichts von Wolfs federleichten Berührungen zu konzentrieren.

„Als ob hier vorher noch nie etwas Schlimmes passiert wäre." Wolf neigte den Kopf und Tristan blinzelte, gefangen in dem klaren Blick des Mannes. „Vielleicht ist es wie bei dem Rest deiner Gäste? Drei Tage und dann es ist vorbei."

„Ich –" Tristan schluckte und sein Atem vermischte sich mit der süßen Hitze von Wolfs Atem. „Du machst mich wahnsinnig. Ich kann nicht denken."

„Naja, also …" Wolf zeichnete eine weitere lange, leichte Linie über Tristans Wange bis zu seiner Unterlippe. „Dieses Problem habe ich schon seit Tagen. Es freut mich, dass wir endlich gleichauf sind. Ich hätte nie gedacht, dass du von uns beiden der Langsame bist."

Er hatte es kommen sehen. Alles deutete darauf hin. Verdammt, sein Schwanz deutete darauf, aber *trotzdem* war Tristan nicht auf Wolfs Kuss vorbereitet. Seine Gedanken rauschten laut genug, um den Sturm vor den Fenstern der Bibliothek zu übertönen, und der Geruch von Zitronen und Wolf übertünchte das süßliche Stechen des Regens in der Luft. Die Berührung ihrer Münder war sanft und Tristan hörte sich selbst, wie er leise Geräusche von sich gab, die von seinem rasenden Herzschlag übertönt wurden, der gerade aussetzen wollte.

Und so fand er heraus, dass diese Laute Wolf offensichtlich anmachten, wenn sie zwischen seinen zusammengepressten Lippen gefangen waren, denn Tristan fand sich gegen die Couch gedrückt wieder, während eine von Wolfs Händen in seinen Haaren vergraben war und die andere sich unter sein T-Shirt schob.

Tristan ließ alle Vorsicht außer acht. Er ließ sich fallen und stürzte sich in den ungewissen Sturm, der sich über ihnen zusammengebraut hatte.

Alles brach über ihn herein. Seine Kleidung war um seine Brust und Hüften verdreht, als Wolfs Hand über seinen Bauch fuhr und seine rechte Brustwarze fand. Wolf hatte nicht genug Spielraum, um mehr zu tun, als zu reiben und zu ziehen, aber es war genug, um Tristans Schwanz in rasende Hitze zu versetzen.

Er wusste nicht, was er tun sollte. Seine Hände konnten nicht genug von dem anderen Mann bekommen. Ihre Zungen umspielten einander zwischen ihren zusammengepressten Mündern, und als Tristan endlich atmen musste, reihten sich Wolfs Zähne in ihren Tanz ein und schabten und bearbeiteten die empfindlichen Stellen an Tristans Kehle. Das leichte Brennen von Wolfs unrasierter Wange kitzelte Tristans Haut und er wusste, er würde das Scheuern später noch spüren.

Und dass er sich betrogen fühlen würde, wenn es nicht so wäre, denn er wollte, dass *etwas* von ihrem Kuss zurückblieb.

Das passierte ziemlich schnell. Wolfs vorsichtiges Knabbern wurde wilder und Tristan wand sich und bog seinen Rücken durch, als der Biss des Mannes in seine Haut sank. Wolfs Hände fuhren nach oben und packten Tristans Handgelenke.

Er zog Tristans Arme nach oben und so war dieser an der Couch gefangen, während Wolfs lange Finger seine zarten Knochen hielten. Er drückte gerade fest genug zu, damit Tristan wusste, dass er keinen Ausweg hatte. Dann senkte sich Wolfs dunkler Kopf wieder und bearbeitete die Stelle, in die er vorher gebissen hatte.

Als Wolfs Zähne sich um seine Haut schlossen, stellte Tristan fest, dass er bis zu diesem Moment keine Ahnung gehabt hatte, was es bedeutete, in Flammen zu stehen.

Er genoss das Gewicht des Mannes auf sich. Wolf passte genau in die Leere, von der er sich gewünscht hatte, dass sie gefüllt wurde, auch wenn ein Teil von ihm sich gegen den scharfen Schmerz an seiner Kehle wehrte. Seine Jeans waren eng und gespannt von seiner prickelnden Erektion und sein Schwanz verlangte nach mehr als dem Reiben von Baumwolle an seiner Haut. Stöhnend stieß Tristan seine Hüften nach oben, um die pulsierende Qual zu lindern, die in seinem Bauch und seinen Lenden tobte. Wolf kam ihm entgegen, presste seinen Mund an Tristans Kehle und rieb seine Hüften an Tristans harter Länge.

Wolfs Mund verließ das brennende Mal, das er geschaffen hatte, und war wieder auf Tristans Mund. Er fand ihn geöffnet und ausgetrocknet von Tristans Wimmern vor. Wolf war mehr als Willens, Tristans Durst zu stillen, übernahm die Kontrolle über seinen Mund und füllte ihn, presste seine geschickte Zunge gegen seinen Gaumen und leckte an der Innenseite seiner Oberlippe. Das Gefühl der Zunge des Mannes an seinem Gaumen und den Innenseiten seiner Wangen quälte ihn und Tristan war gefangen zwischen dem Gefühl von Erregung und gekitzelt werden.

„Oh Gott, ich will dich", sagte Wolf in Tristans geöffneten keuchenden Mund.

Der Mann hätte noch mehr gesagt … wahrscheinlich sogar mehr getan, wenn der Grange um sie herum nicht in Aufruhr geraten wäre. Der Raum knarrte und wankte und verschob die Couch um einige Zentimeter, rammte sie in eine Rüstung, die offensichtlich nur von einigen Fäden und einem Gebet an Herne, den Jäger, zusammengehalten worden war. Der gehörnte Helm flog in die Luft und traf das Glas der Wanduhr einer schon lange verstorbenen Tante und die Arme und Beine verteilten sich in verschiedenen Bereichen des Raumes. Die ausgestopfte Krähe, von der Mara überzeugt war, dass sie sie hasste, fiel von ihrem Platz auf einer Garderobe aus Tigerwood-Holz nach unten, und ihr Schnabel durchbohrte ein Buch über die Botanik von Malaysia, das Tristan wirklich nicht hatte lesen wollen. Die Beine der Krähe standen von ihrem steifen Körper ab, gerade weit genug, um sich in den Gardinen zu verfangen, die in der Nähe hingen. Vogel und Buch waren in dem Stoff gefangen und schwangen in den Nachwehen der Attacke des Hauses hin und her.

Keiner der beiden Männer hatte genug Zeit gehabt, um Luft zu holen, als der Grange erneut ausbrach, dieses Mal mit einem markerschütternden Heulen, das laut genug war, um die Hallen des Anwesens zu erfüllen und jeden Zauber der

Verführung, den Wolf über einen enttäuschten Tristan gesprochen hatte, im Keim zu ersticken.

„Bist du okay?", fragte Wolf, als die Couch endlich in einer Ecke des Raumes zum Stillstand kam.

„Ja", brummte Tristan. Das Kreischen hielt an und pausierte gerade lang genug, dass Tristan hoffte, es wäre endlich vorbei, nur um von neuem zu beginnen. „Drei Tage, was?"

„Vielleicht?" Wolf grinste verlegen. „Ich hoffe es."

„Das solltest du auch, verdammt." Tristan befreite seine Hände aus dem losen Griff des Mannes und wand sich aus Wolfs Armen und Beinen. „Denn wenn nicht, werde ich dich umbringen, und du wirst der neue Koch des Grange."

# 8

„Sɪᴇ ᴠᴇʀʟᴀssᴇɴ uns, weißt du?" Mara trat hinter ihn, ein stiller Vorbote von Vernunft und Verdammnis. „Die Gäste meine ich. Sie gehen."

„Ich weiß" Tristan funkelte das Register an und starrte auf die Namen auf seinen vergilbten Seiten voller Tintenflecke. Namen, die unordentlich durchgestrichen waren, als hätte es den Schreiber große Mühe gekostet. Er hatte erst gestern ein Paar eingecheckt, dessen lächelnde Gesichter mit jedem Schritt, den sie näherkamen, jünger wurden. Als sie Tristan erreicht hatten, erstrahlten ihre einfarbigen Formen von einer Jugend, die keiner von ihnen seit einem Jahrhundert mehr erlebt hatte, ihrer Kleidung nach zu schließen. Sie gingen Hand in Hand die Treppe hinauf, den Flitterwochen ihres Lebens nach dem Tod entgegen.

An diesem Nachmittag, dem Tag, nachdem Cook nicht um ihren Job gebeten hatte, öffnete er das Register und fand ihre Namen durchgestrichen vor und ein kleines, unordentliches *Wir entschuldigen uns* am Rand. Er hatte vor- und zurückgeblättert, und sein Magen hatte sich mit jedem durchgestrichenen Namen weiter verkrampft.

Zum ersten Mal, solange er sich erinnern konnte, war im Grange niemand zu Gast.

Abgesehen von Wolf und seinem Team von Hellsinger natürlich.

„Verdammte Scheiße." Tristan rieb sich die Augen. Blinzelnd blickte er wieder auf die Seiten, nur um erneut enttäuscht zu werden. „*Pezzo di merda.*"

„Gut gemacht. War das an deinen Dr. Kincaid gerichtet?" Mara pflückte ein vertrocknetes Blatt aus einem Blumenarrangement am Rand der Rezeption. „Das Italienisch war recht wirkungsvoll. Er hat etwas von einem Italiener an sich. Vielleicht seine Mutter? Kincaid ist schottisch, glaube ich."

„Nein, das galt mir." Tristan seufzte. „Ich hätte nie erlauben sollen, dass sie hierherkommen. Ich habe es verbockt, Mara."

„Niemand sagt, dass der Grange eine Brücke für Seelen auf ihrem Weg ins Jenseits sein *muss*", gab sie zurück. „Es gab auch andere Orte dieser Art, die verschwunden sind. Es wäre nicht das erste Mal."

Tristan sah sie so böse an, wie er konnte. „Onkel Mortimer hat mir den Grange als sein Vermächtnis hinterlassen."

„Vermächtnis." Sie hätte unmöglich noch mehr Spott in ihre Antwort legen können. „Pack das Leben an den Eiern, Tristan Pryce. Oder zumindest Kincaid. Dann hättest du etwas, das sie dir aus deinen toten Händen reißen müssen, abgesehen von der Verantwortung für diesen Ort."

„Ich habe ein Leben", protestierte Tristan. „Ich schreibe –"

„Du schreibst über blöde Monster." Die Frau wiegelte mit einem Wink ihrer Hand ab, wie er seinen Lebensunterhalt verdiente. „Du lebst in einer alten Villa voller Geister und kritzelst niedliche Bilder von haarigen Gruselgestalten. Das ist kein Leben, Tristan. Solche Dinge macht man, während man auf den Tod wartet."

„Bist du fertig mit deiner Strafpredigt?" Er lehnte sich auf die Anrichte und streckte seine Beine aus. „Denn ich habe *nichts* Besseres zu tun, als dir zuzuhören."

„Du kannst noch mehr Handtücher bestellen", zischte Mara. „Ich weiß nicht, was in den Leuten vorgeht. Sie *müssen* einfach die Handtücher stehlen. Sogar die Geister, die ins Jenseits weiterziehen, stehlen Handtücher. Ich denke, sie nehmen Douglas Adams etwas zu wörtlich, wenn du mich fragst."

„Handtücher, wird erledigt." Er dachte darüber nach, sie regelmäßig liefern zu lassen, als die Frau davonstapfte. Mara hatte recht. Selbst Geister schienen sich an den Textilien des Hotels zu bedienen. „Man braucht im Himmel anscheinend seine eigene Toga. Gott sei Dank gewährt Petrus ihnen einen Heiligenschein. Wer weiß, was sie dafür mitgehen lassen würden."

„Hast du gerade auf den Himmel geflucht?" Wolf erschien aus den Schatten der Eingangshalle und lächelte Tristan verschmitzt an.

Das Letzte, was dieser in diesem Moment gebrauchen konnte, war, dass Wolf Kincaid seinen persönlichen Zusammenbruch miterlebte.

Insbesondere, wenn er dabei eine Jeans trug, die so alt zu sein schien, dass sie im Restaurant einen Seniorenrabatt bekäme, zusammen mit der offensichtlich ebenso betagten Ehefrau der Jeans, einem eng anliegenden, dünnen T-Shirt. Wenn er genau hinsah, konnte er sehen, wie sich Wolfs Brustwarzen unter dem abgewetzten Baumwollstoff abzeichneten. Auf den zweiten Blick erkannte Tristan, dass er wirklich nicht allzu intensiv suchen musste. Sie waren da, lüstern und anziehend, und bettelten förmlich darum, dass Tristan von ihnen kostete.

„*Culus.*" Tristan ließ das Wort probeweise über seine Zunge gleiten. „Ich glaube, das ist richtig so … *culus.*"

„Du bist ein lustiger kleiner Junge, Tristan Pryce." Wolf lehnte sich auf den Tresen der Rezeption und brachte seinen sinnlichen Mund nah genug zu Tristans Gesicht, um zu flüstern.

Tristan funkelte den Mann böse an. „Ich bin kein kleiner Junge, Kincaid."

Wolf schaute ihn unergründlich an, dann wurde sein schiefes Lächeln gemein. „Nein, das bist du definitiv nicht."

Er wollte gerade eine scharfe und bissige Antwort geben, da erschien etwas Großes und Dunkles aus dem nebligen Regen vor den Türen des Grange. Die Gestalt schien dank der Einsätze in den Scheiben farbig zu sein. Sie stapfte näher und füllte die schmalen Fenster aus, aber Tristan konnte mit Sicherheit ein Detail ausmachen, das sein Herz vor Aufregung schneller schlagen ließ.

*Falten.*

„Es ist ein Elefant!" Tristan hatte den Tresen umrundet, bevor er den Atem, den er angehalten hatte, ganz ausatmen konnte. Seine nackten Füße berührten den

78

polierten Holzboden und er rutschte zur Seite, als seine Ferse eine besonders gut geölte Stelle traf. „Da draußen ist ein Elefant! Gott, lass es ein Elefant sein. Es ist zu klein für einen Brontosaurus, aber trotzdem ... ein Elefant?"

Er fühlte sich wieder wie ein kleines Kind, das durch die Eingangshalle rannte, sobald neue Gäste ankamen. Onkel Mortimer hatte immer leise gekichert, wenn Tristan die Tür aufgerissen hatte, um sie hereinzulassen. In seinen ersten Wochen auf dem Grange hatte er solche Angst gehabt, aber das leise Prusten eines Geister-Kamels, das auf das Anwesen zutrottete, hatte *alles* geändert. Majestätisch, stolz, und mit einer Last in Form eines runden, aufwändig gekleideten Mannes mit Turban und Juwelen, wirkte das Tier so *real*. Als sein älterer Onkel mit freundlicher Stimme erklärte, was genau sie da sahen ... alles passte zusammen, bis hin zu den roten Troddeln an dem Sattel des Kamels, und da wusste Tristan, dass er sein Zuhause gefunden hatte.

Hier fühlte er sich ... *normal. Seine* Art von normal, und niemand, nicht einmal der charismatische Wolf Kincaid mit seinen harten Nippeln, konnte ihm dies wegnehmen.

Rosen aus dem Garten berührten seine Schulter, als Tristan sich auf dem Weg zur Tür an dem Tisch in der Mitte des Foyers festklammerte, um nicht das Gleichgewicht zu verlieren. Seine blanken Füße machten ein platschendes Geräusch, während er rannte, und quietschten, als er gerade lange genug stehen blieb, um den Türgriff zu fassen. Die Gestalt draußen bewegte sich noch immer, sie stampfte und trampelte vorbei. Tristan rüttelte am Griff, riss die Tür auf und trat in den Regen hinaus, um die Gäste willkommen zu heißen.

Da waren Beweise.

Sehr viele Beweise.

Sie bestanden größtenteils aus kreisrunden Fußabdrücken, die sich mit Regen gefüllt hatten und in den einst makellosen Rasen vor der großen Treppe des Grange eingebettet waren, aber es reichte aus, um Tristans Herz ein oder zwei Schläge aussetzen zu lassen. Diese Aufregung löste sich schnell in Staub auf, als er sich umblickte und *nichts* sah.

Die Auffahrt des Grange war verwaist, kein Elefantenhaar weit und breit.

Es tat ihm in der Seele weh, die tiefen Spuren in dem weitläufigen Rasen vor dem Grange zu sehen. Sie waren rund und zeugten von einem interessanten Gang, eine elegante Linie aus Kreisen. Sie waren so tief wie die Höhe von Tristans Fuß, fast in einer Reihe und an den Rändern etwas uneben. Das Gras hatte unter dem Gewicht der riesigen Kreatur gelitten. Die grünen Halme waren in den klebrigen, dichten Matsch gedrückt, und kleine Brocken, die weggeflogen waren, als die Kreatur den Fuß vom schlüpfrigen Boden gehoben hatte, lagen ein paar Zentimeter abseits.

Aber abgesehen von den Abdrücken und dem Geruch nach Wild und feuchtem Stroh, sah Tristan keine Spur von dem ektoplasmischen Biest. Oder dem Geist, der auf ihm geritten war.

„Gott verdammt!" Tristan fiel auf die Knie und grub seine Hände in das nasse Gras und den Matsch. „Warum seid ihr nicht geblieben? Warum bleibt keiner von euch hier?"

Er ballte die Hände zusammen, nahm damit den feuchten Rasen auf, schleuderte ihn so weit weg, wie er konnte, und kugelte sich dabei fast die Schultern aus. Der Regen hielt an, unbeeindruckt und unvermindert, und durchnässte ihn bis auf die Haut. Schlamm drang überall hinein und stahl sich in die Falten seiner Jeans und zwischen seine Zehen. Sein Gesicht brannte, überzogen von Tränen und Enttäuschung. Tristan senkte den Kopf und ließ seiner Trauer und Frustration freien Lauf, und seine Qual brach sich in hicksenden Schluchzern Bahn, die ihn schüttelten.

Trotz der jahrelangen Unterweisung von Mara, fand er keine Worte, um auszudrücken, wie er sich fühlte. Und als Wolf seine Hände auf Tristans Schultern legte, war da nichts anderes als reine Emotionen.

„Nicht." Er riss sich aus dem Griff des Mannes los. Er mied Wolfs fragenden Blick, als er langsam aufstand und seine Oberschenkel mit Matsch beschmierte, während er erfolglos versuchte, seine Hände zu säubern. Der Regen tat sein Übriges. Er war so heftig, dass eine braune Brühe von seinen Fingern tropfte. „Fass mich, *verdammt noch mal*, nicht an. Du hast mir das angetan. Mir und dem Grange."

„Tristan … warte …" Wolf drehte sich um und versuchte, Tristan am Arm zu packen, als er ihn eingeholt hatte. „Ich will –"

„Es ist mir egal, was du willst", brachte Tristan hervor. „Von jetzt an sind du und dein Team hier nicht mehr willkommen. Packt euren Scheiß und verschwindet. Komm mir am besten nicht mehr unter die Augen. Basta. Ich will dich nie wiedersehen."


WOLF EILTE hinter dem zornigen, schlammbespritzten Mann her, der vor ihm davonstapfte. Tristan war ganz offensichtlich wütend. Seine Wut rann in heißen Wellen von seiner Haut und schien den trommelnden Regen, der ihn traf, in dampfenden Nebel zu verwandeln. Wolf rutschte auf dem nassen Asphalt aus und wäre fast auf seinem Hintern gelandet, aber er fing sich gerade noch rechtzeitig.

Rechtzeitig, damit die Vordertür des Grange ihn im Gesicht traf.

Hoxne Grange war offensichtlich in einer Zeit erbaut worden, in der man auf handwerkliche Qualität noch wert gelegt hatte. Vor langer Zeit hatte ein Handwerker die Aufgabe, den imposanten Eingang zum Grange zu erschaffen, offensichtlich sehr ernst genommen. Von Hand geschnitzte Muster und zarte Einsätze aus antikem Glas in den Doppeltüren aus massivem Holz hinterließen eine deutliche Delle in Wolfs Nase, als sie an seinem Gesicht zum Halten kamen. Er fühlte, wie der Knorpel schmerzhaft nachgab, trat schnell einen Schritt zurück und drückte seinen Nasenrücken mit den Fingern, während er den Kopf nach hinten warf, um zu verhindern, dass Blut daraus hervorschoss.

Er war mit einem gemeinen jüngeren Bruder aufgewachsen, und durch ihre geschichtsträchtigen Kämpfe hatte Wolf gelernt, dass durch eine blutende Nase jede Balgerei beendet wurde, bevor sie richtig begonnen hatte. Wolf nahm den metallischen Geruch in seinen Atemwegen wahr, als er blind nach dem Türgriff tastete und hoffte, dass Tristan zu erbost gewesen war, um die Tür hinter sich abzuschließen.

Er hatte Glück. Der Griff senkte sich und er öffnete die Tür.

Gerade rechtzeitig, um das Ende seiner Glückssträhne zu erleben und einen ängstlichen Schrei zu hören.

Tristan war nicht sehr weit ins Haus vorgedrungen und so erreichten sie gleichzeitig die Treppe und hinterließen dabei eine Spur aus Wasser und Schlamm. Die Stufen waren glatt und rutschig unter ihren nassen Füßen, aber die Männer rannten ohne zu zögern auf die schreiende Frau zu.

Wolf war sich ziemlich sicher, dass die Frau, die sich in schierer Panik die Seele aus dem Leib schrie, Gidget war.

Matt umrundete die Treppe, die in den dritten Stock führte und stieß am Kopf der Treppe im zweiten Stock zu ihnen. Gidgets Schreie verwandelten sich zu üblen Flüchen, Worte in heißer Rage, die von den Räumen auf der linken Seite des Grange widerhallten. Wolf griff sich einen dekorativen Dolch von der Wand und folgte zusammen mit Tristan den Flüchen, mit Matt dicht auf ihren Fersen.

„Ich weiß nicht, was du damit vorhast", flüsterte Tristan. „Es ist ja nicht so, dass außer uns jemand hier ist."

„Jemand könnte eingebrochen sein und sie verletzt haben". Wolf bereute sofort, was er gesagt hatte. Matt wurde blass und eilte an ihnen vorbei, wobei die Sohlen seiner Sneakers Abdrücke im Teppich des Flurs hinterließen. „Scheiße."

Es war leicht, Gidget zu finden. Als sie die T-Kreuzung des Flurs zwischen dem Hauptteil und den Seitenflügeln des Anwesens erreicht hatten, wurden ihre Schreie lauter, und dann erschien sie aus den dünnen Schatten, und ihr leuchtendes Haar flog wie eine Flammenspur aus seidigen Locken hinter ihr her.

Wolf hatte nicht viel Zeit, etwas anderes als Gidgets panische Angst wahrzunehmen … und, was noch viel wichtiger war, die graue, ältere Frau, die hinter ihr herrannte. Eine Frau in einem altmodischen Kleid mit verbittertem Gesichtsausdruck, die eine Axt über ihrem Kopf schwang und ihrem Opfer hinterherjagte.

„Rennt!", schrie Gidget den Männern zu, die ihren Fluchtweg blockierten. Sie drängte sich an ihnen vorbei und lief nach links, weiter in das Anwesen hinein, statt nach unten in das offene Foyer.

Matt blinzelte verwirrt und sein Mund öffnete sich schockiert. Die alte Frau war zu schnell, als dass er mehr tun konnte, als die Hände zu heben, um sie abzuwehren. Wolf griff nach Tristan, drückte ihn gegen die Wand und brachte sich zwischen die Axt und den Blonden. Er hielt den Dolch vor sich und bereitete sich auf den Angriff der Frau vor, gewillt, sich ihr entgegenzuwerfen. Sie wurde nicht langsamer. Stattdessen weiteten sich ihre Augen und wurden dunkler, während sie näherkam, und Wolf schluckte, als die zweischneidige Axt direkt auf seinen Kopf zielte.

Er griff nach dem Stiel und war bereit sie aufzufangen, als sie einfach durch ihn hindurchglitt.

Das war ein eigenartiges Gefühl. Süßlich und klebrig. Ein Ziehen an seiner Haut, als etwas aus seinem Inneren nach außen drang, und für einen Moment dachte Wolf, sein Herz wäre stehengeblieben und in einem eisigen Griff gefangen, den er nicht abschütteln konnte. Es dauerte nur den Bruchteil einer Sekunde, aber das Prickeln blieb, das Gefühl, als würde ihm das Fleisch von den Knochen abgezogen.

Auch wenn die Frau körperlos war, konnte man die Doppelaxt, die sie schwang, doch unmöglich ignorieren. Ihre vordere Klinge leuchtete schwach, als sie die Luft neben Wolfs Bein durchschnitt. Der metallene Bogen verursachte ein dumpfes *Rumms* auf dem Boden und die Frau war gezwungen stehenzubleiben. Sie pausierte gerade lange genug, um am Stiel der Axt zu rütteln, bis sie die Klinge wieder befreit hatte. Die Splitter, die dabei aus dem Holz gelöst wurden, waren hart und scharf, und sie flogen in einem weiten Umkreis durch die Luft.

„Ach du heilige Scheiße." Wolf riss seinen Fuß aus dem Weg, nur für den Fall, dass sie wieder nach ihm schlagen würde, aber die Frau war schon verschwunden und jagte durch den Flur hinter Gidget her. Wolf trat über den langen Riss im Boden zu Tristan. „Was zum Teufel sollen wir jetzt tun?"

„Woher zum Kuckuck soll sich das wissen?", schoss der blonde Mann zurück. „Normalerweise versuchen meine *Gäste* nicht, mich umzubringen."

„Gidget", stammelte Matt. „Sie könnte Gidget verletzen. Kommt schon."

Die Jagd nach einem Geist … einem bewaffneten und angepissten Geist … war sicherlich nicht, wie Wolf sich das Ende seiner Karriere ausgemalt hatte. Nachdem er Jahre damit verbracht hatte, Phänomene zu untersuchen und Betrügereien aufzudecken, eilte er nun vergnügt einer Frau aus dem viktorianischen Zeitalter hinterher, die nichts als Mord im Sinn hatte. Auf jeden Fall nichts, was er potenziellen Kunden gegenüber erwähnen konnte, die auf eine professionelle Einschätzung ihrer spektralen Sorgen hofften.

„Mom wird sich totlachen", brummte er, als er den beiden Männern in die Räume im zweiten Stock folgte, die so verzweigt waren wie ein Kaninchenbau.

Gidget war nicht schwer zu finden, selbst ohne die Flüche und Schreie. Wolf musste nur den Einschlägen der Axt in den Wänden und dem Fußboden folgen. Ein Gemälde mit Hunden, die auf einen Ententeich zujagten, um Blut und gefiederte Leichen zu hinterlassen, hatte auch leiden müssen. Der Kopf eines der beiden English Springer Spaniels war sauber in der Mitte durchtrennt, wodurch eine Seite seines Schädel noch sichtbar war, während die andere von der herunterhängenden Leinwand verdeckt war.

Rennen schien ihnen nicht weiterzuhelfen. Das Labyrinth der Flure im zweiten Stock führte immer weiter in neue Bereiche des Hauses, aber schließlich fand er sie in einer Nische vor dem hinteren Balkon. Matt, Gidget und Tristan sahen vollständig und unverletzt aus, aber vom Rest des Zimmers konnte man dies nicht behaupten. Oder der flackernden grauen Gestalt in Form einer Frau vor ihm.

Im Flur hatte sie solider ausgesehen, aber unter dem wässrigen Licht, das durch die Doppeltüren des Balkons drang, litt ihre Gestalt fast genauso sehr wie der unglückliche Spaniel in dem Gemälde. Wolf konnte jetzt direkt durch sie hindurchsehen, genau auf den blonden Mann, der zwischen ihrer Axt und dem jungen Paar stand, das sich vor einem Sessel aneinanderklammerte.

Gidget zitterte in Matts Armen und sie wiegten sich zwischen den Überresten von einem zerstörten Tisch mitsamt den Stühlen hin und her. Die Tapete hing in Fetzen von der Wand und der kalte Wind, der durch ein zerbrochenes Fenster hereinwehte, bewegte sie sanft. Auf Tristans Wange war getrocknetes Blut, aber dies schien eher von zerbrochenem Glas oder Holz verursacht worden zu sein, und so kam Wolf schlitternd zum Stehen und atmete erleichtert auf.

„Schlampe! Hure!" Das schaurige Geschrei der Gestalt war eine Mischung aus Worten und Geknister und Wolf konnte kaum verstehen, was sie sagte. „Ich werde dich eher umbringen, als zuzulassen, dass einer der Meinen dich verseuchten Dreck berührt. Denkst du, du kannst ihn in dein Bett locken? Damit er dich zur Frau nimmt? Es kümmert mich nicht, wenn ich für deinen Tod hängen muss. Ich tue alles, um ihn zu beschützen."

Die Axt hob sich erneut und die Nähte ihres Kleides spannten sich unter dem Druck ihrer Schultern gegen den unnachgiebigen Stoff. Die Frau schrie und trat einen Schritt vor, ein grauenhaftes Heulen, das einem das Blut in den Adern gefrieren ließ, und ihr Kiefer klappte nach unten und gab den Blick auf ihren schwarzen Schlund frei.

Zum ersten Mal, seit er sein Image als Skeptiker aufgebaut hatte, hatte Wolf wirklich Angst vor einem Geist.

Zu viel passierte gleichzeitig, aber zwei Dinge nahm er wahr. Das Erste war die Frau mit dem wilden Blick, die sich in vollem Lauf auf seine Technikerin mit den lebhaften Haaren stürzte. Das Zweite war Tristan, der sich auf die Frau warf, um sie von dort fernzuhalten, wo sich Gidget und Matt hinter ihm zusammengekauert hatten.

Er war gut einen Meter zu weit entfernt, um zu helfen, aber Wolf stürzte trotzdem vorwärts, denn sein Adrenalin-durchflutetes Gehirn befahl ihm, sie von hinten anzugreifen. Der Teil seiner grauen Masse, der für das logische Denken zuständig war, lachte über den Unsinn, den seine Urängste heraufbeschworen hatten, und betrachtete in höchst arroganter Manier seine Fingernägel, als er den Rest seines Bewusstseins daran erinnerte, dass man sich nicht einfach auf etwas stürzten konnte, das keine körperliche Präsenz hatte.

Wolf hätte sich nur gewünscht, dass dieser Teil seines selbstgefälligen, besserwisserischen Gehirns sich gemeldet hätte, bevor er auf Tristans langem Körper landete.

Tristan schrie auf, als er durch den Körper der Frau hindurchflog und Wolf auf sich zukommen sah. Wolf wollte Tristan nicht treffen, also versuchte er sich wegzudrehen und traf den anderen Mann dabei an der Brust. Sie prallten hart zusammen und landeten in einem Wirrwarr aus Armen und Beinen auf dem Boden. Wenn sie nicht voll bekleidet und weit davon entfernt gewesen wären, erregt zu sein, dann hätte Wolf das vermutlich gefallen. Sein Ellenbogen traf auf etwas Hartes und er hoffte, dass es der Fußboden war und nicht Tristans Körper. Aber sein Glück war ungefähr so solide wie der Körper der Frau, die durch die Wände des Grange ging, und deren wütendes Geschrei langsam verklang, während ihre Axt über den Boden kratzte.

Sein Ellenbogen hatte Tristans Lippe getroffen und Wolf konnte praktisch fühlen, wie sich das Fleisch des Mannes unter seinen scharfen Zähnen spaltete. Blut schoss aus Tristans Mund und er rollte sich weg und presste die Hand auf sein Gesicht und spuckte. Wolfs Schulter setzte ihre Flugbahn fort und schlug auf den Boden auf. Er blieb flach auf dem Rücken liegen und staunte, dass sein Körper an so vielen Stellen zugleich schmerzen konnte.

„Willst du mich umbringen, verdammt?", zischte Tristan zwischen Blut und seinen Fingern hervor. Etwas Rotes tropfte von seiner Hand und er schüttelte Wolfs Versuche ab, ihn zu berühren.

„Was?" Wolf starrte den Mann an. Tristan rappelte sich vom Boden auf, wobei er sich mit einer Hand abstützte, während die andere den Blutfluss von seinem Gesicht einzudämmen versuchte. „Du wolltest sie auch festhalten. Wir hatten beide das Gleiche vor."

„Du hast ein Messer in der Hand, verdammtes Arschloch!" Der blonde Mann wies mit dem blutigen Kinn auf Wolfs verkrampfte Hand. „Das Ding hätte mich glatt aufgespießt."

An den Dolch hatte er nicht mehr gedacht, und Wolf starrte ihn erschrocken an. Er warf ihn weg und kam auf die Füße. Er griff nach den Resten eines Kissens und nahm die Füllung heraus, dann zog er Tristans Hand weg und presste den Stoff auf seine aufgeplatzte Lippe. Dabei murmelte er kleinlaute Entschuldigungen, die wahrscheinlich auf taube Ohren stießen.

„Wie auch immer." Tristan spuckte erneut und wischte sich pinkfarbenen Speichel von seiner verletzten Lippe. „Kannst du … tust du mir einen Gefallen und siehst nach, ob sie draußen ist? Ich denke eher nicht, aber …"

„Ja, sofort." Wolf küsste Tristans Kopf und war dankbar, dass es dem Mann gut ging. Er nahm den Dolch vom Boden und hielt ihn Tristan hin. „Ich weiß nicht, ob diese Sache mit dem blanken Eisen funktioniert."

„Das ist eine Nachbildung", schnaubte Tristan. „Sie ist aus Edelstahl, aber was soll's."

Wolf trat vorsichtig um Glasscherben und Holzsplitter herum und trat auf der Suche nach der verrückten Frau auf den Balkon. Der Wind biss in sein Gesicht und vertrieb den Rest des Adrenalins aus seinem Blut. Als er den Balkon leer vorfand, kehrte er zu der Nische zurück. Nachdem er Tristan angesehen und den Kopf geschüttelt hatte, blickte er zu Gidget und Matt und war froh, dass es dem Paar gut ging, abgesehen von dem Schreck.

Als er wieder drinnen war, rieb er seine nackten Arme und legte den Dolch auf dem einzigen Möbelstück ab, das noch heil war, ein winziger Tisch, der unter der Lehne eines Stuhls geschützt war. Gidget lief auf und ab und wedelte wild mit dem Armen umher, während sie wütend auf Matt einredete, der verstummt zu sein schien.

„Wie zum Teufel ist das so schnell passiert?" Wolf betrachtete den verwüsteten Raum. „Sie hatte nicht genug Zeit dafür."

„Es ist einfach passiert", sagte Tristan leise. „Sie war nicht hier, als wir zu Gidget kamen, und dann ist alles einfach … explodiert. Sie ist kurz vor dir aufgetaucht. Es war wie ein Blitzangriff, bevor wir die Festung verrammeln konnten."

„Irgendeine Idee, wer das war?" Wolf schielte auf ein besonders mitgenommenes Gemälde, dem es noch schlechter ergangen war als dem mit den Hunden. Die Frau hasste Hunde offensichtlich, denn das seltsam verzerrte Paar Schoßhunde, das auf einem Sofa lag, war praktisch geschreddert.

„Ich schätze, das war Matts Oma." Tristan ließ zu, dass Wolf sein Kinn festhielt und seinen Kopf bewegte, damit er seine Lippe ansehen konnte. „Und ich denke, es steht außer Frage, wer das war. Lass das. Ich bin okay. Ich habe mir nur auf die Lippe gebissen."

Wolf wollte Tristans Kinn nicht loslassen, aber es braute sich ein Sturm zusammen. Und zwar innerhalb des Anwesens um seine beiden Techniker herum. Er knisterte einen Moment, dann brach er in einer Flut aus wütenden Worten und Flüchen los, die fast so rasend waren wie der Geist, den sie gerade erlebt hatten.

„Deine Großmutter!" Gidget stieß Matt den Finger in die Brust und stieß ihn einen Schritt zurück. „Deine verdammte Großmutter hat versucht, mich umzubringen!"

„Hey, das wissen wir nicht." Matt hob die Hände, um sie zu beschwichtigen. „Dieser Ort brummt vor Aktivität. Es hätte jeder sein können!"

„Ernsthaft? Jeder? Sie hatte den gleichen Riechkolben wie dein Dad!" Gidgets Wut brach hervor und erfüllte den Raum. „Eine Irre mit britischem Akzent in einem langen Kleid erscheint aus dem Nichts und versucht, mich umzubringen, aber wir glauben nicht, dass es Matts Großmutter war? Ihr wisst schon, die Serienmörderin?"

„Hat sie nicht normalerweise Gift verwendet?" Tristan klang, als wollte er vernünftige Zweifel anmelden, aber Matt schüttelte traurig und besorgt den Kopf, während Gidget sich für eine weitere Tirade bereit machte. „Nein?"

„Nein." Der belesene Techniker verzog den Mund zu einer verschämten Grimasse. „Ähm, sie hat auch gerne die Ehefrauen ihrer Nachbarn zerstückelt. Aber wir wissen nur von einer. Wirklich."

„Nur eine", wiederholte Tristan lahm. Seine braunen Augen wurden hart und fast schon bernsteinfarben, als er wütend durch Wolf hindurchstarrte. „Okay. Diese Scheiße muss ein Ende haben. Ihr beide räumt hier auf. Ihr seid diejenigen, die diesen Ring in meinem Teich geworfen haben, und du, Kincaid, du hast diesen Mist in mein Haus gebracht, also wirst du einen Weg finden, sie loszuwerden, bevor sie jemanden umbringt."

„Eigentlich hat sie niemanden verletzt", stellte Matt fest und sank in sich zusammen, als Tristan ihn über die Schulter hinweg anfunkelte.

„Deine Großmutter, wenn wir mal davon ausgehen, dass sie die einzige Mörderin ist, die hier sein *könnte*, hat gerade erst angefangen. Ich habe schon immer die Geister gesehen, die hier ein- und ausgehen, aber sonst niemanden." Tristan sprach jetzt leiser, aber Wolf konnte die Angst in der Stimme des Mannes immer noch hören. „Der Grange hilft ihnen, sich für ihre letzte Reise zu manifestieren. So war es schon immer. Sie ernährt sich von dieser Macht. Ich denke, wir können davon ausgehen, dass sie der Drei-Tage-Regel nicht folgen wird wie alle anderen, sie wird nur stärker werden. Vielleicht ist es ihr jetzt noch nicht gelungen, uns zu verletzten, aber können wir das in einer Woche auch noch sagen? In ein paar Tagen? Morgen?"

„Nein, das können wir nicht." Wolf schürzte die Lippen in dem Bewusstsein, dass sie Zerstörung in Tristans ruhige und geordnete Welt gebracht hatten. „Und wir können auf keinen Fall warten, bis wir es herausfinden. Lass mich ein paar Anrufe machen. Ich glaube, ich weiß, wer uns helfen kann. Du musst mir aber vertrauen, Tris."

„Habe ich denn eine Wahl?", antwortete Tristan misstrauisch. „Ich habe sonst niemanden, weißt du noch? Alle denken, ich wäre verrückt. Jetzt bist du auch verrückt. Willkommen in meinem Leben, Kincaid. Wie lange es auch noch andauern mag."

# 9

„Heilige Scheiße, Geister gibt es wirklich", sagte Matt mit dem Mund voller Schwarzbier. „Ich meine, darum machen wird das alles doch. Wir haben *tatsächlich* Geister gefunden."

Wolf hatte geduscht, aber er brannte immer noch vor Aufregung, als er sich zu seinem Team gesellte, das sich in den Ballsaal zurückgezogen hatte. Als ihre Angst sich gelegt hatte, waren die Kameras, die sie aufgebaut hatten, das erste, was ihnen in den Sinn kam. Tristan war davongeschlichen, nachdem er Wolfs Angebot, ihnen Gesellschaft zu leisten, abgelehnt hatte. Er hatte etwas über Freiraum und dem Wunsch nach hartem Alkohol gebrummt. Wolf stimmte ihm zu, was den Schnaps anging. Er hatte einen Sechserpack Guinness aus der Speisekammer geholt, sobald er wieder im Erdgeschoss war, zusammen mit etwas Jerky Beef. Seine beiden Techniker hatten sich schon mit Chips und Keksen aus ihrem Snackvorrat eingedeckt und er warf jedem der beiden eine Tüte des Trockenfleisches zu und sagte ihnen, sie hätten das Eiweiß nötig.

„Auf den Aufnahmen ist nichts", brummte Gidget von ihrem Sitz vor den Monitoren aus. Ihr Bier stand ungeöffnet neben ihr und das Kondenswasser an der Flasche tropfte auf die Serviette darunter. „Absolut gar nichts, abgesehen von einem leichten Flackern. Die Axt kann man gut erkennen. Das sieht nach Poltergeist-Aktivität aus, aber nichts von Oma Irresmiststück."

„Ihr Name ist Winifred." Matt roch an seiner Flasche und grinste Wolf an. Er stellte den Fuß auf eine Kiste neben sich, lehnte sich in seinem Stuhl zurück und schaukelte mit einem zufriedenen Gesichtsausdruck hin und her. „Mensch, ein richtiger Geist. Damit können wir Millionen machen."

„Oder man wird uns in eine Zwangsjacke stecken, so wie Tristan", merkte Wolf an. „Sein Onkel ist der Grund, warum wir hier sind. Du denkst doch nicht etwa, der Kerl wird es auf sich beruhen lassen, wenn wir ihm sagen, dass Tristans Geister echt sind?"

„Aber entspricht das nicht der Wahrheit?" Gidgets Stimme war leise, ihr Tonfall anklagend. „Er hat die Wahrheit gesagt. Hier gibt es zumindest *einen* Geist. Wir haben sie *gesehen* und wir wissen, wo sie herkam. Wird ihn die Wahrheit nicht befreien? Verdient er nicht diese Bestätigung?"

„Doch, das tut er." Matt streckte sich, nahm Gidgets Bierflasche und öffnete sie schnell. „Der Kerl ist nicht verrückt. Hier passieren wirklich Dinge. Wir haben es gesehen, auch wenn wir keinen Beweis dafür haben. Zählt das denn gar nichts?"

„Wir sind hierhergekommen, um Tristan fertigzumachen, nicht um ihm zu helfen." Der Tag hatte seine Spuren in Gidgets Gesicht hinterlassen und sie ließ sich in ihren Stuhl sinken und gab der Erschöpfung nach. „Läuft das nicht so? Auch wenn wir sagen, dass wir für alle Möglichkeiten offen sind, suchen wir *jetzt gerade* noch nach einem Beweis für das, was wir erlebt haben. Damit wir es wem zeigen können? Tristans Arschloch von einem Onkel?"

„Ich wäre lieber Marcus Antonius statt Brutus", gab Wolf zu. „Lasst mich erst mit Tristan reden. Er sollte wissen, was in meinem Bericht für seinen Onkel stehen wird – dass es auf dem Grange definitiv spukt. Ich werde wahrscheinlich nicht erwähnen, dass wir einen Poltergeist eingeschleppt haben, der seine Geister verjagt hat, aber das wird für Pryce senior sowieso nicht der springende Punkt sein."

„Ich hatte wirklich gedacht, dass Tristan verrückt ist." Matt runzelte die Stirn, nahm dann Gidgets Hand und drückte die Finger seiner Freundin. „Wie sollen wir damit bloß umgehen? Sie hätte dich verletzen können. Vielleicht. Und was ist mit dem, was Tristan gesagt hat? Dass sie stärker wird? Das ist Wahnsinn."

Sie tauschten keinen amüsierten Blick aus. Nicht dieses Mal. Das Erscheinen eines Geistes reichte aus, um ihre sorgfältig gepflegte skeptische Haltung zu erschüttern. Die Existenz einer Geisterfrau würde sie von nun an bei jedem Fall beeinflussen und ihre notwendige Neutralität behindern. Dass sie hierhergekommen waren, würde jeden einzelnen von ihnen verändern, und Wolf vermutete, dass die Veränderungen in seinem Leben in den Händen des blonden Mannes lagen, der sich dort oben in seinem Elfenbeinturm versteckte.

„So wie mit allem anderen bisher auch", gab Wolf leise zurück. „Wir gehen an jeden Job mit einem klaren Kopf heran, um die Wahrheit herauszufinden. Und das muss auch so bleiben. Der einzige Unterschied könnte diesmal sein, dass wir wissen, wonach wir suchen müssen. Unsere Arbeit hier ist noch nicht erledigt, Leute. Ja, wir haben einen Geist gefunden, und wir können Tristans Onkel erzählen –"

„Aber wir haben ihn hergebracht", warf Gidget ein. „Also, ich habe das. Wir müssen das wiedergutmachen. Irgendwie."

„Ja, ich kenne jemanden, den ich anrufen kann, um uns zu helfen", sagte er reumütig. „Aber im Moment muss ich erst mit Tristan reden und versuchen, ihn zu überzeugen, dass ich ihm das Messer nicht in den Rücken rammen will."

ER HÖRTE Kincaid, bevor er ihn sah. Und das war kein Wunder, denn Tristan lag auf dem Bauch auf seinem Bett mit dem Gesicht in den Kissen vergraben. Das Gewicht von Boris auf seinen Beinen rührte sich, als der Hund vom Bett glitt, um Wolf zu begrüßen. Sein leises Jaulen wurde zu einem Seufzen, als Wolf ihn murmelnd begrüßte. Die Krallen an Boris´ Füßen klackerten auf dem Fußboden und Tristans hörte, wie seine Hundemarke im Wohnbereich gegen seinen Futternapf aus Metall schlug. Wenige Sekunden später gab Tristans Bett nach und er brummte Flüche in das Federkissen, als Wolfs Hand über seine Schultern rieb.

„Hey, du", flüsterte Wolf. „Geht es dir gut?"

„Geh weg." Er wusste nicht, ob Kincaid ihn hatte hören können. Er konnte sich zwischen den Laken selbst kaum hören, aber er war zufrieden, weil er so bissig geklungen hatte. Nicht annähernd so furchterregend, wie mit einer Axt durch sein Heim gejagt zu werden, aber dennoch beeindruckend. Wenn er aufrecht gestanden und die Stirn gerunzelt hätte, hätte er vielleicht ein abfälliges Schnauben von Wolf als Antwort bekommen. Auf mehr als das würde er nicht hoffen. Die Pryces waren noch nie sehr kämpferisch gewesen und er war sicherlich keine Ausnahme.

„Du weißt schon, dass du mit Schlamm bedeckt bist, oder?"

Das war so offensichtlich, dass Wolf es eigentlich nicht hätte erwähnen müssen. Der Dreck war schon bröckchenweise von ihm abgefallen, bevor sie die Nische verlassen hatten. Ihm war erst lange nachdem er auf das Bett gefallen und sein Gesicht in das Kissen gedrückt hatte, aufgefallen, dass er die Laken ruiniert hatte. Wahrscheinlich war sogar ein Abdruck seines Urschreies zurückgeblieben, als er in das Kissen gebrüllt hatte. Er müsste nur den Kopf heben, dann könnte er den Bezug als einen frühen Munch ausgeben.

„Verpiss dich." Das erschien ihm eine angemessene Antwort zu sein und in einer perfekten Welt, in der durch Tristans Wut der Himmel erschüttert worden wäre, wäre Wolf aus dem Zimmer geflohen und hätte den Blick von Tristans rasender Gestalt abgewandt.

Stattdessen rieb Wolf weiter über die verspannten Muskeln in Tristans Schultern und Rücken und gab Laute von sich, die Tristan an ein verzücktes Meerschweinchen erinnerten.

„Na los, ab in die Dusche. Ich werde deine Laken wechseln." Wolf legte seine Hand an Tristans Seite und drehte ihn vorsichtig um. Dabei verschmierte er wahrscheinlich noch mehr Schlamm auf dem ruinierten Stoff.

Tristan ließ es zu. Entweder war er scharf darauf, gedemütigt zu werden, oder sein Unterbewusstsein war er leid, allein vor sich hin zu brüten. Aber das spielte eigentlich keine Rolle, denn Wolfs große, warme Hände an seiner Seite ließen ihn an andere Möglichkeiten denken, seine Laken zu ruinieren.

„Ich bin wirklich stinksauer auf dich." Selbst für ihn klang das wenig überzeugend. In seiner Stimme lag keine zittrige Wut oder rasender Zorn. Stattdessen legten sein verräterischer Mund und seine Zunge eine Heiserkeit in seine Stimme, die sich verführerisch um sie legte. Trotzdem erhielt er den Anschein aufrecht und versuchte, sich auf das zu konzentrieren, was er hatte sagen wollen, statt auf die langen Finger, die seine Rippen zu zählen schienen.

„Genau." Wolf studierte übertrieben genau sein Gesicht. „So siehst du auch aus. Komm schon, ich muss mit dir reden. Über … also, über alles, sozusagen. Und das ist nicht leicht, wenn du wie Pig Pen von den Peanuts aussiehst."

„Geht es Gidget gut?" Die Hand fuhr fort, Tristans Seite zu erkunden, und er erschauerte, als Wolfs Finger weiter nach unten zu seiner Hüfte glitten. Tristans Schwanz bemerkte es auf jeden Fall, denn Tristan spürte das Kitzeln bis in seine Haarspitzen.

„Ja, sie … macht sich Sorgen um dich. Matt flippt fast aus, weil du hier oben allein bist.“

Er wollte es nicht sagen. Tatsächlich biss sich Tristan auf die Zunge, um zu verhindern, dass die Worte, die auf dem verräterischen pinkfarbenen Muskel in seinem Mund lauerten, herausschlüpften. Aber sein Mund widersetzte sich ihm, denn was er als Nächstes sagte, war definitiv nicht für Wolfs Ohren bestimmt. Er hatte noch niemals in seinem Leben geflirtet und falls doch, dann war es eine solche Katastrophe gewesen, dass der Typ, den er in ein Gespräch hatte verwickeln wollen, Tristans Bemühungen nicht einmal bemerkt hatte. Aber offensichtlich hatte sein Gehirn sich entschieden, dass es genau jetzt einen neuen Versuch wagen wollte, denn so wütend er auch auf Wolf war, so sehr hatte er doch eine Berührung nötig, um zu verhindern, dass er in seiner Unsicherheit versank.

„Und du?“ Seine Stimme wurde noch heiserer, wenn das überhaupt möglich war, und Tristan fragte sich, ob etwas in ihn eingedrungen war und von ihm Besitz ergriffen hatte. Zumindest von seinen Stimmbändern. „Machst du dir auch Sorgen?“

In den dunkelblauen Augen des Mannes blitzten Hitze und ein Schatten auf, den Tristan gerne näher erkundet hätte. Er spielte mit einem Feuer, das er nicht überleben würde, und dennoch tanzten seine Zunge und der Rest seines Körpers freudig auf ihren Untergang zu. Flammen züngelten auf seiner Haut und Tristan wand sich auf dem Bett, unsicher, wie er Wolfs prüfende Stille verstehen sollte.

Tristan richtete sich auf seine Ellenbogen auf und brachte sein Gesicht näher zu Wolf, der sich zu ihm herunterbeugte. Der warme Atem des Mannes vertrieb die Kälte aus Tristans Mund und er leckte seine Oberlippe. Plötzlich war er so nervös, dass sich ein Kloß in seinem Hals formte.

Er wollte irgendetwas tun, also hob er sein Kinn und reckte den Hals, sodass seine Lippen kaum spürbar über Wolfs Unterlippe strichen. Vorsichtig küsste er die feuchte Haut und erwärmte die Unterseite von Wolfs Lippe mit der seinen. Seine Augen wollten sich schließen und Tristan fühlte, wie seine Zunge sich aus seinem Mund befreite und über den stoppeligen Punkt unter Wolfs Mund strich und ihn feucht zurückließ.

„Ich werde das hier ganz bestimmt nicht bereuen“, knurrte Wolf, „auch wenn ich mich *gerade erst* gewaschen habe.“

Was auch immer Tristan gerade gedacht hatte – was auch immer der gefährliche Teil seiner Gedanken erwartet hatte – wurde von der Intensität in Wolfs Blick hinweggebrannt. Der Raum verdunkelte sich, entweder durch den Sturm, der sich draußen verstärkte, oder weil die Helligkeit von Wolfs Lust überschattet wurde. Das fahle Licht im Raum verschwand und hüllte sie in eine dunkle Decke, was auch immer der Grund dafür war.

Seine Beine wurden von Wolfs Knien zusammengedrückt und seine Arme wurden plötzlich von rauen Händen, die über seine Ellenbogen zu seinen Schultern fuhren, erwärmt. Sein Mund wurde erobert, seine Lippen von einer machtvollen Zunge voller heißer Versprechen auseinandergezwungen. Tristan versuchte, Wolfs

Lust so gut es ging zu erwidern, aber der Angriff auf seine Sinne überwältigte ihn, und er konnte nichts anderes tun, als zu keuchen und zu stöhnen. Er wollte so sehr um mehr betteln, aber er fürchtete sich davor, was diese Worte auslösen würden.

Zwischen ihnen passierte zu viel, als dass Tristan sich nur auf eine Sache hätte konzentrieren können. Wolfs ganzer Körper senkte sich auf ihn, rieb sich an ihm und verschmierte den Schlamm auf seiner Kleidung und Haut. Das Gewicht des anderen Mannes fühlte sich gut an, zu gut, und er konnte nicht glauben, dass er dies vorher noch nie hatte geschehen lassen. Er fühlte Wolf überall und er schmeckte ihn an Stellen, an denen Tristan nie eine Zunge vermutet hätte.

Aber es waren seine Hände, die ihren Hunger am Geschmack des Mannes stillten, der ihm so nah war.

Wolfs Zunge erforschte seinen Mund langsam und genüsslich. Er keuchte, als Wolfs Finger durch die Haare an seinem Hinterkopf fuhren und daran zogen und Tristan damit zwangen, seine Kehle zu entblößen. Wolf ließ seinen Mund leer und verlangend zurück und Tristan hasste den wimmernden, kläglichen Ton, der ihm entschlüpfte, als kalte Luft Wolfs Hitze an seinen Lippen ersetzte. Der Mund, nach dem er sich sehnte, fand an seiner Kehle einen neuen Platz, und die Zähne, die an seinen keuchenden Lippen geknabbert hatten, versenkten sich nun in der Kurve an seinem Hals, eine Stelle, die anscheinend direkt mit seinen Eiern verbunden war, da diese sich als Antwort zusammenzogen.

Der Mann fühlte sich so gut auf ihm an. Wolfs breite Brust bedeckte seine eigene und als der Mann sich bewegte, rieb Tristans T-Shirt an seinen empfindlichen Brustwarzen, der Stoff entflammte sein Fleisch. Tristan bog sich Wolfs hartem Körper entgegen und klammerte sich an dem Mann fest, wo auch immer er ihn erreichen konnte. Seine Finger bewegten sich und konnten doch die Muskeln nicht sehen, die sie erkundeten, aber sie nahmen verführerische Ahnungen von harten Muskeln und rauer Haut wahr, die nur diesem Mann gehören konnten.

Tristan nahm keuchend Wolfs Geruch in sich auf und sog den Duft von Schweiß und salziger Haut tief in sich ein. Er schmeckte den Zitrusgeruch der Seife, die er in den Badezimmern der Gästezimmer platziert hatte, ebenso wie den Geschmack von Schwarzbier, der nach ihrem Kuss noch auf seiner Zunge lag. Es faszinierte Tristan, wie unterschiedlich ihre Körper waren. Wolfs Körperbau war schwerer, kompakter als sein eigener, zumindest fühlten sich die Hände des Mannes so an, als sie gegen Tristans Körper drückten.

Wolf ließ Tristans Haare los, um dessen T-Shirt mit beiden Händen zu packen und es ihm von den Schultern und über den Kopf zu zerren. Ihre Arme waren miteinander verworren und das Shirt verfing sich an Tristans Ellenbogen, aber Wolf schien sehr entschlossen zu sein. Ein Reißen war zu hören, entweder von Stoff oder einer Naht, aber das war Tristan absolut egal. Er wollte nur, dass Wolfs Zunge und Finger ihn berührten und verwöhnten. Sein Körper verlangte danach, berührt zu werden.

Seine Jeans waren plötzlich verschwunden, in einer einzigen fließenden Bewegung von Fingern und Kraft. Tristan versuchte, sich zu erinnern, welche Unterwäsche er am Morgen angezogen hatte und hoffte, dass er etwas annähernd Interessantes trug. Im besten Fall war sie schwarz. Im schlimmsten Fall trug er einen Hello-Kitty-Slip, je nachdem, wann er zuletzt Wäsche gewaschen hatte.

Als Wolf sich auf die Knie aufrichtete, um sein T-Shirt auszuziehen, wagte Tristan einen Blick an seinem Bauch hinunter und hoffte, einen Blick auf seine eigene Unterhose zu erhaschen. Er versuchte zu ignorieren, wie sehr sich ihre Körper unterschieden. Er war schlank und blass, Wolf stattdessen schien golden zu leuchten. Entweder von der Sonne oder von einem dunkelhäutigen Vorfahren, der ihm seine sonnengeküsste Haut vererbt hatte. Haare wanden sich in einer dunklen Linie um Wolfs Nabel und weiter nach unten über die untere Hälfte seines muskulösen Bauchs und verschwanden in seiner Jeans.

Der Anblick von Wolfs starken Oberschenkeln, die seinen Schritt umspannten, ließ das Feuer in seinen Gliedern in sein Gesicht schießen, und die Röte verbrannte fast alle Lust, in der er gefangen gewesen war, und bedeckte ihn mit Scham wie herabrieselnde Asche. Seine Erregung kehrte mit ganzer Macht zurück, als Wolfs Finger über die Beule in seiner Unterhose strichen und eine Reaktion von Tristans Schwanz provozierten.

Er trug auberginefarbene, eng anliegende Boxershorts, die aus einem Paket stammte, das er erst vor ein paar Tagen geöffnet hatte. Die Farbe spielte allerdings keine Rolle mehr, da seine Lusttropfen offensichtlich aufgesogen wurden und den Stoff fast schwarz verfärbten, wo seine Spitze dagegen rieb.

„Traube", flüsterte Tristan unmerklich. „Sie sollten die Farbe von Weintrauben haben."

„Was?" Wolf starrte auf ihn hinunter, sein Shirt halb über seinen Schultern und in seinem Nacken.

Diese Haltung stand dem Mann sehr gut, sie betonte die Stärke seiner Arme und die Linien seines Bauchs. Die V-förmigen Hüften brachten Wolfs Schritt zur Geltung, und Tristan beäugte die schwere Beule seines erigierten Geschlechts durch Wolfs Jeans. Das dunkelbraune Haar lag dich am Kopf an, seine feuchten Strähnen, die so weich wie Nerzfell waren, fielen über seine Wangen und sein Kinn, und sein Lächeln wurde sinnlich. Tristan konnte den Schwung der Lippen immer noch an seiner Kehle fühlen.

„Gott, du bist so wunderschön." Tristan war sich ziemlich sicher, dass dies seine Worte gewesen waren, aber seltsamerweise trugen sie Wolfs Stimme. Er war sich nicht sicher, bis Wolf sein Shirt zur Seite schleuderte und sich vorbeugte, sodass seine Nasenspitze die von Tristan berührte. „Hat dir das schon einmal jemand gesagt? Du, Pryce, bist so verdammt schön."

Er fühlte sich nicht schön, aber jetzt, unter Wolfs tiefblauem Blick, einem Meer aus Verlangen, für das er verantwortlich war, ahnte Tristan zum ersten Mal, wie es wohl sein mochte, begehrt zu werden.

Und etwas in ihm öffnete sich unter der Hitze von Wolfs Blick.

„Sag mir, dass du etwas hierhast." Was Wolf als Nächstes murmelte, verwandelte alle warmen Gefühle und kribbelndes Erstaunen in einen zerklüfteten Eisberg, den er im Nebel seiner Erregung nicht hatte herantreiben sehen.

„Etwas?"

Sein Gehirn schien kurzgeschlossen. Etwas bedeutete … *etwas*. Dinge, die ölen und bedecken … die es diesem schweren, dicken Ding zwischen Wolfs Beinen erlaubten, an Stellen vorzudringen, die Tristan nur vorsichtig mit einem Finger erkundet hatte. Ja, Wolf hatte genau das vor und Tristan war sich nicht sicher, ob er *etwas* hatte, was dafür notwendig war.

„Ja, Babe, denn ich kann es kaum erwarten, tief in …" Wolf neigte den Kopf und etwas erschien in diesen blauen Augen, in denen Tristan ertrank. „Du magst 'Babe' nicht? Das ist mir so herausgerutscht. Ich kann mir etwas anderes überlegen."

„Mich hat noch nie jemand Babe genannt", flüsterte Tristan. „Oder schön."

„Das ist längst überfällig", gab Wolf heiser zurück. „Also ist Babe in Ordnung?"

„Ich denke darüber nach", stöhnte er, während er noch immer darüber nachdachte, was sie brauchten, und wo er es herbekommen konnte. Tristan war sich sicher, dass er tatsächlich etwas hatte, das sie verwenden konnten, aber er konnte sich nicht erinnern, wo er es verstaut hatte.

Wolfs Gewicht fühlte sich immer noch gut an, ganz besonders dort, wo sein Schwanz gegen den von Tristan gedrückt wurde. Das Reiben von Jeansstoff gegen Baumwolle, die mit seinen Lusttropfen durchtränkt war, war angenehm. Noch viel angenehmer war Wolfs Hand, die ihren Weg zu Tristans Eiern fand, und das Kratzen seiner Fingernägel über dem elastischen Stoff zwischen Tristans Schenkeln.

„Du hast das noch nie gemacht, oder?" Wolfs sanfte Worte drangen direkt durch Tristans Zweifel und sein Verlangen.

„Nicht alles", gestand er langsam und hob den Blick zu Wolfs attraktivem Gesicht. Die Haare des Mannes fielen in seine Stirn und Tristan juckte es in den Fingern sie zurückzustreichen. Oder einfach nur damit zu spielen. Er war sich nicht sicher. „Ein wenig."

„Wie viel ist 'ein wenig'?"

„Du bist nicht der erste Mann, den ich geküsst habe", gab Tristan zu. Oh, und was für ein schweres Geständnis dies war. Die wenigen Gelegenheiten, bei denen er die Möglichkeit auf mehr als einen Kuss gehabt hatte, hatte er sich zurückgezogen. Die Berührung des Mannes hatte sich nicht *richtig* angefühlt. Mit Kincaid war es anders. Jetzt fühlte er einen Drang unter seiner Haut und das Verlangen, dem Mann entgegenzukommen.

„Geküsst?" Wolf runzelte die Stirn und eine kleine Falte erschien. „Und der Rest?"

„Es gab keinen Rest." Er schleuderte seine de facto-Jungfräulichkeit heraus und verteilte sie an den Wänden um sie herum. „Ich will ... den Rest. Und Gott helfe mir ... vielleicht hat Onkel Walter Recht und ich bin verrückt, denn ich will es mit dir, Kincaid."

Bitteschön. Er hatte es gesagt und konnte es nicht zurücknehmen. So sehr Wolf ihn auch verärgerte und der Schlamm vom Vorgarten des Grange gerade von ihm abblätterte ... von den Verletzungen und Schmerzen, die er sich zugezogen hatte, als er mit Wolf zusammengestoßen war, während sie beide durch Matts Killer-Uroma hindurchgefallen waren, gar nicht erst zu reden. Er *wollte* den Mann.

Wolf sagte nichts. Er starrte auf Tristan hinunter, während seine starken Arme und gespreizten Knie sein Gewicht hielten. Er studierte Tristan und etwas in Tristans Gesicht schien willig oder vielversprechend gewesen zu sein, denn sein sinnliches, freches Grinsen erschien erneut, und Wolf neigte den Kopf, um Tristans Unterlippe in seinen Mund zu saugen.

„Weißt du, jeder Kerl, der dir über den Weg gelaufen ist, war entweder blind oder dumm. Denn, Pryce, du bist wirklich unglaublich schön, und ich verspreche dir, dass ich mich sehr gut um dich kümmern werde." Wolf kniff Tristans geschwollene Lippe zwischen seinen Zähnen, saugte genüsslich daran und ließ sie dann los. „Also, hast du etwas da? Oder muss ich Matt anhauen? Denn das ist keinesfalls etwas, um das ich jemanden bitten möchte, der für mich arbeitet."

„Oh Gott nein, er ... wüsste es. Wir ...", er schluckte. „Scheiße ..."

„Ich bin mir aber ziemlich sicher, dass sie es sowieso rausfinden werden. Dein Gesicht ist zu offen. Du wärst ein schrecklicher Pokerspieler", warf Wolf behutsam ein. „Und es ist nichts Falsches an dem, was wir tun ... was du willst. Wie weit auch immer wir gehen, Tristan, es ist nichts, wofür du dich schämen müsstest. Okay?"

„Okay."

„Gut. Wegen dem, was du eventuell da hast ...?"

„Ähm ... Ich glaube, es könnte ..." Tristan versuchte, sich zu erinnern, was seine Agentin ihm während einer Tagung in Las Vegas ins Gepäck gesteckt hatte. „Da war dieses Set vom Hotel. Da waren Kondome drin. Ich glaube, ich habe alles in mein Nachtschränkchen gepackt."

„Bleib. Genau. Da." Wolf zwickte Tristans rechte Brustwarze. Sie antwortete begierig und zog sich zu einem Knubbel zusammen, mit dem Tristan wahrscheinlich Glas hätte schneiden können. Vielleicht sogar einen Stahlträger, wenn er gerade einen zur Hand gehabt hätte. „Ich bin gleich zurück."

Er vermisste Wolfs Gewicht. Und was noch viel wichtiger war, er vermisste Wolfs Hitze und den Druck seiner Beine gegen seine Oberschenkel. Trotzdem war es ein wunderbarer Anblick, wie Wolf vom Bett glitt, sich vor das Nachtschränkchen hockte und Tristan ansah, bis der still nickte.

Tristan war sich nicht sicher, auf was er sich da eingelassen hatte, wo die Kondome, die in rote Folie verpackt waren, genau waren oder ob er sie wirklich benutzen wollte.

„Ja, da sollten sie drin sein", murmelte er und tat einen Schritt in Richtung der Linderung des dumpfen Schmerzes in seinem Schwanz und der Leere in seinem Inneren. „Ich glaube, ich habe sie einfach dort hineingeworfen. Es war … Das waren Leute in Latex-Anzügen in der Hotellobby. Sie haben mit Dildos gefochten. Ich wollte meine Agentin umbringen, weil sie uns dort einquartiert hatte."

„Also keine Dildos?" Wolf lachte. „Vielleicht hättest du einen als Abschiedsgeschenk mitnehmen sollen."

„Sie haben sie immer wieder auf den Boden fallen lassen." Tristan rümpfte die Nase. „Ganz egal, ob sie spülmaschinenfest waren. Hast du eine Ahnung, wie viele Bakterien in Hotels herumschwirren? Ich hätte mit einem Elvis-Alien-Baby schwanger werden können oder sowas."

Wolfs Jeans rutschten über seine Hüfte. Die Schublade des Nachtschränkchens quietschte und weigerte sich, ihre Geheimnisse preiszugeben, aber Wolf zwang ihr seinen Willen auf. Tristan drehte sich auf die Seite und beobachtete Wolfs langen Rücken und lächelte, als er die Zehen sah, die unter der Jeans hervorlugten.

„Oh Gott, ich muss vielleicht notgeil sein, wenn sogar Zehen mich scharf machen." Tristan ließ sich zurückfallen und legte einen Arm über die Augen. Er hörte, wie Wolf pfiff. Dann bewegte sich das Bett erneut und als er unter seinem Unterarm hervorlugte, sah er Wolf, der mit verschränkten Beinen neben ihm saß.

„Wo hast du dieses Zeug nochmal her? Vegas?" Offensichtlich hatte der Mann den Vorrat gefunden, den er in die Schublade gestopft hatte. Da waren mindestens sieben der Päckchen für die Gäste des Hotels. Seine Literaturagentin war eine kleine, bösartige Frau, die der Meinung war, er müsse mehr erleben. Sie hatte den Wagen eines Zimmermädchens geplündert und ihre Beute in seinen Koffer gepackt, während sie ihm gesagt hatte, er solle es in Vegas krachen lassen.

Er war stattdessen den Strip hinunter gegangen, um sich mehrere Male die weißen Tiger und den Ausbruch eines künstlichen Vulkans anzusehen. Anschließend war er in eine Gondel gestiegen und war ein paar Mal durch den zu sauberen Kanal des Venetian Hotels gefahren. Das einzige Mal, dass die Päckchen herausgenommen worden waren, war während der Sicherheitsüberprüfung am Flughafen, und da in der Stadt zur gleichen Zeit eine Veranstaltung für Sexspielzeug und eine für Furry-Liebhaber stattgefunden hatte, war der Inhalt von Tristans Koffer wohl noch das harmloseste gewesen, was die Flugsicherheitsbehörden an diesem Tage zu Gesicht bekommen hatten.

Jetzt allerdings erschienen ihm die Päckchen alles andere als harmlos, insbesondere, als Wolf ihm eine kleine Dose hinhielt. Das Etikett zeigte ein verschnörkeltes Muster in Pink und Braun, das keinen Zweifel hinterließ, wofür sein Inhalt gedacht war.

„Fudge Creme, wenn es Zeit für etwas Dunkles zwischen Ihnen und Ihrem Liebsten ist", las Wolf vor und wackelte mit den Augenbrauen in Richtung des feuerroten Tristans. „Abgesehen von den Dildos, in welchem Hotel warst du das in Las Vegas? Der Bunny Ranch?"

„Es war in der Innenstadt. Eines dieser Retro-Hotels. Es wurde umgestaltet oder so. Keine Ahnung", protestierte Tristan. „Ich war wegen einer Buchveranstaltung dort. Ich wusste nicht, dass gerade ein Sodom und Gomorrha-Wochenende war."

„Man sagt aus gutem Grund 'Stadt der Sünde', Pryce." Wolf öffnete die Dose. Er roch daran und hielt sie Tristan unter die Nase. „Mann, das ist toll. Was meinst du?"

„Es riecht nach Schokolade", murmelte Tristan und setzte sich auf. Etwas Schmutz war an seinen Händen zurückgeblieben, aber das meiste war mit der abgelegten Kleidung auf dem Boden gelandet. „Kommt der Name nicht daher?"

„Babe, auf dem Etikett steht 'für anales Vergnügen'. Fudge … ach, egal. Gott, du bist so … unschuldig." Wolf strich mit dem Finger über den Aufdruck unter dem Firmenlogo. Er legte das Gleitgel zur Seite und wühlte durch das Päckchen. Wolf zog etwas heraus, das in rote Folie verpackt war, und zwinkerte ihm zu. „Na also. Bist du dir sicher, Pryce?"

„Wenn du mich noch öfter fragst, sage ich wahrscheinlich nein, und das will ich nicht, also hör auf damit", brummte Tristan. „Und für's Protokoll, ich bin immer noch wütend auf dich. Ich habe die Hoffnung, dass ich dich hinterher einfach rauswerfen und von mir abwaschen kann."

„Na klar. Du konntest dir nicht mal den Dreck von den Händen waschen, nachdem du dich darin gewälzt hattest. Und du denkst, mich wirst du so einfach los?" Wolf zog den schmutzigen Überwurf, auf dem Tristan gelegen hatte, vom Bett und schubste ihn auf die relativ sauberen Laken darunter. Er setzte sich wieder auf Tristans Oberschenkel, streckte sich und hielt Tristans Handgelenke mit seinen Händen fest. „Dann wollen wir einmal sehen, wo an deinem heißen Körper ich gerade stehengeblieben war."

# 10

„Lass die Hände, wo sie sind", befahl er Tristan und ließ los.

Wolf griff mit der Faust in Tristans dichtes, blondes Haar und beugte sich vor, um dem Mann sanft ins Ohrläppchen zu beißen. Tristan war so verdammt empfänglich für seine Berührungen. Er wand sich bei jeder noch so leichten Berührung mit einem Finger oder den Lippen auf einem Fleckchen blasser Haut. Wolf fühlte, wie Tristan unter seinen Händen erzitterte, ein Erschauern von Sehnen und Knochen auf dem Bett unter ihm. Mit einem leichten Schubs mit dem Knie bedeutete er Tristan, die Beine zu spreizen, und seine Hüfte drückte Tristans Schwanz gegen Wolfs Oberschenkel.

Eine Jungfrau.

Er war zum letzten Mal mit einer Jungfrau zusammen gewesen, als *er* noch Jungfrau gewesen war. Er versuchte, sich die Tage der frustrierten, harten Schwänze und der zusammengekniffenen, schmerzenden Ärsche in Erinnerung zu rufen. Wolf seufzte und legte seinen Kopf auf Tristans Schulter. Er küsste zärtlich das Schlüsselbein des Mannes und flüsterte: „Wenn es dir zu viel wird, dann sag es mir, okay? Es soll schön werden. Wenn nicht, dann sag es mir. In Ordnung, Babe?"

„Okay. Das mache ich." Tristans Hände klammerten sich an Wolfs Schultern, und er nickte, während Wolf noch immer seine Haare festhielt.

Tristan wusste wahrscheinlich überhaupt nicht, wie sexy er geklungen hatte. Der aristokratische Tonfall und die erstickte Stimme berührten Wolfs Innerstes, und jedes Mal, wenn der Mann den Mund öffnete, floss sie wie starker Kräuterschnaps zwischen seinen Lippen, die einfach zum Küssen einluden, hervor. Die köstliche Rauchigkeit der Stimme des blonden Mannes, die von Intelligenz und Sünde zeugten, klangen, als hätte Gott sich die Zeit genommen, sie eigens für Tristan aus goldenem Mondlicht zu schnitzen.

„Einen Moment", murmelte Wolf. „Ich habe etwas vergessen."

„Was?" Tristan runzelte die Stirn und blickte auf die Kondome, das Gleitgel und die anderen kleinen Überraschungen aus den Päckchen des Hotels, die neben ihm ausgebreitet waren. „Was brauchen wir noch? Was könnte es noch *geben*, das wir brauchen?"

„Teepartys. Halt, nein, das war es, worum sich alles im Leben dreht. Falsche Antwort", sagte er und zog Tristan zu sich herunter, um in seinen Bauchnabel zu prusten.

Er glitt vom Bett und schloss die Tür, bevor er wieder zu Tristan kam. Wolf warf die Flyer, Spielzeuge und ein paar Flaschen Schaumbad auf den Boden und schob die Kondome und das Gleitgel beiseite, damit er sich auf Tristan legen konnte, ohne die notwendigen Dinge später suchen zu müssen.

„Oh …" Tristans Augen wechselten die Farbe und erschienen jetzt smaragdgrün, und Röte stieg von seinem Bauch auf, bis sie seine Wangen pink verfärbte. „Boris."

„Genau, Boris", kicherte Wolf. „Ein netter Kerl, aber ich denke, er kann sich auch eine Weile allein im Wohnzimmer beschäftigen."

„Er wird wahrscheinlich schlafen."

„So lange er der Einzige ist, der in diesem Appartement schläft, bin ich zufrieden." Wolf hakte seine Finger in Tristans Unterhose. „Sind Sie bereit für mich, Señor Pryce?"

„Das ist bestimmt das Seltsamste, was jemals jemand zu mir gesagt hat." Tristans Schüchternheit war wieder da. Wolf konnte sehen, wie sie in dieses wunderbare Gesicht kroch und das Lachen wegwischte, ein düsterer Vorhang, der jedes Stückchen Freude verhüllte, die Tristan in sich gefunden haben mochte.

„Oh nein, Tris", warnte Wolf den anderen Mann. „Versteck dich nicht vor mir. Nicht jetzt."

Er strich die goldenen Strähnen zur Seite, die auf Tristans scharfen Wangenknochen und seinen angespannten Mund fielen, damit er die nahezu ätherische Schönheit des Mannes sehen konnte. Die Unterschiede zwischen ihnen faszinierten Wolf und er konnte es kaum erwarten, die cremige Porzellanhaut zu kosten, die auf ihn wartete.

Tristans Unterhose war ein unerwarteter Farbtupfer auf seinem schier endlosen goldenen und porzellanfarbenen Körper. Das intensive Lila betonte die feinen, blauen Venen an Tristans Hüften und Bauch, und kreierte ein spinnennetzartiges Muster, dessen Verlauf Wolfs Zunge kaum abwarten konnte zu verfolgen. Ein dunkler Fleck unterbrach die einheitliche Farbe und der Feuchtigkeit haftete eine Ahnung von salzig-süßer Bitterkeit an, die Wolf noch viel mehr anzog.

„Ich will von dir kosten", murmelte er, als er sich zwischen Tristans Beine kniete. „Wirst du mich lassen, Tristan? Kann ich einfach eine Weile probieren, wie du auf meiner Zunge schmeckst? Denn verdammt, ich glaube, du machst mich betrunkener als jeder Scotch, den ich jemals probiert habe. Und ich will mir viel Zeit damit lassen, von dir zu trinken."

Er wartete nicht auf Tristans Antwort. Der Mann war definitiv zurückhaltend und wenn Wolf an etwas anderes hätte denken können als daran, ihm Vergnügen zu bereiten, dann wäre es Wut über Tristans Familie, die dafür verantwortlich war, dass er seine wilde Erhabenheit unterdrückt hatte. In Tristan gab es einen Freiheitsdrang und Wolf konnte fühlen, wie er gegen die Wände des Käfigs ankämpfte, der von harten, hasserfüllten Worten und spöttischer Skepsis geschmiedet worden war.

Und Wolf versprach Tristan wortlos, dass er verdammt sein wollte, bevor er half, die Gitterstäbe zu vergolden, um sie vergessen zu machen. Er würde eher sterben, als zuzulassen, dass Tristan noch länger in diesem Käfig gefangen war. Im schummrigen Licht von Tristans Schlafzimmers würde Wolf ihn daraus befreien und ihm hoffentlich eine Lust am Leben zeigen, die er vorher noch nie verspürt hatte.

Tristan Pryce verdiente es. Verdammt, Wolf schuldete es ihm für die Stiche aus Kritik und Zweifel, die er Tristan zugefügt hatte. Es bedurfte eines Mannes mit feengleicher Schönheit und Stärke, um ihn an die Mysterien der Welt zu erinnern, und Wolf würde ihm dieses Geschenk nicht damit vergelten, ihm den Glauben noch weiter zu nehmen.

Scheiße, dachte Wolf, vielleicht war auch er derjenige, der in einem Käfig saß, und Tristan war es, der *ihn* befreite.

Sein Blick wanderte an Tristans langem, schlanken Körper entlang und Wolf war von dem umwölkten Blick des Mannes gefangen. Tristan zerrissene Seele lag offen in seinem Gesicht, eine zarte, reine Unschuld, gepaart mit einer müden, gequälten Weisheit, die Wolf mit Küssen zusammenfügen wollte. Die verletzte Schönheit des Mannes brachte ihn zum Weinen, besonders sein Mund schien nur selten ein offenes Lächeln zu zeigen.

„Darf ich, Tristan?" Wolf bettelte nahezu, als er sich vorbeugte und mit den Händen über Tristans Seiten strich. „Wirst du mich lassen?"

Tristans Atem stockte, als Wolfs Finger seine Brustwarzen zu harten Knubbeln bearbeiteten, und seine Augen verdunkelten sich und nahmen die Farbe des Waldes an und glichen fast der Farbe des Dickichts außerhalb der Mauern des Grange. Ein einziges Nicken hätte Wolf genügt. Ein einzelnes Wort war mehr, als Wolf zu hoffen vermochte.

„Bitte", flüsterte Tristan und heißer Sex verflüssigte seine Stimme. „Ja, Wolf. Bitte."

Etwas in Wolf zerbrach. Was auch immer ihn zurückgehalten hatte, zerschellte unter den Hammerschlägen von Tristans erotischem Flüstern. Er musste jetzt sofort Tristans Fleisch in seinem Mund spüren und er musste sich mit allem ausfüllen, was der Mann, der hier vor ihm lag, zu geben hatte.

Wolf schloss die Zähne um den dunklen Fleck auf Tristans Unterhose und der Geschmack des Mannes lag auf seinen Lippen, bevor er die Gelegenheit gehabt hatte, richtig zu saugen. Von der Berührung angespornt, tanzte Tristans Schwanz unter Wolfs Mund und schickte ihn unter seinem Baumwollschleier auf eine freudige Jagd.

Frustriert schob Wolf die Daumen in den Bund der Unterhose, zog sie über Tristans Oberschenkel nach unten und fesselte so die Beine des Mannes. Er war zu ungeduldig und obwohl er versprochen hatte, es langsam angehen zu lassen, hatte Wolf sich kaum noch unter Kontrolle und musste sich seiner Lust ergeben. Er neigte den Kopf, öffnete den Mund und kostete von dem winzigen Tropfen schimmernder Flüssigkeit, die aus Tristans schlankem, blassen Schwanz hervortrat.

Jemand schien einen Tropfen silbern leuchtender Nacht auf seine Zunge gegossen zu haben und Wolf fürchtete sich davor zu schlucken, aus Angst, den Geschmack der Sterne nie wieder kosten zu dürfen.

Seine Besorgnis war unnötig. Tristans Körper bog sich ihm bei der Berührung seiner Lippen entgegen und seine Hände suchten nach etwas, an dem sie sich festhalten konnten. Zuerst packte er das Laken und hinterließ dabei eine Spur aus schlammigen Flecken auf dem glatten Stoff. Dann krallte sich eine Hand in Wolfs Haar und zog an den Strähnen, bis sie fast schon schmerzhaft um seine Finger gewickelt waren. Ein Tropfen Samen ergoss sich auf Wolfs Zunge und er nippte daran und der rauchige Moschusgeschmack von Tristans Schwanz erfüllte ihn.

„Kincaid." Der Mann rollte sich zusammen und seine Knie berührten Wolfs Schultern. „Nein, ich kann nicht …"

„Es ist okay, Tris." Wolf versuchte, die Enttäuschung in seiner Stimme zu verbergen, auch wenn sie scharf in ihm gärte. „Wenn du aufhören willst, kann ich –"

„Ich will nicht aufhören", keuchte Tristan und umfasste Wolfs Gesicht mit seinen eleganten Händen. „Ich will dich in mir haben. Bitte. Ich … will das, und ich glaube nicht, dass ich es noch länger aushalten kann. Gott, es ist einfach … bitte, Wolf. *Bitte*."

Es dauerte nur einen Moment, bis sich Wolf seiner restlichen Kleidung entledigt hatte. Dann gönnte er sich das Vergnügen, Tristans lilafarbene Unterhose an den langen Beinen des Mannes herunterzuziehen. Er griff nach Tristans Knöchel, küsste den Knochen und biss spielerisch hinein. Tristan zog sein Bein zurück und Wolf folgte der Bewegung und hielt auch Tristans anderen Knöchel fest, während er sich am Oberschenkel des Mannes langsam hinaufknabberte.

„Ich sage es noch einmal." Wolf leckte über eine der pflaumenfarbenen Brustwarzen. „Du, Tristan Pryce, bist so verdammt wunderschön, dass es fast weh tut, dich anzusehen. Und Gott helfe mir, ich werde *nie* aufhören, dir das zu sagen. So oft ich kann. Auch dann noch, wenn du mir vielleicht irgendwann glauben solltest."

SIE WAREN so verschieden. Tristan konnte ihre Unterschiede in seinen Gliedern *fühlen*. Wolfs Übermut, sein arroganter Geist und die entschiedene Überzeugung, dass ihm die Welt zu Füßen lag, machten Tristan sprachlos.

Aber nichts erstaunte ihn mehr, als zu hören, wie der wunderbare Wolf Kincaid ihm süße Koseworte ins Ohr flüsterte, seinen Körper pries und dann zu Tristan sagte, dass er für immer bei ihm sein würde.

Das war Schlafzimmergeflüster. Tristan wusste, wie flüchtig solche Worte waren. Die hatten so viel Substanz wie die Geister, die jeden Tag in sein Leben schwebten, seine Handtücher stahlen und sie Gott weiß wohin mitnahmen. Er hoffte nur, dass Wolf, wenn er wieder verschwunden war, nur Utensilien aus dem Badezimmer mitnehmen würde, und nicht auch Tristans Herz stahl.

Und wenn er es doch tat – Tristan schloss die Augen, damit Wolf den Schmerz nicht sehen konnte, der zweifellos darin zu sehen war – blieb Tristan wenigstens die Erinnerung an seine Zeit mit dem lauten piratenhaften Ermittler und der Gedanke, dass er jemandem, der so unglaublich war, Vergnügen bereitet hatte. Das würde genügen müssen. Er war ein Pryce, erinnerte Tristan sich selbst. Für Angehörige der Familie Pryce gab es kein Happy End. Und wenn es etwas gab, was dem auch nur annähernd nahekam, dann verwandelte es sich entweder in eine Geschäftsbeziehung oder starb einen qualvollen Tod.

Es gab kein Später. Nur das Hier und Jetzt. Und Tristan würde sich an den Mann klammern, der hier bei ihm war, und ihn gewähren lassen, bis er nichts anderes riechen, schmecken und fühlen konnte als Wolf Kincaid.

„Das ist genug", murmelte er, als er den Verschluss der Dose mit dem Gleitgel klicken hörte, und der durchdringende Geruch nach Schokolade das Aroma ihrer vereinten Körper fast erstickte. „Versuch es einfach. Es wird schon reichen."

„Ich habe noch keins an meinen Fingern, also nein, es reicht nicht." Wolf küsste die Innenseite von Tristans Knie. Seine Hand glitt über Tristans Bauch und er zeichnete kleine Kreise um seinen Nabel. „Sag mir, dass du dir sicher bist, Tristan. Bitte … was auch immer du sagst, ich werde mich daran halten."

Als er die Augen öffnete, war er überrascht zu sehen, wie nah Wolf seinem Gesicht war. Die Augen des Mannes füllten seinen Blick aus, voller Möglichkeiten, und die meisten davon waren schmutzig und schlüpfrig.

Er verschränkte seine Hände hinter Wolfs Kopf und zog ihn zu einem Kuss heran. Der Kuss war brutal. Er kam von etwas Ursprünglichem in Tristan, von dem er nicht gewusst hatte, dass es da war. Jedenfalls nicht, bis seine Zunge sich in Wolfs Mund bohrte, um dem Mann die Luft zum Atmen zu nehmen.

Er löste sich aus dem Kuss, aber hielt Wolf mit gespreizten Fingern fest und neigte den Kopf zur Seite. „Wie lange willst du mich noch betteln lassen, Wolf Kincaid?"

„Nein, Babe", keuchte Wolf. „Betteln ist nicht nötig. Ich habe es verstanden."

Er fiel wieder aufs Bett zurück, niedergedrückt von Wolfs starken Händen. Der Geruch nach Schokolade wurde stärker, dann fühlte er kalte Finger an seinem Damm. Tristan zuckte zusammen und traf mit dem Knie fast Wolfs Kinn.

„Tut mir leid", murmelte er. „Ich habe das … nicht erwartet … Ich dachte, du hättest … Gleitgel an den Fingern."

„Nein, so weit sind wir noch nicht." Wolf grinste und küsste ihn geräuschvoll, während er sich auf seine Knie herunterließ. „Ich hatte nicht bemerkt, wie kalt meine Hände sind. Soll ich sie aufwärmen?"

„Das liegt an mir", antwortete Tristan leise. „Ich bin ziemlich erhitzt, glaube ich."

„Kein Problem, Sportsfreund." Wolf verzog das Gesicht. „Okay, das ist schlimmer als Babe. Das sage ich nicht nochmal."

„Ja, das klingt, als wäre ich Batmans Hund."

„Nein, die Hunde … sind draußen." Wolfs Worte wurden von kleinen Küssen unterbrochen, die er an Tristans Brustkorb und hinunter an seinem Bauch entlang platzierte. „Okay, zumindest der, den ich sehen kann. Hoffen wir, dass der andere etwas Anstand hat."

Als der Mund des Mannes die weiche Haut unter seinem Nabel erreichte, atmete Tristan scharf so viel kalte, nach Regen riechende Luft ein, wie er konnte, und presste seinen Kopf in das Kissen. Wolfs langsame Bewegungen über seine Hüften und das feine Haar oberhalb von seinem Schwanz brachten ihn fast um den Verstand.

Seine forschenden Finger fanden die köstlichen, fast schon schmerzhaften Stellen, die Wolfs Mund heiß und feucht hinterlassen hatte, und bearbeiteten sie, bis sich Tristans Haut vor Verlangen spannte. Wolf spielte ihn wie ein Instrument. Die Nerven unter Wolfs Fingerspitzen und Handflächen erzeugten raue Akkorde, die mit jedem langsamen Streicheln erklangen.

Eine leichte Berührung von Wolfs Finger an seinem Eingang entfachte in Tristan einen lauten Refrain aus erklingenden Zimbeln und donnernden Herzschlägen. Er wurde zu einer Symphonie von verstimmten Instrumenten und sein Keuchen gab den Takt für Wolfs Spiel vor.

Dann schloss sich Wolfs Mund um die Spitze seines Schwanzes, und Tristan entglitt jeder Gedanke an Zauberei und Musik.

Sein Körper hatte immer nur die Berührung seiner eigenen Hand gespürt, und bis zu diesem Moment … als er die Spitze von Wolfs Zunge am Schlitz seiner Schwanzspitze spürte, hatte Tristan gedacht, niemand würde ihn je so gut kennen wie er selbst.

Oh, wie verdammt unrecht er gehabt hatte.

Wenn der Mann ihn vorher schon verrückt gemacht hatte, so war er jetzt reif für die Klapsmühle. Wolfs Finger rollten seine Eier und strichen über sie, und sein Daumen spielte zuerst an seinem Damm und wanderte dann in kreisenden Bewegungen zu seinem Hintern und neckte seinen Eingang mit vorsichtigem, beharrlichem Druck. Die kleinen, schmatzenden Geräusche von Wolfs Mund auf seiner Länge waren fast synchron mit seinem Atem und Tristan wand sich und presste sich instinktiv gegen Wolfs Hand, die seinen Körper erkundete.

Er wollte Wolf dort fühlen. Er wollte mehr fühlen als einen federleichten Kuss seines Daumens und das kaum spürbare Kratzen von Wolfs Fingernagel an der Haut hinter seinen prallen Eiern. Tristans Oberschenkel verspannten sich schmerzhaft und er zwang sich, sich zu entspannen, sonst würde er sich auflösen, bevor Wolf sein Verlangen stillen konnte.

Auf keinen Fall wollte er sich selbst in Verlegenheit bringen.

Eine weitere Berührung von Wolfs unermüdlicher Zunge an der Krone seines Schwanzes und Tristan war sich nicht sicher, dass er den Nachmittag überleben würde, und erst recht nicht, dass er sich nicht zusammennehmen konnte und seine Eier in Wolfs Mund und Hände entleerte.

„Wolf …" Ein weiteres hartes, erschauerndes Keuchen entkam ihm. Sein Rückgrat schmerzte von den Vibrationen und sein Kreuz kribbelte von Wolfs Druck dagegen. „Ich weiß nicht … Gott …"

„Bist du bereit für mich, Tris?" Wolfs kehliges Flüstern wurde von Tristans Schwanz in seinem Mund gedämpft. „Denn, Gott, ich bin *so* bereit für dich."

Er konnte nicht mehr tun, als zu nicken, auch wenn ihm bewusst war, dass Wolf ihn nicht sehen konnte. Es schien keine Rolle zu spielen. Seine willig gespreizten Beine und seine nervösen Finger streichelten die breiten Finger des Mannes und das war genug, um dem Mann mitzuteilen, was er wissen musste.

„Ich werde das Gleitgel ein wenig mit der Hand erwärmen, okay?" Wolf hob seinen Kopf von Tristans Hüften. Er küsste seinen Bauchnabel und berührte mit der Zunge den Rand, wobei er seine Avancen an Tristans Öffnung nachahmte. „Nur einen Moment, und dann sind wir soweit."

Irgendwo im Hintergrund hörte er, wie etwas aufgerissen wurde, und wie etwas gegen Haut schnappte. Ein seltsamer chemischer Geruch gesellte sich zum Schokoladengeruch, bevor er von ihrem Moschus überdeckt wurde. Dann waren Wolfs Finger wieder da … und dieses Mal waren sie mit etwas Schlüpfrigem bedeckt und fuhren den Rand seines Eingangs in einer langsamen Spirale nach.

Er konnte seine Knie nicht weiter heben und zum ersten Mal in seinem Leben fragte Tristan sich, ob er anfangen sollte, Yoga zu machen, damit er sich für Wolf biegen könnte.

„Bist du okay, Tris?" Wolfs Küsse konzentrierten sich auf seine Brustwarzen, bevor sie sich zu Tristans Kehle bewegten. Er musste unbewusst einen Laut von sich gegeben haben, der nach Ja klang, den Wolf kicherte zufrieden und heiß. Heiß genug, um ein weiteres Kribbeln auf Tristans Rücken zu schicken. „Leg deine Beine auf meine Hüften, Babe, und ich kümmere mich um den Rest."

Er rutschte herum und verlor dabei fast die Nerven, aber irgendwie fanden seine Unterschenkel die Kurve von Wolfs Beinen. Tristan lag offen da, offener und verletzlicher, als er es je zuvor gewesen war. Sogar, als er die Zuneigung seiner Familie verloren hatte, sich selbst überlassen und seine geistige Gesundheit angezweifelt worden war, hatte Tristan sich selbst vormachen können, dass alles in Ordnung gewesen war.

Als Wolf über ihm lehnte, sein Gewicht das Bett zwischen Tristans Beinen herunterdrückte und etwas Glitschiges seine Arschspalte hinunterlief, hatte Tristan nichts, woran er sich klammern konnte … keinerlei Erfahrung, die ihm versicherte, dass er das, was sie tun würden, aushalten konnte und es ihm gut gehen würde.

Fast bat er Wolf, aufzuhören. Es wäre so einfach gewesen. Seine Hand, die die Schulter des Mannes berührte. Ein einfacher Druck seiner Handfläche auf dessen Brust. Sogar ein einzelnes zittriges Nein von seinen wund geküssten Lippen, und Wolf Kincaid hätte aufgehört, da war er sich sicher. Wahrscheinlich hätte er ihn umarmt und gesagt, dass alles in Ordnung wäre. Dass sie nichts tun müssten, wozu er nicht bereit wäre.

Während ihm dies durch den Kopf ging, wusste Tristan plötzlich, dass ihm nichts passieren würde. Nicht wenn Wolf etwas dagegen tun könnte. Wolf *würde* sich um ihn kümmern. Er würde ihn festhalten und ihn auf den Pfad der Geheimnisse ihrer Körper führen.

Etwas in seinem Gesicht musste Wolf neugierig gemacht haben, denn er hielt mit einem erstickten Atemzug inne, während sein himmelblauer Blick Tristans Gesicht beobachtete. Eine einzelne dunkle Augenbraue hob sich, eine stumme Frage, die Tristan die Möglichkeit gab, seine Gedanken zu ordnen. Kincaid würde nicht weitergehen, bis Tristan ihm die Erlaubnis gab.

Er wusste es. Tief in seinem Inneren. Er konnte Wolf alles anvertrauen. Seinen Körper. Seine Geister. Seine Seele.

Das Leben, Sex und wie ihre Persönlichkeiten ineinander verwoben waren, all das ergab plötzlich einen Sinn, und Tristan konnte die lähmende Angst, die er in sich gehabt hatte, so lange er sich erinnern konnte, loslassen und sich mit einem einzigen Wort befreien.

„Ja."

Wolfs Mund senkte sich auf seinen und öffnete ihn, während die Finger des Mannes seinen Eingang fanden. Seine Zunge griff an. Sie drängte sich durch Wolfs Lippen und spielte mit dem, was sie finden konnte, als die Finger des Mannes in ihn eindrangen. Der Druck war zunächst nur leicht und steigerte sich dann, ein brennendes Versprechen für das, was noch kommen sollte. Er stieß mit den Hüften nach oben, wimmerte vor Verlangen, welches Wolf in ihm nährte. Er klammerte sich an Wolfs Schultern und zog den Mann so nah zu sich, wie er konnte. Er hielt ihn in einer heftigen Umarmung fest, während der den Atem des Mannes teilte.

Er erwärmte ihn. Die heiße Luft schmeckte nach Schweiß und Mann und brannte in seiner Kehle wie ein edler Whiskey. Genau wie Wolfs Finger, die ihn öffneten und seine Haut mit berauschenden Empfindungen überzogen.

Sein Körper begann langsam, sich zu öffnen. Eine sanfte Berührung an seiner Brust folgte auf ein Stupsen an seinem Eingang. Tristan war auf den großen Druck auf sein Fleisch, das der Spitze von Wolfs Schwanz den Eintritt verwehren wollte, nicht vorbereitet. Ein kurzes Luftholen und einige geflüsterte Ermutigungen seines Liebhabers halfen. Tristan drückte nach unten und fühlte erneut Wolfs Druck. Er klammerte sich an die Schultern des Mannes, als sein Körper von diesem dicken Schwanz geöffnet wurde.

„Oh Fuck", keuchte Tristan.

„Soll ich aufhören?" Wolf beugte sich über Tristan und sein Gewicht ruhte auf seinen angespannten Armen. „Was auch immer du willst, Schatz. Rede mit mir."

„Ich habe nicht mal deinen Schwanz angefasst." Das war das Dümmste, was ihm durch den Kopf gehen konnte, wenn man bedachte, dass der Schwanz des Mannes gerade in ihn eindrang. „Ich habe ihn nicht einmal gesehen. Fuck."

„Mach dir deshalb keine Sorgen. Du kannst ihn dir später ansehen. Ich bin mir ziemlich sicher, dass wir das hier wieder tun werden." Sein Lachen milderte Tristans Unbehagen und es verflüchtigte sich ins Nichts. „Außerdem sind deine Hände ziemlich dreckig. Den Schmutz will ich nicht in dir haben. Nur mich, Tristan. Nur mich."

Seine Hände waren immer noch schmutzig. Der getrocknete Schlamm auf seinen Händen und Unterarmen hatte schmutzige Spuren auf Wolfs Haut hinterlassen. Auf seiner Brust war ein großer Streifen Schlamm und um eine Brustwarze schlängelte sich etwas, das wie ein japanisches Schriftzeichen aussah. Tristan stemmte sich hoch und leckte über die saubere Brustwarze, die vom Schmutz des Grange umrahmt war.

Wolf entkam ein erregtes Stöhnen, als seine Zähne in den empfindlichen Knubbel bissen, und das steigerte ihr Verlangen nur noch mehr. Tristan hob die Hüften und etwas Ursprüngliches stieg hervor, das tief unter seiner zivilisierten Hülle begraben gewesen war. Seine Hände konnten nicht genug von dem Mann zu fassen bekommen, der sich in ihn schob. Ebensowenig wie sein Mund. Er wollte sich mit Wolf füllen. Jeden Zentimeter des Körpers dieses Mannes spüren, bis dessen Geruch seine Haut bedeckte und er darin versank.

Einen Moment später hatte Wolf ihn ganz ausgefüllt und sein Körper war von einer heißen, harten Länge aufgespießt, die offenbar von Gottes Hand eigens für Tristans Körper geformt worden war.

Wolf passte genau. Das Brennen war immer noch vorhanden. Keine Hitze oder ein Schmerz, aber ein unbekanntes Pulsieren seiner Nerven, die plötzlich gerieben und gestreichelt wurden, als ob ein Blitz ihn berührt und einen Elektroschock durch sein Blut gejagt hätte. Er nahm nichts mehr um sich herum wahr. Es gab keine Geister, keinen Sturm, nicht einmal die Sorge über die Serienkillerin, die sich jetzt im Grange aufzuhalten schien. Nichts war da, außer dem muskulösen goldenen Mann, der sich in ihn drängte. Alles hörte auf zu existieren, außer dem, was in ihm und über ihm passierte. Alles wurde zu gebräunter Haut, lachenden blauen Augen, einem wilden Mund, der sein Zeichen auf Tristan Haut hinterlassen wollte.

Sein Hintern spannte sich an, als Wolf einen Punkt in ihm traf, und Tristan schrie auf und klammerte sich an Wolf fest, als die Schockwelle über ihn brandete.

Es gab keine Worte, um zu beschreiben, wie seine Nerven verbrannt wurden. Der Mann, der seinen Arsch ausfüllte, traf die Stelle erneut, und Tristan zerbrach und zitterte um Wolfs eintauchenden Schwanz. Sein Herz konnte nicht mehr. Es strauchelte und stolperte bei dem Versuch, mit dem Blut, das durch seine Adern schoss, mitzuhalten. Er nahm den Schmerz in seinen Oberschenkeln und seinem Rücken kaum wahr. Seine Muskeln zuckten von dem Adrenalin, das durch seine Adern floss. Dann fand Wolf diese Stelle erneut und Tristan ergab sich wieder dem Sturm.

Er brauchte etwas, um sich festzuhalten. Wolf Arme schlangen sich jetzt um seine Schultern und das Gewicht des Mannes drückte ihn nieder und hielt

Tristan fest, während Wolfs Hüften hart gegen seinen Hintern schlugen. Wolfs Sack klatschte gegen ihn und das verstärkte die Empfindungen, die ihn überwältigten. Ihre Körper waren schlüpfrig vom Schweiß und sein Schwanz war zwischen ihnen in einem feuchten Griff gefangen.

Tristan bekam, was er brauchte, als Wolfs Hand sich zwischen sie stahl und sich um seinen heftig tropfenden Schwanz schloss. Die Kurve von Wolfs Hals musste zwischen Tristans Zähnen sein und es fühlte sich wunderbar an, als diese in dem Mann versanken.

Wolf verlor nie sein Ziel aus den Augen. Er hämmerte immer weiter in Tristans Arsch, während er Tristans Geschlecht streichelte, mit der Handfläche über dessen überempfindlichen Kopf rieb und dabei Schweiß und Lusttropfen verschmierte. Die zuckenden Stöße wurden kürzer und durchbrachen jegliche Reste an Widerstand, die noch in Tristan zurückgeblieben waren. Immer und immer wieder traf Wolf Tristans Knoten aus Nerven und rammte seinen Schwanz dagegen und zog sich gerade weit genug zurück, um Tristan eine winzige Atempause zu gönnen, bevor er wieder in ihn hämmerte.

Er konnte nicht mehr. Schlicht und einfach. Jeder brüchige Halt, den er noch gehabt hatte, war verschwunden, abgeschnitten von Wolfs Schwanz, der durch ihn fuhr. Die Klinge, die sie mit ihren Körpern geschaffen hatten, durchschnitt den Gordischen Knoten, den Wolf in ihm entdeckt hatte, und Tristan war frei, verteilte sich in alle Richtungen, befreit von seinen Ketten.

Ihm schienen Flügel gewachsen zu sein und er flog hinauf in den emotionalen Sturm. Höher und höher trugen ihn der hämmernde Wind und der salzige Regen vom Schweiß auf ihrer Haut.

Sein Schwanz zuckte und konnte seinen Samen nicht mehr aufhalten. Wolfs Finger packten ihn und bearbeiteten ihn schneller, bis auch der letzte Rest aus ihm entwichen war. Es brach aus ihm hervor, ein Fluss, der von einem wilden Lächeln und einer zärtlichen Berührung im Zaum gehalten wurde, die Tristans Körper die Unschuld nahm.

Er bereute nichts. Tristan ließ widerwillig Wolfs Kehle los, während er in den letzten Zuckungen seiner Erlösung lag. Er verkrampfte sich um den zuckenden Schwanz des Mannes, der seinen eigenen Höhepunkt erreicht hatte. Wolf beugte zitternd den Kopf und kam und seine Schultern waren hart unter Tristans Händen.

Es war vorbei, bevor Tristan wieder zu Atem kam, und eine warme Müdigkeit legte sich über ihn wie Sirup, lockerte seine Glieder aus ihrer Verankerung und beruhigte seine überspannten Nerven. Wolf glitt aus ihm und auch erschlafft war sein Schwanz groß genug, um Tristan eine klaffende Leere spüren zu lassen, als er sich ganz zurückgezogen hatte.

„Ich bin gleich zurück", flüsterte Wolf in Tristans Ohr.

Er kam mit zwei Waschlappen und einem Handtuch zurück. Nachdem er langsam Tristans Arme und Beine gewaschen hatte, nahm er den zweiten Waschlappen und entfernte die Unordnung, die sie auf seinen Oberschenkeln hinterlassen hatten, und trocknete sie mit dem Handtuch. Wolf warf die Utensilien auf den Boden und legte sich wieder hin, schlang einen Arm um Tristans Hüfte, wobei Tristans immer noch pulsierenden Hintern gegen seine Hüfte zog.

„Fuck." Tristan atmete langsam aus. „Ohne. Worte."

„Ich hätte nie gedacht, dass ich den Tag erlebe, an dem dir die Worte fehlen", lachte Wolf. „Du hast wirklich ein ordentliches Mundwerk."

„Werde jetzt bloß nicht übermütig, Kincaid." Er kuschelte sich an und empfand eine ungewohnte Sicherheit in Wolfs Arm. „Ich bin eventuell immer noch sauer auf dich. Ich muss erst noch darüber nachdenken."

„Tu das, Pryce. Tu das und ich werde mehr als froh sein, dich wieder dazu zu bringen, die Fassung zu verlieren." Wolf bewegte sich und keuchte. Tristan drehte sich um und sah den Mann hinter sich an.

Das Letzte, was er jetzt wollte, war ein weiterer Besuch von Matts irrer Großmutter, besonders, da sie beide so nackt waren wie die Engelsstatuen im Garten. Tristan runzelte die Stirn und fragte: „Bist du okay? Sie ist nicht mit einem Messer zurückgekommen, oder?"

„Nein, dieses Mal ist nicht sie es", brummte Wolf und hielt einen kleinen roten Gummiball hoch. „Du wirst mit Jack ein ernstes Wort reden müssen, Babe. Denn von jetzt an wird es in diesem Bett nur noch Spielzeuge geben, die ich an *dir* anwenden kann."

# 11

WOLF WAR warm. Nicht die Art von Hitze, wegen der man Abkühlung suchte, sondern eine weiche, wohlige Hitze, die sich um den Mann wickelte und nach Zitronencreme und Sex roch. Sein Rücken tat ein wenig weh. Er meinte, sich zu erinnern, dass er mit seiner Hüfte gegen einen der Regler von den vielen Duschköpfen in Tristans Dusche gestoßen war, aber in dem Moment hatte er mehr über den Mund nachgedacht, der sich um seinen Schwanz schloss, als das Metall, das sich in seine Haut grub.

Für einen Anfänger schien Tristan jeden erotischen Punkt zu treffen, den Wolf an seinem Körper hatte … inklusive derer, von denen er selbst noch nicht gewusst hatte, dass sie ihn in den Wahnsinn trieben. Er würde nie wieder die Innenseiten seiner Handgelenke kratzen können, ohne daran zu denken, wie Tristans Zähne an der weichen Haut knabberten, während die eleganten Finger des Mannes ihn streichelten, bis er sich ergoss und seine Knie einknickten.

Sie waren die ganze Nacht beschäftigt gewesen. Irgendwann … etwa um drei Uhr morgens … fiel Wolf das Paar wieder ein, das er unten zurückgelassen hatte. Der unerfahrene Tristan hatte schnell gelernt und der kratzbürstige, schüchterne Mann hatte sich als verspielt und experimentierfreudig erwiesen … soweit es ihr begrenzter Vorrat an Kondomen zugelassen hatte. Sie hatten beide gegeben und empfangen, und Wolf fühlte jeden Zentimeter seines Körpers, der bei der Erinnerung an Tristans Mund und Hände kribbelte. Das war eine gute Art aufzuwachen.

Es wäre sogar noch besser gewesen, wenn ihnen gegen fünf Uhr morgens nicht das Zubehör ausgegangen wäre, nachdem sie die Laken gewechselt und wieder in das warme Bett gekrochen waren, immer noch feucht von einer heißen Dusche und leicht erregt von den Küssen und Berührungen unter dem warmen Wasser.

Er fühlte sich, als wären seine Knochen immer noch nicht an ihrem Platz, um seinen Körper zu tragen. Wolf stöhnte angesichts des Lichts, das langsam von dem vorderen Zimmer hereinkroch. Er schloss die Augen und rieb mit der Nase an Tristans Nacken, dabei blies er einige Haare zur Seite, um an die Haut des Mannes zu gelangen.

Wolf wollte sich noch länger in den Schatten hinter Tristans Rücken verbergen und murmelte ins Haar seines Liebhabers: „Tristan, sag bitte, dass das ein UFO ist, das uns entführen will, und nicht jemand, der uns aufwecken will."

„Es tut mir leid, aber wir haben ein Problem, deshalb müsst ihr zwei Turteltauben aus dem Bett aufstehen und nach unten kommen", verkündete Mara und mit Wolfs Zufriedenheit hatte es sich erledigt. „Die Großmutter eures Freundes ist wieder zurück und sie bringt gerade ihre Ehemänner in der Eingangshalle um. Könnt ihr ihre Schreie nicht hören?"

„Scheiße." Tristan schlug mit der Faust auf das Bett. Der entspannte und verschmuste Mann spannte sich augenblicklich an und glitt aus Wolf Umarmung. „Okay, ich bin wach. Mist ... was jetzt?"

„Naja, sie ist ja schon tot. Wir müssen nur aufpassen, dass sie keine Waffen zu fassen bekommt", brummte Wolf. „Wir können ihre Knochen mit Salz bedecken. Oder vielleicht Matt. Das könnte auch funktionieren. Er ist mit ihr verwandt."

Wolf nahm sich einen Moment Zeit, um Tristans lange Beine zu betrachten, und sein Blick ruhte schließlich auf dem angespannten Hintern, während der sich eine Baumwollhose überzog. Er wollte sich gerade über den Verlust seines Kissens beschweren, als ihn seine Unterwäsche im Gesicht traf. Sie roch immer noch frisch und Wolf machte im Kopf eine kurze Bestandsaufnahme. Er hatte sie höchstens eine Stunde getragen. Er konnte sie noch für Lady Belladonnas große Führung anziehen und sich dann in seinem Zimmer umziehen.

„Zieh dich an, Kincaid." Tristan zog sich ein T-Shirt über den Kopf. „Hat sie etwas getan? Ich meine, hat sie jemandem etwas getan?"

„Nein. Die Männer schreien, dass sie sie umbringen will, und sie macht den Turteltauben unten wirklich Angst." Die Frau schüttelte den Kopf und roch dann in der Luft. „Hier riecht es wie in einer Scheune. Nicht das ich prüde wäre, aber ernsthaft, ihr beide müsst euch etwas anziehen und euch darum kümmern. Sie zerrt an jedermanns Nerven."

„Ja, meinen Nerven geht es im Moment auch nicht besonders gut", murrte Tristan. „Ich muss mir die Zähne putzen. Sie fühlen sich pelzig an."

„Wenn das eine Anspielung auf meinen Namen sein soll ..." Wolf hielt mitten im Satz an, als Maras Blick an seinem nackten Körper hängen blieb. „Hey, Mara ... würden Sie sich bitte umdrehen?" Er machte eine kreisende Bewegung mit dem Finger.

„Wenn es Ihnen peinlich ist, dann schlage ich vor, Sie ziehen sich unter dem Laken Ihren Slip an." Die ältere Frau warf ihm einen vernichtenden Blick zu, der ihm vermutlich die Eier hätte wegbrennen können. „Ihr Schwanz ist nicht der erste, den ich je gesehen habe, Dr. Kincaid. Und er ist bestimmt nicht der schönste."

„Hör auf, auf Wolfs Schwanz zu schauen und sag mir, was da vor sich geht." Tristan marschierte zum Badezimmer und Wolf hörte das Geräusch von laufendem Wasser.

„Sie macht alles. Bewegt Dinge. Zerstört Dinge. Die mintfarbene Vase in der Eingangshalle ist kaputt. Ich habe versucht, die Reste zu entfernen, aber es ist zu ... *sie* ist zu viel für mich. All dieses Geschrei und das Stöhnen. Ich halte es hier nicht aus, Tristan Pryce." Maras Gesicht wirkte angespannt und ihr Mund war vor Sorge verkniffen. „Wenn es dir nichts ausmacht, bleibe ich bei ... meiner Schwester in der Stadt. Oder im Kutschenhaus, bis sie wieder weg ist. Überall, nur nicht hier."

„Deine Schwester ist seit ... Jahrhunderten nicht mehr in der Stadt, aber nein, es macht mir nichts aus. Ich will nur, dass du in Sicherheit bist." Der blonde Mann kam zurück ins Schlafzimmer, mit einem Klecks Zahnpasta am Kinn, und tätschelte Maras Schulter. Dann schielte er zu Wolf und runzelte die Stirn. „Wieso bist du noch nicht angezogen?"

„Soviel zum Kuscheln danach", brummte Wolf. Die Jeans über die Hüften zu ziehen schmerzte genauso sehr wie sein Rücken. Tristan hatte sehr scharfe Zähne und schien gerne zu beißen. Mara stürmte hinaus und er blieb mit offener Hose und einem halb angezogenen T-Shirt zurück. Er langte nach Tristans Arm und zog den Mann näher. „Einen Moment, Pryce. Nur eine Sekunde."

Als er Tristans Gesicht zum letzten Mal so nah gewesen war, hatte Wolf sich die Zeit genommen, über die blassen Sommersprossen auf der Nase des Mannes zu lecken und sich dann in den bernsteinfarbenen Flecken in dessen Augen verloren. Die Farbe von verbranntem Gold war zu einem Bronzeton verblasst und seine Pupillen waren von der Angst, die er in sich trug, geweitet. Wolf schlang die Arme um Tristans Körper und hielt ihn noch fester, bis er fühlen konnte, wie der Mann sich in seiner Umarmung entspannte.

„Was auch immer uns da unten erwartet, Pryce", flüsterte Wolf ins Haar seines Geliebten. „Ich bin bei dir. Wir kümmern uns darum. Ich bringe das wieder in Ordnung."

„Kannst du das?" Das zittrige Flüstern unterschied sich so sehr von dem heiseren, schnurrenden Stöhnen, das Wolf ihm letzte Nacht entlockt hatte. „Es in Ordnung bringen?"

„Ja, glaub es, oder nicht", versicherte er. „Das kann ich. Aber zuerst habe ich noch Zeit *meine* Zähne zu putzen und kannst du mir eine Zahnbürste leihen?"


Es war eine Szene wie aus einem Horrorfilm oder vom Ausflug eines Kindes, der schiefgegangen war.

Hoxne Grange wurde heimgesucht und wer auch immer sich das ausgedacht hatte, hatte die lustigen Elemente ausgelassen und nur eine Wagenladung zerbrochene Filmkulissen mitgebracht.

Tristan trat aus seiner Suite und wünschte sich augenblicklich, er hätte es nicht getan.

Es fühlte sich an, als griffe der Grange ihn an und versuchte, etwas in seine Seele zu drücken, bis sie vor Schmerz wimmerte. Etwas Dunkles und Kaltes hatte sich mit dem bekannten Aroma von alter Farbe, Zitronenpolitur und alten Büchern vermischt, eine glitschige Ranke aus scharfer Bitternis, die auf Tristans Zunge stach, als er harsch einatmete.

Wenn Wolf nicht hinter ihm gewesen wäre, wäre er womöglich einfach wieder nach drinnen gegangen und hätte Boris in seinem Versteck unter dem großen Tisch in seiner Bibliothek Gesellschaft geleistet. Er hatte genug Lebensmittel für eine Woche in seiner Küche. Drei Wochen, wenn er sich an seinem Vorrat aus getrockneten Lebensmitteln vergriff, den er in seiner Speisekammer aufbewahrte. Wenn er großzügig war, würde er sogar Wolf erlauben, sich zu ihnen zu gesellen.

Ein Schubs in sein Kreuz erinnerte ihn daran, warum er das nicht tun konnte. Die lange Nacht hatte mehr als nur ein paar Spuren und übermüdete Muskeln hinterlassen und das an Stellen, von denen er nie gedacht hätte, dass er sie trainieren müsste. Wenn er an das Ziehen und sanfte Pochen in seinem Inneren dachte, war er sich nicht sicher, ob er es überleben würde, wenn er ein paar Wochen lang allein mit Wolf Kincaid wäre.

„Außerdem haben wir keine Kondome mehr", erinnerte sich Tristan verärgert.

Nach mehr als zwei Jahrzehnten der Jungfräulichkeit war er nicht auf einen Mann mit einem heißen Mund und wilden Augen gefasst gewesen, der ihn aufbrach, bis er meinte, vor Leidenschaft den Verstand zu verlieren. Denn dann hätten sie mehr zur Verfügung gehabt als die schäbigen Reste aus Las Vegas. Er hatte gerade in Wolfs willigen Körper eindringen wollen, als das letzte Kondom, das sie aus seiner klebrigen Verpackung genommen hatten, an der Seite gerissen war, und er hatte nicht gewusst, wer von ihnen frustrierter gewesen war. Wolf war sicherlich enttäuscht gewesen, aber Tristan war schmerzhaft hart und ohne Erleichterung zurückgeblieben

Doch Wolf hatte sich mit seinem Mund und seinen Fingern Zeit gelassen, ihn zu erkunden, bis Tristan gekeucht hatte und benommen und klebrig war von seinem eigenen Samen und dem von Wolf auf seinen Oberschenkeln.

Das anhaltende Pochen in seinem Hintern machte sich wieder bemerkbar und Tristan seufzte. Ja, es wäre sicherlich gut, wenn ein paar Stunden lang keiner von ihnen mit einem Körperteil in den anderen eindrang, und er hatte wirklich nicht genug Futter für Boris für zwei Wochen. Auf jeden Fall mussten sie sich zuerst um die elegant gekleideten, zu Tode verängstigten Männer kümmern, die im Grange umherrannten.

Abgesehen davon war er sich wirklich nicht sicher, ob er lange genug sitzen konnte, um in die Stadt zur Drogerie zu fahren und etwas zu kaufen.

Der dritte Stock schien größtenteils leer, aber sie sahen einen dünnen Mann, der sich am Treppengeländer zusammenkauerte. Seine Augen bluteten weiß und seine skelettartigen Hände fuhren durch die zerfetzten Reste seiner Kleidung, die ihm vom mageren Körper hing. Von seinen Armen und Oberschenkeln stiegen Staubwolken auf, als er darauf klopfte, aber Tristan konnte nicht erkennen, ob er sich wärmen oder etwas von sich abstreifen wollte. Von seinem Gesicht war nicht viel mehr übrig als Haut und Knochen. Seine Nase hing über seine fast unsichtbaren Lippen. Seine Zunge leckte wie eine Schnecke an seinen Mundwinkeln und hinterließ eine glitzernde Spur, die so deutlich leuchtete, dass Tristan sie auf der grauen, durchsichtigen Haut deutlich erkennen konnte. Er war vornübergebeugt und seine Beine endeten an seinen Knien. Sie waren unterhalb der Gelenke nicht

111

mehr sichtbar und er schwebte in der Luft. Seine blicklosen Augen waren vor Angst aufgerissen und er war bereit zu fliehen, wenn ihm irgendjemand zu nahe käme.

Er konnte sie weder sehen noch hören und Tristan machte einen weiten Bogen um ihn und drückte sich an die Wand, so gut es ging.

„Sag mir, dass du ihn auch siehst", sagte Wolf leise. „Den Mann da. Ohne Beine."

„Ich sehe ihn." Tristan griff nach Wolfs Hand. Die Wärme des Mannes fühlte sich auf seiner Haut genauso gut an wie in ihm und die wilden Schmetterlinge in Tristans Bauch beruhigten sich.

Er war einer offensichtlichen Erscheinung seit Jahren nicht mehr so nah gewesen. Nicht mehr, seit er als Teenager die Golden Gate Bridge zu Fuß überquert hatte. Er hatte nur ein paar Meter hinter sich gebracht, als die Leute begannen, sich vor seinen Augen von der Brücke zu stürzen. Er hatte sich zu einem Häufchen Elend zusammengekauert, das nach Hause getragen werden musste wie ein bewusstloses Kind. Seitdem hatte er es nur mit den Gästen des Grange zu tun gehabt, Geistern, die die sterbliche Welt ein letztes Mal erleben wollten, bevor sie ins Unbekannte entschwanden.

Etwas hatte den Mann erschreckt, etwas Unbekanntes und Grauenhaftes, denn sein Körper zuckte und schien nach oben gezogen zu werden wie eine Marionette. Er schoss vorbei und brüllte lautlos zur Decke. Wolf legte den Arm um Tristan und drängte sich zwischen ihn und den Geist.

Wenn er nicht so verstört gewesen wäre, dann hätte er Wolf den Kopf abgerissen, aber es schien dumm, zu protestieren, da Wolf nur den kühnen Ritter spielte.

Es war nicht viel Zeit, um überhaupt zu protestieren. Tristan blinzelte und der Mann flog nach oben. Seine fehlenden Beine waren offensichtlich stark genug, ihn in die Luft zu schleudern. Beide Männer bewegten sich zum Geländer und Wolfs Arm schoss hervor, was den knochigen Arm des Mannes in Wellen versetzte. Der dünne Geist stolperte und seine Arme und Beine wedelten eine lange quälende Sekunde unkontrolliert umher, bevor er auf den Boden der Eingangshalle stürzte.

Tristan äugte über das Geländer und sah, dass nichts von der Erscheinung übrig war. Kein Körper. Kein Blut. Nichts außer einem großen Ring aus Staub, wo sein zuckender, knochiger Körper aufgeschlagen war.

„Warum springen sie jedes Mal?" Tristan trat zitternd zurück und prallte gegen Wolfs Brust.

„Weil das der einfachste Weg ist. Die Menschen werden davon angetrieben, zu kämpfen oder zu fliehen. Biologisch gesehen ist es unsere einzige Wahl, wenn wir mit unserer Angst konfrontiert werden. Ich denke, wir haben hart daran gearbeitet, diese Vorgänge zu verstehen, aber tief in unserem Inneren wird es immer nur diese beiden Möglichkeiten geben", flüsterte Wolf, während er über Tristans kühle, nackte Arme rieb. „Na komm."

Es waren noch andere auf dem Weg nach unten. Die Treppen waren mit Opfern übersät. Die meisten waren Männer, aber auch zitternde Frauen. Ihre durchscheinende Haut war mit dunklen Stellen und Stichwunden von Schlägen und Messern übersät. Und sie alle schrien.

Manche konnte Tristan hören. Ein flüsterndes, schrilles Rasseln, das durch seine Ohren drang und sich in sein Gehirn brannte. Die Kälte des Sturms war irgendwie in den Grange eingedrungen und verdrängte dabei seine angenehme Hitze und überzog die Fenster mit Frost. Unsichtbare Hände krallten sich von innen an das Glas, kratzten durch den Beschlag und bedeckten den Parkettboden des Anwesens mit Eisflocken.

„Es ist okay." Wolf drückte seine Hand und Tristans Herz begann wieder zu schlagen. „Ich bin hier, Tris."

„Du würdest dir für mich eine Axt einfangen? Meinst du das damit?" Er drückte zurück und kratzte mit den Fingernägeln über Wolfs Handgelenk. „Denn sie scheint ihre Vorliebe für Waffen entdeckt zu haben. Selbstverständlich ist es schwerer, Leute zu vergiften, wenn man tot ist, denke ich."

„Naja, wenn ich mir eine Axt für dich einfangen *müsste*, dann würde ich es tun. Aber ganz ehrlich, das wäre keine gute Idee." Der Mann drehte sich um und ging zur nächsten Treppe nach unten. „Nach mir wird dir kein Mann mehr genügen, erinnerst du dich? Das hast du letzte Nacht gesagt. Ohne mich wirst du sterben und den Himmel nur einmal gesehen haben."

„Zum Glück reicht die Eingangshalle bis zur obersten Etage. Dann ist wenigstens genug Platz für dein Ego, Kincaid." Tristan prustete, aber das Zittern war verschwunden. „Okay. Packen wir's an. Hast du ein Photonen-Päckchen oder so etwas dabei?"

„Nein, ich habe die Sammelmarken von den Frühstücksflocken für diese verdammten Sea Monkeys verschwendet." Das Wackeln von Wolfs Augenbrauen wurde lasziv. „Oh, und eine Röntgenbrille. Die kommt mir sehr gelegen, jetzt, da ich etwas Interessantes zum Anschauen habe."


Vom oberen Treppenabsatz aus hatte es in der Lobby nicht sonderlich schlimm ausgesehen, aber als sie das Erdgeschoss erreicht hatten, sah die Sache ganz anders aus. Wolfs nackte Füße trafen auf das Parkett und plötzlich brach die Hölle los.

Mara hatte ihnen gesagt, die riesige Vase auf dem runden Tisch wäre zerstört, aber tatsächlich war von ihr nicht viel mehr als Staub übrig, genau wie von dem selbstmörderischen Geist aus dem dritten Stock. Ein Ring aus feinem grünen und weißen Puder umgab den großen Tisch der Eingangshalle, Überreste der Monstrosität aus Porzellan, die er zuletzt mit Rosen und zarten gelben Blumen, deren Namen er nicht kannte, geschmückt gesehen hatte.

Den Blumen war es nicht viel besser ergangen. Sie waren in Stücke gerissen und zu einer Schicht buntem, aromatisch riechenden Konfetti von der Farbe des

Sonnenuntergangs, die dick genug war, um den Holzfußboden darunter komplett zu bedecken, geworden. Tristans Finger hinterließen einen Streifen in den verstreuten Überresten und der blonde Mann, der Wolfs Körper gewärmt hatte, war stocksteif, als sie das Blutbad vor ihnen erblickten.

Oma war auf jeden Fall fleißig gewesen. Diejenigen, die bereits tot waren, lagen am Rand der großen Halle, gefangen im Zustand ihres ursprünglichen Todes oder des neuen, den ihre Mörderin herbeigeführt hatte. Links von ihnen schaukelte der geblähte Bauch eines runden Mannes, der kein Hemd am Oberkörper trug. Etwas versuchte, sich seinen Weg aus seinem Körper zu bahnen. Es dehnte die fleckige Haut des Mannes an den Rippen und verzerrte den deformierten Körper noch mehr. Seine Gesichtszüge waren schlaff und seine Zunge bewegte sich hin und her, weil sein Körper von den Bemühungen des Parasiten, sich zu befreien, durchgerüttelt wurde.

„Die grauenhafteste Version einer Kit Kat Uhr, die ich je gesehen habe", scherzte Wolf, um die Anspannung, die in Tristans schlankem Körper entstand, zu lindern. Als Tristan sich umdrehte und ihn anstarrte, lächelte er schwach. „Du weißt schon, diese kitschigen Uhren aus Plastik, die eine Katze darstellen sollen, bei der sich die Augen hin und her bewegen."

„Ich habe keine Ahnung, wovon du redest", seufzte der Mann und schaute auf die Überreste seiner Lobby. „Wie zum Teufel sollen wir das wieder in Ordnung bringen?"

Die anderen Opfer waren in ähnlicher Verfassung und ebenso verstörend wie der fette Mann, der in seinen eigenen Körperflüssigkeiten herumrollte. Die Haut und das Fleisch einer Frau lagen auf dem Schreibtisch der Rezeption und ihre Knochen lagen ordentlich aufgestapelt neben ihr. Sie stöhnte, als sie an ihr vorbei gingen und ihre Augen rollten in ihren früheren Höhlen. Ihr Kleid war von einem keuschen Weiß und hatte Rüschen am Rock. Ein Paar robuster Stiefel lag auf dem Boden neben ihr und war so arrangiert, als wolle sie sie gerade anziehen.

Andere suchten nach ihren Köpfen oder versuchten, ihre Innereien daran zu hindern, aus ihrem Bauch auf den Boden zu rutschen. Da war auch ein Kind. Es zeigte keine Spuren von Gewalt, aber seine riesigen Augen waren von einer bodenlosen Schwärze und traten aus dem Kopf, während sein Blick Wolf und Tristan folgte, die zum Ende der Halle in Richtung des Ballsaales gingen.

Dort fanden sie die ältere Frau, die sie gesehen hatten, während sie Gidget gejagt hatte. Ihre Finger waren zu Klauen geformt und kratzten an den dicken Doppeltüren des Ballsaales.

Ihre Gestalt war fast solide und unterschied sich deutlich von den mondscheinhaft-klaren Geistern, die sie in der Lobby zurückgelassen hatten.

Und anders als die anderen schien sie sich *wirklich* bewusst zu sein, dass er und Tristan bei ihr standen.

Die Zeit schien für wütende Phantome anders abzulaufen. Jedenfalls kam es Wolf so vor, denn erst kratzte die tote Frau an der Tür und im nächsten Moment krallte sie sich an Tristans Schultern fest. Schockiert stolperte der blonde Mann zurück und prallte gegen Wolf. Sie gingen beide zu Boden und rissen sie mit sich.

Eine markerschütternde Kälte schnitt in Wolfs Bauch, als das Knie des Geistes durch seinen Körper drang und ihn auf den Boden drückte. Ein quälendes Gefühl entstand über seinem Nabel, ein Spinnennetz aus Stacheldraht, das sich schneller ausbreitete, als er den Schmerz verarbeiten konnte. Neben ihm wand sich Tristan und kämpfte darum, die Frau abzuschütteln, aber seine Hände fuhren einfach durch sie hindurch. Seine Fäuste schossen einfach aus ihren Schulterblättern hervor.

Zwar konnten sie sie nicht berühren, aber sie schien dieses Problem nicht zu haben. Ihre Hände drangen in Tristans Brust und zerrissen dabei sein Hemd. Während Wolf versuchte, sich von dem quälenden Schmerz zu befreien, konnte er fraktale Schatten sehen, die sich von seinem Schlüsselbein aus in einem verwinkelten schwarzen und blauen Muster über seine Kehle und seine langen Arme ausbreiteten. Sein Atem wurde zu Dunst, seine Brust hob sich vor Anstrengung, einen Atemzug zu tun, und in seinen Augen konnte Wolf Grauen und Schmerz erkennen.

Er formte *Hilf mir* mit den Lippen, dann wurde sein Körper von schmerzhaften Krämpfen geschüttelt.

Das war der Impuls, den Wolf gebraucht hatte, um sich zu befreien. Sich von dem geisterhaften Griff der Frau loszureißen, schien seine Eingeweide zu zerstören. Er konnte kaum stehen, denn seine Füße schienen nicht gewillt, sein Gewicht zu tragen.

Er griff nach dem Ersten, von dem er wusste, dass es funktionieren würde. Es war schon sehr lange her, dass er das gleiche Leben wie seine Familie geführt hatte, aber er hatte genug Unterricht und mehr als genug praktische Übung bekommen, um zu wissen, was er tun musste.

Und auf dem Bankettisch, den das Hauspersonal vor der Tür des Ballsaales für das Hellsinger-Team gedeckt hatte, befand sich genug Munition, um den Griff des Geistes von seinem Geliebten zu lockern.

Das Set aus Zuckerdose und Milchkännchen war noch dort, wo er es zuletzt gesehen hatte, neben einem Trio Kaffeekannen, die sie schon lange zuvor geleert und gespült hatten. Das Milchkännchen war leer, aber sein Kollege war gefüllt, und Wolf packte ihn und machte auf dem Absatz kehrt in Richtung Tristan, der versuchte, seine Angreiferin abzuwehren.

Wolf suchte fieberhaft nach einem Wort, dass die Macht beschwor, die die Frau fortschicken würde. Er rief sich die Sprachfetzen ins Gedächtnis und nahm das erste Wort, das ihm auch nur halbwegs nützlich erschien – ein Zauberspruch, auch wenn er wirklich albern erschien. Sein Geist antwortete, hielt sich an dem Wort fest, und Wolf warf die Zuckerdose aus Silber und verteilte dabei ihre süßen Kristalle über die wild schreiende Frau, die über Tristan lauerte.

„*Hanareru!*"

Er wusste nicht genau, was er zu erwarten hatte, da er sich nicht sicher war, dass er das Wort korrekt ausgesprochen hatte. Jedenfalls keine heulende Säule aus Rauch und Staub, die in einer Spirale nach oben schoss und in der gravierten Zinndecke über ihnen verschwand und schwarze Flecken hinterließ, die wie Jauche auf den Boden tropften.

„Tris … Babe …" Wolf kniete sich hin und steckte den Arm unter die Schultern des blonden Mannes und hob ihn hoch. „Rede mit mir."

„War … das Japanisch?", keuchte Tristan und hustete eine Ladung Zucker aus.

„Ja, ähm … tut mir leid. Es war das Einzige, was mir eingefallen ist." Wolf küsste seine Stirn und Erleichterung durchflutete ihn. „Es spielt keine Rolle, welche Sprache es ist, man muss nur fest daran glauben."

„Und der Zucker?" Der blonde Mann versuchte, sich aufzusetzen, und Wolf drückte ihn noch fester an sich und tätschelte seinen Rücken, während er versuchte, zu Atem zu kommen.

„Ja, alle reden immer von Steinsalz und so weiter, aber Zucker funktioniert genauso. Alles was körnig ist und reflektiert funktioniert. Ein Cousin von mir verwendet gemahlenen Muskovit, aber der ist total verrückt." Er verschränkte die Beine, ließ sich neben Tristan auf den Boden sinken und zog den Mann in seinen Schoß. Dabei ignorierte er dessen Proteste. „Sei still und … versuch einfach zu atmen. Ich muss jemanden anrufen."

Sein Handy war in seiner Tasche. Überraschenderweise. Er zog das Gerät mit einer Hand hervor und behielt dabei den anderen Arm um Tristan gelegt. Er tippte den Bildschirm an und wählte die erste Nummer in seiner Telefonliste, dann klemmte er sich das Telefon zwischen Nacken und Schulter und legte den anderen Arm auch um Tristans Körper. In der Umarmung gefangen sackte der schlanke Mann gegen Wolfs Brust und atmete zittrig aus.

Das Telefon an Wolfs Ohr klingelte einmal, zweimal, bevor eine fröhliche, beschwingte Stimme antwortete. Wolf konnte nicht anders, als zu lächeln. Er küsste Tristans verschwitzten Hinterkopf und verlor dabei fast das Telefon, bevor er es mit der Schulter nach oben schieben konnte, um es zu fangen.

„Hey, Mom. Bist du beschäftigt? Ich brauche Hilfe." Dann war er still und hörte dem besorgten, aber aufgeregten Monolog am anderen Ende der Leitung zu. Er holte tief Luft und flüsterte ins Telefon, als sie einmal lange genug aufhörte zu reden, um ihn hören zu können. „Und, ähm … könntest du ein paar Packungen Kondome mitbringen, wenn du herkommst?"

# 12

SIE FANDEN Gidget und Matt, die im Ballsaal in einem unregelmäßigen Kreis aus weißem Puder dicht beieinandersaßen. Dutzende leere Päckchen Süßstoff waren auf dem Boden verteilt und sie erschraken beide, als Wolf die Tür des Ballsaales aufstieß. Ihre Gesichter waren gerötet, aber darunter war eine ängstliche Blässe auf ihrer Haut nicht zu übersehen.

Er schüttelte den Kopf und marschierte hinein in ihren fragwürdigen Zufluchtsort. „Ah, da sind unsere beiden Turteltauben. Tris, komm rein und lass mich einen Blick auf deine Brust werfen."

„Mir geht´s gut. Ich brauche nur etwas Heißes zu trinken." Tristan schlurfte hinter ihm herein und rieb sich an den Stellen, an denen er meinte, noch immer die klammen Finger des Geistes fühlen zu können, die sich in sein Fleisch gruben.

Die Kälte hatte sich unter seiner Haut gesammelt, aber die Verfärbung, die sie verursacht hatte, war verschwunden und seine Haut war wieder so blass wie vorher, bevor sie ihn berührt hatte. Allerdings stolperte sein Herz noch immer und seine Lungen schmerzten von der Anstrengung, genug Luft zu bekommen.

Aber was ihn wirklich wütend machte, war der aufkeimende Verdacht, dass Dr. Wolf Kincaid eine ganze Menge mehr darüber wusste, wie man Geister wieder los wurde, als jeder andere in diesem verdammten Haus, und es war an der Zeit, dass er seine Karten auf den Tisch legte.

Oder Tristan würde sie ihm aus der Hand reißen.

„Süßstoff?" Wolf hob eins der Päckchen vom Boden des Ballsaales auf. „Ich weiß nicht, ob das funktioniert, doch hey, darin ist trotzdem genug Zucker. Das könnte ausreichen. Aber die große Frage ist, warum ihr beide nicht einfach eine Linie vor die Tür gemacht und mich auf dem Handy angerufen habt? Was soll der Quatsch mit dem Kreis? Wolltet ihr Houdini heraufbeschwören? Steht auf. Sie ist weg."

Tristan stolpert zu einem Ohrensessel, der neben der Ausrüstung der Hellsingers stand, und ließ sich seufzend in den weichen Stoff sinken. Während Gidget und Matt verlegen aufstanden und den Süßstoff wegwischten, ging er im Kopf die verschiedenen schmerzhaften Stellen in seinem Körper durch und versuchte zuzuordnen, welche auf Wolf zurückzuführen waren und welche auf den Angriff des Geistes.

Der neue, pulsierende Schmerz in seinem Steißbein stammte definitiv von Oma. Er war hart auf dem Boden aufgekommen und sein Hintern schmerzte nun an der Außenseite, ebenso wie der untere Teil seiner Wirbelsäule, eine ganz andere Erfahrung, als das einst angenehme, matte Gefühl von Wolfs Liebesspiel.

Die Schmerzen in seinen Schultern und seiner Brust waren auf jeden Fall von der wütenden, toten Serienmörderin verursacht worden, aber er war sich nicht sicher, ob das Stechen an seiner Halsbeuge eine Folge ihrer Fingernägel oder von Wolfs leidenschaftlichen Bissen während ihrer gemeinsamen Dusche war.

Seine Augen verengten sich, als er Wolf entdeckte, der den Boden aufwischte und dann den Süßstoff vor den geschlossenen Türen des Ballsaales verteilte. Er konnte wirklich jedes einzelne Ziehen und jeden einzelnen Schmerz, den er verspürte, auf die drei Menschen zurückführen, die mit ihm in diesem riesigen Raum waren.

Tristan wartete, ein langsam siedendes Nervenbündel, das in Rage versetzt worden war, die sich so sehr von dem schwebenden, zufriedenen Zustand unterschied, in dem er aufgewacht war. Wolf kontrollierte einen Teil ihrer Ausrüstung, drehte Knöpfe und murmelte den verschnörkelten, hüpfenden Lichtern auf den Messgeräten komplizierte Dinge zu, die Tristan beim besten Willen nicht verstehen konnte. Gidget und Matt eilten ebenfalls umher und Tristan zählte still jede Sekunde, die verstrich, während der Ärger über Wolf immer weiter in ihm gärte.

„Hier, trink das. Dann fühlst du dich nicht mehr so zittrig." Wolf reichte ihm eine Tasse mit dampfendem Kaffee, den Matt für das Team gekocht hatte. „Es gibt … äh … keinen Zucker, wegen naja …"

„Klar, der ganze Zucker liegt auf dem Boden bei der Tür, aber keine Sorge, vielleicht kann ich mir welchen von vorhin aus den Achseln schütteln, als du die Zuckerdose auf mich geworfen hast", fauchte Tristan und ließ alles heraus, was in ihm geschwärt hatte. „Wie wäre es, wenn du dich auf deinen verdammten Arsch setzen und mir erzählen würdest, was hier vor sich geht, verdammt noch mal, denn allem Anschein nach weißt du eine ganz Menge mehr, als du bisher zugegeben hast!"

Der Blick, mit dem Wolf ihn ansah, war köstlich. Fast so betreten wie der, den das Paar hinter ihm austauschte. Tristan deutete auf einen Stuhl aus Metall und hob die Augenbraue in Richtung seines Liebhabers, bis der Mann sich darauf niederließ. Er nahm den Pappbecher aus Wolfs Hand und brummte Gidget und Matt an.

„Ihr beide auch. Ihr habt diesen Mist verursacht", knurrte er. „Nehmt euch einen verdammten Stuhl, und dann spielen wir das *Erklärt Tristan den ganzen Scheiß* Spiel."

Eins musste er ihnen lassen. Mit der richtigen Motivation waren sie schnell. Stühle schrammten über den Boden und sein Kaffee dampfte immer noch, als sich seine spärliche Zuhörerschaft um ihn versammelt hatte. Tristan lehnte sich in seinem Sessel zurück und zuckte angesichts des Ziehens, das durch seine Oberschenkel fuhr, als er seine Knie hochzog, aber er wehrte Wolfs Hände ab, die sich besorgt nach ihm ausstreckten.

„Nein, fass mich nicht an. Nicht, bis ich nicht genau weiß, *wer* du bist." Tristan schüttelte den Kopf in Richtung des Mannes, dem er vor ein paar Stunden noch einen geblasen hatte, dass er nur noch ein zitterndes, schlappes Häufchen gewesen war. „Fang an zu reden, Kincaid, und komm mit nicht mit 'Was willst du wissen?'."

Wolf fuhr mit den Händen über seinen Kopf und zog an seinen Haaren. Er starrte eine Weile an die Decke, als müsse er seine Gedanken ordnen. Gidget fummelte an ihren Fingernägeln herum und blickte hin und wieder zu ihrem Freund. Sie und Matt schienen sich stumm in einer tonlosen Sprache zu unterhalten, die sich entwickelte, wenn man schon viele Jahre zusammen war. Tristan wäre auf diese Verbindung neidisch gewesen, wenn er nicht Schmerzen hätte, für die nicht Wolf verantwortlich war, und er wollte besagten Mann gerade übers Knie legen, als dieser zu sprechen begann.

„Ich möchte dir zuerst sagen, dass ich dich nie angelogen habe, Tris." Dieses Mal ließ er zu, dass Wolfs Hand über sein Knie strich und schließlich auf seinem Oberschenkel ruhte. Die Berührung der Finger des Mannes war vertraut und Tristans Inneres verkrampfte sich, so sehr wollte er ihn. „Ich will, dass du das weißt."

„Okay", antwortete er leise. „Also ... was?"

„Meine Arbeit besteht *wirklich* darin, angebliche Heimsuchungen zu untersuchen. Damit bestreite ich meinen Lebensunterhalt." Wolf neigte mit einem scharfen Blick in seinen leuchtend blauen Augen den Kopf und blickte in Tristans Gesicht. „Aber das ist nicht das ... womit meine Familie ihren Lebensunterhalt verdient."

„Ähm, müssen wir hier dabei sein?", unterbrach Matt. „Denn ich würde draußen wirklich gerne ein paar Werte aufzeichnen, jetzt, da ... *sie* weg ist."

Wolf blickte zu dem Paar hinüber und Gidget nickte in Richtung der Türen des Ballsaales. „Wirklich, Kincaid, ich denke, im Moment ist alles in Ordnung. Und wir können die Zuckerspur trotzdem dort belassen, falls wir wieder Ärger bekommen."

„Na gut. Geht schon. Aber nehmt eure Handys mit und ruft mich an, wenn ihr Probleme bekommt", gab Wolf leise zurück. Er wartete ab, bis sie ihre Ausrüstung zusammengesucht hatten, und hörte dabei mit halbem Ohr ihrer gedämpften Unterhaltung zu, wie sie den Ballsaal verließen und die Türen hinter sich geöffnet ließen. Als ihre Stimmen nicht mehr zu hören waren, drehte Wolf sich wieder zu Tristan um.

„Du weißt ... Dinge über Geister." Tristan versuchte, nicht vorwurfsvoll zu klingen, aber sein Ärger war nicht zu überhören.

„Das tust du auch", stellte sein Liebhaber fest.

„Nein, ich akzeptiere sie ... ich sehe sie", gab Tristan scharf zurück. „Du *weißt* Sachen wie Zucker und Salz und Worte. Wer zum Teufel weiß so etwas und zweifelt trotzdem noch an der Existenz von Geistern?"

„Weil sie ... nicht immer existieren!" Wolf atmete schnell aus und presste die Worte zwischen den Zähnen hervor. „Weil es *da draußen* Leute gibt ... in der

Welt, der du dich nicht stellen willst ... die betrügen und andere dazu verleiten, Dinge zu glauben, die nicht real sind. Gibt es Geister wirklich? Vielleicht. Ja. An diesem Ort ... bei dir ... kann ich sagen, ja. Sie existieren. Aber das ist selten und sogar in deinem verrückten Hotel bin ich mir nicht wirklich sicher, dass das, was wir sehen –"

„Real ist?" Tristan zog am Kragen seines T-Shirts und zeigte die kleinen Male, die der Griff der Erscheinung hinterlassen hatte. „Was zum Teufel war das da draußen, wenn es nicht real war? Hatte ich Halluzinationen, dass eine Verrückte versucht hat, sich meines Körpers zu bemächtigen? Dass ich mir *eingebildet* habe, dass du eine Zuckerdose nach ihr geworfen hast und sie schreiend davongeflogen ist? Dass ich *verrückt* bin?"

„Nein, du bist nicht verrückt." Wolf setzte sich auf und lehnte sich näher, um seine Arme um den sich wehrenden Tristan zu legen.

„Nein ... ich werde nicht zulassen ... dass du mich dazu bringst, etwas Dummes zu tun, wie dir zu vergeben und nicht mehr stinkwütend zu sein. Raus mit den Informationen, Kincaid. Bevor das ... das mit uns ... sich irgendwohin entwickelt."

Das Haus um sie herum bewegte sich und atmete still und leise, bevor Wolf die Stille mit seiner tiefen, rauen Stimme unterbrach.

„Meine Familie ist ... anders als andere Familien. Irgendwie ... seltsam, wenn du es so nennen willst." Wolfs Hände ruhten in Tristans Kreuz und seine Knie waren neben denen seines Geliebten, sodass sie sich ganz nah waren. „Meine Mom ... sie wird bald hier sein. Sie kann uns helfen. Sie ist ein ... ich schätze, man könnte sie als Medium bezeichnen. Sie und meine Schwester, Ophelia Sunday, besitzen einen Laden für Kristalle und äh ...“

„Sie sieht Geister. Wie ich", flüsterte Tristan. „Du hast *gewusst*, dass ich nicht verrückt bin, bevor du hierhergekommen bist."

„Ich habe überhaupt nichts gewusst. Ich habe dich nicht gekannt, aber nein, ich habe nie gedacht, dass du verrückt bist", gab Wolf zu. „Ich wusste nur nicht, ob du ... Verdammt, Tris, ich bin mir nicht mal sicher, dass meine *Mutter* wirklich mit Geistern reden kann. Sie ist selbst total verrückt, aber es passieren *Dinge* in ihrer Umgebung. Dinge, die ich nicht erklären kann. Himmel, ich habe mein ganzes Leben damit verbracht, eine Erklärung für die Dinge zu finden, die des Nachts manchmal passieren, aber meine Familie ... jeder in meiner Familie, nicht nur meine Mutter ... glaubt an das Übernatürliche. Wir leben von Kräutertinkturen und Kerzen in verschiedenen Farben.

Für die Kincaids ist Samhain der höchste Feiertag und zur Schule gehen ist kein Muss. Wenn es ein Projekt im ersten High School-Jahr wäre, auf eine Geistersuche zu gehen, dann wäre meine Familie damit einverstanden." Wolfs Hände bewegten sich immer weiter und erwärmten in kreisenden Bewegungen Tristans kühle Haut. „Ich habe Cousins, die Geister austreiben und hoffen, dass ... Scheiße, ich weiß nicht einmal, was sie da glauben, zu tun. Meine Mutter ... meine

Tanten ... sogar Ophelia Sunday ... sie stellen Kontakt zwischen Verstorbenen und ihren Angehörigen her. Die Augen meiner Großmutter sind immer ganz weiß geworden und sie leierte herunter, wo derjenige seine Uhr finden konnte. Es war ... schwer, so aufzuwachsen. Für mich jedenfalls. Für alle anderen war es normal, aber für mich ... war es schwer. Manchmal glaube ich, es ist alles gelogen, aber dann ... sagen sie Dinge ... Dinge, die sie nicht wissen können, und ich habe die Erleichterung in den Gesichtern der Leute gesehen. Ich brauchte einfach mehr ... *Beweise*."

„Daher wusstest du also von dem Zucker? Weil sie es dir beigebracht haben?" Tristan schwamm der Kopf. Zwar waren bei seiner Familie auch ein paar Schrauben locker – ganz besonders bei seinem Onkel Mortimer – trotzdem hatte Tristan immer das Gefühl gehabt, dass sie *normal* war. Was Wolf gerade beschrieben hatte, klang wie eine Reise durch einen zerbrochenen Spiegel.

„Zucker ... Salz ... eigentlich funktioniert alles, was körnig ist und viele Facetten hat. Ich hatte dir schon erzählt, dass mein Cousin Muskovit verwendet. Ich glaube, ein anderer nimmt gemahlenen Quarz, aber das ist verdammt teuer. Spiegel funktionieren auch. Die Oberfläche ... dass sie reflektiert ... stößt Geister ab. Ich weiß nicht mehr, ob sie Angst haben, dass sie eingesperrt werden oder ob sie einfach verscheucht werden." Wolf zuckte mit den Schultern. „Aber wie auch immer, es funktioniert."

„Sonst noch etwas, das ich wissen müsste?" Tristans Stimme klang in seinen eigenen Ohren zittrig, aber dass Wolfs Blick nach unten fiel, machte ihm noch mehr Sorgen. „Was noch? Sollte ich mir Sorgen machen, dass dir bei Vollmond Fangzähne wachsen?"

„Nein, Babe. Das wäre wenigstens nützlich." Wolfs Mund verzog sich zu einem Grinsen. „Das Einzige, was ich dir noch sagen muss, Pryce, ist, dass ich keine Ahnung habe, was wir tun können. Ich wollte nie ... ein Kincaid sein. Nicht wie die anderen. Ich bin zur Schule gegangen. Eine richtige Schule. Mit Büchern und Hausaufgaben. Statt auswendig zu lernen, in welchen Gesteinsformationen man Hämatit finden kann, habe ich mich mit höherer Integralrechnung beschäftigt. Ich habe kaum eine Ahnung von diesem Geisterkram. Ich *suche* sie. Ich *beweise*, dass sie nicht existieren. Aber jetzt, wo wir bis zum Hals in der Scheiße stecken, bin ich absolut nutzlos. Ich hoffe nur, dass meine Mutter eine Idee hat, wie sie uns helfen kann. Ansonsten fürchte ich, dass du den Grange aufgeben musst, und ich weiß ... tief in meinem Inneren ... dass dich das umbringen würde."

SIE VERBRACHTEN den Rest der Nacht in Tristans Appartement, wo Wolf alle paar Stunden die Linien aus Steinsalz und Zucker kontrollierte. Nachdem er Gidget und Matt in der Bibliothek in einem Schrankbett untergebracht hatte, verbrachte er die Nacht damit, auf und ab zu gehen. Dabei achtete er genau auf mögliche Zeichen, dass der Geist wieder auftauchte. Als die Sonne in den durchnässten

Himmel aufstieg und sich durch den nieselnden Regen gekämpft hatte, brach er auf dem Bett neben seinem Geliebten zusammen. Er war zu erschöpft, um mehr zu tun, als einen Arm um Tristans Hüfte zu legen und in die Kuhle zwischen seinen Schulterblättern zu schnarchen.

Als er endlich aufwachte, waren seine Arme leer, seine Blase war voll und auf seinen Beinen und seinem Rücken lag ein großes Gewicht aus Fell.

„Runter mit dir, Boris." Der Hund konnte ihn überhaupt nicht gehört haben, nicht durch sein eigenes dröhnendes Schnarchen. Allerdings lag es möglicherweise auch daran, dass Wolfs Gesicht in ein Kissen gepresst wurde.

Der Hund ignorierte ihn und sein verschlafenes Knurren wurde nur noch lauter. Eine seiner Pfoten hatte sich in Wolfs Schienbein gegraben, was eine Geste des hündischen Widerstandes zu sein schien.

„Toll."

Er brauchte fast fünf Minuten, um sich unter dem schlummernden Irischen Wolfshund herauszuwinden und als er endlich auf dem Fußboden landete, war Wolf schweißnass. So fand Tristan ihn vor, auf einem Teppich ausgestreckt, schwer atmend und mit einer Freude im Gesicht, die nur davon kommen konnte, dass er genug Luft in den Lungen hatte.

„Was machst du auf dem Boden?" Die Furche zwischen Tristans Augenbrauen ließ seine Augen etwas verschoben erscheinen.

„Dein Hund hat mich zum Training für seine *luche libre* Karriere benutzt", antwortete er und bekam einen Hustenanfall. „Ich glaube, er hat verstanden, wie er jemanden pinnen muss, aber an seiner Akrobatik muss er noch arbeiten."

„Ich verstehe." Tristans Worte trieften vor spöttischem Humor. „Dein Telefon hat geklingelt und ich habe den Anruf angenommen. Deine Mutter hat gesagt, sie wäre in zwanzig Minuten hier, und dass du deinen Hintern in Bewegung setzen sollst, damit du ihr helfen kannst."

„Ah, der mütterliche Anteil meiner DNA." Wolf hörte, wie seine Hüften knackten, als er aufstand, und das Ziehen in seinem Nacken flammte wieder auf und pulsierte, um ihn daran zu erinnern, dass er in einer seltsamen Position geschlafen hatte. „Ich gehe duschen. Wie viel Uhr ist es?"

„Es ist Nachmittag. Die Kinder sind unten und spielen mit ihrer Elektronik. Irgendwas von wegen Lichtwellen auf einem Video. Sie sind sehr aufgeregt." Tristan zuckte mit den Schultern. „Ich bin mir nicht sicher, was ich davon halten soll. Was habt ihr mit dem ganzen Material vor? Denn ich will nicht –"

„Du willst nicht, dass es veröffentlicht wird, bevor du es gesehen hast", beendete Wolf seinen Satz. „Dann würden die Geisterjäger auf deinem Rasen parken und auf dein Leben pinkeln. Das wird nicht passieren, Pryce. Ich werde deinem Onkel sein Geld zurückgeben und wenn das hier erledigt ist, dann gibst du mir einen Dollar für unsere Arbeit. Damit gehört alles dir, was wir aufgenommen haben. Ich kann dir nicht versprechen, dass ich mich nicht damit beschäftigen werde, aber das wäre vertraulich. Es wird Hellsingers nicht verlassen, okay?"

Sein Mann sackte vor Erleichterung fast in sich zusammen und auf Tristans Gesicht erschien ein süßes Lächeln. „Danke."

„Gut." Wolf streckte sich und gähnte. „Ich werde mir den Dreck herunterkratzen und vielleicht mit dem Rasierer mein Gesicht bearbeiten. Ich will gut aussehen, wenn meine verrückte Mutter ankommt. Und noch eine Warnung, okay? Lass sie nicht in die Nähe der Küche und iss auf keinen Fall etwas, das sie gekocht hat. Ich bin mir ziemlich sicher, dass ich einen älteren Bruder oder eine ältere Schwester hatte, die sie mit ihrem Rübenauflauf umgebracht hat. Ich war wirklich froh, als ich herausgefunden habe, dass sie uns nicht stillen konnte und wir alle die Flasche bekommen haben. Die Frau ist gefährlich."

WOLF HÄTTE nie zugegeben, dass er seine Mutter vermisst hatte, da sie nicht sonderlich weit weg wohnte, wenn man danach ging, was Kalifornier als weit bezeichneten. Aber in seinem Bauch war ein seltsames Flattern, als er das vertraute Husten und Rattern eines VW Busses hörte, der die lange Auffahrt des Grange hinaufkroch, und er konnte sich auch nicht gegen das Lächeln wehren, das sich auf sein Gesicht stahl, als er zur Vordertür ging.

„Wie ist sie so?", hörte er Tristan Gidget und Matt zuflüstern.

„Als hätten Willy Wonka und Gaia zusammen ein Kind bekommen", flüsterte seine Technikerin mit einem Staunen in der Stimme zurück. „Aber auf eine gute Art."

Der Himmel musste seiner Mutter eher gewogen sein als ihm, denn der Regen war zu einem Tröpfeln geworden, als ihr erschöpfter Bus es über den letzten Hügel geschafft hatte. Er rumpelte und schaukelte dank seiner Federung hin und her, aber seine vertraute runde Form brachte die Farben des Regenbogens in diesen tristen, grauen Tag. Wolf stand in einem der seitlichen Säulengänge des Grange und bemerkte, dass der Bus einen neuen Anstrich bekommen hatte, Libellen und Blumen auf einer Grundierung aus Mitternachtsblau und einem dunklen Lila. Das Dach sah aus, als wäre es auch ausgetauscht worden. Wahrscheinlich hatte sein Bruder Bach darauf bestanden, da das alte nicht mehr dicht gewesen war.

Es war ein Teil seiner Kindheit, der da gerade ankam, um den Tag zu retten.

Und auch wenn er es gehasst hatte, sie anrufen zu müssen, um hinter ihm aufzuräumen, war Wolf doch verdammt froh, die üppige, kurvige Frau zu sehen, die aus dem VW Bus kletterte und ihre Arme für eine Umarmung ausbreitete.

Irgendwo in Haight-Ashbury gab es ein Portrait von einer achtzehn Jahre alten Frau mit einem Kleinkind auf dem Arm und einem runden Bauch, in dem ein weiteres Leben heranwuchs. Wolf war sich sicher, dass seine Mutter dort – in diesem Gemälde oder Foto – alterte, denn abgesehen von ein paar Linien um ihre riesigen blauen Augen, sah sie noch genauso aus wie an dem Tag, als er die High School abgeschlossen hatte.

„Wolfgang Starfox!" Die Stimme seinen Mom war ein vibrierendes Brummen aus Höhen und Tiefen und schlang sich in einem freudigen Tanz um seinen Namen, und er nahm immer zwei Stufen auf einmal, schlang die Arme fest um ihren fülligen Körper, damit er sie ein paar Mal umherwirbeln konnte, bevor er sie wieder auf der nassen Auffahrt absetzte. Sie trat einen Schritt zurück, sah ihn genau an und registrierte alle Veränderungen an ihm, seit sie ihn zum letzten Mal gesehen hatte. „Bleib hier stehen. Ich möchte dich ansehen."

„Mom –"

„Ruhe, ich will dich anschauen." Ihre Augen blickten ins Leere und Wolf grinste, denn er wusste, dass sie sich in einen tranceähnlichen Zustand versetzte, um seine Aura zu erkunden. „Ahhhhh."

Wie der Van hatte auch sie einen neuen Anstrich bekommen. Ihr langes, lockiges Haar war in einem leuchtenden Merlot-Ton gefärbt, der sich sehr von dem funkelnden Kastanien-Ton unterschied, mit dem er sie zuletzt gesehen hatte, aber davon abgesehen sah sie genauso aus wie die Meegan Ocean-Kincaid, die er kannte.

Sie war barfuß, denn sie hasste es, mit Schuhen zu fahren, und an ihren Zehen glitzerten silberne und goldene Ringe, jeder einzelne war mit Kristallen oder Gravuren verziert. Ein Paar weite, rote Haremshosen saß tief auf ihren ausladenden Hüften, und sie trug ein goldenes und grünes Bauchtänzer-Oberteil über einem Buttercup T-Shirt, das über ihren üppigen Brüsten spannte. Ihre Hände waren wie ihre Zehen geschmückt, glitzernd mit Metall und Steinen. Sie trug eine einfache Halskette, ein Lederband mit aufgezogenen Glasperlen, die er mit sechs für sie gemacht hatte, als sie eine Kommune besucht hatten.

Sie war mit ihren schneeweißen Zähnen mit der winzigen Zahnlücke und den Sommersprossen auf ihrer Stupsnase fast schon zu perfekt, aber sie war seine Mutter.

Und er lächelte, als sie mit dem Kopf schüttelte und schwer seufzte.

„Oh, du bist verliebt."

„Bist du da nicht von allein darauf gekommen, als ich dich gebeten hatte, Kondome mitzubringen?" Er schnaubte. „Oder als Tristan an mein Telefon gegangen ist und du ihn ausgefragt hast?"

„Ich habe ihn *nicht* ausgefragt." Sie hob das Kinn und sah auf ihn hinab, was ziemlich beeindruckend war, da sie ihm nur bis zur Schulter reichte. „Ich habe mit ihm nur über die Heimsuchung gesprochen. Ich kann mich nicht darauf verlassen, dass du objektiv bist."

„Niemand ist so objektiv wie ich", stellte Wolf fest, und wandte sich ab, um ihr Gepäck aus dem Bus zu holen. Wie üblich hatte sie ihre Kleidung und Vorräte in einen Überseekoffer gepackt, ein Relikt aus den alten Zeiten, als sie über Amerikas Highways getrampt war.

„Niemand ist so zynisch wie du", korrigierte sie lachend. „Ich schwöre dir, sogar als du nach deiner Geburt noch mit meinem Blut bedeckt warst, hast du mich nur angesehen und gebrummt."

„Ich habe wahrscheinlich versucht, den Geschmack aus dem Mund zu bekommen." Der Koffer hatte zum Glück Räder und er bemerkte, dass das Rad oben links wackelte. Er stieg die Treppe hinauf und blickte auf. Dort stand Tristan auf der Schwelle des Grange, der mit unsicherem Blick die Frau ansah, die barfuß im Regen stand.

Er trat an Tristans Seite und gab dem Mann einen Kuss, dann drehte er sich zu seiner Mutter um, die hinter ihm die Treppe hinauf kam. Meegan sah Tristan nur kurz an und kreischte. Dann rannte sie den Rest der Treppe hinauf und stürzte sich auf den schlanken Künstler. Sie schlang die Arme um ihn und drückte ihn, und Wolf konnte hören, wie Tristan, erstaunt über ihre Stärke, stöhnte.

„Tris, darf ich dir meine Mutter vorstellen, Meegan Ocean-Kincaid, Medium und der Schrecken aller Sandwiches mit gegrilltem Käse." Wolf sprach ihren Namen sorgfältig aus und betonte die *Mee*-Silbe. „Mom, der Mann, den du gerade attackierst, ist Tristan Pryce, der Besitzer und Verwalter von Hoxne Grange, einem Hotel für Geister auf ihrer letzten Reise."

„Und dein Schatz", schwärmte sie. „Oh, Wolf, er ist so wunderschön. Ich freue mich so sehr für dich. Oh, was ich alles *sehen* kann. Es ist gerade so, als wäre er schon ein Kincaid."

Es folgte eine weitere schwärmerische Umarmung und Tristan lief fast blau an. Mit weit ausgerissenen Augen wehrte er sich gegen den Griff der kleinen Frau, aber sie hielt ihn fest und vergrub ihr Gesicht in seiner Brust. Wolf hörte, wie sie Tristans Geruch tief einsog und sich auf ihn einstellte, wie sie es mit fast jedem seiner Freunde gemacht hatte, den er mit nach Hause gebracht hatte, um ihm dem Zirkus vorzustellen, in dem er aufgewachsen war.

„Wolf, sag ihr, sie soll mich loslassen", keuchte Tristan, als er sich im Griff seiner Mutter wand. „Ich glaube, deine Mutter ist Rainsong von den Wolfriders. Ich kann nicht –"

„Okay, was auch immer das bedeutet." Wolf zuckte mit den Schultern und griff sich den einzigen Ledergriff, den der Koffer noch hatte. Er lenkte ihn um seinen Liebhaber und seine Mutter herum und rief über die Schulter: „Ich warte im Ballsaal mit den anderen auf euch. Wenn ihr fertig seid, euch zu beschnuppern, können wir darüber reden, wie wir diese Schlampe loswerden, die sich hier eingenistet hat. Falls du dich von deinem neuen Sohn trennen kannst, Mom."

# 13

MEEGAN OCEAN-KINCAID warf einen Blick auf die piepsenden Geräte und blinkenden Monitore, die im Ballsaal des Grange aufgebaut waren, und schniefte.

Laut.

Tristan war sich nicht sicher, was das Geräusch bedeuten sollte. Er entschied sich für Spott, als Wolf sich räusperte.

„Mom, Wissenschaft ist nicht das Böse. Technologie ist unser Freund. Fang nicht an, dich über meinen Job aufzuregen." Wolf legte die Hände auf die Schultern seiner Mutter und führte sie weg von der Ausrüstung und hin zu den gemütlichen Sesseln, die Matt um einen niedrigen Tisch herum arrangiert hatte. „Hier, setz dich, und ich hole dir einen Tee. Dann können wir anfangen."

Es war seltsam, an einem seiner eigenen Tisch zu sitzen und von einer grinsenden Gidget eine Tasse Kaffee gereicht zu bekommen. Boris ließ sich zu seinen Füßen nieder und seufzte zufrieden, als Meegan sich vorbeugte und seinen Bauch kraulte. Sein linkes Bein klopfte auf den Teppich, den Matt ausgelegt hatte, damit der Fußboden etwas wärmer wurde. Gidget und Matt kehrten wieder zu ihrer Ausrüstung zurück und schienen ein paar Messwerte auf einen Laptop zu laden, wobei einige laute Sensoren verstummten. Tristan war zwischen Wolf und seiner Mutter gefangen und wusste nicht, wem von beiden er größere Aufmerksamkeit schenken sollte.

Die Frau neben ihm und ihre Berührung an seinem Arm waren noch seltsamer. Er konnte sich nicht erinnern, dass seine eigene Mutter ihn in seinem ganzen Leben so oft berührt hatte wie Meegan, die mit der Hand seinen Arm berührte und ihren Arm um seine Schulter legte, als sie sich auf dem Zweisitzer neben ihm niederließ.

„Wolf, warum gehst du nicht in die Küche und siehst nach, ob du etwas zu essen für uns finden kannst?" Meegan grinste ihren Sohn an. „Ich würde Tristan gern etwas näher kennenlernen."

„Du willst Informationen aus ihm herauspressen." Wolf grinste und das beruhigte Tristan nicht gerade, aber der innige Kuss, den der Mann auf seinen Lippen platzierte, half. Er ließ sich auf den Kuss ein und den Kopf auf die Rückenlehne des Zweisitzers fallen, als Wolfs Finger sich gegen die Kurve an Tristans Kinn pressten. „Keine Sorge. Sie mag dich. Sie wird dich nicht beißen. Vielleicht isst sie diesen Monat gar kein Fleisch."

„Bach hat mir versichert, dass Speck in manchen Kulturen als Gemüse betrachtet wird." Meegan zog ihre Füße auf den Zweisitzer und verschränkte sie unter sich. „Ich habe auch eine Schwäche für Gelbflossen-Thunfisch entwickelt, aber nein, auf Kannibalismus habe ich mich bisher nicht eingelassen, Mr. Wolf."

„Bachman wird dir alles erzählen, was du hören willst, damit er sein heißgeliebtes knuspriges Schweinefleisch bekommt", stichelte Wolf.

„Sie haben Ihren Sohn Bachmann genannt?" Tristan schielte zu der Frau. „Wie Bachman-Turner Overdrive?"

„Nein, sein Name ist Bach. Bach Mystery Moon Ocean-Kincaid. Wolfgang nennt ihn nur gerne so, um ihn zu ärgern." Meegan sah alles andere als verärgert aus. Sie rutschte herum, bis sie Tristan ansah, trotzdem verzog Wolf das Gesicht, als er hinausging. „Geh, besorg mir etwas zu essen, Ausgeburt meiner Lenden, und lass mich mit deinem Freund reden."

Er schaute den Regenbogen in Form einer Frau eine Weile an, der neben ihm saß, und suchte in ihrem Gesicht nach dem vertrauten Spott, den er bei anderen so oft gesehen hatte … in den Gesichtern seiner eigenen Eltern, aber jetzt sah er nichts. Nur den siedenden, zimt-warmen süßen Blick der Akzeptanz und ein wildes Feuer in den Augen, die denen von Wolf so ähnlich waren.

„Erzähl mir von deinem Zuhause, Tristan", drängte Meegan vorsichtig. „Und erzähl mir von deiner Gabe. Wolf hat mir erzählt, dass du Geister siehst. Erzähl mir davon."

„Meine *Gabe*?" Tristan übertraf Meegans Spott von vorhin mit einem sarkastischen Stöhnen. „Es ist keine … die Leute denken … meine Familie hält mich für verrückt. Ich *wollte* keine Geister sehen. Ich *wollte* nicht mit ihnen reden. Ich wäre lieber … normal."

„Normal gibt es nicht, Tristan." Die Frau langte nach seinen Händen und zog sie mit einem festen warmen Griff in ihren Schoß. „Was du in dir hast, ist eine Fähigkeit. Es ist nichts anderes als Wolfs Fähigkeit mit den piepsenden Dingern, oder Bachs Fähigkeit zu wissen, welcher Geschmack mit welchem zusammenpasst. Jeder von uns hat solche Fähigkeiten, die ihm angeboren sind. Und einige davon sind so selten … so spektakulär … dass andere, die nicht so viel Glück hatten, diese Gaben nicht begreifen können. Tief in ihrem Inneren sind wir Menschen nicht so weit entwickelt, wie wir es gern wären."

„Etwas in der Art hat Wolf auch gesagt." Er rutschte näher zu ihr, bis seine Knie sie berührten. „Kämpfen oder flüchten."

„Und manchmal beinhaltet kämpfen, etwas zu attackieren, das man nicht versteht", flüsterte Meegan verschwörerisch. „Aber jetzt bin ich ja hier. Und Wolf. Wir stehen zu dir. Ganz egal, was passiert. Und nun erzähl mir, was du sehen kannst. Vielleicht kann ich dir ein paar der Fragen beantworten, die dein süßes Dichterherz quälen."

Tristan saß neben dieser Farbenflut und stellte fest, dass er sich der Frau, die seine Hände hielt, öffnen konnte. Er begann langsam und seine Augen wanderten zu der Tapete des Ballsaales und suchten die Hundeform, die er als Junge in dem gesprenkelten Muster entdeckt hatte. Er erzählte ihr von seinem Onkel Mortimer, dem Mann, der eher ein verrückter Wissenschaftler als ein Mentor gewesen war, aber der ihm einen sicheren Zufluchtsort geboten hatte, als seine Welt drohte, ihn

127

zu erdrücken. Es gab Momente, die er vergessen hatte, aber durch Meegans Wärme entdeckte er sie wieder. Er schüttete seine Trauer über den Tod seiner Eltern aus und dass er sich nie als ein Teil der Familie gefühlt hatte, die nur aus den beiden bestanden zu haben schien.

Erst dann erzählte er von den Geistern.

„Normalerweise kommen sie morgens hier an, warum auch immer." Eine weitere Hundeform, die dritte, die er in dem seidenen Wanddekor entdeckt hatte, stand auf dem Kopf, eine interessante Abweichung, die ihm vorher noch nie aufgefallen war. „Meistens ist es eine einzelne Person, aber manchmal kommt auch ein Paar. Als ich vierzehn war, war es einmal eine ganze Familie. Eltern mit ihren drei Kindern, die bis auf die Knochen durchnässt waren, aber sie lachten, als ob ihr Tod keine Rolle spielte. Ich glaube, das war das erste Mal, dass ich erkannt habe, dass meine Eltern mich nicht geliebt haben. Nicht so … wie diese Eltern. Die Mutter hat ihnen die Jacken glattgestrichen und mir von ihren Hausaufgaben erzählt. Sogar im Tode war sie noch stolz auf sie. Ich vermute, meine Mutter hat nie etwas Ähnliches über mich gesagt. Aber ich erinnere mich, wie sehr ich es mir gewünscht hatte."

„Manche Eltern wissen nicht, wie sie ihre Liebe zeigen sollen, Tristan", murmelte Meegan. „Das bedeutet nicht, dass sie dich nicht geliebt haben. Es bedeutet nur, dass sie nicht wussten, wie sie es dir vermitteln sollten. Vielleicht waren sie sich auch nicht sicher, was du gebraucht hättest. Du hast nichts Falsches getan. Du warst ein Kind, eine tiefere Seele, als sie erwartet hatten. Manche Leute wissen einfach nicht, was sie mit einem solchen Kind anfangen sollen, aber das bedeutet nicht, dass du nicht geliebt wurdest."

„Ich weiß nicht", sagte er langsam. „Vielleicht. Sie waren … weg, bevor ich dazu bereit war. Ich denke immer, wenn ich mehr Zeit gehabt hätte … wenn wir mehr Zeit gehabt hätten, hätten sie mich vielleicht verstehen können. Alles war so verwirrend, verstehen Sie? Als ich klein war, konnte ich den Unterschied zwischen den Lebenden und den Toten nicht erkennen. Einmal dachte meine Mutter, ich hätte irgendwelche Pilze aus dem Garten gegessen, weil ich immer wieder Männer gesehen hatte, die die Straße hinunter ritten."

„Und dein Onkel Mortimer war wie du?" Wolfs Mutter langte nach ihren Tassen und drückte ihm seine in die Hand, bevor sie an ihrem Tee nippte. „Hat er die Geister des Grange gesehen?"

„Ja, sozusagen. Er hat nicht … sie waren für ihn nicht so körperlich. Zumindest hat er es mir so erzählt." Tristan schnaubte mit einem Schluck Kaffee auf der Zunge. „Manchmal denke ich, er hat das nur gesagt, damit ich das Gefühl bekomme, als wäre ich … besser im Geistersehen als er. Um mir Selbstvertrauen zu geben. Ich bin mir nicht sicher. Ich weiß, dass sie sich mit mir unterhalten haben, und dass sie hierhergekommen sind, um ein letztes Mal ein Mensch zu sein, bevor sie weiterziehen."

„Erzähl mir davon. Sagen sie das zu dir?"

„Manchmal. Wenn ihnen nach Reden zumute ist. Die meisten sind einfach …
froh, hier zu sein. Es ist, als wüssten sie, dass sie zu einem wunderschönen Ort
gehen werden, und das hier ist ihre Abschiedsparty." Er nickte und war dankbar
für ihre Hand auf seinem Bein. Meegan beruhigte ihn und verhinderte, dass seine
Gedanken zu alten Erinnerungen wanderten. „Ich kann mich noch daran erinnern,
als ich zum ersten Mal einen Geist durch die Tür habe kommen sehen. Es war ein
älterer Mann, älter als mein Vater. Sehr vornehm und mit einem langen Mantel
bekleidet. Er nahm seinen Hut ab und lächelte mich an. Ich glaube, ich war etwa
zehn? Elf?

Er hat mir gesagt, er wäre hier, um in das Hotel einzuchecken. Um sich ein
letztes Mal ins Leben zu stürzen, bevor er in die nächste Welt weiterzieht." Tristan
lachte leise. „Ich wusste nicht, ob er wirklich ein Geist war. Er war so körperlich.
Ich hatte schon gesehen, wie Onkel Morty das Register ausfüllt, aber das war für
gewöhnlich hinterher … das hat er jedenfalls gesagt. Ich hatte ihm nicht geglaubt,
aber dann stand da dieser Mann in einem superschicken Anzug und Handschuhen,
der mich fragt, ob das beste Zimmer im Haus frei wäre. Er hat mir eine Münze
zugeworfen, aber sie ist verschwunden, bevor sie in meiner Hand gelandet ist. Die
Sachen der Geister verschwinden nicht immer, wissen Sie? Manchmal tauchen
sie hier im Grange wieder auf, als hätten sie sie für uns zurückgelassen. Wenn es
etwas Teures ist, versuche ich, ein Familienmitglied ausfindig zu machen und es
zurückzugeben. Aber manchmal sind die Geister zu … alt. Aus einer Zeit, bei der
ich nur schwer etwas herausfinden kann. Manchmal ist es auch unmöglich."

„Sie stammen also aus verschiedenen Epochen?" Meegan neigte den Kopf
und ihr langes, rotweinfarbenes Haar ergoss sich über ihre Schulter. „Nicht alle
kommen aus unserer Zeit? Manche sind aus anderen Jahrhunderten?"

„Ja, es ist immer unterschiedlich. Manche sind älter. Manche sprechen
nicht mal Englisch. Einmal war hier ein sehr alter Mann, der nur Fell um die
Hüften trug. Er hatte dichtes Haar am Körper und seine Zähne waren bis zum
Zahnfleisch weggeschliffen. Er ging im Grange umher, aber er hat mich nie richtig
wahrgenommen. Nach drei Tagen war er weg, genau wie die anderen."

„Und sie bleiben nur drei Tage?"

„Ja, Fisch und Geister. Beides stinkt nach drei Tagen." Er lachte und
hörte die vom Alter brüchig gewordene Stimme seines Onkels in seinem Kopf.
„Danach sehe ich sie nicht wieder. Ihre Namen oder Markierungen im Register
sind durchgestrichen und ihre Betten sind für gewöhnlich zerwühlt. Dann finden
wir auch ihre Hinterlassenschaften in den Zimmern. Manchmal sind auch die
Handtücher weg. Das ist am Schlimmsten. Lebendig oder tot, das spielt keine
Rolle, manche Gäste stehlen immer die Handtücher in Hotels. Das regt mich auf,
aber ich habe mich daran gewöhnt."

„Und diese Frau … die, von der wir denken, dass sie Matts Urgroßmutter
ist … sie ist schon länger als drei Tage hier? Das macht mir Sorgen. Dieser Bruch
im Muster." Tristan nickte und Meegan lehnte sich zurück und bewegte ihren Fuß,

als ihre Ringe gegen den silbernen Ring an Tristans Zeh stießen. „Sieh mal, wir haben den gleichen Ring. Ah, ich wusste, dass du einen guten Geschmack hast, nicht nur, weil du meinen Sohn liebst."

Das Wort *Liebe* ging Tristan durch den Kopf und ein Teil von ihm wollte schreiend davonrennen und sich hinter dem Spinnennetz verstecken, hinter dem er solche Vorstellungen verstaut hatte. Er schluckte schwer und wollte das … irgendwas … verleugnen, als Wolf hinter ihm mit einem Teller Sandwiches auftauchte.

„Mom, mach ihm keine Angst. Wir sind noch nicht so weit, das Porzellan auszusuchen." Der Mann setzte sich auf den Stuhl neben Tristan und rief Gidget und Matt zu, sie sollten zum Essen kommen. Wolf reichte Tristan einen Pappteller mit einem Rostbeef-Sandwich und flüsterte: „Wir können später … *reden*, okay?"

„Okay", flüsterte Tristan zurück. Er zog ein Stück Fleisch aus seinem Sandwich, hielt es Boris hin und tätschelte den Hund, als er es annahm und dabei mit seinem langen Schwanz auf den Boden klopfte. „Oh, Moment … einige Geister bleiben. Wie Heather, unsere Köchin. Sie kommt jeden Dienstag, um sich hier anheuern zu lassen, außer diese Woche. Ich glaube, Matts Großmutter hat sie abgehalten."

„Ihr Name ist Winifred", warf Matt mit vollem Mund ein. „Winifred Culpepper. Also, das war ihr letzter Nachname. Sie hatte mehrere."

„Was weißt du über sie?", fragte Meegan. „Warum könnte sie hier sein?"

„Sie hat wirklich ihre Ehemänner umgebracht", antwortete Matt und spitzte bei dem Gedanken die Lippen. „Vielleicht auch noch ein paar andere Leute, über die sie sich geärgert hat. Das wissen wir nicht mit Sicherheit."

„Sie ist hier, weil Gidget ihren Ring in den Teich im Garten geworfen hat." Tristan versuchte, das Paar nicht anzufunkeln, aber er konnte nicht anders. Er sah ihre verschämten Gesichter und atmete langsam aus. „Der Teich ist der Ort, an dem ich manche der Geister … ich weiß nicht … habe gehen sehen? Sie verwandeln sich … äh … ich habe bei einigen gesehen, dass sie heller wurden, als würde Licht sie ausfüllen. Und dann verschwanden sie, während sie das Wasser überquerten. Das passiert auch an anderen Orten auf dem Anwesen, aber am Lilienteich habe ich es am meisten beobachtet."

„Und der Ring, den ihr ins Wasser geworfen habt, war einer ihrer Eheringe?" Meegan seufzte schwer, als das Paar nickte. „Ah, ihr habt euch gestritten und dann habt ihr ein Symbol ihrer mörderischen Liebe weggeworfen. So etwas würde auf jeden Fall einen bösen Geist heraufbeschwören."

„Ich habe ihm auch irgendwie Flüche entgegengebrüllt", gab Gidget zögernd zu.

„Nicht entgegengebrüllt … du hast mich verflucht, ganz einfach", gab Matt zurück. „Du hast zum Beispiel gesagt, dass du hoffst, dass mein Schwanz abfault, damit ich sehen kann, wie weh ich dir getan habe."

„Für einen Fluch ist das ziemlich schwach", warf Wolf ein. „Aber hey, er scheint stark genug gewesen zu sein, um Winifred, die Serienkillerin, herbeizurufen."

Tristan aß, während Matt sich in die Geschichte seiner Urgroßmutter vertiefte, inklusive der Annahme, dass sie noch mehr Leute ermordet hatte als die, die ihr nachgewiesen worden waren. Er saß zwischen Meegan und Wolf und hörte mit halbem Ohr der Geschichte zu, die er mittlerweile schon kannte, denn Wolfs Finger, die kleine Kreise auf der Innenseite seines Handgelenks malten, lenkten ihn ab.

Er berührte Wolf, fuhr die Ränder seiner Fingernägel nach und untersuchte die Linien seiner Handfläche. Der Mann muss sich irgendwann in seinem Leben eine Verletzung zugezogen haben, die eine Y-förmige Narbe an seinem Daumen hinterlassen hatte. Tristan rieb über die Stelle und fragte sich, was wohl passiert war.

„Bach hat mich mit einem Messer gestochen", flüsterte Wolf in Tristans Ohr und leckte dann an seinem Ohrläppchen. „Mein jüngerer Bruder ist ziemlich brutal."

„Du hattest es wahrscheinlich verdient", flüsterte er zurück und rieb die Seite von Boris mit dem Fuß.

„Es war eine Krabbengabel und es war ein Unfall." Meegan sah ihren Sohn böse an. „Jetzt hör auf, Lügen über deinen Bruder zu erzählen, und lasst uns darüber reden, was wir tun können. Tristan, war dein Onkel Mortimer der Einzige in deiner Familie, der die Geister des Grange sehen konnte, oder gab es vor ihm schon einmal jemanden?"

„Ich glaube, er war der Erste." Tristan zuckte mit den Schultern. „Ich weiß es nicht. Die Pryces haben hier gelebt, bevor Onkel Mortimer das Haus geerbt hat, aber danach sind alle in die Stadt gezogen. Den meisten in der Familie war es hier zu abgelegen."

„Etwas zieht sie hierher." Meegan tippte gedankenverloren an ihr Kinn. „Ich wünschte, ich wüsste mehr über deinen Onkel. Er könnte derjenige gewesen sein, der das Anwesen erst den Geistern zugänglich gemacht hat."

„Vielleicht gibt es etwas in seiner Bibliothek." Er rutschte auf seinem Platz herum. „Ich weiß nicht. Er hat nie darüber gesprochen ... dass er die Geister beherbergt. Er hat es einfach getan und dann ... habe *ich* es getan."

„Also könnte etwas in deinen Räumen uns weiterhelfen?" Wolf neigte den Kopf.

„Äh, nein, nicht in meinen Räumen. Seinen. Die Tür rechts am Treppenabsatz im dritten Stock vor dem Aufzug führt in seine Suite. Dort ist Onkel Mortimers Bibliothek." Tristan biss sich auf die Lippe und rief sich den Tag in Erinnerung, an dem er die Türen seines Onkels zuletzt hinter sich geschlossen hatte. „Aber ich war nicht mehr dort, seit ich ihn gefunden habe. Nicht seit dem Tag seines Todes."

TRISTANS HAND zitterte, als er die Finger um den Türknauf aus Kristall zu den Räumen seines Onkels legte. Er rüttelte ein wenig, genau wie immer, und ein feiner, wohlbekannter, metallischer Geruch strömte ihm entgegen, als er die facettenreiche Kugel drehte und die Tür öffnete.

Er entließ den zittrigen, eisigen Atemzug, den er in seinen Lungen zurückgehalten hatte.

Der Raum war genau so, wie er ihn verlassen hatte. Still in einer Zeit gefangen, an die er sich lieber nie mehr erinnern wollte. Und dennoch, als Tristan auf der Türschwelle stand, konnte er nicht anders, als zu lächeln und an den Mann zu denken, der ihn aufgezogen hatte, und die Nächte, die sie damit verbracht hatten, zu beobachten, wie der Mond über den Hügeln aufging, Kaffee trinkend und über Unsinn redend, den nur sie verstanden hatten.

Wie alle Familiensuiten war der Raum ein langgezogenes Rechteck, dessen Außenwand voller Bogenfenster war, die mit schweren Gardinen verschlossen waren. Wolf öffnete eine der Gardinen und ließ die letzten Reste des Sonnenlichts in den Raum. Das schwindende Licht fing sich in den umherfliegenden Staubkörnchen, glitzernde Ströme, die durch unbeabsichtigte Vernachlässigung entstanden waren.

„Als du gesagt hast, dass du nicht mehr hier drin gewesen bist, seit es passiert ist, da hatte ich gedacht, es wäre eher wie bei der Addams Family. Du weißt schon, Spinnenweben und so weiter", murmelte Gidget und drängte sich an ihm vorbei in den Raum.

„Nein, hast du schon vergessen? Ich habe Personal, das hier hin und wieder Staub wischt." Er fühlte sich, als wäre er aus einer Trance erwacht oder als bewegte er sich durch einen Raum, der ihm einst sehr vertraut gewesen war, aber jetzt nicht mehr. „Mara kommt manchmal her und verbringt hier etwas Zeit. Sie waren eine lange Zeit zusammen. Ich glaube, sie vermisst ihn auch."

„Mara?" Meegan sah von dem riesigen Wälzer auf, in dem sie geschmökert hatte, und den sein Onkel in der Woche, in der er gestorben war, gelesen hatte. Er hatte fast die Größe eines Kleinkindes und seine dicken Seiten waren vergilbt, aber ihre vergoldeten Ränder leuchteten immer noch metallisch.

„Die Haushälterin", antwortete Wolf von seinem Platz neben den Fenstern aus. „Wirklich eine nette Frau. Lieb."

„Sie lebt im Kutschenhaus." Ein paar Schritte mehr hinein und Tristan fiel auf, wie still der Raum war, leer ohne den Mann, der ihn mit seiner stillen Präsenz gefüllt hatte. „Matts Großmutter … Winifred … macht ihr Angst. Sie hat gesagt, sie würde bleiben, aber ich glaube, der Angriff auf mich hat ihre Meinung geändert. Sie wird bei ihrer Schwester bleiben, bis diese Sache aus der Welt geschafft ist."

„Verdammt, ich werde ihre Scones vermissen", brummte Matt.

„Ich mache diese Scones", sagte Tristan abwesend und fuhr mit dem Finger über den mit Nägeln beschlagenen Ledersessel, in dem sein Onkel oft eingeschlafen war. „Mara kocht nicht. Und das ist auch besser so."

„Ah, also haben sie und meine Mutter viel gemeinsam", brummte Wolf und trat an Tristans Seite. Er duckte sich vor Meegans scherzhaftem Schlag und berührte Tristans Gesicht zart mit den Fingern. „Du musst nicht hier bleiben, Pryce. Nicht, wenn es dir zu viel ist."

„Nein, der Grange gehört mir. Ich muss dabei sein. Wäre ich nicht ein Feigling, wenn ich mein Heim nicht verteidigen würde?" Er lächelte und sah Wolfs freches Grinsen. „Und wenn deine Mom recht hat und mein Onkel dieses … Portal … für die Geister geschaffen hat, wenn das wahr ist, dann sollte ich davon wissen. Ich habe mich bisher nur auf gut Glück und in blindem Vertrauen um alles gekümmert. Ich hatte Glück, dass etwas wie Winifred, die Irre, nicht schon vorher passiert ist."

„Naja, nicht jeder trägt den Ring einer Serienkillerin mit sich herum und wirft ihn dann in eine Passage für Geister, um diese Welt zu verlassen." Wolf küsste leicht seinen Hals und Tristan lächelte, als er fühlte, wie die Zungenspitze seines Geliebten seine Haut berührte. „Das ist also der Ort wo dein Onkel –"

„Gestorben ist", murmelte Tristan. „Hier habe ich ihn gefunden."

„Ich wollte sagen *gelebt hat*." Seine Arme schlangen sich um Tristans Hüfte, ein Band aus warmer Unterstützung. „Es ist schön hier. Es sieht tatsächlich aus wie bei dir. Ein wenig. Ohne die grinsenden, fröhlichen Monster, aber trotzdem ein Teil von dir."

Er hatte so viele Monate, Jahre eigentlich, damit verbracht, hier in diesem Raum voller Wälzer mit seinem Onkel zu sitzen. Tristan konnte jeden der alten Schmetterlinge benennen, die in den Schaukästen über dem riesigen Kamin festgepinnt und gefangen waren. Er wusste genau, welche Marmorstücke er in den Mörtel zwischen die Steine aus dem Fluss gedrückt hatte, als sein Onkel ihn neu gestaltet hatte. Seine Füße hatten einen Trampelpfad in die lilafarbenen Tulpen auf dem Teppich gelaufen, auf dem die Stühle standen, die nicht zusammenpassten, und waren über den Flor geschlurft, während Mortimer seine Hausaufgaben kontrolliert hatte, bevor sein Hauslehrer sie am nächsten Morgen sehen würde. Die Wände des Raumes hatten miterlebt, wie er zum ersten Mal Whiskey probiert hatte, ein rauchiges Zeug, das ihn zum Husten gebracht und nur seine Nasenhaare verbrannt hatte, statt seinen Bauch zu wärmen.

Es war auch der Raum, in dem er dem Mann mit den hängenden Schultern, der ihm einen Platz zum Leben gegeben hatte, stockend gestanden hatte, dass er sich zu Männern hingezogen fühlte, nur um zu hören, es sei längst überfällig, dass er das endlich erkannte.

„Ja, hier hat er gelebt." Tristan lehnte sich in die Umarmung seines Geliebten und schloss die Augen. Er nahm den Geruch des Mannes auf und den süßen Beigeschmack der alten Bücher um sie herum.

„Er ist gestorben, als er getan hat, was er am meisten liebte", wisperte Meegan fröhlich. „Wie dein Dad, Wolfgang."

„Mom, mein Vater wurde von einem Eisbären gefressen." Wolfs entnervtes Ausatmen verwuschelte Tristans Haar und er öffnete die Augen, um den Mann neugierig anzusehen. Wolf küsste Tristans Nasenspitze und seufzte schwer. „Ich war acht. Ich habe ihn in meinem ganzen Leben vielleicht drei Mal gesehen."

„Tristan, hör nicht auf ihn. Ocean war ein Visionär. Er ist zum Polarkreis gereist, um gegen das Vordringen des Menschen in den natürlichen Lebensraum der Eisbären zu demonstrieren." Meegan straffte die Schultern und warf ihr Haar mit einem selbstzufriedenen Gesichtsausdruck zurück. „Abgesehen davon ist er auf einer Eisscholle erfroren. Er hat dieses Opfer gebracht, um auf ihre Notlage aufmerksam zu machen. Sehr romantisch."

„Er hat sich verlaufen, als er pinkeln musste, und konnte das Camp nicht wiederfinden. Das ist nicht romantisch. Das ist bescheuert." Wolf seufzte. „Entweder wurde er vom Eis oder von einem Eisbären geholt. Ich würde mir keins von beiden aussuchen. Ich will es wie Onkel Morty machen, im Sessel sitzend und mit einem Glas guten Whiskeys in der Hand. Natürlich würde ein heißer Blonder namens Tristan auf meinem Schoß auch nicht schaden."

Wolf drückte Tristan noch einmal, bevor er ihn losließ. Gidget und Matt lachten und gingen wieder zurück zu den Bücherregalen, um die antiken Stücke zwischen den Ausgaben über Mythologie und Märchen zu untersuchen.

„Was hoffen Sie hier zu finden, Mrs. …?" Tristan sprach nicht weiter, weil Meegan ihm einen warnenden Blick zuwarf.

„Entweder Meegan oder Mom", sagte sie und ging zu dem großen Tisch, der fast komplett mit Büchern bedeckt war. „Ich habe ein gutes Gefühl, was diesen Raum angeht. Was dich angeht."

„Also Meegan", sagte Tristan leise. „Was sollen wir tun?"

„Zuerst müssen wir uns um diesen Teich kümmern. Wolf und Matt, ihr beide zieht euch an und schaut nach, ob ihr ein paar Rechen oder etwas Ähnliches finden könnt. Wie tief ist das Wasser, Tristan?" Meegan legte die Stirn in Falten, als sie das Häuschen am anderen Ende des Gartens erblickte. „Können wir hineingehen, ohne zu ertrinken? Wolf wird mich für den Rest meines Lebens heimsuchen, wenn er an einem Seerosenblatt erstickt."

„Etwa ein Meter zwanzig in der Mitte?", riet Tristan. „Vielleicht auch mehr, da es so viel geregnet hat. Wir können das Wasser ablassen. Es ist ein künstlicher Teich. Das könnte etwas dauern, aber es würde helfen. Der Ablass ist genau neben dem Pfad. Ihr könnt ihn nicht übersehen."

„Wasser abzulassen würde tatsächlich helfen", stimmte Wolf zu. „Besonders, da ich in das eiskalte Wasser waten muss, um das Ding zu finden."

„Fangen wir damit an, Wolfgang." Meegan rieb ihre Hände, dabei klimperten ihre Ringe, als sie einander berührten. „Tristan, Gidget und ich werden uns mit Onkel Mortimers Büchern beschäftigen. Ich habe das Gefühl, das wir in diesem Raum etwas über die Geheimnisse von Hoxne Grange erfahren werden, und vielleicht auch etwas, um diese Schlampe von Winifred loszuwerden."

# 14

„DAS VERDAMMTE Ding hat mir fast die Eier abgebissen!"

Wolf konnte hören, wie Matt sich immer weiter bei Gidget in der Bibliothek über die Schildkröte aufregte und grinste. Er schüttelte den Kopf in Richtung seiner Mutter, die auf einer Couch im Hauptraum saß.

„Sie hat an seinem Knöchel geknabbert. Und ich hatte ihm geraten, die Schuhe *nicht* auszuziehen", rief Wolf zur geöffneten Tür der Bibliothek. Er verzog das Gesicht und sah seine Mutter an. „Wir haben angefangen, das Wasser abzulassen, aber der Regen füllt den Teich wahrscheinlich schneller wieder auf, als das Wasser abläuft. Es wird eine Weile dauern."

„Jedes bisschen ist hilfreich." Meegan deutete auf die Stapel mit Büchern und Papieren, die sich auf dem Couchtisch vor ihr auftürmten. „Du kannst mir helfen, das hier durchzulesen. Mein Griechisch ist nicht so gut wie deines."

„Ich bin gleich da." Er nahm Jacks Ball aus seiner Tasche, ließ ihn ein paar Mal auf den Boden fallen, damit er wieder hochhüpfte, und warf ihn dann in den Flur. Tristans Augen folgten dem roten Ball eine Weile, dann schaute er Wolf mit hochgezogenen Brauen fragend an. „Ich will Salz an der Tür verteilen, damit Winifred nicht hereinkommen kann. Ich wollte nur sichergehen, dass Jack vorher hier drinnen ist."

„Ah, gute Idee. Danke." Der blonde Mann stand von der Couch auf und streckte sich, dabei knackte sein Rückgrat laut. „Ich werde eine Tiefkühl-Lasagne in den Ofen schieben, und dann können wir uns mit Onkel Mortys Büchern beschäftigen."

„Habt ihr etwas gefunden?" Er schnappte Tristan, bevor der Mann sich an ihm vorbeischleichen konnte, und zog ihn in eine Umarmung. Tristan senkte den Kopf. Es schien ihm unangenehm zu sein, vor Wolfs Mutter Zärtlichkeiten auszutauschen, aber Wolf ließ nicht zu, dass er sich zurückzog. Es war zu wichtig, ihn festzuhalten, nachdem er in den Strudel namens Meegan Ocean-Kincaid geraten war. „Du gehst nirgendwo hin, bis ich einen Kuss bekommen habe. Ich habe mich für dich mit einer wütenden Sumpfschildkröte angelegt. Sie hätte sich über mich hermachen können."

„Du magst es doch, wenn sich jemand über dich hermacht", flüsterte Tristan, aber er gab ihm einen leichten Kuss auf die Lippen. „Bitte sehr."

„*Das* war viel zu wenig. Sie hatte Kiefer, die Stahl durchbeißen können, messerscharfe Klauen, die bis auf den Knochen durchgedrungen wären." Wolf grinste. „Wir sind nur knapp mit unserem Leben davongekommen und ich bekomme

135

nur einen kleinen Schmatz? Was bin ich? Deine Tante, die nach Holunderbeeren riecht?"

Es war kein Zungenkuss. Der Mann brauchte jetzt keine große Romanze, aber es kam dem nahe. Er schlang einen Arm um Tristans Hüfte und zog ihn zu sich, schnell genug, um den Mann von den Füßen zu ziehen und bog seinen Kopf nach hinten. Tristan keuchte erschrocken und als sein Mund sich öffnete und ein wenig Luft entkam, nahm er genau die Form an, die er gehabt hatte, als sie zusammen im Bett gewesen waren. Sein Schwanz schmerzte bei der Erinnerung daran, was dieser Mund mit seinem Körper anstellen konnte, aber im Moment musste er sich mit einem simplen Kuss zufriedengeben.

Tristans Mund wurde zu einer seidenen Falle, in der seine Zunge sich gern gefangennehmen ließ. Hinter dem Rand seiner Lippen erwartete ihn eine Weichheit, die Wolf mit einem Zungenschlag erkundete. Er strich über das Kinn des anderen und stieß dann hinein. Tief aus der Brust des blonden Mannes entkam ein Stöhnen. Eine leichte Berührung währenddessen reichte aus, dass sich seine Brustwarze verhärtete, und Wolf fuhr fort, sie zu bearbeiten. Er zog daran, bis sie unter Tristans Baumwollshirt steinhart war.

Er zog sich erst zurück, als er bemerkte, wie Tristan um Atem kämpfte, ohne ihren Kuss zu unterbrechen. Gerade weit genug, um seinem Geliebten die Gelegenheit zu geben, Luft zu holen, und er flüsterte: „*Das* war viel besser."

„Deine Mutter ist hier", flüsterte Tristan zurück.

„Sie hat drei Kinder", wisperte er an Tristans Hals, begierig darauf zu spüren, wie der Adamsapfel des Mannes sich unter seinen Lippen bewegte. Tristan schluckte erneut und Wolf stellte ihn wieder aufrecht auf seine Füße. „Ich bin mir ziemlich sicher, dass sie weiß, was Küssen ist, und ich bin mir sehr sicher, sie weiß, dass ich dich nicht schwängern werde, auch wenn ich es wirklich gerne versuchen würde. Brauchst du Hilfe mit der Lasagne?"

„Nein, ich werde …" Tristan schüttelte den Kopf und trat aus Wolfs Armen. „Du, Kincaid, bist sehr schlecht für meinen Blutdruck. Setz dich zu deiner Mutter und hilf ihr. Ich muss erst wieder lernen zu atmen."

„Gerne wieder, Babe." Wolf zwinkerte ihm lüstern zu. Ihm gefiel es, dass er diese leichte Pink auf Tristans Haut zaubern konnte.

Er erblickte den roten Ball auf dem Boden des Wohnzimmers und lachte. Er warf ihn erneut und wartete, dass er irgendwo im Flur gegen die Wand prallte. Wolf griff sich die geöffnete Packung Steinsalz, die er bei der Tür abgestellt hatte, und zog damit eine dicke Linie in der Nähe der Türschwelle, um ungebetene Geister aus dem Appartement auszusperren. Er klopfte seine Hände ab, ließ sich neben seiner Mutter auf die Couch fallen und grinste sie dümmlich an.

„Es gefällt mir, was er mit dir anstellt. Du bist albern." Meegan tätschelte das Bein ihres Sohnes. „Das steht dir."

„Ich dachte, ich wäre romantisch." Er schniefte und nahm eines der verstaubten Bücher in die Hand, die sie aus Mortimers Bibliothek mitgebracht hatten. Er verdrehte die Augen angesichts des lateinischen Textes auf den Seiten, dann seufzte er und begann zu lesen.

„Es ist nicht romantisch, jemanden von den Füßen zu küssen, bevor er eine Tiefkühlmahlzeit in den Ofen schieben will", neckte sie ihn lachend. „Sondern ihn zu einem italienischen Essen einzuladen und eine Spaghetti mit ihm zu teilen."

„Und ihm ein Fleischbällchen mit der Nase zuzurollen?"

„Nur, wenn du ihn wirklich liebst", gab Meegan trocken zurück und tippte mit der Fingerspitze gegen seine Nase. „Und dann sollte ein Ring für ihn darauf sein."

„Er würde wahrscheinlich daran ersticken. Oder ich." Wolf überflog die Seite und versuchte, den Anfang des Absatzes zu finden. „Wir sind noch nicht soweit, über Ringe zu sprechen, Mom. Ich bin schon froh, dass ich ihn zum Lächeln bringen kann. Wir hatten einen schwierigen Start."

„Das ist deine Art, Wolfgang." Sie verzog in gespieltem Widerwillen die Lippen. „Du bist erst zufrieden, wenn du jemanden zur Weißglut getrieben hast. Ich bin überrascht, dass Tristan sich überhaupt mit dir abgibt."

„Glaub mir, er kann genauso gut austeilen wie einstecken", brummte er und lehnte sich dann zu seiner Mutter. „Und er beißt."

„Gut", flüsterte sie zurück und stupste ihn mit den Ellenbogen an. „Vielleicht wirst du dann lernen, hin und wieder etwas netter zu sein. Du weißt schon, Honig und Essig und so weiter."

„Ja, ich weiß." Er blätterte eine Seite weiter, als er fühlte, wie etwas gegen seinen nackten Fuß prallte. Er sah nach unten und erblickte den roten Gummiball, der langsam an seine Ferse rollte.

„Du musst mehr an dich selbst glauben, Wolf", fuhr seine Mutter fort. „Und an Tristan. Ich habe ein gutes Gefühl, was euch beide angeht. Wirklich."

„Mom, ich spiele Bällchen holen mit einem Hund, den ich nicht sehen kann." Er nahm den Ball auf und warf ihn ans Ende des Flurs, sodass er um die Ecke sprang. „Wie viel mehr soll ich noch glauben?"

Der Abend schritt nur langsam voran. Auf der anderen Seite der Türen des Appartements erschütterte Heulen und Klappern den Grange und die Nacht wurde von einem markerschütternden Schrei durchbrochen, der in den stürmischen Winden verklang, als diese wieder einsetzten. Gegen zehn Uhr trommelte der Regen gegen die Außenwände des Anwesens und rüttelte an den Fenstern, als sei er wütend darüber, dass er nicht hereingelassen wurde. In regelmäßigen Abständen zuckten Blitze und tauchten den Raum in blendendes Licht.

Sie saßen zu dritt auf der Couch. Wolf ließ seinen nackten Fuß zu Tristan wandern und blinzelte dem Mann zu, wenn ihre Blicke sich trafen. Neben ihm kritzelte seine Mutter auf einen Notizblock, reichte Tristan Zettel und Notizen über Wolfs Schoß hinweg, damit er etwas bestätigen konnte, was sie in den Schriften von Mortimer Pryce gefunden hatte. Gegenüber von ihnen war der Zweisitzer mit Büchern überhäuft, die von Gidget auf der Suche nach etwas Interessantem durchgesehen wurden, das sie an Meegan weiterreichen konnte. Neben ihr auf dem

Fußboden fummelte Matt an einem der Sensoren von Hellsinger herum, um ihn so einzustellen, dass er seine Urgroßmutter wahrnahm.

„Ah, seht ihr! Ich hatte recht. Dein Onkel hat die sechs Punkte für den Grange festgelegt." Meegan drehte das Buch herum, damit Tristan es sehen konnte. Wolf starrte auf das Diagramm, das seine Mutter meinte, und erkannte griechische und gälische Zeichen, bevor sie es wieder an sich nahm. „Die drei Punkte für den Eingang zeigen zur Eingangstür und drei Ausgänge für die Geister in ihr nächstes Leben. Der Größte davon liegt genau in der Mitte des Teichs."

„Sechs Punkte?" Wolf zog die Nase kraus. „Ein sechszackiger Stern. Die alte Schule. Verdammt. Okay, das ist wenigstens ein Anfang."

„Was soll das heißen? Eingänge und Ausgänge?" Tristan strich sich das Haar aus dem Gesicht und Wolf konnte sich gerade noch zurückhalten, bevor er ihm das Stirnrunzeln aus dem Gesicht küsste.

„Das bedeutet, dass er übernatürliche Linien auf dem Grundstück gezogen und sechs Nexuspunkte gefunden hat, um seinen Zauber zu verankern", erklärte Wolf. „Zauber ist in diesem Fall eher eine lockere Umschreibung. Es ist nicht so, dass er Wassermolche in einen Kessel geworfen hat oder sowas. Es ist eher ein Psychoding."

„Ist das ein Fachausdruck? Psychoding?" Die Art, wie der blonde Mann dies aussprach, brachte Wolf zum Schnauben.

„Die derbe Ausdrucksweise meines Sohnes ist eine Schande für die Familie. Ich würde es eher eine geheime Prozedur nennen." Meegan schlug auf das Knie ihres Sohnes. Er rieb sich die Stelle übertrieben gequält und riss in gespielter Kränkung die Augen auf, bis sie ihn anbrummte und seine Wange küsste. „Bitte schön. Das muss reichen. Ich werde mich nicht zu dir beugen. Dann würde mir etwas aus dem Shirt fallen und so wunderbar meine Brüste auch sind, ist das hier nicht der richtige Anlass."

„Ich würde mich freuen." Gidget schaute auf ihre eigene Brust hinunter. „Bei mir fällt nicht mal dann etwas heraus, wenn ich keinen BH trage."

„Okay, genug von der weiblichen Ausstattung." Wolf hielt seine Hände in einer Demutsgeste in Richtung seiner Mutter und Gidget hoch. „Konzentrieren wir uns auf den verrückten Geist und was wir tun müssen, um ihn loszuwerden."

„Also hat Onkel Morty den Grange quasi erst zu einem Ort *gemacht*, an dem die Geister ... weiterziehen?" Tristan lenkte das Gespräch wieder zurück. „Wie macht man das? Und warum?"

„Das war eigentlich sehr schön von ihm", versicherte Meegan Tristan. „Er muss besorgt gewesen sein, dass jemand keinen Weg ins nächste Leben findet. Er hat eine Menge recherchiert und voilà, der Grange wurde zu einer Schwelle, sozusagen. Etwa wie Stonehenge oder Kawaiha'o. Für einen Laien war er überraschend sorgfältig. Ich meine, dieser Ort funktioniert. Das ist ziemlich erstaunlich."

„Toll." Tristan streckte die Unterlippe vor und Wolf rieb seinen Oberschenkel, weil er hoffte, so den Groll des blonden Mannes etwas zu lindern. „Warum hat er mir davon nichts erzählt? Es ist ja nicht so, als hätte er keine Gelegenheit gehabt. Wir waren *immer* hier."

„Er hat wahrscheinlich nicht damit gerechnet, dass jemand seinen Zauber bricht. So wie ich es sehe, ist alles darauf ausgerichtet, Geister anzuziehen, die es leid sind zu spuken und einen Ausweg suchen." Sie griff nach Tristans Hand und lehnte sich über Wolfs Beine, um ihn zu berühren. „Das ist wirklich nicht sehr kompliziert. Das Anwesen scheint perfekt dafür zu sein. Abgelegen und von Wäldern umgeben, da gibt es nicht viele Störungen von außen, Handymasten oder Stromleitungen. Es sieht so aus, als wollte er einen Weg finden, Geistern, die hier festsitzen, Frieden zu schenken. Das ist ein außergewöhnliches Vermächtnis."

„Also, wie reparieren wir es? Dieses unglaubliche Vermächtnis, das ich irgendwie zerstört habe." Tristan verschränkte seine Meegan-warmen Finger mit Wolfs Fingern, als die Frau ihn losließ. „Den Teich trockenzulegen dauert Stunden, vielleicht sogar Tage. Was machen wir bis dahin mit ihr?"

„Ich weiß noch nicht, Schätzchen", murmelte Meegan. „Ich wünschte, wir könnten sie einfach wegschicken, aber ganz ehrlich, ich glaube, sie ist hier gefangen und kann nicht hinaus. Es ist wahrscheinlich sicherer, dass sie hier ist. Sie könnte schon seit Jahren die Menschen terrorisieren."

„Scheiße, sie ist bestimmt von *irgendwo anders* gekommen." Matt pfiff leise. „Die Leute dort veranstalten jetzt wahrscheinlich einen Freudentanz."

„Den würde ich auch gerne tanzen." Gidget blickte von den Papieren auf, die sie um sich herum ausgebreitet hatte, und schielte nervös zur Tür. „Glaubt ihr, sie ist für heute Nacht fertig?"

„Auf jeden Fall wird das Salz sie abhalten und die meisten Geister mögen keine Gewitter, also glaube ich, dass wir in Sicherheit sind", stellte Meegan gähnend fest. „Sie sind nicht fähig, ihre Form zu halten. Es liegt eine Menge elektromagnetische Interferenz in der Luft. Wahrscheinlich kann Wolf auch deshalb Tristans Hund nicht sehen, Jack."

„Keiner von uns kann Jack sehen", spöttelte Matt. „Wolf wirft immer wieder diesen Ball weg und er kommt immer wieder zurück."

„Ich kann Jack sehr gut sehen." Tristan zuckte mit den Schultern. „Also, jetzt nicht, aber für gewöhnlich. Ich hatte Wolf gewarnt, den Ball nicht aufzuheben. Er wird ihn immer wieder zurückbringen, wenn ihm langweilig ist."

„Das hast du getan und ich habe nicht auf dich gehört." Wolf warf den roten Ball erneut. Dieses Mal hüpfte er in Richtung der Küche. Er gähnte, dabei nahm er eine Bewegung von seiner Mutter wahr und funkelte sie an. „Du hast mich gerade verhext."

„Wenn ich das könnte, würdest du für mich arbeiten, nicht gegen mich", stellte sie fest und machte ein paar Notizen.

„Ich bin nur ein Beobachter, Mom. Die Leute bezahlen mich, die Wahrheit herauszufinden. Das ist alles." Er seufzte und stupste Tristan mit dem Ellenbogen an. „Sag ihr, dass ich sofort zugegeben habe, dass es hier Geister gibt, sobald ich einen Beweis hatte."

„Wirklich?" Tristan neigte den Kopf. „Ich kann mich nicht erinnern, dass du wortwörtlich gesagt hast, 'Tristan, ich glaube dir, dass es hier Geister gibt.'"

„Glaub mir, ich habe es gesagt. Wahrscheinlich, während ich auf Matts verrückte Oma geflucht habe", brummte er düster. „Mom, warum versuchen wir nicht herauszufinden, was wir tun können? Ich habe bisher sieben Rezepte für Butterscotch Brownies gefunden, zusammen mit einem Sprechgesang, wie man lilafarbene Kröten abwehrt."

„Sind das gute Rezepte?" Meegan lugte über seine Schulter und lehnte sich dabei auf ihren Sohn. „Denn man kann nie genug gute Rezepte für Butterscotch Brownies haben."

„Onkel Mort hat sehr gute gemacht. Ich gebe dir das Rezept, bevor du nach Hause fährst", antwortete, während er seine Sitzposition änderte.

„Mom, vergiss die Brownies. Du würdest damit nur jemanden umbringen. Was machen wir hier? Jetzt gerade?", zischte Wolf mit zusammengebissenen Zähnen und brachte sie wieder zum Thema zurück. Als er zum letzten Mal etwas mitgenommen hatte, das seine Mutter gebacken hatte, hatten sie das Obsttörtchen als Türstopper benutzt. Wenn er eine Möglichkeit wüsste, die verdorbenen Backwaren seiner Mutter gegen Winifred zu verwenden, wäre er der Erste, der ihr eine Schürze umbinden und selbst einen Asbestanzug anlegen würde, der eigenen Sicherheit wegen. „Konzentrieren wir uns auf das, was vor uns liegt, okay?"

„Also, ich habe eine Art Plan", sagte Meegan und klappte das schwere Buch zu, in dem sie gelesen hatte. „Ich glaube tatsächlich, wir sollten eine Séance abhalten. Es wäre der leichteste Weg, mit Tristans Onkel in Kontakt zu treten. Ich habe seine Notizen gefunden, wie er die Portale ins Leben nach dem Tod geschaffen hat, aber nichts darüber, wie er sie vor bösen Geistern geschützt hat. Ich glaube, Gidget und Matt haben diesen Schutz durchbrochen, als der Ring im Teich gelandet ist."

„Scheiße, das haben wir wohl. Weil der Teich einer der Anker des Zaubers ist, richtig?", warf Matt ein. „Ich schwöre bei Gott, das wussten wir nicht."

„Ich habe zum letzten Mal etwas von deiner Familie getragen, verdammt." Gidget rieb über ihr Gesicht und verschmierte dabei ihren Eyeliner. „Von jetzt an kaufe ich nur noch neue Sachen. Ich schwöre hiermit Flohmärkten und Secondhand-Läden ab."

„Wird eine Séance ihm wehtun? Ich meine, Onkel Morty. Ich will ihn nicht herbeirufen, wenn es schmerzhaft für ihn ist", sagte Tristan über einen Donnerschlag hinweg. „Und ich will ihn ganz sicher nicht in der Nähe von Winifred haben. Es ist schlimm genug, dass wir uns mit ihr herumschlagen müssen. Ich will nicht, dass sie ihn berührt. Nicht jetzt."

„Ich werde ihn nicht herbeirufen." Meegan presste ihre Hand auf das Buch und spreizte ihre Finger auf dem ledernen Umschlag. „Das übersteigt meine

Fähigkeiten. Ich werde den Schleier durchstoßen, der die sterbliche Welt von der unsterblichen trennt. Dadurch kann ich mit ihm reden. Für ihn besteht keine Gefahr. Vielleicht kann er uns sagen, wie er die Schutzzauber errichtet hat, damit ich sie erneuern kann. Es ist vielleicht sogar noch einfacher, wenn ich es dir beibringe, da du mit ihm verwandt bist. Falls so etwas noch einmal passiert."

„Okay." Tristan nickte und Wolf fühlte, wie die Finger des Mannes in seiner Hand kalt wurden. „So lange er … sicher ist."

„Keine Sorge." Wolf legte den Arm um Tristans Schultern und hielt ihn fest. „Mom weiß, was sie tut. Glaube ich. Nicht, dass ich es je dokumentiert –"

„Lass nur dieses eine Mal die Wissenschaft außen vor, Wolfgang", unterbrach Meegan. „Versuch einfach, deiner Mutter zu vertrauen, okay?"

„Ich vertraue dir", räumte er ein. Diesen Streit führten sie schon lange. Er hatte sich dem Vertrauen seiner Familie in das Okkulte und Übernatürliche widersetzt, weil er handfeste Beweise wollte, statt Ahnungen und Intuitionen. Und sie sahen ihn wegen seiner Skepsis mit Amüsement und Sorge an. „So lange du nicht in die Küche gehst oder dich an Klempnerarbeiten versuchst. Davon abgesehen ist alles in Ordnung."

„Klempnerarbeiten? Wirklich?" Tristan beäugte die Frau, die neben Wolf saß.

„Sie hat einmal eine Toilette in die Luft gejagt. In einem Nationalpark. Wir mussten mitten in der Nacht unsere Zelte abschlagen, bevor man uns wegen Zerstörung von Bundeseigentum verhaften konnte", flüsterte er ins Ohr seines Geliebten. „Und sie ist wirklich eine grauenhafte Köchin. Das ist *keine* Lüge. Bach ist nur Koch geworden, damit wir eine Chance hatten, unsere Kindheit zu überleben. Nimm nichts, was sie gekocht hat, in den Mund. Du wirst es bis zum Tag deines Todes bereuen."

„Du hast meine Fähigkeiten in der Küche aus mir herausgesaugt, als du noch in meiner Gebärmutter warst", schoss Meegan zurück. „Bevor ich dich bekommen habe, konnte ich ganze Vier-Gänge-Menüs zubereiten."

„Mom, ich kann kaum ein Steak braten, ohne meine Haare in Brand zu setzen, also war das nicht meine Schuld", antwortete er. „Ich habe lesen gelernt, damit ich die fertigen Makkaroni mit Käse aus der blauen Verpackung zubereiten konnte, bis Bach groß genug war, den Herd zu erreichen. Gott sei Dank für Fertignudeln und Erdnussbutter."

„Bah, deine Tanten haben beim Kochen geholfen. Ich hatte besseres zu tun." Sie gähnte erneut und entblößte dabei ihr silbernes Zungenpiercing. „Okay, ich schlafe auf der Couch. Keine Diskussionen. Die Kinder bekommen die Bibliothek und ihr beide geht in Tristans Zimmer. Boris und ich machen es uns hier gemütlich."

„Bist du sicher?" Tristan beugte sich vor, dabei rutschte sein T-Shirt nach oben und entblößte Grübchen auf seinem Rücken. Wolf fuhr mit den Fingern diese Linie nach und streichelte die weiche Haut, bis Tristan auf sein Bein schlug. „Wir können auch hier schlafen. Ich habe irgendwo noch Schlafsäcke."

„Nein, ich habe nicht an einer Drogerie angehalten und drei Dutzend Kondome und einen Liter Gleitgel gekauft, damit ihr beide hier draußen schlaft." Meegan scheuchte sie mit einer Handbewegung weg. „Geht schon. Tut so, als könntet ihr meine Enkelkinder machen, aber um Himmels willen sei leise, Wolf. Ich weiß, wie laut du werden kannst. Ich will nicht aufwachen und denken, dass du besessen bist."


„OH GOTT … ich …" Tristan ließ sich aufs Bett fallen und vergrub sein Gesicht in den Kissen. „Bring mich einfach um. Jetzt. Bitte."

Sein Gesicht brannte vor Scham, trotz der Kühle der Laken. Eine große Plastiktüte stand neben ihm auf dem Bett und ihr Inhalt war auf dem Bett ausgebreitet, ein stummer Beweis für Meegans Behauptung, sie hätte den gesamten Vorrat an Gleitgel und Kondomen in dem Laden gekauft. Da die Türen geschlossen waren, fragte er sich, ob sie wohl tief schlafen würde, damit er sich nach draußen schleichen und im Teich ertränken konnte, wenn niemand ihn bemerkte.

„Hey, was ist los?" Das Bett sank neben seiner Hüfte ein und er fühlte, wie Wolfs Hand seinen nackten Rücken berührte und seine Finger über den Bund seiner Unterhose strichen. „Schatz, deine Schultern sind pink geworden."

„Ich will sterben." Er wusste nicht, ob man ihn durch die Laken und Kissen hören konnte, aber er tat sein Bestes. „Du wirst dich um Boris kümmern, oder? Er frisst zwar eine Menge, aber …"

„Du wirst nicht sterben", lachte Wolf und presste seine Lippen auf Tristans Kreuz. „Wegen so etwas stirbt man nicht. Mom und ich haben eine … spezielle Beziehung. Unsere Familie ist ziemlich offen, was Sex und … Brownies angeht."

Wolfs Mund folgte dem Pfad seiner Finger und Tristan wandte den Kopf, um über seine Schulter zu dem Mann zu sehen, der sich über ihn gebeugt hatte. Seine Haut kribbelte und er bekam an Armen und Beinen Gänsehaut. Trotz seiner Beschämung reagierte sein Schwanz auf Wolfs Berührung und wurde hart genug, um gegen das Bett unter ihm zu drücken.

„Scheiße, du machst mich … verrückt, Wolf." Er krallte sich in die Laken, als Wolfs Zähne an seinem Bein hinunterknabberten. Sein Hintern zuckte und er bekam erneut Gänsehaut, als ein primitiver Teil seines Gehirns sich an das Gefühl erinnerte, als Wolf in ihn gestoßen hatte.

„Warum drehst du dich nicht um, Baby?" Wolf leckte an Tristans Rücken nach oben, um zwischen seinen Schulterblättern zu knabbern. „Und wir können uns abwechseln, wenn wir diese Kondome verbrauchen, die meine Mom uns mitgebracht hat."

# 15

TRISTAN FUMMELTE und kämpfte mit dem verpackten Kondom, das Wolf in seine Hand gelegt hatte. Es flog davon und landete außer Reichweite auf dem Boden. Er fluchte und wollte gerade hinterherstürzen, als die starken Arme seines Liebhabers ihn an der Hüfte umfassten.

„Lass es, Babe", flüsterte Wolf an seiner Schulter. „Wir haben noch eine ganze Menge davon."

Und *genau das* machte ihm Sorgen. Es schien eine Verspottung seiner sexuellen Fähigkeiten zu sein. Er hatte erst eine Nacht mit einem anderen Mann verbracht – einem heißen, sexy Mann – und er machte sich jetzt schon Gedanken, ob er ihn genauso befriedigen könnte wie beim letzten Mal. Als Wolf ihn auf das Bett drückte, um ihn zu küssen, legte Tristan die Arme um den Hals des Mannes.

„Ich weiß nicht, ob ich das ..." Er holte zittrig Luft, weil er hoffte, so seine Nerven zu beruhigen. „Ich weiß nicht, wie das geht."

„Tristan, wir wissen von Natur aus, wie das geht." Wolf drehte sich auf die Seite und stützte sich auf seinen Ellenbogen, um in Tristans Gesicht hinunterzusehen. „Du tust, was du bei dir selbst magst, und ich zeige dir, was mir gefällt. Dabei lernen wir uns kennen. Einfach ... entspann dich, Tris. Entspann dich."

Es gab so viel, was er Wolf erzählen wollte. Von den wenigen Gelegenheiten, die er versucht hatte, einem anderen schwulen Mann näherzukommen, in der Hoffnung auf sexuelle Erleichterung, wenn er eigentlich nur Trost gesucht hatte. Wie er in den Gesichtern der Männer nach etwas Warmem und Offenem gesucht, aber nur verschlagene und vom Jagdinstinkt getriebenes Lächeln gesehen hatte. Wie oft er sich zurückgezogen hatte, wenn er die Hände eines anderen auf seinem Körper gefühlt hatte, die durch seine Kleidung hindurch seine Haut oder seinen Arsch betatschen wollten.

Mit Wolf war es anders. Zwischen ihnen war es anders, ein Funke zwischen ihnen, den er nicht anfachen wollte, aus Angst, er würde sich zu einem Feuer entwickeln, das er nicht kontrollieren konnte ... ein Inferno, das ihn verbrennen würde und nichts hinterließ als die Asche von dem, der er einst gewesen war. Meegan kennenzulernen ... Wolf an seiner Seite zu haben, als er in den Büchern seines Onkels las ... sogar Jacks Ball, der von den vertrauten Wänden seines Appartements abprallte, war so ... intim. Der Gedanke, diese Wärme zu verlieren, schmerzte ihn.

Aber seine Seele schrie auf bei dem Gedanken, Wolf wegzustoßen. Es war ein Risiko, dem Mann sein Herz zu öffnen.

Und wann hatte er zum letzten Mal wirklich etwas riskiert? Tristan dachte nach und starrte dabei in Wolfs rauchig-blaue Augen. Noch nie. Und wenn nicht jetzt, wann dann? Und wenn nicht mit diesem Mann, würde er jemals jemand anderen finden, der ihn so verstand wie Wolf es tat?

„Jetzt, Tris", murmelte er zu sich selbst. „Bevor du allein und von deinen Büchern umgeben stirbst, so wie Onkel Morty."

„Bist du okay?" Wolf legte den Kopf schief. „Babe, wenn du nicht willst –"

„Kann ich ... es probieren? Bei dir, meine ich?" Tristan fühlte, wie seine Wangen aufflammten, aber das war ihm jetzt egal. Er musste irgendwo anfangen und dieses Wo war definitiv Wolf.

„Ja." Wolfs heisere Stimme war zu einem Flüstern geworden. „Bitte."

Als Wolf sich auf den Rücken legte und die Knie anzog, stockte Tristan der Atem und in seiner Brust entstand eine Enge, als er den Mann so entblößt vor sich betrachtete.

Sie waren so verschieden. Wolfs Haut war stellenweise rauer und dunkler von der Sonne, aber die helleren Stellen an seiner Hüfte, wo eine Badehose gesessen hatte, schimmerte golden im sanften, gedimmten Licht des Schlafzimmers. Tristans Finger zitterten, als er mit den Händen auf Wolfs Brust drückte, und die Brustwarzen seines Geliebten wurden unter seiner Berührung sofort hart und rieben über seine Handflächen. Tristan lächelte schüchtern und gestattete sich, seine Hände über den Oberkörper des Mannes wandern zu lassen und jeden Zentimeter Haut zu untersuchen, bevor er sich vorbeugte und mit der Zunge eine von Wolfs immer noch harten Brustwarzen berührte.

Er schmeckte nach Zitrone, Seife und Salz. Er schmeckte *verdammt* gut. Fast so gut wie der Tropfen von Wolfs Samen, den Tristan mit der Zunge aufgefangen hatte, als sie in der Dusche ihren Spaß gehabt hatten.

Wolfs Haut hatte eine Struktur, die er vorher nicht gekannt hatte. Als er den Körper des Mannes zum letzten Mal gespürt hatte, hatte er nichts gefühlt außer Nervosität und Verlangen. Jetzt nahm er sich Zeit. Er erkundete die Erhebungen und Vertiefungen von Wolfs Körper. Das hätte er stundenlang tun können.

Das weiche Haar um Wolfs Nabel herum faszinierte ihn und Tristan leckte über die Spur, umkreiste die Vertiefung in Wolfs Bauch und lachte, als seine Bauchmuskeln daraufhin zuckten. Er blies auf die feuchte Stelle und beobachtete, wie Wolf Gänsehaut bekam.

„Gefällt es dir da unten?" Wolf langte nach Tristan und fuhr mit den Fingern durch sein Haar. Die Berührung fühlte sich gut an, besonders dann, wenn Wolf über die verspannten Stellen an seinem Nacken rieb.

„Ja", antwortete er leise. Er berührte den rosigen Kopf von Wolfs Schwanz mit der Handfläche gerade lange genug, um den Mann wissen zu lassen, dass er sich des Drucks gegen sein Bein bewusst war. „Darum kümmere ich mich gleich."

Es verschaffte ihm ein Gefühl der Macht, den Mann zitternd unter sich zu spüren. Sein eigener Schwanz war hart und pulsierte schmerzhaft, wann immer er

144

die Laken oder Wolfs Haut berührte. Sein eigener Samen hinterließ eine Spur auf Wolfs Rippen und er studierte fasziniert das silbrige Glitzern.

„Versuch es, Liebling." Wolf strich über seinen Nacken und dann zu Tristans Schultern. Wolfs Augen waren schwarz vor Verlangen und Tristan näherte sich der Spur, die er hinterlassen hatte. „Ich will sehen, wie du von dir selbst kostest."

Er schloss die Augen.

Und leckte.

Und behielt sich selbst und Wolf in den Tiefen seiner Kehle, bevor er schluckte.

Er öffnete die Augen und sah sein Spiegelbild in Wolfs dunklem Blick und er lächelte, von dem Zuspruch im Gesicht seines Geliebten ermutigt.

Tristan genoss es, dass er Wolf zum Zittern bringen konnte. Sein Mund auf den Innenseiten seiner Oberschenkel erzeugte ein keuchendes Wimmern und als er mit den Fingern über Wolfs Damm strich, klammerten sich die Hände seines Geliebten fest genug in die Laken, dass seine Knöchel weiß wurden. Er spielte mit dem Kopf von Wolfs Schwanz, leckte über den Schlitz, aus dem Sperma drang, und ignorierte das besorgte Murmeln aus Wolfs Mund.

„Lass mich. Ich muss dich schmecken", beruhigte Tristan die schwachen Einwände des Mannes. „Du hast gesagt, dass du clean bist, und wir wissen beide, dass du mein … Erster bist. Ich will dich in meinem Mund haben. Nur einen Teil von dir."

Und da kam Wolf. Auf seiner Zunge. In voller Blüte. Mit Süße und Bitterkeit. Wolf war da.

Er schluckte und brauchte doch noch mehr. Er brauchte etwas, um sich daran festzuhalten, um in diesem Moment erkannte er, dass das dieser Mann war, den er auf seiner Zunge spürte.

Tristan fand die Rundung von Wolfs Schwanz mit seinen Lippen. Der Hodensack seines Geliebten lag schwer auf seiner Handfläche, als er ihn anfasste, die krausen Haare auf der samtigen Oberfläche kitzelten seine Hand. Die Haut dort roch nach Mann und Moschus. Tristan atmete den geheimnisvollen Geruch ein und hoffte, ihn in seiner Erinnerung zu bewahren. Wolfs kraftvolle Oberschenkel spreizten sich leicht und seine Knie berührten fast die Matratze. Seine Arschbacken teilten sich und hießen Tristans Erkundungen willkommen.

Er war dem Eingang eines anderen Mannes noch nie so nah gewesen. Er hatte kaum seinen eigenen berührt. Selbst in der Dunkelheit, wenn er sich selbst gestreichelt hatte, um sich Erleichterung zu verschaffen, war Tristan bei dem Gedanken, mit einem Finger in sich selbst einzudringen, errötet. Bei Wolf war die Vorstellung nicht nur willkommen, sondern notwendig.

Erst recht, als er den Mann neben sich vor Verlangen knurren hörte und fühlte, wie er sich in Erwartung von Tristans Berührung bewegte.

Ein Tropfen Gleitgel machte Tristan Finger schlüpfrig und er presste vorsichtig gegen das faltige Loch und ließ einen Moment zu, dass die Muskeln seines Liebhabers sich ihm widersetzten, bevor er mit der Fingerspitze eindrang. Wolfs Rücken bog sich durch, sein Arsch presste sich zusammen, und die Laken, in die sich Wolfs Finger gekrallt hatten, verrutschten. Dann zwang der Mann sich zur Ruhe und zischte und stöhnte, als Tristan seinen Finger wieder herauszog.

„Nein, Babe", knurrte Wolf. „Mach weiter. Gott, das … fühlt sich so verdammt gut an. Hör nicht auf."

Tristan war auf die Hitze des Mannes nicht vorbereitet. Sie umgab seine Finger, als er einen weiteren an dem engen Ring positionierte. Geschmeidig vom Gleitmittel glitten sie hinein und widersetzten sich dem instinktiven Druck von Wolfs Körper. Dann, als er den Druck überwunden hatte, durchdrang er spielend Wolfs Widerstand, und die Beine des Mannes zitterten vor Anstrengung, stillzuhalten. Er lehnte sich vor und packte Wolfs Schwanz am Ansatz und leckte über seinen Kopf, bis er vor Verlangen rot glänzte.

„Ich kann´s nicht halten, Tris." Schwere Atemzüge erschütterten Wolfs Brust und Tristan saugte an dem feuchten Schlitz des Mannes, spielte mit der sensiblen Haut, während Wolf sich unter dem schmerzhaften Verlangen seiner Berührung wand. „Gott, fick mich einfach. Bitte."

Es hatte etwas Erotisches, den Mann betteln zu hören, als Tristan seine Finger drehte und sie dann spreizte. Das Zischen aus Wolfs geöffneten Lippen wurde intensiver und sein eigener Schwanz begann wieder zu pulsieren, ein schmerzhafter Hinweis, dass er bisher außen vorgelassen worden war.

Das erste Kondom, das er versucht hatte zu öffnen, hatte er aufgegeben und griff nach einem weiteren. Er riss es mit einer Drehung seiner Hand und der Hilfe seiner Eckzähne auf. Das Kondom rutschte heraus und landete auf seinem Oberschenkel. Da musste Tristan leise lachen.

„Lachst du über mich, Pryce?" Wolf bewegte sich und presste seinen Arsch um Tristans Finger zusammen und hielt ihn in seine Hitze gefangen.

„Das Kondom ist herausgerutscht. Ich habe gedacht, wie lustig es gewesen wäre, wenn es auf meinem Schwanz gelandet wäre." Er entfernte seine Finger von Wolfs engem Ring. Sein Geliebter stöhnte, als er sie ganz herausgezogen hatte, und er hielt inne, um Wolfs Knie zu küssen. „Sei einen Moment ruhig. Sonst komme ich, bevor ich auch nur in deiner Nähe bin."

Wolf stöhnte lauter. Tristan vergrub das Gesicht im Bauch des Mannes und lachte, während er um Wolfs Nabel biss.

„Hör auf, deine Mom wird uns hören." Er hatte seinen Kampf mit dem Kondom. Es glitt über seinen Kopf und bewegte sich zu sehr, als er versuchte, es herunterzurollen. Er packte den dicken Latexring mit den Fingern und zog es schließlich nach unten. Der Überzug aus Gleitgel ließ seinen Schaft glänzen, und er runzelte die Stirn. „Ich glaube, Meegan hat uns Glitzerzeug mitgebracht. Mein Schwanz sieht aus wie das Horn von einem Einhorn."

„Wenn du dich nicht beeilst, werde ich wieder zur Jungfrau, und dann werden da wirklich Einhörner sein. Komm her, Pryce." Wolf beugte sich vor, packte Tristans Hüften mit seinen starken Händen und zog ihn hoch zwischen seine Knie. „Das dauert alles viel zu lang."

„Das ist neu für mich. Wegen dir verliere ich gleich die Nerven." Tristan schmierte den Rest des Gleitgels von seiner Hand um Wolfs Eingang. Er blickte in die Augen seines Geliebten und richtete die Beine des Mannes, bis sie auf seinen Hüften lagen. „Sag mir … sag mir, was ich machen soll, Kincaid. Bitte."

„Du schaffst das, Babe." Wolf fuhr mit der Hand über Tristans Brust und zwickte in seine Brustwarze. „Du wirst das gut machen."

Tristan nickte, holte tief Luft und drang schließlich ein und versenkte sich in Wolfs heißem, engem Körper.

Und es war, als schwebte er gen Himmel.


VERDAMMT, DER Mann fühlte sich gut an. Tristans Schwanz war dick genug, um ihn gerade genug zu dehnen und lang genug, um seinen Mittelpunkt gleich beim ersten Stoß zu treffen. Wolfs Bauch zog sich zusammen und bereitete sich auf das Gefühl vor, dass etwas aus seinem Körper gezogen wurde, aber der Mann in ihm schien mehr daran interessiert, tief in ihm zu bleiben, statt in ihn hineinzuhämmern.

Tristan war … niedlich, stellte Wolf fest. Tristan hielt sein Gewicht auf seinen großen, eleganten Händen und den schlanken Beinen. Er beugte sich leicht über ihn, dabei fiel sein unordentliches, blondes Haar auf seine unglaublich hohen Wangenknochen und seine aristokratische Nase. Der Gesichtsausdruck des Mannes war gewissenhaft und ernst, als ob jede seiner Bewegungen bewertet wurde. In Tristans Leben wurde alles sorgfältig bemessen … jedes Wort … und Wolf liebte es, dass er in der Lage war, den Mann so sehr zu reizen, dass er einfach … lebte.

Das war es, was Tristan wirklich gebraucht hatte. Mehr als alles andere hatte er es gebraucht, loszulassen und sein Leben zu genießen.

Und Wolf freute sich schon sehr darauf, ihm zu zeigen, wie man das am besten machte.

Er bewegte seine Hüften, hauptsächlich, um den Mann aus seiner Starre zu wecken. Die Bewegung reichte aus, um Tristans Urinstinkte zu wecken, und er folgte ihnen. Dabei lag der Ausdruck von süßer Unschuld immer noch auf seinem Gesicht. Nur wenige Stöße und seine facettenreichen Augen leuchteten golden und verengten sich angesichts der Leidenschaft, die ihm Wolfs Körper bereitete.

Sie verloren sich, als ihre Körper begannen, sich zu bewegen. Tristans Kopf fiel nach vorn und sein Haar strich über Wolfs Bauch, streichelte seine Haut jedes Mal, wenn er wieder zustieß. Der Mann ließ sich Zeit damit, Wolf Vergnügen zu bereiten. Er schien mehr erstaunt über das Gefühl von Wolfs Arsch um ihn herum als alles andere. Als Wolfs Hand begann, seinen Schwanz zu streicheln, öffneten sich Tristans Augen, und Wolf war in diesem heißen Blick gefangen.

„Lass mich." Tristans Hand schloss sich über seine eigene und Wolf konnte ein Stöhnen nicht unterdrücken, als Tristans Fingernägel über seine empfindliche

Eichel rieben. Er strich über seinen Schlitz und verschmierte den Samen, der sich schon an der Spitze gesammelt hatte.

Es war ein behutsamer Tanz. Ihre Körper beschrieben kleine Kreise, Tristans Schwanz stieß in seinen Kern und reizte seine Nerven, und Wolfs Eier sangen vor Freude bei jeder Bewegung. Seine bisherigen sexuellen Erfahrungen waren größtenteils schnelle Affären gewesen, heiße, leidenschaftliche Entladungen, die jegliche Selbstkontrolle nach einem langen Vorspiel zerstörten. Aber Tristan hatte offensichtlich anderes im Sinn.

Besonders, als er sich tief in Wolfs Arsch versenkte und seine Hüften gegen Wolfs Körper drückte, um tiefer in ihn einzudringen, als es jemals jemand getan hatte.

Tristan konnte ihm mehr über Sinnlichkeit beibringen, als er je angenommen hätte, und er konnte sich nicht mehr zurückhalten. Wolf packte seinen Schwanz an der Basis, um sich davon abzuhalten, jetzt schon zu kommen, und er zog Tristans Hand mit einem leisen Keuchen weg.

„Verdammt, du bist so ..." Wolf konnte nicht beschreiben, was er im engelsgleichen Gesicht des Mannes und seinem schmalen Körper sah. „Ich will nicht, dass es schon zuende ist."

„Ich auch nicht", flüsterte Tristan zurück und versteckte sich erneut hinter seinem Haar. „Ich will das ... mit dir ... in dir ... du in mir ... für immer. Bitte."

Wolf verlor das Zeitgefühl. Blitze ergossen sich in die Nacht, erleuchteten sie und füllten den Raum mit Licht. Der Sturm tobte über ihnen und schien sich ihren Bewegungen ein ums andere Mal anzupassen. Er schickte seinen Donner über den Horizont, bevor er näherkam, und Wolfs Körper endlich Tristans langsamem Streicheln nachgab. Ihre verschwitzte Haut glitt gegeneinander. Er war abwechselnd damit beschäftigt, Tristans Hintern zu kneten und zu befühlen, um dann wieder mit seiner Handfläche über seinen eigenen Schaft zu gleiten.

Tristans Hände spielten in Wolfs Haar und an seinen Nippeln, an denen er im Rhythmus seiner Stöße zog. Ihre Münder küssten sich langsam und ihre Lippen glitten sanft und liebevoll über den Kiefer oder die Kehle des anderen. Gerade als er gedacht hatte, sie könnten ewig so weitermachen, begannen Tristans Schulter zu zittern, die Bewegungen seiner Hüften wurden härter und brachten Wolf noch näher zu seinem eigenen Höhepunkt.

Die Leidenschaft, die sie immer höher hinaus getrieben hatte, brach unter ihnen zusammen. Eben brodelte in Wolf die Erregung und im nächsten Moment zogen sich seine Eier zusammen und schienen durch den Druck, sich entleeren zu wollen, zu explodieren. Tristans Stöße wurden hektisch und seine Oberschenkel klatschten gegen Wolfs Beine. Die Nässe zwischen ihnen lockte das leise Geräusch des Regens in den Raum und Wolfs Keuchen ging fast in einem ohrenbetäubenden Donnerschlag unter, der sich über ihnen entlud.

Ein Blitz färbte die Wände weiß und Wolf musste blinzeln. Er konnte gerade noch erkennen, wie sich ein Lichterkranz um den Körper seines Geliebten formte, als sein Schwanz zuckte und sich ergoss. Er spritzte seinen heißen Saft zwischen ihre verschwitzten Körper.

Er konnte fühlen, wie Tristan seinem Verlangen nachgab. Zuerst in den zittrigen Bewegungen seiner Hüften und dann durch die kaum wahrnehmbare Hitze in seinem Tunnel, als sich der Samen seines Geliebten in die Latexhülle ergoss. Wolf hätte gern Tristans Feuchtigkeit in sich gespürt. Etwas in ihm *wollte* es. Er hatte sich diese Intimität nie von einem anderen Mann gewünscht, aber hier, in der seltsamen Umgebung der Villa mit ihren Geistern, hatte er den Mann gefunden, den er mit seinem Saft füllen wollte, und er wünschte sich das Gleiche für sich selbst.

Tristan brach neben ihm zusammen, zu erschöpft, um mehr zu tun, als schwach zu protestieren, als Wolf das Kondom von seinem erschlaffenden Schwanz entfernte. Sie waren beide sehr empfindlich und Tristans weiches T-Shirt klebte schmerzhaft, aber Wolf entfernte sorgfältig so viel ihrer Hinterlassenschaften, wie er konnte.

„Bitte schön. Das war das erste Kondom." Er warf das Shirt weg, damit es der Kondomverpackung Gesellschaft leisten konnte, nahm einen sehr schläfrigen Tristan in die Arme und küsste seine Nase. Wolf rechnete kurz nach und murmelte: „Fehlen nur noch sechzig. Glaube ich. Das eine, das du verloren hast, nicht mitgerechnet."

„Du stehst auf Nasen", murmelte Tristan. „Meine küsst du andauernd."

„Ich stehe auf deine Nase", stimmte Wolf ihm zu. Ihre Beine waren in einem scheinbar mühelosen Knoten miteinander verflochten. Tristan seufzte und ließ sich entspannt auf Wolfs Brust sinken. „Es ist eine hübsche Nase. Du bist hübsch. Scheiße, im Moment bin ich so glücklich, dass ich sogar Boris hübsch finde. Aber nicht in dem Sinne, dass ich ihn lieben will. Nicht wie ich über dich denke. Verdammt ich rede dummes Zeug. Du hast mir wirklich das Gehirn rausgefickt, Pryce."

„Ich … hab dir nicht wehgetan, oder?" Tristan blinzelte und suchte in Wolfs Gesicht nach Bestätigung. „Ich wollte, dass es gut wird."

„Tris, ich … bin *geflogen*." Anders konnte er es nicht beschreiben. Tristan hatte jedes bisschen Verlangen aus ihm herausgepresst, das Wolf gehabt hatte. „Verdammt. Ich werde dich *nie* wieder gehen lassen, wenn du so etwas mit mir machst."

„Sag das nicht, wenn du es nicht ernst meinst", flüsterte Tristan. „Ja, es war … gut –"

„Es war mehr als gut", unterbrach Wolf ihn. „Das ist mein Ernst. Du und ich … das passt. Zwischen uns ist etwas. Sogar in diesem Irrenhaus, das du hier betreibst, fühle ich, dass … es passt. *Du* passt. Also, denk darüber nach, okay? Du und ich. Wäre das so schlecht? Kannst du *uns* sehen?"

Tristan war so lange still, dass Wolf dachte, er wäre tatsächlich eingeschlafen, aber ein kurzer Atemzug zeigte Wolf das Gegenteil. Es folgte ein Seufzen und der Mann entspannte sich und flüsterte an Wolfs Kehle:

„Ja, ich kann *uns* sehen." Dieses süße Flüstern war fast so erfüllend wie der Höhepunkt, den sie gerade geteilt hatten. „Ich kann auf jeden Fall ein *uns* sehen."

# 16

DER LEICHTE Regen fing sich wie Spinnennetze in Wolfs Haar und Tristan betrachtete fasziniert, wie ein einziger Tropfen die anderen um sich herum aufzusaugen schien, bis er so groß war, dass er von seinem stacheligen Platz herunterrutschte. Er folgte der Kurve von Wolfs Wange, floss an seinem Mund entlang und berührte dabei eine Stelle, von der Tristan wusste, dass es Wolf um den Verstand brachte, wenn er daran knabberte. Von dort gab es für den Tropfen keine Hoffnung mehr. Er stürzte in den trüben, flachen Teich.

Derselbe trübe, stinkende Tümpel war auch das Zuhause einer menschenfressenden Schildkröte mit Fleisch zerreißenden Kiefern aus Stahl. Ein Biest, das so grausam und tödlich war, dass Wolf Tristan als Wache benötigte, um es mit einem Stock abzuwehren, als Wolf den fast leeren Teich nach Winifreds verschwundenem Ehering absuchte.

Bis jetzt hatte Tristan nicht nur kein Zeichen von dem tollwütigen Reptil gesehen, er begann auch zu vermuten, dass ein mittelgroßer, rundlicher Stein am Rand des Teiches der Übeltäter war, den Matt mit seinem Knöchel gestreift hatte, als er ins Wasser gefallen war.

Trotzdem gab es Schlimmeres, als den Morgen damit zu verbringen, mit einer Tasse heißen, dampfenden Kaffees einem nassen Wolf dabei zuzusehen, wie er sich ausstreckte, und den Teich der Länge nach dem Ring durchkämmte. Insbesondere, da ihm sein dünnes Shirt und seine Baumwollshorts durch den Nieselregen am Körper klebten, und die Rundung von Wolfs strammem Hintern war ein Anblick für sich.

Der Hintern, in den er nur wenige Stunden zuvor eingedrungen war.

Tristan war sich sicher, dass sein Gesicht nun heiß genug war, um den feinen Regen in Dampf zu verwandeln. Er rutschte auf dem Kissen herum, das er sich von der Veranda mitgebracht hatte. Sein Hintern zog ein wenig, weil Wolf und er mehrmals die Plätze getauscht hatten. Der Schmerz in seinen Knien war anders, ebenso wie das Ziehen an den Innenseiten seiner Oberschenkel, eine Erinnerung daran, als er Wolfs dicken Schwanz zum ersten Mal geritten hatte und dabei fast nach hinten übergekippt wäre, als er versucht hatte, den Rhythmus zu ändern.

„Woran denkst du?" Die tiefe Stimme des Mannes riss Tristan aus seinen Gedanken über seine Schmerzen und brennende Muskeln.

„Nichts." Er stach in einen Klumpen aus Seerosenwurzeln, der einer Schildkröte besonders ähnlich sah, aber er fand darunter nichts außer einem Schwarm Moskitofische.

„Zuerst mal, du bist ein grauenhafter Lügner. Außerdem hast du diesen Gesichtsausdruck, der mir sagt, dass du gleich deinen Finger irgendwo hineinstecken willst, um zu sehen, was passiert." Wolf holte erneut aus und bugsierte eine weitere Ladung Algen und Schlamm hervor, die sie durchsuchen mussten. „Ich bin überrascht, dass du dir als Kind keinen tödlichen Stromschlag zugezogen hast, als du deine Zunge in eine Lampenfassung gesteckt hast."

„Hey, das habe ich nur einmal gemacht", knurrte Tristan seinen Geliebten an und hielt dann inne. „Moment, das habe ich dir nie erzählt."

„Nein. Das war nicht nötig. Du siehst einfach aus wie jemand, der den Großteil seiner Kindheit in der Notaufnahme verbracht hat und erklären musste, warum er es für eine gute Idee gehalten hat, seine Hand in ein Wespennest zu stecken."

„Okay, *das* habe ich nicht gemacht."

Wolf legte den Wischer, den er benutzt hatte, zur Seite und nahm einen Metalldetektor zur Hand, den er in Onkel Mortys Werkstatt gefunden hatte. Er war zusammen mit anderen seltsamen Geräten und Objekten in der Garage verstaut gewesen und er hatte noch immer funktioniert. Er hatte wild gepiepst, als sie ihn an verschiedenen Metallen ausprobiert hatten. Wolf bewegte sich geschmeidig und ohne ein Zeichen von Unbehagen, während Tristan auf seinem wunden Hintern herumrutschte und sich ärgerte, dass er den Schmerz noch immer spürte.

Tristan zog die Knie an und legte die Wange auf den Oberschenkel, während er dem leisen Piepsen des Scanners lauschte. „Kann ich dich etwas fragen?"

Wolf wackelte mit den Augenbrauen. „Wieso der Matsch an mir so sexy aussieht?"

„Nein, das ist doch selbstverständlich." Tristan lächelte über Wolfs spöttisches Gelächter. „Ich wüsste gerne …" Er biss sich auf die Lippe und war unsicher, was er sagen sollte. „Ist es normal, dass … mein Körper ein bisschen wehtut nach dem … ähm … du weißt schon?"

„Sex?" Wolfs Blick ruckte von dem Matsch, den er untersucht hatte, zu Tristans Gesicht. „Hast du Schmerzen?"

„Nein, nur …" Er seufzte. „Manchmal glaube ich, ich kann … dich immer noch fühlen. Innen drin. Vielleicht eine Art … nicht Brennen, aber … ein Pulsieren? Ich weiß nicht, wie ich es beschreiben soll. Irgendwie."

„Ja, ich kenne das Gefühl. Jetzt, in diesem Moment, kann ich es fühlen, um ehrlich zu sein. Du weißt schon, von dem, was du letzte Nacht mit mir gemacht hast."

Tristan fand es sehr schade, dass im Teich nicht mehr genug Wasser war, um sich darin zu ertränken. Oder zumindest, um das Feuer auf seiner Haut zu löschen, das Wolfs frecher Blick auf seinen Wangen entflammt hatte. Vielleicht im Winter, wenn der Teich ein wenig zugefroren war. Denn er war sich ziemlich sicher, dass sein Gesicht dann immer noch rot sein würde.

„Mit dir ist alles in Ordnung", sagte Wolf ruhig. „Oder mit mir. Du bist daran nicht gewöhnt. An Sex. Mit jemandem zusammen zu sein. Ich weiß das,

Babe. Und das ist okay. Ich will, dass du mir Fragen stellst. Hab keine Angst davor, dich mir zu öffnen. Ich bin hier, um mich um dich zu kümmern. In Ordnung?"

„In Ordnung." Tristan nickte. „Es ist bloß … seltsam, darüber in der Öffentlichkeit zu sprechen."

„Verdammt, erinnere mich daran, dich von unseren Familientreffen fernzuhalten", schnaubte Wolf. „Diese Leute quetschen dich aus wie eine Zitrone. Wenn wir jemals zu einem Abendessen der Kincaids gehen, dann versteck dich hinter mir, und ich werde sie dir vom Leib halten. Aber mal im Ernst, du kannst mich alles fragen, was du willst."

Das Piepsen wurde lauter und Wolf beugte sich nach unten, um seinen Fund mit einem Stock aus dem Schlamm zu befreien. Seufzend warf er einen Spielzeugsoldaten aus Metall vor Tristans Füße, dann nahm er seine Suche mit dem Metalldetektor wieder auf.

„Deine Familie wirft wohl gerne Dinge hier hinein", sagte Wolf über die tanzenden Geräusche hinweg. „Das ist bestimmt der siebte Soldat, den wir gefunden haben. Natürlich machen kleine Jungs so etwas gerne, also ist es wahrscheinlich normal."

„Bei den Pryces gibt es nur Jungen. In dieser Familie ist seit Ewigkeiten kein Mädchen mehr geboren worden." Tristan beobachtete Wolf bei der Arbeit. „Was ist mit deiner Familie? Also, da ist Ophelia …"

„Es heißt Ophelia Sunday", brummte Wolf kopfschüttelnd. „Meine Mom wollte, dass Bach und ich ihr einen Namen geben. Bescheuert, aber so war es. Es hieß *immer* Ophelia Sunday. Nicht Opie oder Sunny. Sie hat gesagt, das wäre, als müsste sie zwischen ihren Brüdern wählen. Sie war schon als Kind sehr ernst. Genau wie du, nehme ich an."

„Also gibt es nur euch drei? In deiner Familie?"

„Ja, was das Thema angeht." Der sexy Gesichtsausdruck wurde durch einen anderen ersetzt, den Tristan als Wolfs Kleiner-Junge-mit-Hundeblick-Ausdruck bezeichnete. „Ich war nicht … Ich sage nicht, dass ich gelogen habe, aber es gibt da ein paar Dinge, die du wissen solltest."

„Sie sind alle Axtmörder und deine Mom ist oben gerade damit beschäftigt, Gidget und Matt fürs Abendessen zu Hackfleisch zu verarbeiten?"

„Oh Gott, nein." Wolf guckte entsetzt. „Hast du vergessen, dass ich dir gesagt habe, nichts zu essen, was sie gekocht hat? Sie umzubringen wäre wahrscheinlich ein Segen, denn dann müssten sie ihren Eintopf nicht essen. Nein, nichts dergleichen. Scheiße. Ich wünschte, es wäre so simpel."

„Ich kann Geister sehen. Wie viel schlimmer kann *deine* Familie schon sein?"

„Sie … äh … jagen sie", murmelte Wolf in den Schlamm und kratzte mit seinem Fuß darin herum, als der Detektor wieder zu piepsen begann.

„Sie jagen sie? Also …" Tristan versuchte, sich im Kopf ein Bild zusammenzureimen. „Fangen sie sie in einer Muon-Falle, oder so ähnlich?"

„Irgendwie macht es mir Angst, dass du den Namen von diesem Ding kennst." Wolf beäugte ihn vom Rand des Teiches aus.

„Ich bin nicht überrascht, dass *du* weißt, wovon ich rede", gab Tristan zurück. „Also, habe ich recht?"

„Nein, nichts in der Art." Wolf runzelte bei dem Gedanken die Stirn. „Ich weiß nicht, ob das überhaupt möglich ist. Ich meine, man müsste die Art der Energie in Zahlen umrechnen, und, ganz ehrlich, man kann unmöglich eine Erscheinung in diesem vielseitigen Spektrum erfassen, und sie schon gar nicht in einer –"

„Können wir weniger über Wissenschaft und mehr über deine Familie reden? Was meinst du mit 'Sie jagen Geister'?"

„Nicht nur Geister. Eher … alles, was anderen Angst macht." Er hörte auf zu wischen und legte das Gerät beiseite. Wolf klopfte den Schlamm von den Gummistiefeln ab, die er in der Garage des Anwesens gefunden hatte, und ließ sich neben Tristan auf dem Boden nieder. „Du wirst bestimmt denken, dass das verrückt –"

„Hast du vergessen, dass ich tote Menschen sehen kann?", konterte Tristan.

„Okay, du hast recht", gab Wolf zu. „Meine Familie … die Kincaids … verdient ihren Lebensunterhalt damit, Geister zu jagen. Naja, und Dinge wie Tarot-Karten lesen, Séancen … eigentlich alles, was mit dem Übernatürlichen zu tun hat. Manche sind wie mein Cousin, Cin. Die Leute engagieren ihn, um ihre Plagen oder Heimsuchungen loszuwerden. Oder … etwas anderes."

„Was gibt es noch 'anderes'?", Tristans Gedanken überschlugen sich. „Was zum Beispiel? Vampire?"

„Vampire gibt es nicht. Hast du eine Ahnung, wie absolut unmöglich es für einen Untoten wäre, zu funktionieren? Allein die Energie, die nötig wäre, um eine so große Masse an toten Zellen zu bewegen, wäre unglaublich. Das ist einfach unmöglich. Absolut unmöglich. Und was das Trinken-von-Blut-um-zu-überleben angeht, das würde nicht funktionieren. Man müsste alle paar Stunden jemanden komplett ausbluten, nur um die Straße zu überqueren. Von der Verwesung gar nicht erst –"

„Ich verstehe jetzt, warum dein Bruder dich verprügelt hat, als ihr noch Kinder wart." Tristan rieb sich frustriert die Augen. „Wolf, sag mir, was du sagen wolltest, und dann können wir weiter darüber reden, warum Vampire nicht existieren können."

„Es ist einfach unmöglich. Selbst mit irgendeinem magischen Element, das ihnen Kraft gibt, würden sie zu viel Energie verbrauchen." Das schien Wolf noch loswerden zu müssen, während er sich den getrockneten Schlamm von den Fingern rieb. „Manche Leute glauben, dass es bei ihnen Kryptiden gibt oder dass sie von einem Geist besessen sind. Cin und einige andere kümmern sich um solche Fälle. Das tun wir schon seit Jahrhunderten. Wir stammen von der Van Helsing-Familie ab. Also, die Kincaids sind der amerikanische Zweig. Daher kommt auch das Wort Hellsinger. So nennt die Familie jemanden wie Cin."

153

„Und dich", flüsterte Tristan. „Denn du jagst sie *auch*, auch wenn du nichts gegen sie unternimmst."

„Ja, und mich", gab Wolf langsam zu. „Darum habe ich meine Firma so genannt. Eine Art Verneigung vor der Familie, auch wenn ich keine Wände einschlage, um Knochen oder Geister zu verbannen. Die anderen … sie *glauben*. Ich dagegen? Ich weiß nicht. Ich meine, ich kann sie sehen. Scheiße, ich war einer deutlichen Aktivität noch nie so nah wie hier auf dem Anwesen, aber kann ich das auch dokumentieren? Bis jetzt haben wir kaum etwas anderes als elektrische Fluktuationen und mögliche Anomalien auf Video, selbst mit dem, was wir von Winifred gesehen haben."

„Ist es denn so wichtig, der Welt zu beweisen, dass Geister existieren?" In Wolfs Gesicht war Traurigkeit sichtbar und Tristan lehnte sich hinüber, um sie wegzuküssen. Damit entlockte er dessen Kehle ein tiefes Stöhnen.

„Ja, das ist es", sagte Wolf, als sie wieder Luft holen mussten. „Wenn ich beweisen kann, dass Geister existieren … das wäre so, als könnte ich das Vermächtnis meiner Familie beweisen, glaube ich. Ich hasse es, dass wir im Geheimen arbeiten müssen. Die Leute denken, dass wir verrückt sind, bis sie sich vor Angst in die Hosen machen, und selbst dann, wenn alles vorbei ist, versuchen sie, rationale Erklärungen für das zu finden, was passiert ist, wie verdorbenes Roggenbrot oder giftiges Gas aus dem Swimming Pool im Garten. Ich würde es gerne jedem Skeptiker ins Gesicht halten und sagen … Schönen Gruß von den Kincaids. Von allen Hellsingers. Ihr könnt mich alle mal."

„Auch wenn du es selbst nicht glaubst?", fragte Tristan leise. „Denn das tust du nicht."

„Das habe ich nicht", antwortete er. „Nicht wirklich. Dieser Ort … verdammt, dieser Ort hat meine Ansicht über so vieles verändert. Ich *wusste* es nie sicher. Aber jetzt habe ich das Gefühl, dass ich mir nur mehr Mühe geben müsste, vielleicht sogar eine Methode erfinden, mit der man spektrale Aktivität wirklich nachweisen kann. Ich bin es leid, dass sich meine Familie in Kristall-Läden und Zigeuner-Zelten verstecken muss. Cin ist sehr gut in dem, was er tut, aber die Leute schauen ihn an und denken 'Hey, der ist ein Betrüger'. Selbst wenn sie ihn dafür bezahlen, dass er sich um ihre Probleme kümmert, *glaubt* ein Teil von ihnen immer noch nicht, was vor sich geht. Ich will beweisen, dass diese Dinge wirklich nicht nur in unseren Köpfen existieren."

„Ich würde Cin gerne kennenlernen. Wenn wir Winifred nicht loswerden, können wir ihn vielleicht holen, damit er sie rauswirft?"

„Zum einen arbeitet er gerade an der Ostküste, sonst hätte ich in schon angerufen." Wolf stand auf und nahm den Detektor wieder zur Hand. Er beugte sich zu Tristan und biss ihm fest genug in den Nacken, dass ein stechendes Mal zurückblieb. „Außerdem habe ich dich zuerst gesehen. Das Letzte, was ich will, ist, dass du seinem heißen Bad Boy-Image verfällst und mich abservierst. Also, Tristan Pryce, du musst dich mit diesem Hellsinger hier zufriedengeben. Und jetzt lass mich diesen verdammten Ring finden, damit ich dich wieder ins Bett bringen und dir zeigen kann, wie schön es sein kann, mit diesem Pulsieren in deinem Inneren herumzulaufen."

„ER IST so klein." Tristan hielt den Ring hoch und betrachtete ihn, drehte ihn um und pustete ein paar restliche Wassertropfen von seinen verschnörkelten Verzierungen. „Wer hätte gedacht, dass er so viel Ärger verursachen könnte?"

Wolf konnte Tristan nicht antworten. Nicht, wenn Tristans Lippen derart gespitzt waren und Wassertropfen von Edelsteinen pusteten. Es erinnerte ihn an die quälenden Momente, wenn Tristan warme Luft über Wolfs von Speichel befeuchteten Schwanz blies, und sein grün-goldener Blick sich verdunkelte, während er beobachtete, wie Wolfs Schwanz auf seinen Atem reagierte. Die Erinnerung daran machte das Gehen für Wolf sehr schwer, aber er zwang sich, den Raum zu durchqueren und aus dem Kühlschrank etwas Kaltes zu trinken zu holen. Wenn die Öffnung der Saftflasche groß genug gewesen wäre, hätte Wolf seinen Schwanz hineingesteckt, um die Hitze mit der Flüssigkeit zu kühlen. Bei seinem Glück würde sein Schwanz stecken bleiben und er müsste seiner Mutter erklären, was er da gerade tat, während er versuchte, sich zu befreien.

Er hatte schon einmal von einem Kerl gehört, der in einer Flasche festgesteckt hatte. Wenn er sich richtig erinnerte, war es weder für den Kerl noch für seinen Schwanz oder die Flasche gut ausgegangen.

Den Saft zu trinken reichte nicht aus, um seinen Ständer zu beruhigen, aber es musste genügen, da Meegan neben Tristan auf der Couch saß, um den Ring zu inspizieren. Wenn er nicht achtgab, würde sie dem blonden Mann einen ihrer bunten Schals stricken, wenn *ihr* kalt war. Er selbst hatte ungefähr siebzehn Stück von diesen Dingern, und er hasste jeden Einzelnen davon. Tristan allerdings würde sie hier auf dem Anwesen mit Stolz tragen, und Wolf dachte, er könne es unmöglich mit so viel Acryl aushalten.

„Wolf, komm her, damit ich euch erzählen kann, was wir meiner Meinung nach mit dem Ring machen sollten." Meegan winkte ihn herüber. „Ich glaube, ich weiß eine Möglichkeit, wie wir Tristans Problem loswerden."

„Sie ist nicht *mein* Problem", rief der Mann aus. „Sie war ja keiner der Gäste."

„Okay, sie ist also eher wie Termiten, aber dennoch müssen wir sie von hier vertreiben. Wolf, komm schon!"

„So viel dazu, ihn zu packen und aufs Bett zu werfen", brummte Wolf mit dem Mund voller Guavensaft. Er räusperte sich, setzte sich zu seiner Mutter und Tristan auf die Couch und kuschelte sich an die Seite seines Geliebten. „Also, wie sieht der Plan aus? Wir graben Winnie aus und gehen dann Chinesisch essen?

„Dafür müssten wir in die Stadt fahren. Hier in der Nähe gibt es keine guten Läden." Tristan blickte Wolf durch seine Strähnen hinweg an.

„Das war ein Scherz, mein Lieber." Meegan tätschelte Tristans Knie. „Mein Sohn hat einen grauenhaften Sinn für Humor. Dafür sind die Gene seines Vaters verantwortlich. Die Familie dieses Mannes ist ziemlich steif."

„Sie haben für mein College bezahlt", erinnerte Wolf sie. „Und für Ophelia Sundays Zahnspange. Und für Bachs Ausbildung in Europa."

„Ophelia Sunday hätte keine Zahnspange gebraucht." Die Nase seiner Mutter hob sich ein wenig, ein sicheres Zeichen ihres wachsenden Abscheus. „Sie war hübsch, so wie sie war."

„Ihr Spitzname war Piranha."

„Kinder können grausam sein." Ihre Nase hob sich noch weiter.

„Mom, *Grandma* hat ihr diesem Spitznamen gegeben."

„Ich bin so froh, dass ich ein Einzelkind bin", hörte Wolf Tristan murmeln.

„Ja, das wäre ich auch gerne gewesen, aber Mom hat mich immer wieder dabei erwischt, wie ich versucht habe, meine Geschwister umzubringen." Wolf legte einen Arm um Tristans Schulter. Er bekam ein Kribbeln im Bauch, als er näherrückte. „Mom, konzentrier dich. Was machen wir mit Winifred, jetzt, da wir ihren Kaugummiautomaten-Ring haben? Du hattest etwas über eine Séance gesagt."

„Nicht hier", stellte Tristan entschieden klar und Boris hob kurz den Kopf. „Nicht in meinem Appartement."

„Nein, diesen Ort haben wir gesichert. Es müsste unten geschehen. Vielleicht in der Lobby. Sie hat sich dort schon einmal manifestiert. Es wäre einfacher, sie dort zu rufen." Meegan tätschelte und rieb erneut abwesend Tristans Knie. „Und dort steht schon ein Tisch. Gidget und Matt sind unten im Ballsaal und machen, was auch immer sie mit deinen Maschinen machen, aber sie können auch helfen. Ich habe alles im Van, was ich brauche, also können wir es noch vor dem Abendessen tun."

„Also ist Chinesisch doch noch nicht vom Tisch", grübelte Wolf. „Okay, Mom, versprich mir aber eines. Wenn es zu unheimlich wird, beendest du es. Einverstanden?"

„Wie schlimm kann es schon werden? Ein paar zerbrochene Vasen. Etwas Wind. Das können wir ignorieren." Meegans Nase war jetzt so hoch erhoben, dass es hineingeregnet hätte, wenn sie draußen gewesen wäre. „Sie ist nur ein blöder Geist."

„Sie hat versucht, in mich einzudringen", machte Tristan deutlich. „Das war verdammt unheimlich."

„Wir werden alle bei dir sein", versicherte sie ihm. „Wenn wir alle da sind, kann nichts passieren. Und Wolf weiß, was er zu tun hat, wenn sie dir zu nahekommt. Das sollte kein Problem werden."

„Das hast du nach dem Brickyard Job auch gesagt, weißt du noch?" Wolfs Augenbrauen zuckten immer noch vor Angst, wenn er an *dieses* Desaster dachte. „Ich kann seitdem kein Lamm mehr essen."

„Wir schaffen das, Wolfgang." Sie beugte sich vor, um ihren Sohn in Grund und Boden zu starren. „Wenn du kein Vertrauen in meine Fähigkeiten hast …"

„Ich habe Vertrauen. Akzeptanz. Liebe." Wolf schüttelte ihre unterschwellige Anschuldigung ab. „Ich will nur, dass Tristan noch ein Zuhause hat, wenn wir hier fertig sind. Sicher, zerren wir Winifred aus den Tiefen der Hölle und verbannen sie von dieser Ebene der Existenz, aber halt dich an dein Versprechen, Mom. Eine Störung, und sei sie auch noch so klein, und wir brechen ab."

„Einverstanden. Wir treffen uns unten. Ich hole meine Sachen aus dem Van." Meegan war von der Couch aufgestanden, bevor Wolf auch nur den Mund öffnen konnte. „Wir sollten Boris hier oben lassen. Er hat eine sensible Seele. Die Séance könnte ihn verstören."

Wolf sah den schlafenden Wolfshund genau an, der seinen großen, grauen Körper so weit ausgestreckt hatte, wie es seine Glieder erlaubten.

Seine Mutter stand einem Geist in nichts nach was den Glitter und die Verwirrung anging, die sie hinterließ. Boris zuckte nicht einmal mit der Wimper, als die Frau um ihn herumtanzte, wobei ihr langer Rock über sein Gesicht und seine Schultern strich.

„Dieser Hund ist so sensibel wie die Steine, die ich auf dem Grund des Teiches gefunden habe", spottete Wolf. „Und genauso intelligent wie die Algen, die darauf wachsen."

„Ich habe ihn aufgenommen, weil er ein Zuhause gebraucht hat." Tristan zuckte mit den Schultern. „Es macht nichts, dass er nicht sehr schlau ist. Ich will ja nicht Scrabble mit ihm spielen."

„Nein, das brauchst du nicht." Wolf presste ihn in das Sofa und hielt Tristans Beine zwischen seinen fest. „Von jetzt an bin ich der Einzige, mit dem du Wortspiele spielst."

„Ich glaube nicht, dass man das, was wir tun, als … Wortspiel bezeichnen kann." Tristan wurde etwas mutiger. Seine Hände waren warm, als sie unter Wolfs T-Shirt glitten, und er schnurrte unter Wolfs fragendem Mund.

„Wirklich?" Wolf grinste auf ihn hinunter. „Ich zeige dir, wie man … blasen buchstabiert."

# 17

WOLF HATTE sicherlich schon an Séancen an übleren Orten teilgenommen und mit seltsameren Teilnehmern. Am besten war ihm ein Yak mit einem verdorbenen Magen in Erinnerung geblieben, das sich andauernd übergeben und dabei fantastisch auf den menschlichen Kopf gezielt hatte.

Die Lobby mit ihren polierten, nach Zitrone duftenden Fußböden und der hohen Decke war wirklich eine willkommene Abwechslung im Vergleich zu den Orten, die seine Mutter sonst für passend hielt, Geister heraufzubeschwören. Und die Tatsache, dass sie trocken war, machte sie um ein Vielfaches besser als manche der Orte, an denen sie gelebt hatten, wenn seine Familie es sich in den Kopf gesetzt hatte, das Land zu bereisen.

Nein, Hoxne Grange hatte nur einen Nachteil – Winifred, die Urgroßmutter von Matt. Und wie es bei Nachteilen üblich war, war dieser wirklich einzigartig.

Die Gesellschaft gefiel ihm auch viel besser.

Besonders der blonde Mann mit den langen Beinen, der in eine alte Jeans und ein enges T-Shirt gekleidet und im Moment damit beschäftigt war, Wolfs Mutter dabei zu helfen, eine Tischdecke auf dem großen runden Tisch in der Mitte der Lobby auszubreiten.

Ein Tisch, der so groß war, dass Tristan sich so weit er konnte über die Kante beugen musste, um die Falten in der Mitte zu glätten.

Wolf war auf dem Weg ins Nirvana, während er Tristans Hintern anstarrte, als sein Fuß von einem kleinen roten Ball getroffen wurde, der ein paar Mal auf der Stelle hüpfte, bevor er gegen ein Stuhlbein rollte. Sie hatten die schicken Stühle an die Wand geschoben, um Meegan genug Platz zu machen, damit sie ihr Ritual aufbauen konnte, und Wolf hatte gedacht, er hätte genug Zeit, um den Arsch seines Geliebten zu studieren, bevor er etwas tun musste, das auch nur im Entferntesten mit spektraler Interaktion zu tun hatte.

Da hatte er offensichtlich falschgelegen.

Wolf blickte nach unten und starrte in die ernsten, hellblauen Augen eines blauen, durchsichtigen Jack Russell-Terriers. Der Hund grinste ihn an und seine von Natur aus lange Zunge hing vor seiner haarigen Brust. Das blasse, schmale Band rollte sich jedes Mal, wenn der Hund einatmete wie ein Fenster-Rollo auf, was seltsam war, denn eigentlich brauchte der Hund keine Atemluft. Aber er hechelte und keuchte und schubste den Ball gegen Wolfs nackte Zehen.

„Schau mal, Hund." Wolf blieb still, als der Hund den Kopf schief legte. „Okay ... Jack. Wir sind im Moment wirklich beschäftigt und –"

Jack stellte sich hin und schubste den Ball erneut, der dabei einen kalten, feuchten Fleck auf Wolfs Fuß hinterließ.

„Na schön. Aber wenn das Ooooh-iiiieeh-aaaah und das Chaos beginnen, bist du hier verschwunden. Verstanden?" Er nahm den Ball und warf ihn in die Lobby. Jack schoss davon und hinterließ nur einen Lichtstreifen im Dunklen.

Er beschäftige den Pseudo-Hund eine Weile und nahm sich zwischendurch nur Zeit, um Tristan auf den Mund zu küssen, als der Mann auf einen Stuhl neben ihm plumpste. Seine Mutter war in den Tiefen ihres VW Busses verschwunden und die Lobby war ungewöhnlich still, abgesehen von dem Quietschen des Gummiballs auf den glatten Fußböden.

„Was *braucht* man denn alles für eine Séance?" Tristan schüttelte seine Arme aus. „Ich dachte, man braucht nur eine Kristallkugel und ein paar Kerzen. Vielleicht noch ein Ouija-Brett?"

„Kein Ouija-Brett. So etwas willst du bestimmt nicht hier haben", gab Wolf zurück.

Wolf betrachtete den Tisch mit den Kristallen, die um einen großen, hohlen Stein mit Spitzen aus Amethyst arrangiert waren. Es gab nur wenige Kerzen, gerade genug, um das nötigste Licht zu spenden. Seine Mutter räumte wahrscheinlich nicht nur ihren Bus leer, sondern auch die Vorratsschränke des Anwesens auf der Suche nach Bienenwachs, wenn es das hier gab.

„Nein, das ist noch nicht fertig. Mom muss noch einen Kreis legen und vielleicht ein paar Runen oder Geisterfallen." Er schleuderte den Ball erneut und folgte dem Hund, der durch die Halle lief, mit den Augen. „Und noch ein paar Kerzen mehr würden auch nicht schaden. Je mehr Licht, desto besser."

„Hier sind Kronleuchter." Tristan deutete zu der hohen Decke, wo mehrere Monstrositäten aus Kristall an langen Ketten hingen. „Und Lampen."

„Das geht nicht. Die Lichter müssen ausgeschaltet sein und die Vorhänge dürfen nicht geöffnet werden. Die Elektrizität stört die Resonanz der Geister und es ist schwerer für sie, sich zu manifestieren. Dasselbe gilt für Sonnenlicht, selbst wenn der Himmel bedeckt ist. Auch dann dringt noch Sonnenlicht ein. Das ultraviolette Licht dringt zwar nicht durch die Scheiben, aber die Strahlen sind normalerweise immer noch stark genug, um die Sichtbarkeit zu mindern. Vielleicht nicht genug, um etwas auf der spektralen Skala einzuschränken, aber das können wir nicht wissen. Es gibt nicht genug wissenschaftliche Erkenntnisse, um das zu bestätigen, also besser Vorsicht als Nachsicht." Wolf hielt sich davon ab, einen Monolog über den Bezug von sichtbarem Licht zu Phantomenergien zu halten. „Es ist wirklich eine Sache der Wissenschaft. Zwischen all diesem Irrsinn gibt es eine handfeste Erklärung für die Kerzen."

„Das ist nur so … verrückt." Tristan seufzte schwer. „Okay, aber wenn sie irgendetwas in Brand setzt, rette Boris. Okay?"

„Und was tust du währenddessen?"

„Ich schlage entweder deine Mutter oder lösche das Feuer. Das kommt darauf an, worüber ich dann wütender bin."

Tristan schnappte sich Jacks Ball, als der Hund ihn fallen ließ. Er holte aus und warf den Ball gekonnt an die gegenüberliegende Wand, wo er von einer Zierleiste abprallte. Der Ball flog zur Seite und in den Flur in Richtung des Ballsaales mit Jack dicht dahinter.

„Das war wirklich beeindruckend." Wolf pfiff.

„Ja, ich habe Übung darin. Ich kann dir nicht sagen, wie oft ich diesen Ball geworfen habe, seit ich hier eingezogen bin. Oder wie froh ich bin, dass das jetzt dein Job ist. Ich hatte mir schon Sorgen gemacht, dass die Leute denken könnten, ich masturbiere zu oft, weil mein rechter Arm viel stärker ist als mein linker."

„Eigentlich kann man gar nicht zu oft masturbieren", flüsterte Wolf ins Ohr seines Geliebten und kicherte über die roten Flecken auf Tristans Wangen. „Aber ich hoffe, das ist jetzt nicht mehr nötig. Vielleicht solltest du es ganz aufgeben."

Tristan verdrehte die Augen, aber sie nahmen ein dunkles Grün an, und das sagte Wolf, dass er Tristan damit hatte. Jack konnte den Ball entweder nicht finden oder ihm war langweilig, denn der Terrier trottete durch das Foyer, um sich unter den Tisch zu legen und seinen kleinen Körper zusammenzurollen.

„Also haben Geister ihre eigene … Elektrizität?" Tristan neigte den Kopf und sah sich in der Lobby um. „Oder etwas Ähnliches? Wie funktioniert das?"

„Sie erzeugen Energie." Er dachte einen Moment nach und überlegte, wie er seine Theorie erklären konnte, damit sie für Tristan nachvollziehbar war. „Ich glaube nicht, dass ich ein einziges Gerät in meiner Ausrüstung habe, das das Spektrum, in dem sie existieren, wirklich erfassen kann. Daran muss ich noch arbeiten. Im Prinzip sind Geister wie Infraschall, eine Bewegung, die in einem Bereich von Schall und Licht existiert, die Menschen nicht wahrnehmen können, bis die Geister in ihr visuelles oder akustisches Spektrum eindringen. Dann kann man sie sehen oder, in deinem Fall, mit ihnen interagieren."

„Ich kann anscheinend nicht anders, als seltsamer zu sein als der Rest der Menschheit", brummte Tristan leise.

„Nicht seltsam, nur anders", berichtigte Wolf ihn. „In deiner DNA gibt es eine Abweichung, die es dir erlaubt, durch diese Schichten hindurchzusehen. Du kannst ihre Vibrationen wahrnehmen. Das ist dir angeboren. Wie bei jemandem, der einen besonders feinen Geschmackssinn oder ein besonders feines Gehör hat. Du bist eben einfach auf Geister abgestimmt."

„Aber du kannst sie auch sehen." Tristan nickte in Richtung des schlafenden Hundes. „Du hast gerade eine halbe Stunde lang Bällchen holen mit einem toten Hund gespielt."

„Dazu habe ich auch eine Theorie. Die meisten in meiner Familie nehmen spektrale Resonanz bis zu einem bestimmten Level wahr … aber eben nicht so wie du. Du sprengst sozusagen die Skala, aber das hat auch mit dem Ort der Heimsuchung zu tun." Wolf kam langsam in Fahrt und lehnte sich in seinem Stuhl vor. „Manche

Orte verstärken die spektrale Resonanz. Ich muss nur eine Methode finden, diese Orte zu identifizieren und herauszufinden, wie sie funktionieren. Denk mal an all die Orte, die die Menschen für … unheimlich oder heilig halten. Ich glaube, dass das an der Verstärkung liegt, die sie fühlen. Du bist dafür empfänglicher, eine Art Antenne. Und das versuche ich zu beweisen."

„Warum willst du das nochmal?" Tristan runzelte misstrauisch die Stirn. „Du hast gesagt, dass du es für deine Familie tun willst, aber … du bist ein Arschloch, was das Thema Geister angeht."

„Okay, zu Anfang schon, ja. Das bin ich immer, aber nur, weil es so viele Leute gibt, die etwas erfinden, um sich einen Vorteil zu verschaffen. Aber es geht wirklich um meine Familie." Er rieb seine Hände aneinander, um sie aufzuwärmen. Durch den Sturm draußen kühlte es im Foyer ab und sie hatten auch die Heizung abgestellt, um die Geräusche in der Umgebung zu minimieren. „Und es geht auch um mich. Ich will in der Lage sein, zu beweisen, dass das spektrale Spektrum existiert."

„Aber du lebst davon, zu beweisen, dass Geister nicht existieren."

„Nein, ich lebe davon, zu beweisen, dass die Leute ihre Existenz vortäuschen", korrigierte Wolf. „Es ärgert mich, wenn jemand so tut, als würde bei ihm ein Geist in Erscheinung treten. Ich bin immer skeptisch, aber das muss ich auch sein. Ich schließe alles aus, bis nur noch die geisterhafte Präsenz übrig bleibt. Ich habe mein Leben der Aufgabe gewidmet, einen Weg zu finden, Heimsuchungen aufzudecken. Denn ich habe Verwandte, die ihr Leben damit verbringen, böse Geister auszutreiben, und wäre es nicht gut für sie, wenn sie wüssten, was auf sie zukommt? Und der Rest … die Betrüger? Die ziehen nur alles in den Dreck, was andere tun … was du tust."

„Ich tue überhaupt nichts", sagte Tristan stirnrunzelnd. „Ich trage ihre Namen nur in ein Buch ein und bitte Mara dann, nach ein paar Tagen die Betten frisch zu beziehen. Oh, und ich heuere Heather an, wenn sie um einen Job bittet. Das würde ich gerne wieder tun."

„Willst du meine Theorie hören? Naja, auch die Theorie meiner Mom." Er musste über Tristans argwöhnisches Nicken lächeln. „Dein Onkel Mortimer hat nur erweitert, was bereits hiergewesen ist. Das Anwesen ist ein natürlicher Übergang in … naja, wohin Geister auch immer gehen, wenn sie hier nichts mehr zu tun haben. Ich denke, die Geister, die hierherkommen, haben den Ort, wo sie gespukt haben, verlassen, und das ist ihre letzte Reise. Dies ist eine letzte Atempause von ihrer stressigen Existenz und dann gehen sie ins Licht … oder wie man das auch immer nennen möchte. Deshalb siehst du, wie sie an den Punkten im Stern deines Onkels verschwinden. Du … der Grange … ihr helft den Seelen, Frieden zu finden. Ich denke, wenn es euch nicht gäbe, gäbe es wesentlich mehr unruhige Geister, die auf der Erde umhergehen."

„Aber wir wissen, dass sie gehen. Wir wissen das."

„Ich denke, du und dein Onkel, ihr seid größtenteils dafür verantwortlich, dass sie das können. Du bist wie ein Leuchtfeuer. Deine Anwesenheit an diesem Ort zieht sie an, wenn sie bereit sind, zu gehen. Und dein Onkel hat irgendwie eine Möglichkeit gefunden, die Trennung zwischen unserer Welt und der anderen Welt zu lockern, aber nur für die Geister. Für Level der Energie und Existenz."

„Hm." Wolf konnte nicht ergründen, was der andere gerade dachte, aber er war überrascht, als Tristan weitersprach. „Also würdest du wieder hierherkommen, wenn alles vorbei ist. Um Hoxne Grange zu untersuchen. Und die Geister."

„Nein", sagte Wolf leise. Er hob die Hand zu Tristans niedergeschlagenem Gesicht und legte sie an seine Wange. „Ich möchte hier sein, weil du hier bist. Selbst wenn ich hier nie wieder einen Geist sehe, werde ich dennoch immer wieder herkommen, so lange du mich haben willst. Hey, ich werde wahrscheinlich eine Menge Zeit damit verbringen, dich zu überzeugen, mir ein Zimmer zu vermieten."

„Wirklich? Ein Zimmer?" Tristans Augen weiteten sich dramatisch. „Wir haben nicht sehr viele Zimmer und die sind normalerweise ausgebucht. Du musst dir vielleicht mit jemandem ein Zimmer teilen."

„Ich teile gern mein Bett. So lange es mit jemandem ist, den ich wirklich sehr mag. Ich bevorzuge blonde Männer mit langen Beinen", flüsterte Wolf an Tristans Lippen und leckte darüber, bis der Mann seinen Mund für ihn öffnete. „Besonders solche mit grünen Augen und faulen Wolfshunden."

„Dann finde ich vielleicht ein Plätzchen für dich." Tristan öffnete sich ihm und lehnte sich in Wolfs Arm, als der Tristan in den Stuhl drückte. „Eines, das deinen besonderen … Bedürfnissen entspricht."

Tristans Haut fühlte sich kalt an unter seinen Handflächen und Wolf genoss es sehr, den Rücken und die Seiten des Mannes ein wenig aufzuwärmen, indem er darüber rieb. Tristan schnurrte geradezu in Wolfs Umarmung und rutschte zur Seite, damit Wolf sich mit seinem Mund beschäftigen konnte. Es würde Stunden dauern, bis Wolf wieder Gelegenheit haben würde, mit dem Mann allein zu sein, also genoss er die langsame Erkundung von Tristans heißem, feuchtem Mund, streichelte seine Zunge und seine Lippen, bevor er Tristan am Kinn festhielt.

Nächstes Mal, dachte Wolf, nehme ich ihn einfach auf den Schoß.

Sein Schwanz lachte spöttisch bei dem Gedanken. Wenn sie zum nächsten Mal die Gelegenheit hätten, sollte es besser eine Möglichkeit geben, Tristan in der Horizontalen auszustrecken, damit er ihn ficken konnte, bis sie beide nur noch ein wimmerndes Häufchen waren.

„Nur damit du's weißt, mein Schwanz hat exzellente Ideen." Wolf leckte Tristans Ohrmuschel in Erinnerung daran, was er ein paar Stunden zuvor mit Tristans Arsch gemacht hatte.

„Ich mag deinen Schwanz." Tristan beugte den Kopf, damit Wolf in seinen Nacken beißen konnte. „Er scheint zu wissen, was ich will, bevor ich selbst es weiß."

„Gut, er scheint sich über deine Gunst zu freuen." Er wurde steifer als beabsichtigt, aber der Mann schmeckte einfach zu gut, um ihn loszulassen, da Tristans Schüchternheit unter Wolfs Küssen dahinzuschmelzen schien.

„Dafür habt ihr später noch Zeit." Meegans fröhliche Stimme war wie Eiswasser für seine Libido. Er stöhnte und fühlte, wie er erschlaffte und Tristan sich in seinen Armen versteifte. „Erst müssten wir hier etwas aufräumen!"

„Gott, ich hasse sie", jammerte Wolf in Tristans Ohr. „Fünf Minuten. Wären noch fünf Minuten mehr zuviel verlangt gewesen?"

„Gidget und Matt bringen gerade den Rest herein, damit wir anfangen können. Ich werde mit den Pulvern, die dieser Swami mir gegeben hat, einen Kreis legen. Ich habe auf etwas wirklich Mächtiges gewartet, um sie alle zu benutzen. Ich will sie nicht für etwas Lächerliches wie einen Türklopfer oder einen Stöhner vergeuden. Für diese Schätzchen kommt nur ein richtiger Poltergeist infrage." Meegan blieb gerade lange genug stehen, um ihrem Sohn einen säuerlichen Blick zuzuwerfen. „Beeil dich, Wolf. Ich brauche deine Hilfe, um die Bögen auszurichten. Deine Arme sind länger als meine. Und wo kommt dieser Ball her? Tristan, kannst du ihn bitte unter dem Tisch hervorholen? Das Rot zieht Mitläufer an, und das wollen wir auf keinen Fall."

Sie schubste sie beide, als sie an ihnen vorbeiging, und ihr langer Rock schwang um ihre Knöchel. Am Tisch angekommen, stellte Meegan ein kleines Kästchen auf den Stoff und begann, weitere Kerzen und Gläser mit verschiedenfarbigem Sand auszupacken, die für Wolf verdächtig nach etwas aussahen, das Touristen am Pier als Souvenir kaufen konnten.

Seufzend gab Tristan Wolf einen schnellen Kuss auf die Wange und wollte von seinem Schoß aufstehen. „Na los."

„Ich schwöre dir, Babe, ich habe keine Ahnung, was sich Ödipus damals gedacht hat", grummelte Wolf, aber er ließ Tristan widerwillig los. „Wenn ich nicht so sicher wäre, dass sich mein Dad als Mittagessen bei den Eisbären verdingt, hätte ich wahrscheinlich schon den Orestes gemacht."

„Weißt du, Wolf … du bist wirklich seltsam." Tristan wischte seine Hand an seiner Jeans ab und stand auf. „Ich glaube, daran könnte ich mich gewöhnen."

„Genug, damit du mir eventuell eine Hälfte deines Bettes vermietest?" Wolf trat hinter Tristan und schlang die Arme um seine Hüfte, damit er sich nicht zu weit entfernen konnte.

„Ich denke schon." Tristan lehnte sich kurz gegen Wolfs Brust, bevor er sich losmachte. „Boris kann sich einen anderen Schlafplatz suchen. Die Hälfte des Bettes gehört dir."

ER KONNTE nicht glauben, dass er gerade zugestimmt hatte, dass Wolf bei ihm einzog. Das war verrückt. Schon weil sie sich vielleicht eine Woche kannten und die meiste Zeit davon mit Streiten oder Ficken verbracht hatten. Sie hatten …

Momente. Lange Momente des miteinander Redens, wenn Tristan ehrlich war, aber Ehrlichkeit war das letzte, was er zurzeit brauchen konnte.

Ehrlichkeit bekämpfte nicht die Panik, die ihn zu ersticken drohte, als er sich neben Wolf auf einen Stuhl setzte und seine Hand nahm. Wolf rieb seine Finger und versuchte, die Kälte aus Tristans Haut zu vertreiben, dann hob er Tristans Hand an seine Lippen und küsste die Handfläche.

„Das wird schon klappen, Babe." Wolf blinzelte ihm zu. „Mom ist verrückt, aber sie ist wirklich gut darin. Wirklich."

Wolfs Berührung auf seiner Haut beruhigte seine Nerven und plötzlich war es nicht mehr so seltsam, ihn als potenziellen Mitbewohner zu betrachten.

„Besonders, da ich mir nicht mal sicher bin, dass ich das hier überleben werde", brummte Tristan.

Gidget zog sich langsam einen Stuhl heran und zuckte zusammen, als die Stuhlbeine auf dem Boden quietschten. Sie setzte sich hin, schürzte die Lippen und runzelte die Stirn. „Wolf, ich denke, es ist eine schlechte Idee, dass ich hier bin. Ich könnte im Ballsaal die Aktivität aufzeichnen."

„Meegan hat gesagt, dass wir fünf Leute brauchen. Wegen der fünf Zacken eines Sterns, oder so." Matt setzte sich neben sie und stieß dabei fast eine Kerze um. Er und Gidget haschten hektisch nach dem Teil aus Wachs, bevor es umfallen konnte. Gidget richtete die Kerze wieder auf und schlug die Hand ihres Freundes weg, bevor er noch mehr Schaden anrichten konnte.

„Toll, als ob es nicht schon genug ist, dass deine Großmutter uns umbringen will", zischte sie ihm zu.

„Tut mir leid", flüsterte Matt.

„Wir sind nicht in der Kirche. Du musst nicht flüstern." Gidget verdrehte die Augen.

„Es ist noch nicht zu spät, einen Priester zu holen, wisst ihr?" Matt seufzte. „Meine Mom brüllt während dieser gestellten Sendungen über Besessene, dass sie die Katholiken hätten holen sollen. Ernsthaft, es gibt jede Menge Kirchen in der Stadt. Ich bin sicher, dass jemand mit weißem Kragen und Rosenkranz herkommen würde."

„Ruhe." Meegan funkelte den Techniker an. „Wenn das nicht funktioniert, warten wir, bis Cin wieder da ist, aber wir rufen keinen dieser Ghule, die meinen, man soll freitags nur Fisch essen. Die reagieren immer so hochnäsig, wenn man ihnen erklärt, dass alle ihre Rituale und Feiertage abgekupfert sind. Und jetzt lasst mich das hier zuende bringen, damit wir anfangen können."

Tristan versuchte, das sinnliche Verlangen, das Wolfs Finger hervorriefen, zu ignorieren und schaute sich an, was auf dem Tisch lag. Dabei fragte er sich, ob der Grange schon allein durch die ganzen Kerzen, die Meegan auf der Tischplatte ausgebreitet hatte, in Flammen aufgehen könnte.

In der Mitte des Tisches hatte sie mit dem Sand, den sie mitgebracht hatte, ein kompliziertes Muster aus Spiralen und verschlungenen Linien geschaffen. Vor jedem von ihnen standen kleine Keramikschälchen, die mit Steinsalz gefüllt waren, zusammen mit etwas, das aussah wie eine Handvoll Schokoladenbonbons. Tristan beugte sich neugierig vor, um an dem Sand zu riechen und musste ein Niesen unterdrücken, als ihm der intensive Parfumgeruch der Körner in die Nase stieg.

„Frag nicht." Wolf schüttelte den Kopf. „Dieser Sand hat so viel mit einem Swami zu tun wie die Wahrsage-Automaten am Pier."

„Ist das der Ring, da in der Mitte des Sandes?" Tristan wollte nicht genauer hinschauen, weil der blumige Geruch immer noch in seiner Nase kitzelte. „Warum hat deine Mutter ihn dort hingelegt? Wollten wir nicht Onkel Mortimer um Hilfe bitten?"

„Ähm, gute Frage." Wolf räusperte sich geräuschvoll, aber seine Mutter ignorierte ihn, um stattdessen einen Bund Salbei mit einer Gasflamme zu entzünden. „Mom! Scheiße. Hier sind genug Kerzen, um den Salbei anzustecken. Was hast du da?"

„Das habe ich mir von deinem Bruder geliehen. Er hat es benutzt, um Zucker und Lachshaut zu karamellisieren." Sie wedelte mit der Flamme herum, bevor sie sie ausschaltete. „Aber die Flamme wird nicht heiß genug, um sie bei *Lebensmitteln* zu verwenden."

„Meine Mutter, Befreierin der Haushaltsgeräte." Wolf drückte Tristans Hand. „Nächste Frage, was macht der Ring hier?"

„Oh, kleine Planänderung. Habe ich euch das nicht erzählt?" Meegan schritt um den Tisch und wedelte mit dem rauchenden Salbeibündel über ihren Köpfen. „Ich habe mit deiner Tante Passarabi gesprochen und sie sagte, dass Mortimers Rituale wahrscheinlich noch intakt sind, wir müssten einfach nur Winifred loswerden. Also werden wir sie rufen. Wenn sie hier ist, werdet ihr alle sie mit dem Salz bewerfen, während ich ihre Verbannung beschwöre. Dann essen wir zu Abend. Irgendwo, wo es schön ist. Mit Tischdecken. Wir könnten auch zum Union Square gehen und nachsehen, ob Bachs kleiner Laden schon geöffnet hat."

„Moment, noch mal von vorn." Gidget hob eine Hand. „Du rufst Winifred? Was ist daraus geworden, den fröhlichen, netten Onkel Morty zu rufen? Wann hat sich dieser Plan geändert?"

„Pläne sind fließend, Liebes." Meegan tänzelte an ihr vorbei. „Wie das Universum. Man muss lernen, sich seinem Fluss zu unterwerfen. Das ist besser für den Geist und die Seele. Es stärkt den Charakter."

„Willkommen in meiner Kindheit", brummte Wolf und hielt Tristan fest, der sich zurückziehen wollte. „Geh nicht weg. Ich bin hier. Ich passe auf dich auf."

Das Wort Panik beschrieb nicht annähernd das Gefühl, das in Tristans Brust explodierte. Sein Hals tat weh, als erinnerte er sich an seine letzte Begegnung mit der wütenden Winifred, und wenn ihm vorher schon kalt gewesen war, so drang ihm die Kälte jetzt bis ins Mark.

„Nein …nein …nein." Er versuchte aufzustehen, aber seine Beine wollten ihm nicht gehorchen. „Damit bin ich nicht einverstanden. Sie hat versucht, ihre

Faust in mich zu stecken … und ich habe an der Stelle nicht einmal eine *Öffnung*! Wir wissen nicht sicher, dass das funktioniert!"

Meegan war ganz in ihre Aufgabe vertieft, aber Wolf war bei ihm und zog Tristan an sich. Er drehte seinen Stuhl herum und nahm Tristans Hände. Wolfs Knie stießen gegen seine Beine und Tristan holte tief Luft, um den wilden Funken in seinem Inneren zu ersticken, bevor sich seine Angst in ein rasendes Inferno verwandelte.

„Mom, hör einen Moment mit dem Herumgewedel auf", sagte Wolf ruhig über seine Schulter hinweg. „Komm her und erzähl Tristan, was zum Teufel du hier vorhast. Bist du dir sicher, was Winifred angeht?"

Meegan löschte den Salbei sofort in einer Tasse Wasser, die sie auf dem Tresen der Rezeption abgestellt hatte, und eilte an Tristans Seite, das musste man ihr lassen. Sie setzte sich zwischen ihn und ihren Sohn, schloss ihre Hände um deren verschränkte Finger und wärmte sie zusätzlich. Die fröhliche, flatternde Frau verschwand, und Ernst erschien auf ihr Gesicht und gab ihm einen gemessenen Ausdruck, wie bei ihrem Sohn, wenn er über seine Arbeit sprach.

„Ich hätte dir sagen müssen, was ich vorhabe, Tristan." Meegan strich eine Strähne aus Tristans Gesicht und steckte sie hinter sein Ohr. „Es tut mir leid. Ich war so in meine Arbeit vertieft … und ich glaube, ich sehe dich bereits als eines meiner Kinder an … als wüsstest du, was ich vorhabe, weil du damit aufgewachsen bist."

„Aber das bin ich nicht", flehte er leise. „Ich habe immer gedacht, ich wäre seltsam. Oder vielleicht verrückt. Woher hätte ich wissen sollen, dass ihr alle genauso verrückt seid? Ich habe noch nie jemanden getroffen, der so ist wie ich."

„Babe, *niemand* ist wie du." Wolf küsste seinen Mundwinkel. „Und ja, Mom ist manchmal ein wenig verrückt, aber ich *vertraue* ihr. Sie weiß, was sie tut, auch wenn ich nicht immer daran *glaube*, was sie tut."

„Ich bitte dich also, mir auch zu vertrauen." Meegan sah zu ihm auf. „Wenn du damit nicht einverstanden bist, dann hören wir auf. Wir gehen in ein Hotel, das auch Hunde aufnimmt, und warten darauf, dass Cin diesen Ort von bösen Geistern befreit. Aber das könnte ein paar Wochen dauern."

„Ich will sie nicht so lange hier haben", gab Tristan langsam zu. „Ich will, dass sie verschwindet. Ich will, dass der Grange wieder so ist, wie er war. Ich will mein Zuhause zurück. Ich weiß, das klingt langweilig –"

„Vertrau mir, wenn ich sage, dass es *nicht* langweilig ist, dass du dein Zuhause zurückhaben willst", sagte Wolf grinsend. „Sie ist hier nicht mehr willkommen. Wie sagst du immer? Fisch und Gäste stinken nach drei Tagen?"

„Und Geister. Die auch. Die meisten." Tristan lächelte und konnte nicht anders, als auf das lässige Grinsen seines Geliebten zu reagieren. Er holte tief Luft und nickte Meegan zu. „Okay. Ja, versuchen wir, sie loszuwerden. Ich habe nur … eine Heidenangst vor dem, was sie uns antun kann."

„Darum sind wir alle hier. Zusammen. Wolf und ich werden dich beschützen." Meegans elfenhaftes Gesicht erhellte sich. „Und ich habe bestimmt zehn Pfund Salz unter dem Tisch. Wir werden die Schlampe pökeln, wenn nötig, aber sie wird verschwinden. Das verspreche ich dir, Tristan, und wenn es das Letzte ist, was ich tue."

„Sag so etwas nicht, Mom", zischte Wolf. „Wirklich. Es ist schon schlimm genug, dass er Winnie die Schreckliche hier hat, es ist nicht nötig, dass du diesen Ort auch noch heimsuchst. Er könnte vor Schuldgefühlen nie wieder schlafen und ich hätte nie wieder Sex, weil du mich nie in Ruhe lassen würdest. Also, wenn wir das hier versauen, habe ich Cin schon auf der Kurzwahl."

„Ha, es ist wirklich eine Schande, dass ich keinen lustigeren Sohn geboren habe. Zum Glück hast du mir einen Neuen geschenkt, damit ich mich nicht mehr mit dem Originalmodell herumärgern muss." Meegan tätschelte Tristans langes Bein ein letztes Mal, dann stand sie auf und ging zu dem letzten leeren Stuhl am Tisch. Sie ließ sich nieder und griff nach Tristan Hand. Sie drückte sie, bevor sie Gidgets Hand in ihre andere nahm. „Okay, Kinder. Jetzt geht's ans Eingemachte."

# 18

TRISTAN MUSSTE zugeben, er war ziemlich enttäuscht, dass es keine Gesänge gab. Er hatte zumindest mit unheimlichen Worten oder Geräuschen gerechnet. Nein, stattdessen hatte Meegan geklungen, als wollte sie ein sehr ungezogenes Kind zu einem Bad überreden, während Gidget im Hintergrund einen lautstarken Schluckauf bekommen hatte, weil sie ihre Cola zu schnell getrunken hatte.

Das Hicksen war viel unterhaltsamer als die Anrufung. Gidget klang wie ein verärgerter Baby-Pterodaktylus und ihr gesamter Körper zuckte hoch, als wollte sie losfliegen.

Trotz des rhythmischen Quietschens und Wolfs belustigtem Kichern war Meegan unbeirrbar.

Als eine Stunde vergangen war, begann Tristans Magen fast so laut zu knurren wie Gidget, die immer noch wie ein liebeskranker Archaeopteryx klang, und nichts, was er tat, brachte ihn zum Schweigen.

Sein Hintern war taub und nicht auf die angenehme Art, und als er zu Matt hinüberschielte, hätte er schwören können, dass der Techniker mit halb geschlossenen Augen schlief. Nur Wolfs Finger, die seine Hand hielten, hinderten ihn am Einschlafen. Eigentlich sorgten sie dafür, dass er dauernd erregt war, aber auch das hielt ihn wach.

Wann sorgte Wolfs Berührung auch dafür, dass er *nicht* hart wurde?

Tristan rutschte auf seinem Stuhl herum und versuchte, wieder etwas Gefühl in seinem Hintern zu bekommen, als der Tisch leicht wackelte.

„Bist du okay?“, flüsterte Wolf über die Anrufungen seiner Mutter hinweg.

„Ja, mein Hintern ist bloß eingeschlafen.“ Tristan sah ihn fragend an. „Wieso?“

„Es hat sich angefühlt, als hättest du mit dem Knie gegen den Tisch geschlagen.“ Die Augenbrauen des Mannes zogen sich zusammen, als Tristan mit dem Kopf schüttelte. „Vielleicht war es Gidget. Oder Matt hat im Schlaf um sich getreten.“

„Das ist unmöglich. In der Mitte ist ein dickes Tisch–“ Tristan kam nicht dazu, zu erklären, warum es unmöglich war, den Tisch fest genug zu treten, denn er wurde hart vom Tisch weggeschleudert und seine Finger aus Wolfs Hand gerissen.

Danach war alles ein wenig verschwommen, weil er kopfüber mit der Wange auf dem Boden lag und mit dem Hintern an den Tresen der Rezeption lehnte. Meegans Beschwörungen schienen von weit weg zu kommen. Ein unzusammenhängendes Schimpfen, das sehr nach den zaghaften Vorhaltungen klang, die seine eigene Mutter den Angestellten des Haushalts gemacht hatte, wenn diese sie enttäuscht hatten.

Von irgendwoher tropfte etwas Feuchtes auf sein Gesicht und Tristan schnüffelte, wobei er feststellte, dass er durch das linke Nasenloch keine Luft bekam. Die Feuchtigkeit schien aus seiner Nase zu kommen, was noch erschreckender war, und es schmeckte eher nach Blut als nach dem salzigen, ekligen Produkt einer übereifrigen Nasenhöhle.

Über ihm schien außerdem ein überaus besorgt wirkender Wolf zu kauern, der versuchte, ihn aufzurichten. Hilfsbereit wie er nun mal war, tat Tristan, was er konnte, was hauptsächlich darin bestand, zur Seite zu kippen wie zu feuchter Fisch im Sushi. Der Boden war kälter, als er ihn in Erinnerung gehabt hatte, aber das tat gut, wenn man bedachte, dass sein Gesicht vom Blut erwärmt wurde.

„Lass mich einfach einen Moment hier liegen. Ich stehe nachher wieder auf." Er war sich sicher, dass er sich erinnern würde, wenn er seine Zunge hätte piercen lassen, aber zwischen den Pterodaktylus-Schreien und dem Tisch, der plötzlich ein Eigenleben entwickelt hatte, schien etwas passiert zu sein, denn seine Zunge passte nicht mehr richtig in seinen Mund.

„Nein, Babe. Jetzt." Wolf war dummerweise stärker als er und Tristan hatte sich gerade damit abgefunden, eine Weile auf dem Boden zu verbringen, als er wie ein Mehlsack auf die Füße gestellt wurde. „Komm schon. Steh auf. Winifred kommt."

Meegans ruhige Stimme schien den Weg allen Irdischens gegangen zu sein, wenn das heisere Kreischen, das aus ihrem Mund kam, ein Zeichen dafür war, wie die Séance verlief. Winde peitschten durch die Lobby und Tristan konnte sich kaum auf den Füßen halten, als ein Windstoß ihn fast gegen Wolf stieß.

Als er endlich aufstehen konnte, war Tristan entsetzt angesichts dessen, was er vor sich sah. Das Hoxne Grange, das er geliebt und dem er sein Leben gewidmet hatte, war verschwunden, und an seiner Stelle hatte sich eine Art Tor zur Hölle geöffnet und ermöglichte einem Schatten mit Fängen und Flügeln aus seinen dunklen Tiefen zu steigen und in das Herz des Anwesens vorzudringen.

Genau in der Mitte stand eine teilweise körperliche Winifred mit erhobenen Armen und einem Schrei auf den Lippen, der die Schatten aufforderte, sich zu erheben, als wäre sie eine ein Meter große Maus mit einem mit Sternen verzierten Zauberhut, und die Dunkelheit wäre ihre Besen.

Und Winifred war um einiges unheimlicher als alles, was dem Königreich der Maus jemals entspringen könnte. Erst recht, als sie ihren seelenlosen Blick auf sie richtete und sie anstarrte.

Es war kaum zu erkennen, dass der leicht mondgesichtige Techniker von dieser knochigen Gestalt abstammte, die sich vor ihnen materialisierte, da sie das flackernde Kerzenlicht und jedes bisschen Licht um sich herum aufzusaugen schien. Nichts von Matts lächelndem Gesicht war in den Zügen der Frau zu erkennen, die sich verdichteten, als sich langsam Haut um ihre schiefen Zähne bildete.

Der Sand, der auf dem Boden verstreut war, schien ihre Manifestation zu unterstützen. Die Körner führten in teuflischen Spiralen zu Winifreds langem Körper und sie streckte sich, ihr langer, schwerer Rock fiel an ihren Hüften hinunter auf den Boden. Tristan blinzelte und versuchte, den verschwommenen Blick zu klären, aber es half nicht.

Die durchsichtige Essenz von weiterziehenden Geistern, wie er sie sein ganzes Leben gekannt hatte, war verschwunden. Sie sah weniger lebendig aus als die sonstigen Gäste des Grange mit ihrer blassen, blau-grauen Gestalt, die zwar körperlich genug für den Blick, aber nicht für Berührungen war, aber Winifred war definitiv körperlich genug. Oder sie würde es sein, wenn sie den Sand und den Staub in der Lobby ganz in ihren Körper gesogen hatte.

Man konnte diesen Geist unmöglich mit einer lebendigen Frau verwechseln. Alle Zeichen von Leben waren von ihrer Haut verschwunden, ihr Fleisch hing lose von ihren Knochen und bewegte sich hin und her, wann immer sie sich rührte. Ihr Kiefer bewegte sich die ganze Zeit, entweder von der Zeit oder den Umständen entstellt, aber der Knochen schien nicht solide genug zu sein, ihre Zunge zu tragen, denn sie glitt aus ihren Lippen heraus und pendelte an ihrem Kinn, bis sie sie mit einem schlürfenden Geräusch wieder einzog.

Ein durchdringender Geruch strömte von Winifreds Gestalt, etwas Dunkles, Modriges mit einem Hauch Fäulnis, eher wie saure Milch als Schwefel. Ihre Füße waren nackte, knorrige, stockähnliche Dinger, mit denen sie ihren ersten Schritt seit über hundert Jahren in die menschliche Welt tat.

Ihr Kopf hing in einem seltsamen Winkel, als ob sein Gewicht zu ungewohnt und zu schwer für ihren Nacken war, und sie zuckte, als sie einen weiteren Schritt machte. Ihre Gelenke klapperten von der Anstrengung, ihre Bewegungen für einen weiteren Schritt zu koordinieren. Etwas an ihren Glieder passte nicht zusammen und Tristan fragte sich. wie hart er wirklich gegen den Tresen geprallt war, denn sie schienen sich ... wellenartig ... zu bewegen, eine fließende Bewegung, die nicht im Geringsten zum Zucken und Zittern ihrer Knie und Ellenbogen passte.

„Scheiße, das war das letzte Mal, dass ich zugestimmt habe, einen Geist zu beschwören", murmelte Tristan und war für Wolfs Hände an seinen Hüften dankbar. „Ihre Arme ... sie zucken hin und her. Andauernd."

„Ja, Mom und ich müssen ein ernstes Gespräch führen, wenn das hier vorbei ist", stimmte Wolf ihm zu. „Jetzt komm schon, Babe. Steh auf."

Das Klopfen in seinem Hinterkopf wurde ihm jetzt richtig bewusst. Seine Augen fühlten sich an, als würden sie gleich aus seinem Kopf springen, aber er konnte sie dennoch nicht schließen. Er brauchte sie, um zu sehen, was Winifred vorhatte.

„Kann mich nicht bewegen, Wolf", platzte er heraus. „Wenn wir uns bewegen, wird sie uns sehen. Jagen die nicht nach Sicht?"

Das war Unsinn, aber zu mehr war sein Gehirn nicht imstande, und es brachte Wolf zum Lächeln.

Offensichtlich hielt Winifred nichts von Humor, denn die schwarzen Kugeln in ihren Augenhöhlen richteten sich auf sie, und Tristan fragte sich plötzlich, ob die Frau tatsächlich von einem T-Rex abstammte.

Die Aufmerksamkeit der toten Frau auf sich zu ziehen, war wohl das Schlimmste, was ihm hätte passieren können, denn sobald ihr Blick ihn gefunden hatte, kam der rauchige, heulende Schatten auf ihn zugeschossen. Es gab keinen Ausweg, trotz Wolfs Aufforderung, Tristan solle sich hinter seinem breiten Körper verstecken. Winifred hatte Tristan entdeckt und sie würde ihn nicht entkommen lassen.

Der Schatten schleuderte ihn hin und her, stieß ihn gegen den Tresen der Rezeption, aber Tristan versuchte, standzuhalten. Er klammerte sich an Wolfs Arm, um auf den Beinen zu bleiben. Er lief ein paar Schritte um den Tresen herum, als Wolf ihm etwas zurief, dass er durch das Rauschen der Schatten über seinem Kopf nicht verstehen konnte. Der Geist war nur noch wenige Meter entfernt und er kam langsam näher. Sie mussten raus aus der Lobby oder sich zumindest kurzzeitig verstecken und überlegen, was sie tun konnten.

Er sah sich um und entdeckte Gidget und Matt, die sich unter dem umgekippten massiven Tisch zusammengekauert hatten. Ein kleiner Tropfen Blut glitzerte auf Gidgets Stirn, aber abgesehen von der Angst schienen sie in Ordnung zu sein. Bei Meegan allerdings sah es ganz anders aus. Sie stand in der Mitte des Chaos, ein bunt gekleideter Racheengel, der durch Gesänge über den heulenden Wind hinweg den Geist zu Ordnung rufen wollte.

Aber Winifred wollte nicht brav sein.

„Tris! Duck dich!", schrie Wolf, aber seine Worte schienen gedämpft und durchdrangen die Watte in Tristans Kopf kaum. „Runter!"

„Was?" Tristan hatte sich umgedreht, um zu sehen, was Wolf meinte, als Winifreds Arm sich verlängerte und in einer glitschigen Welle aus blassem Nebel und totem Fleisch auf ihn zuschoss.

Er konnte sich nicht schnell genug bewegen, um Winifreds Attacke auszuweichen, und sie traf ihn hart. Wolf schien für die fast solide Gestalt des Geistes kein Hindernis zu sein. Ihr gummiartiges Anhängsel schlug ihn zur Seite, dabei flog er über den Tresen der Rezeption. Tristan duckte sich und hoffte, sich aus dem Weg zu rollen oder zumindest sich hinter etwas verstecken zu können, bis er eine Möglichkeit gefunden hatte, sie aufzuhalten, aber sie fand ihn.

Und bohrte ihre Finger durch sein T-Shirt und in seine Brust hinein.

Schmerz. Das war alles, was er fühlen konnte. Er überwältigte ihn in seiner Intensität und Tristan konnte seinen Ausgangspunkt nicht ausmachen, auch wenn die Finger des Geistes eindeutig in sein Brustbein drangen, den Knochen hinter sich ließen und das weiche Gewebe dahinter erreichten. Sie bewegte sich durch ihn hindurch und Tristan presste es die Luft aus den Lungen, als ihre Hand an seinem Rücken wieder austrat.

Tristan wollte sich befreien, aber der Arm der Frau hielt ihn fest. Ein reißendes Feuer brannte in seinen Lungen und breitete sich auf seine schmerzenden Muskeln und Nerven aus. Tristan versuchte, Luft zu holen, aber nach wenigen kurzen Atemzügen merkte er, dass er nicht mehr als ein- oder zweimal einatmen konnte, bevor der Schmerz zurückkehrte. Er stolperte zurück, prallte gegen den Tresen und Winifreds Hand ballte sich zwischen seinen Schulterblättern zur Faust.

Ihr Fleisch gab ein wenig nach, als es den Tresen berührte, und Tristan prallte wieder dagegen. Etwas warnte ihn vor der Präsenz in seinem Körper, auch wenn er keinen klaren Gedanken fassen konnte. Der Schmerz überdeckte alles, als er sich noch einmal verstärkte und eine beruhigende Dunkelheit an den Rändern seines Bewusstseins aufzog.

Es wäre so einfach, sich der Dunkelheit und ihrem Versprechen von Frieden und Erlösung hinzugeben.

Bis er Wolfs Rufe durch das Knistern in seinem Körper, das von Winifreds Arm ausging, wahrnahm.

Er wehrte sich und versuchte, seine Hände um den Arm des Geistes zu legen, um ihn dann, so fest er konnte, herauszuziehen, wobei er den Tresen als Hebel benutzen wollte. Sie gegen das Holz zu drücken, schien zu helfen. Welche Kräfte der Geist jetzt auch immer besaß, sich durch Holz und Wände hindurchzubewegen, schien nicht dazuzugehören, denn ihr Körper war fest gegen den Rand des Tresens gepresst.

Er hatte es geschafft, dass sie sich ein paar Zentimeter zurückziehen musste, als sie auf ihn zuflog und ihr verfallener Körper seinen berührte und dabei schattenhaften, pechschwarzen Schmutz über Tristans Körper und Kleidung verteilte.

Der Mund der toten Frau schien noch nicht richtig zu funktionieren und ihr Kinn wackelte hin und her, als sie versuchte, einen Laut zu formen, aber ihr Gesicht funktionierte gut genug, um zu erkennen, was sie versuchte, zu sagen.

„Stiiiiiirb."

Sie war nicht real, rief Tristan sich ins Gedächtnis, aber das war schwer zu glauben, während der Gestank ihres Atmens in seiner Nase brannte.

„Du zuerst, Schlampe." Wolf erschien hinter Winifred und erhob sich über ihre Schulter.

Er hatte Salz in den Händen. Die Kristalle glitzerten in dem fahlen Licht und reflektierten die Flammen der verbliebenen Kerzen. Wolf schlug seine Handflächen auf die eingesunkenen Wangen der toten Frau, dabei knurrte er etwas, das Tristan nicht verstehen konnte.

Was auch immer er gesagt hatte … was auch immer es bedeutet hatte … es reichte aus, um Winifreds Griff zu lockern. Sie ließ los und schrie gequält, während sie nach den schmelzenden Resten ihres Gesichts griff.

Ein Gesicht, das aus nichts als Schatten und Sand bestanden hatte.

Feine Körnchen rieselten von Winifreds Wangen. Die Haut auf ihrem Schädel war verbrannt, wo das Salz sie berührt hatte, und wurde zu Asche, die das schattenhafte Konstrukt darunter offenbarte. Ihre Zunge bewegte sich in der offenen Stelle unter ihrem Kiefer und wurde von etwas zurückgehalten, das Tristan nicht erkennen konnte, aber die Rauchschwaden, die von den Resten ihres Gesichtes aufstiegen, waren ein Zeichen, dass das nicht lange so bleiben würde.

Er hatte den Gedanken kaum zuende gedacht, als das Organ aus Sand und Rauch zuckte und aus einem Loch an der Seite von Winifreds Gesicht schoss, und dann den Boden mit einem feuchten Klatschen traf. Dort zuckte und wand sie sich eine Weile wie eine wütende, graue Schnecke, die aus ihrem Häuschen vertrieben worden war.

Begleitet von dem Heulen eilten Tristan und Wolf um den Tresen herum, dabei knirschten heruntergefallene Salzkörner, Sand und zerbrochene Kerzen unter ihren Füßen, als sie Deckung suchten. Der Tisch war zu weit weg, um ihnen von Nutzen zu sein, und außerdem zu klein, da Gidget und Matt sich hinter seine runde Platte geflüchtet hatten, und der Bereich der Rezeption war zu offen, trotz der Regalfächer dahinter.

Aber es war ihre beste Option und Tristan tauchte hinter dem nutzlosen Schutz ab, der die Winde, die in der Lobby heulten, ein wenig abhielt.

Winifreds Zunge versuchte, ihnen zu folgen wie ein eingeweideartiger, gehäuteter Golem auf der Suche nach seiner Beute. Sie schleppte sich über den Boden und fand ihren Weg durch den Schmutz, um zu Tristans Versteck zu gelangen, und er beobachtete mit Schrecken, wie das Ding umhertaumelte und mit jedem Schrei aus Winifreds nun blankem Schädel näherkam.

„Ich brauche noch mehr Salz", schrie Wolf praktisch in Tristans Ohr. „Warte hier."

„Was mache ich damit?", fragte er und deutete auf die Zunge, die sich zielstrebig über das Parkett hievte.

„Ich weiß nicht. Ein Sandwich vielleicht? Vielleicht mit einem guten Senf?" Wolf küsste seinen Mundwinkel und Tristan schmeckte das Zimtbonbon, das Wolf während der Séance gelutscht hatte, gemeinsam mit Wolfs natürlichem, rauchigen Geschmack. „Halt die Stellung, Pryce. Ich hole Verstärkung."

„Sei vorsichtig. Wir hatten doch vor, hinterher zum Chinesen zu gehen", antwortete Tristan. „Ich bin schon auf meinen Glückskeks gespannt. Das wird bestimmt interessant."

„Einverstanden." Wolf kam auf die Füße und blickte sich um. „Ich bin gleich zurück."

Er sprintete durch die Lobby zu seiner Mutter und ließ Tristan zurück. Ein weiterer Blick auf die Zunge riss Tristan aus seiner Starre. Sie war viel nähergekommen und hatte sich fast fünfzehn Zentimeter weitergewunden, während Wolf ihn geküsst hatte.

Wolf musste über das Organ hinwegrennen und es erhob sich vom Boden, aber einen Moment zu spät, um Wolf zu berühren. Da die Zunge mit ihrer neuen Beute keinen Erfolg gehabt hatte, setzte sie ihre Imitation einer Seegurke fort. Während Tristan ihr unkoordiniertes Kriechen beobachtete, kam sie einige Zentimeter vorwärts und überwand schnell den Abstand zwischen ihrem ursprünglichen Landeplatz und der Rezeption. Ihr Geisterfleisch hinterließ eine rauchende Schleimspur und Stückchen auf dem Holz, die von ihrer Form abfielen, wo sie mit dem verschütteten Salz in Kontakt gekommen war.

„Wenn eine Zunge für meinen Tod verantwortlich sein sollte, dann ist das Wolfs Zunge." Tristan duckte sich wieder hinter dem Tresen, als Winifreds Arm ausholte und ihn fast am Kopf traf. „Scheiße, das ist wie bei Fang den Maulwurf."

Er entdeckte einen silbernen Brieföffner, den er auf einem der Regale liegen gelassen hatte. Er gehörte ursprünglich zu einem Schreib-Set, von dem sein Onkel behauptet hatte, es habe Königin Elisabeth I. gehört. Das Teil war schwer und scharf genug, dass Tristan es des öfteren zum Schälen von Äpfeln benutzte, wenn er auf die Ankunft von Gästen in den Morgenstunden wartete.

„Das könnte funktionieren. Silber ist gut." Er konnte sich nicht erinnern, ob Silber bei etwas anderem als Werwölfen etwas bewirkte, und selbst dann gab es keine Garantie. Abgesehen von seiner Verbindung zum Grange hatte Tristan erschreckend wenig Ahnung, was das Übernatürliche anging, und wenn er nicht diesen kitschigen Film mit George Hamilton gesehen hätte, dann hätte er gedacht, dass Silber auch bei Vampiren wirkte.

Er bewaffnete sich mit dem Brieföffner und holte tief Luft. „Okay, Zunge. Jetzt wird es ernst."

Sie war viel größer, als er erwartet hatte. Viel größer, als sie gewesen war, als sie noch ein paar Meter entfernt gewesen war. Als Tristan um den Tresen herumschielte, hatte das schwelende Organ etwa die Größe eines aufgeblähten Chihuahuas ohne Beine, und war ungefähr genauso angenehm, dem Hin und her Winden nach zu urteilen.

Tristan hechtete mit ausgestreckten Armen und dem Ersatzdolch in der Hand um die Ecke. Er traf nicht genau, aber doch gut genug, um den Brieföffner durch die runde Zungenspitze zu stechen. Die Zunge war auf den Boden geheftet und begann, sich vehement dagegen zu wehren, und schlitzte sich dabei an den scharfen Kanten des silbernen Öffners auf.

Aus der Zunge sickerte etwas Schwarzes und Klebriges, das brannte, wenn es Tristans Haut berührte, und kleine rote Punkte hinterließ. Auch wenn sie von der Klinge durchbohrt war, weigerte sich die Zunge, ihre Jagd aufzugeben. Sie wand sich und versuchte, sich zu befreien, indem sie ihre Spitze an der scharfen Schneide teilte.

„Verdammte Scheiße." Tristan duckte sich unter einem weiteren Schlag von Winifreds Arm und ihre Finger verpassten sein Haar, das von der Explosion verwirrt war, nur knapp. Ein paar Meter entfernt schleuderte Wolf etwas in das

Gesicht des Geistes. Sie schlug sofort zurück und schrie ihre Wut in einem wirren Durcheinander heraus.

Das Salz unter seinen Händen und Knien war unangenehm. Er setzte sich zurück und konnte das Knirschen unter seinen Schienbeinen fühlen. Er starrte auf seine Hände und ihm ging ein kleines Licht auf – das wahrscheinlich nicht heller war als eine von Meegans Kerzen.

„Scheiße. Salz." Er schaute sich hektisch um und entdeckte kleine Spuren Salz um sich herum. „Wolf hat es *gerade erst* benutzt. Gott, Tristan. Denk doch etwas nach."

Er brauchte länger als erwartet, um genügend Salz zu sammeln, und als er eine Handvoll beisammen hatte, hatte sich Winifreds Zunge von dem Brieföffner befreit. Ihre Spitze war gespalten wie die einer Schlange und sie drehte sich herum und setzte ihren Weg fort, als Tristan seine Munition aufnahm und sich auf sie stürzte.

Die Handvoll Salz, die er von Boden gesammelt hatte, schien ihre Aufgabe zu erfüllen. Er schloss seine Hände über dem sich windenden Möchtegern-Fleisch und drückte die Körner dabei tief in das verletzte Fleisch. Die Zunge, die zwischen Tristans salziger Haut und dem mit Salzkörnern bedeckten Boden gefangen war, wand sich hin und her, um sich von der brennenden Qual zu befreien.

Tristan stützte sich mit seinem gesamten Gewicht auf die Zunge und drückte so viel Salz in die Oberfläche, wie er konnte. Er hielt nur lange genug inne, um noch mehr von Boden zu nehmen, bevor er sich wieder daraufflehnte. Dichter Rauch stieg von der platten, rauen Oberfläche der Zunge auf und das vertraute Brennen des seltsam klebrigen Inneren des Dings fraß sich in Tristans Handflächen.

Er konnte das Brennen nicht länger ertragen und so riss er seine Hand los und rutschte zurück, gerade noch rechtzeitig, um zu sehen, wie die Zunge aufplatzte und ihre fleischigen Stücke in der Luft glitzerten, bevor sie als verbrannter Sand zu Boden fielen.

Erleichtert über das Ende der Zunge, kam er auf die Knie und drehte sich um in der Hoffnung, zu sehen, wohin sich Wolf vor den verrückten Körperteilen von Winifred geflüchtet hatte, aber der Geist schlug erneut zu. Dieses Mal wurde er von ihrem Schienbein am Kopf getroffen. Er kippte nach hinten, stürzte in die Reste der Zunge und dem Häufchen aus Salz und Sand um ihn herum.

Der Sturz trieb ihm die Luft aus den Lungen und einen Moment lang fragte Tristan sich, ob die Zunge sich an ihm rächen wollte, als er sah, wie Winifred sich über seinem ausgestreckten Körper erhob, ihre Finger sich verlängerten und in seinen vor Schreck geöffneten Mund stießen.

# 19

TRISTAN BEI der Rezeption zurückzulassen war schwer. Eigentlich war es absolut grauenhaft, aber das würde er für sich behalten. Besonders mit Winifred im Nacken.

Die Heimsuchung war größer als alle, die er bisher gesehen hatte. Was auch immer seine Mutter getan hatte, sie war zu etwas Größerem durchgedrungen, als sie kontrollieren konnte, und er wollte verdammt sein, wenn Tristan für diesen Fehler würde bezahlen müssen. Er eilte durch die Lobby, wobei er der sich windenden Zunge auswich, und war mit wenigen Schritten bei seiner Mutter. Meegan versuchte immer noch, den wütenden Geist mit Gesängen und Beschwörungen zu besänftigen.

Zumindest nahm Wolf dies an. Irgendwann war seine Mutter von Latein zu einer Sprache gewechselt, die nach brüchigem Bengali klang. Einer Sprache, die sie kaum beherrschte, auch wenn kein rasender Poltergeist Jagd auf ihre Köpfe machte.

„Mom! Nimm die Hände runter!" Wolf packte Meegans Arme, als sie gerade angefangen hatte, ein Rezept für *Basanti Pulao* zu rezitieren, und wand sie herunter. „Und hör auf mit dem Gesang. Du machst es nur schlimmer. Was zum Teufel ist in dem Sand?"

„Nur das Übliche." Endlich nahm seine Mutter die Arme herunter und die Winde flauten zu einer lauen Brise ab, die den Strom, der Winifred immer mehr verstärkte, aufwirbelte. „Den Sand habe ich von den heiligen Männern in unserer Straße. Oh, und ein paar gemahlene Hühnerknochen. Die halten sich besser als die ganzen Knochen. Und ich war es leid, vor einer Séance zwei Pfund Chicken Wings zu essen. Davon bekomme ich Sodbrennen."

„Scheiße, Mom." Wolf kaute auf der Innenseite seiner Wange, während er versuchte, sich an die Lektionen zu erinnern, die er von den vielen älteren Hellsingern bekommen hatte, die ihn aufgezogen hatten.

Er war in den traditionellen Schulfächern ein besserer Schüler gewesen. Das Familiengeschäft hatte ihn nie sonderlich interessiert. Er war immer aufmerksamer gewesen, wenn es darum ging, warum Diät-Cola explodierte, wenn man ein Mentos hineinwarf, als darum, ob mehr oder weniger als vier Schmetterlingsflügel für einen Liebestrank notwendig waren. Trotzdem klingelte es in den stillen Windungen seines Gehirns, wohin er seine Kindheit verbannt hatte. Etwas über poröses organisches Material, das wie ein Katalysator für die Energie von Geistern wirkte. Plötzlich fiel es ihm ein … just als Tristan den Brieföffner in Winifreds schleimige Zunge stieß.

Der blonde Mann würgte die Zunge eiskalt ab.

Aber Winifred hatte noch ein Ass im Ärmel.

„Mom, du hast organische Körner für die Beschwörung benutzt." Wolf drehte seine Mutter herum. „Gemahlene Hühnerknochen. Du hast sie auf dem Kreis aus Sand verteilt."

„Verdammt, du hast recht." Meegan wurde blass. „Ich habe den Hühnerstaub dort verteilt, wo ich die Knochen platziert hätte. Genau auf den Sand."

„Genau, und als du sie gerufen hast, hast du ihr etwas Organisches als Nahrung gegeben. Mom, deshalb soll man ganze Knochen benutzen. Ein Geist kann etwas so Großes nicht beleben. Die gemahlenen Knochen, die du verwendet hast, allerdings schon. Darum ist sie hier. Rauch, Knochen und Spiegel, Mom. Das hält einen Geist im Kreis gefangen. Und du hast den Kreis *gebrochen*."

Wenn Wolf als Kind auch wenig gelernt hatte, so kannte er doch die großen Drei der Beschwörungen: Rauch, Knochen und Spiegel. Wie bei der Heiligen Dreifaltigkeit der kreolischen Küche war es keine gute Idee, etwas an den Grundzutaten zu ändern. Die kleinste Ahnung vom Rauch einer Kerze reichte aus, das Lichtspektrum zu unterbrechen, damit ein Geist hinüberwechseln konnte, und das Salz, dessen winzige Oberfläche genug leuchtete, um einen Geist zu binden, fungierte als ein Spiegel, aber es waren die Knochen, die den Geist anzogen. Der Knochen war, als Abbild des Lebens, ein Köder, um die Aufmerksamkeit des Geistes zu gewinnen, aber er musste zu groß und schwer sein, als dass ein böser Geist von ihm Besitz ergreifen konnte.

So wie Winifred es gerade mit dem Hühnerknochenmehl tat, das über den Boden und in den Körper gesogen wurde, den sie mit ihrem Willen und ihrem Hass erbaute.

Es war einer der wesentlichen Grundsätze, der jedem Hellsinger eingeimpft wurde, sobald er in der Lage war, einen Salzstreuer zu halten. Gib niemals einem Geist die Möglichkeit, sich an etwas aus der körperlichen Welt festzuhalten, sonst wurde man ihn kaum wieder los. Und nach Winifreds Gackern, das aus ihren zungenlosen Rachen erklang, stand Wolf vor einer Schlacht, auf die er nicht vorbereitet war.

„Verdammte, beschissene Scheiße", fluchte Meegan. „Ich bin *so* dumm! Was habe ich mir bloß dabei gedacht?"

„Darüber reden wir später. Ich muss sie von Tristan fernhalten."

Tristan war ungeschützt und der Geist hatte ihn im Fadenkreuz. Bevor Wolf sich von seiner Mutter lösen konnte, war Winifred bei seinem Geliebten, und ihre Finger wanden sich aus ihren Händen und pressten sich gegen die Lippen, die er gerade geküsst hatte. Schwarzer Schleim tropfte von den zerrissenen Wangen des Geistes und traf auf Tristans blanke Arme. Dabei hinterließ er rote Male.

Winifreds Absichten waren klar und deutlich. Auch wenn Tristan kaum etwas über Geister wusste und Wolf das Übernatürliche nur ungern anerkannte, wussten sie beide, dass Tristan etwas Übernatürliches an sich hatte und Wolf erkannte, dass Winifreds Angriff weniger etwas mit Rache und Mord zu tun hatte als damit, Kontrolle über Tristans Körper zu erhalten.

„Ich habe noch nie gern geteilt." Wolf griff sich eines der heruntergefallenen Päckchen Salz, die seine Mutter unter den umgekippten Tisch gestellt hatte. „Und ihn werde ich ganz bestimmt nicht teilen."

Der rote Pappkarton war beschädigt und Wolf musste seine Hand unter einen Riss an der Seite halten oder er hätte alles auf dem Weg zur Rezeption verloren. Er schrie seine Mutter über die Schulter hinweg an, während er eine Kaffeetasse mit Salz füllte.

„Mom! Blas alle Kerzen aus." Er nahm leuchtendes Haar unter dem Tisch wahr. „Gidget, komm da unten raus und hilf uns. Matt auch. Mom, lass dir etwas einfallen, um das hier zu beenden. Wir müssen die Schlampe dahin zurückschicken, wo sie hergekommen ist."

Er wartete nicht, ob die anderen taten, was er gesagt hatte. Wolf konzentrierte sich nur auf eines … Winifred davon abzuhalten, in Tristans Körper einzudringen und Gott weiß was damit anzustellen.

Wenn er es jemals bereut hatte, den komplizierten „Lektionen", die seine älteren Verwandten ihm und seinen Cousins gehalten haben, nicht zugehört zu haben, dann war es jetzt. Okay, vielleicht hatte er seine Unaufmerksamkeit schon bei Winifreds erstem Auftritt bereut, aber sicherlich nicht so sehr wie in diesem Moment.

Der Gedanke, Tristan zu verlieren – auch nur einen Teil von ihm – verursachte einen Knoten in seinem Inneren. Einen sehr schmerzhaften Knoten.

Plötzlich schienen die wenigen Gramm Salz, die er in der Hand hielt, nicht genug. Er bräuchte eine gesamte Salzmine, um Winifred so tief zu begraben, dass sie die Oberfläche nie wieder erreichte, aber das, was er hatte, würde hoffentlich ausreichen.

Die festgepinnte Zunge löste sich langsam in Salz und Staub auf und aus ihren sich windenden Überresten sickerte dünnes, schwarzes Blut auf den Boden der Lobby. Die tintenartigen Flecken auf dem Brieföffner trockneten langsam und wurden zu dünnem Rauch, der von der Klinge in zarten, grauen Wölkchen aufstieg.

„Öffnet die Vorhänge! Es muss heller sein." Wenn es Winifred einen Vorteil verschaffte, das Licht auszuschließen, dann konnte es Wolf nur helfen, die Lobby mit Licht zu durchfluten. Er blieb nicht stehen, um zu sehen, ob Meegan auf ihn hörte, sondern stürzte sich auf Winifred, nur mit einer Tasse Steinsalz und der schwachen Hoffnung bewaffnet, dass es ausreichte, um sie zurückzudrängen. „Na komm schon, Schlampe. Lass ihn los."

Ihre Finger zwangen Tristans Lippen auseinander und drangen in ihn ein in einer grotesken Verhöhnung der Leidenschaft, die er und Wolf in Tristans Bett geteilt hatten. Darum musste er sich zuerst kümmern. Er zielte auf Winifreds zuckende Anhängsel und schüttete das Salz auf Tristans Mund, in der Hoffnung, dass das Brennen stark genug wäre, dass sie ihn losließ.

Ihre spitzen Schreie waren definitiv ein gutes Zeichen, dass das Salz funktionierte.

Zu dumm, dass er nicht bedacht hatte, dass das Salz ihr Fleisch auflösen und Tristans Mund mit verbranntem Dreck und schwarzem Schleim füllen würde.

Winifred flog von Tristan weg, ihre zerstörten Hände rauchten und zischten, während sie ihre Arme voller Qual umherschwenkte. Wolf drängte sich zwischen den Geist und seinen Geliebten, dann drehte er Tristan um und schlug auf seinen Rücken, um seine Atemwege zu befreien. Der blonde Mann spuckte eine Ladung nassen Sand aus und würgte wegen der Flüssigkeit, die auf seiner Zunge klebte. Sein anklagender Blick war sturmgrün, als er sich aufsetzte und Wolf ansah.

„Willst du mich umbringen?" Tristan reinigte seine Zunge mit den Fingernägeln und kratzte dabei eine dünne Schicht feuchten Staub ab.

„Nein, ich habe versucht, dich zu retten." Wenn Tristan schlecht gelaunt war, war das ein gutes Zeichen, dass er nicht allzu schlimm verletzt war, und Wolf umarmte ihn kurz. Dann begann er, allen Sand und Salz von ihm abzuklopfen, den er sehen konnte. „Okay, jetzt finden wir eine Möglichkeit, sie ein für alle Mal loszuwerden. Kannst du aufstehen?"

„Ja." Tristan erlaubte Wolf, ihm hochzuhelfen. Er schielte über die Schulter seines Geliebten und runzelte die Stirn. „Scheiße, sie kommt zurück."

„Nimm das Päckchen und wirf das Salz nach ihr. Wir müssen sie aus dem Konzept –" Weiter kam Wolf nicht, denn die Lobby wurde von Licht durchflutet. Es kam durch die Fenster und von den altmodischen Lampen über ihnen, als Meegan und Gidget die schweren Vorhänge öffneten und die Kronleuchter anschalteten.

Winifreds Mund zog sich von ihren schiefen Zähnen zurück und verzerrte ihre beschädigten Wangen. Ihre Lippen dehnten sich über ihr lilafarbenes Zahnfleisch und auf ihrer Haut entstand ein schwarz und pinkfarbenes Muster. Ihre Arme hingen kraftlos von ihren Schultern, mit den Handgelenken fast an ihren Knien, aber ihre schlangenartigen Finger waren verschwunden, weggebrannt von der dicken Schicht Steinsalz, das immer noch an den verbrannten Stümpfen klebte.

Matt schleppte sich zu Wolf und klammerte sich an zwei Päckchen Salz. Seine Jeans war mit Blut durchtränkt und der Stoff war um einen schlimm aussehenden Schnitt an seinen Oberschenkel herum fast schwarz. Seine Hände zitterten stark, als er Wolf eines der Päckchen reichte, und entweder die Angst oder der Blutverlust ließen sein Gesicht blass werden.

„Versteck dich hinter dem Tresen. Wenn sie dich nicht sehen kann, lässt sie dich in Ruhe. Ich kümmere mich darum." Tristan nahm Wolfs zitterndem Techniker das andere Päckchen ab. Matt blickte zu Wolf und wartete auf Bestätigung. Wolf nickte und bedeutete seinem Assistenten, Schutz zu suchen.

„Ich habe mein Handy irgendwo da hinten verloren." Wolf musste schreien, damit man ihn über Winifreds zunehmend hysterische Schreie hören konnte. „Ruf meinen Cousin Cin an. Er soll jemanden herschicken. Wir brauchen Verstärkung, wenn wir es nicht schaffen, sie loszuwerden."

Matt schien protestieren zu wollen und Tristan schubste ihn an der Schulter in Richtung der Rezeption. Der junge Mann duckte sich stolpernd hinter den Bogen aus Mahagoni, und Wolf konnte nur hoffen, dass er das verlorene Handy fand und Verstärkung rief.

Gidget schleuderte so viel Salz und Sand, wie sie vom Boden zu fassen bekam, auf Winifred, während Meegan den Geist in die Enge trieb und ihn in gebrochenem Latein aufforderte, das Haus zu verlassen. Trotz der Gesänge und der giftigen Körnchen, wich das Phantom nicht zurück und schlug mit seinen abgeschnittenen Gliedern nach den Frauen.

„Nimm das Salz." Tristans schob das Päckchen in Wolfs Hände. „Ich habe eine Idee. Lass nicht zu, dass sie verschwindet. Ich bin gleich zurück."

„Ja, ich glaube, das hat sie auch nicht vor." Wolf blickte zu dem Geist, der mit seiner Mutter kämpfte. „Wo willst du hin?"

„Das wirst du gleich sehen. Hoffen wir, dass es funktioniert."

Meegan hatte einen Schürhaken gefunden und bedeckte ihn mit dem geschmolzenen Wachs der Kerzen. Sie tauchte die Spitze in das Wachs und drückte Salz in die weiche Masse. Dann trat sie vor, schwang die Waffe über ihrem Kopf und schlug Winifred damit auf den Kopf. Es verursachte zumindest ein Stechen, denn als der gusseiserne Haken mit dem Salz Winifreds Stirn traf, entstanden Funken, ein breiter Schnitt öffnete sich über ihrer Augenbraue und Staub rieselte an ihrem Kleid hinunter.

Tristan stürzte in Richtung Ballsaal davon und ließ Wolf mit den beiden Päckchen Salz zurück.

„Fuck, da ist er wenigsten sicher", brummte Wolf.

Die Päckchen waren beide halb voll und er musste eine Möglichkeit finden, Winifred mit so viel davon zu bestreuen wie nur möglich. Man kam nur schwer an sie heran. Ihre Rundumschläge machten sie gefährlich und Gidgets Gesicht und Arme röteten sich, wo sie getroffen worden war.

Wolf reichte der jungen Frau eine Box und brüllte: „Verteil so viel davon auf ihr wie möglich. Als wolltest du Hühnerfutter verteilen."

„Ich habe in meinem ganzen Leben noch nie Hühner gefüttert!", schrie Gidget zurück. „Hühner kenne ich nur von Styroportellern oder als kleine, weiße Bällchen."

„Verdammt, sieh einfach zu." Wolf schüttete etwas Salz in seine Hand und schleuderte die Körner weg, dabei verteilten sie sich über Winifreds Rücken.

Der Geist reagierte sofort – ein spitzer Schmerzensschrei – und die geknöpfte Rückseite ihres Kleides begann sich aufzulösen und rieselte zu Boden. Spinnennetzartige Schatten erschienen zwischen den Rissen in ihrer äußeren Hülle und Wolf bewarf sie erneut, wobei er auf die dunklen Stellen zielte.

Das Salz drang durch die Löcher zwischen den Rissen. Rauch drang hindurch und vergrößerte sie. Wolf schleuderte eine weitere Handvoll und zielte dabei auf die gleiche Stelle, aber der Geist drehte sich um und schlug ihn mit einer

180

fingerlosen Hand. Er stolperte rückwärts und fühlte einen scharfen Schmerz an seiner rechten Wange.

Gidget schrie, als Winifred sich ihr zuwandte, und die junge Frau warf ganze Hände voll Salzkristalle auf den Geist, dabei rann ihr Mascara in Strömen von den Wangen. Meegan holte aus und schlug erneut zu. Diesmal trieb sie den Schürhaken in Winifreds Nacken.

„Wolf, er steckt fest!", rief Meegan, während er sich noch von dem Schlag erholte. „Ich bekomme ihn nicht heraus."

Er musste sich schnell bewegen, um den gummiartigen Armen des Geistes auszuweichen, aber Wolf schaffte es über den schmutzigen Boden und packte nach dem hölzernen Griff des Hakens. Meegan ließ los und schnappte sich das Salz, das er liegengelassen hatte, und füllte es in ihre Hand, um Winifred erneut zu treffen.

Da erklang Musik in all ihrer misstönenden Pracht und der dröhnende Bass aus den Ecken des Raums zwang Wolf fast in die Knie.

„Was zum Teufel?" Wolf presste die Hände auf die Ohren, um das Durcheinander von seinen Trommelfellen fernzuhalten, aber das Kreischen der Gitarren drang zwischen seinen Fingern hindurch. Der Krach, mit einem Unterton von donnernden Beats mit einer bluesartigen Melodie und einer weichen, rauchigen Stimme, legte sich etwas.

*I took his hand, ran to temptation and sin*
*Drowned in sond, ink and pin*
*Dusted off the rust, let go of my pain*
*Best thing I did, was come out of the rain*

Wolf erkannte das Lied. Es war schon ein paar Jahre alt und wurde immer noch gespielt, wenn er zusammen mit Cin im Auto saß. Es folgte ein Refrain; etwas über hübsche Jungs, gestohlene Küsse und Feuertreppen. Dann änderte sich die Musik. Die Verzerrung war verschwunden und der stechende Schmerz in seinen Ohren hatte legte sich.

Winifred allerdings wusste die Musik nicht zu schätzen, auch nicht nachdem sich die Lautstärke normalisiert hatte. Ihre Schreie der Wut und des Schmerzes wurden zu einer fast lautlosen Klage, aber der Ton hatte sich in Wolfs Ohren festgesetzt und bohrte sich in seinen Schädel. Die Laute der Erscheinung waren schwerer zu ertragen als die ursprüngliche Dissonanz der Musik, wenn das überhaupt möglich war.

Er schaffte es auch nicht, den Schürhaken aus ihrem Hinterkopf zu ziehen, egal wie fest er daran zerrte, da drehte Winifred sich um und hob Wolf von den Füßen, als er sich an den hölzernen Griff des Schürhakens klammerte. Sie drehte sich erneut und schleuderte ihre Arme wild umher, dabei traf eine der verstümmelten Hände Wolf genau auf dem Mund.

Er spukte Blut und tat das einzig Richtige. Er ließ los.

Während er durch die weitläufige Lobby segelte, fiel ihm verspätet ein, dass er dichter am Boden hätte sein müssen, um den Griff zu lösen.

Wolf schlug hart genug auf dem Boden auf, um sein Gehirn durcheinanderzurütteln ... oder das wenige, was davon noch übrig war. Die Ellenbogen anzuziehen bewirkte nur, dass er das Parkett genau mit seinem Musikantenknochen traf. Er rollte über den Boden und schlug sich das Knie an bei dem Versuch, Halt zu finden. Der Glanzwachs auf dem Parkett schien an manchen Stellen dicker aufgetragen zu sein, denn er traf eine rutschige Stelle, schlidderte weiter und prallte gegen die antike Holzvertäfelung der Lobby, bevor er endlich Halt fand.

Direkt zu Tristans nackten Füßen.

Sein Geliebter sprang aus dem Weg, eine rücksichtsvolle Geste, dann erkannte Wolf, dass er sich wahrscheinlich bewegt hatte, um nicht von Wolfs Armen und Beinen niedergemäht zu werden. Während all des Taumelns und Fliegens lief der Song weiter, ein lautes Grollen, das dazu geeignet war, ein langes Stück Highway ein wenig interessanter und weniger einsam zu machen.

*I came on down, fell from the sky*
*So fucking glad the Devil stopped by*
*Tears wiped dry, bruises faded from skin*
*Made whole and loved, drunk off Sinner's Gin.*

„Es scheint zu funktionieren!", rief Tristan über ein Gitarrensolo hinweg.

„Was zum Teufel machst du da?", schrie Wolf zurück und seine Stimme schien zu laut, als die Akkorde und die Worte plötzlich verstummten.

„Du hast gesagt, Geister sind wie Infraschall", erklärte Tristan hastig. „Sie haben ein bestimmtes Spektrum, richtig? Genau wie Musik. Ich habe gedacht, wenn sie körperlich ist, dann könnte sie keine Töne in ihrem körperlichen Spektrum ertragen. Also, Musik!"

„Oh Gott, ich liebe dich. Das ist einfach brillant." Er umfasste Tristans Gesicht mit den Händen und gab ihm einen langen Kuss. „Ich werde mich nachher noch intensiver bedanken. Im Moment ..."

„Müssen wir sie loswerden." Der blonde Mann nickte mit leuchtenden Augen. „Verstanden."

Hinter ihm schrie und jammerte Winifred noch immer. Seine Mutter schleuderte so viel Salz auf den Geist, wie sie konnte, und die weißen Körner verwandelten Winifred in ein schwarzes Irgendwas. Das Kleid der Frau löste sich mehr und mehr auf und hinterließ kleine Sandhaufen auf dem Boden, während sie sich von dem mit Salz bedeckten Schürhaken in ihrem stark beschädigten Kopf befreien wollte.

Die Musik ließ nicht nach und hämmerte auf die Erscheinung ein, die ihren makabren Tanz fortführte, aber Wolf würde nichts dem Zufall überlassen. Winifred hatte viele Löcher und er konnte sehen, wie sie sich vor ihrer aller Augen auflöste.

Er eilte zu dem Chaos auf dem Boden und schrie Gidget und Tristan zu: „Findet den Ring! Er hält sie wahrscheinlich hier fest."

„Dieser Ring ist ein Familienerbstück", schrie Matt hinter dem Tresen hervor.

„Genau wie dieser verdammte Geist und den werden wir auch los", schrie Gidget zurück und schleuderte sich die Haare aus dem Gesicht. „Wenn das hier vorbei ist, werden wir ein ernstes Gespräch über deine Prioritäten führen!"

„Mir geht das Salz aus, Wolf!", warnte Meegan.

„Such nach dem Ring", sagte Tristan und klopfte auf Wolfs Schulter. „Ich klaube das Salz von Boden auf und helfe deiner Mom."

Der Tisch war ein paar Meter entfernt auf der Seite gelandet und hatte die Kerzen und den Sand überall verteilt. Ein paar der Tabletts mit Salz hatten den Absturz überlebt und ihr Inhalt hatte sich mit dem Sand und den gemahlenen Knochen vermischt, aber zum Glück waren die Kerzen ausgegangen, bevor sie etwas in Brand stecken konnten. Der Sand war mit dem Wachs und den Kristallen, die seine Mutter in das Muster eingebaut hatte, zu einem Klumpen verschmolzen. Wolf ließ sich auf die Knie fallen und wühlte sich hastig durch das Durcheinander in der Hoffnung, die Monstrosität aus Juwelen zu finden, die diesen heulenden Albtraum hergebracht hatte.

Sein Herz machte eine Sekunde später einen Satz, als Gidget sich plötzlich aufsetzte und den Ring umherschwenkte. Sie hielt in unter Wolfs Nase und quietschte: „Ich hab ihn gefunden!"

„Zerschlag ihn!", befahl er und reichte ihr einen der schweren Kerzenhalter, die seine Mutter aus ihrem Van herbeigeschafft hatte. „Sie haben sie in der Mangel. Sozusagen."

Tristan tat zweifellos sein Bestes, Auge in Auge mit einem Phantom, das den Großteil seiner körperlichen Existenz damit verbracht hatte, zu versuchen, in seinen Schlund zu kriechen. Ihre wabbeligen Stümpfe flogen wie zerrissene Spinnenweben hilflos umher, als Winifred versuchte, zu entkommen. Seine Mutter hatte sich den Schürhaken gegriffen und sich gegen den Tresen gelehnt und hatte so einen sicheren Stand gegenüber Winifreds verzweifeltem Winden.

Das einst grauenerregende Gesicht des Geistes war nun eine grauenhafte Masse aus schwarzem Schleim und sandigen Stellen, ihr Kiefer war zerstört, ihre Augenhöhlen trüb, und ihr Licht schwand rasch. Der Sand, der sich von ihrem Kleid gelöst hatte, rann nun von den Stellen, wo sie die meiste Zerstörung angerichtet hatten, in Strömen nach unten und malte unter ihren sich auflösenden Füßen ein seltsam verzerrtes Bild.

„Ich kann nicht", sagte Gidget unter Tränen.

„Was?" Wolf stockte der Atem und er verschluckte sich fast an seiner Zunge. „Bist du verrückt?"

„Ich kann es nicht!", jammerte Gidget. „Matt hat ihn mir gegeben, und ..."

„Scheiß drauf. Gib ihn mir." Er streckte die Hand aus und riss den Ring an sich. „Ich kaufe dir einen neuen. Was auch immer du willst. Aber dieses verdammte Ding verschwindet."

Er war sich nicht sicher, aus was der Kerzenhalter hergestellt worden war, aber er war groß, schwer und der Aufgabe definitiv gewachsen. Er machte etwas Platz auf dem Boden, legte den Ring hin und hob den Kerzenhalter hoch über den Kopf. Wolf holte tief Luft und schlug zu.

Der Ring zerbrach.

Genau wie die Frau, die mit ihm verbunden war.

Winifred ging mit einem Knall. Ihr Körper explodierte und ließ nichts zurück als Spritzer von feuchtem Schatten, Sand und Spinnenweben, die in der Luft umherschwebten. Der Schürhaken fiel klappernd zu Boden. Meegan stolperte zurück und landete auf ihrem Hintern, als der Widerstand des Geistes plötzlich verschwand und sie keinen Halt mehr hatte.

Tristan lehnte sich vor und stützte sich mit den Händen auf den Knien ab. Dabei holte er keuchend Luft. Sein blondes Haar hing wild und wirr um sein aristokratisches Gesicht, und ein kleiner Blutspritzer zeichnete seine gerade Nase der Länge nach. An seinem Mund hafteten Salzkörner, Reste des Salzes, das Wolf über Winifreds zugreifende Finger geschüttet hatte, und seine Kleidung war schmutzig, aber in Wolfs Augen hatte er noch nie so sexy ausgesehen.

Wolf spuckte ein paar Spinnenweben aus und grinste seinen Geliebten an. „Also, bleibt es bei Chinesisch? Denn man kann das alles hier als unser erstes Date ansehen. Abendessen und ein schlechter Horrorfilm."

„Sicher", murmelte Tristan, als die Musik zu etwas Ruhigerem wechselte. „Chinesisch klingt gut, aber beim nächsten Mal suche ich den Film aus. Deiner war Scheiße."

# EPILOG

WOLF SOLLTE eigentlich nicht fähig sein, sie zu sehen. Wenn dies das richtige Wort für die kaum wahrnehmbare Frau war, die gegenüber von Tristan am anderen Ende der Rezeption stand. Die durchscheinende Gestalt wurde dichter, als er die Treppe herunterkam. Die Säume ihres Kleides und ihre Perlen schwangen hin und her, als sie die Hand hob, um eine lose Strähne ihrer kurzen Bobfrisur glattzustreichen. Er konnte die Federn an ihrem mit Pailletten besetzten Stirnband fast deutlich sehen, aber ihre Beine hatten noch keine Gestalt, auch wenn man ein Paar Riemchenschuhe ausmachen konnte, die lautlos auf den Boden klopften. Die Straußenfedern an ihrem Stirnband hüpften im Takt mit ihrem Füßen, als sie den Kopf neigte und seinem Geliebten genau zuhörte, während der den ersten spektralen Gast des Grange registrierte, seit sie Winifred in ein Häufchen rauchenden Sand verwandelt hatten.

Tristan strahlte, als er sich vorbeugte, um mit dem glänzenden Schatten gegenüber von ihm zu reden.

Wolf war von dem Reinigungspersonal beeindruckt. Das Foyer blinkte und blitzte und der Fußboden glänzte wieder von zu viel Wachs. Die letzten Tage waren hektisch gewesen, ein Schwarm von Aktivität und schwachen Erklärungen, wie das Chaos, das das Personal in der Lobby vorgefunden hatte, entstanden war. Tristan hatte herumgedruckst und sich in Geschichten verrannt, bevor Wolf ihn beiseitenahm, einen Blankoscheck ausstellte und dem Personal sagte, es solle das Foyer in Ordnung bringen.

Auf dem Tisch stand eine neue Vase, ein flaches, breites Gebilde in durchsichtigem Blau. Das Arrangement aus Lavendel, Rosen und weißen, duftigen Blumen, deren Namen Wolf nicht kannte, war weniger penibel gestaltet als das vorherige, und dasselbe konnte man auch über den blonden Mann sagen, wegen dem er heruntergekommen war.

Oder vielleicht, dachte Wolf, hatte er selbst keinen Knoten mehr im Höschen, wenn es um das Thema Geister und deren Existenz ging. Auf dem Grange waren sie definitiv präsent. Was den Rest der Welt anging, hatte er immer noch seine Zweifel.

„Vielen Dank, Miss White." Tristan kritzelte etwas in eine Zeile des Registers. So schwer es auch war, die geschmeidige Gestalt der Frau zu erkennen, war es doch unmöglich, die Art, wie sie flirtend den Kopf neigte und ihr strahlendstes Lächeln zeigte, misszuverstehen. Tristans gemurmelte Antwort war eine leise Anerkennung des sanften Spottes der Frau und seine Wangen nahmen ein zartes Pink an wegen etwas, das sie gesagt hatte. „Meg. Vielen Dank. Sie können mich Tristan nennen."

Wolf stand auf einer Stufe in der Mitte der Treppe zum ersten Stock und lehnte sich an das Geländer, während Tristan sich um den neuen Gast kümmerte. Das Licht auf seiner rechten Schulter verdunkelte sich einen Moment lang und er blickte hinter sich. Ein Teil von ihm war immer noch nervös.

„Ich werde Ihnen kein Messer in den Rücken rammen." Mara dehnte die Worte mit einem zufriedenen Lächeln im Gesicht. Wenn er es nicht besser wüsste, würde er annehmen, dass es ihr Spaß machte, sich von hinten an ihn heranzuschleichen und ihn zu Tode zu erschrecken. Aber eigentlich, dachte er, wusste er es *nicht* besser. Vielleicht war das die Vorstellung der Haushälterin von einem schönen Abend. Abgesehen davon und dem Zählen der Laken, gab es auf dem Grange nicht viele Möglichkeiten der Unterhaltung.

Für Mara jedenfalls. Wolf fühlte sich sehr gut unterhalten. Besonders von dem blonden Künstler mit den langen Beinen und den grünen Augen, der nur ein paar Meter von ihm entfernt stand.

Mara war am Tag nach Winifred Explosion zurückgekommen und für den Grange und seine Bewohner stellte sich langsam wieder der Alltag ein, der sich größtenteils ums Aufräumen und, für Tristan und Wolf, um Sex drehte. Gidget und Matt kamen ab und zu vorbei und seine Mutter war einen Tag zuvor abgereist. Ihr bunt gestrichener VW Bus war die Auffahrt hinuntergerumpelt und hatte sie zurück zu ihrem Leben im Kristalladen und mit den Hellsingers gebracht, die bei ihr ihre Ausrüstung kauften.

„Sind Sie froh, wieder zu Hause zu sein?", fragte er die ältere Frau.

Sie strich die Vorderseite ihrer Uniform glatt und grinste ihn schief an. „Sagen Sie es mir, Dr. Kincaid. Ist es gut, zu Hause zu sein?"

Er verstand, was sie meinte, denn sie schielte die Treppe hinunter. Er nickte und dachte an die letzten verrückten Wochen und an den blonden Mann, der einen Platz in seinem Herzen gefunden hatte.

„Ja, Mara. Es ist verdammt gut, endlich zu Hause zu sein."

Die schattenhafte Figur war verschwunden, als Wolf wieder hinsah, aber Mara drehte sich um, als würde sie jemanden grüßen, der die Treppe heraufkam. Sie lächelte Wolf warm an und tätschelte seinen Arm. „Gehen Sie zu ihrem Mann. Ich geleite unseren Gast zu ihrem Zimmer. Mit ihr wird es bestimmt interessant."

„Bis später, Mara." Er wunderte sich nicht, dass die Frau den Neuankömmling sehen konnte. Wolf war sich sicher, dass er nach ein paar Monaten auf dem Grange genauso wie sie in der Lage sein würde, die Gruselgestalten wahrzunehmen. „Bringen Sie sich nicht in Schwierigkeiten."

„Oh, mein lieber Junge, ich war schon in mehr Schwierigkeiten, als Sie sich vorstellen können", spottete die Haushälterin. „Na los. Auf mich wartet Arbeit."

Er konnte den Geist, der die Treppe heraufkam, nicht sehen, und mit der Hoffnung, dass er nicht durch sie hindurchgelaufen war, betrat Wolf die Lobby mit einem übermütigen Schritt. Tristan beobachtete ihn, als er die Halle durchquerte, und schaute amüsiert, als Wolf ihn in die Arme nahm und ihn in eine schwungvolle Umarmung riss.

„Hast du mich vermisst?", flüsterte Wolf ins Ohr seines Geliebten.

„Wir haben uns erst vor zwanzig Minuten verabschiedet."

„Du bist also vor Sehnsucht fast gestorben?"

„Ich war am Boden zerstört", sagte Tristan gedehnt. „Kurz vor dem Selbstmord. Gott sei Dank war Boris da, um mich davon abzuhalten, mich vom Tresen in den Tod zu stürzen."

„Ja, ich kann sehen, wie du dahinschwindest."

Er blieb stehen und presste Tristan gegen den Tresen aus Holz. Wolf verwickelte die Lippen des Mannes in einen wilden Kuss und erkundete die warmen Tiefen von Tristans Mund, saugte an seiner Zungenspitze und biss spielerisch in seine Nasenspitze. Er hatte Tristan zum Keuchen gebracht und danach zu schließen, wie sich sein Schwanz in seiner Jeans füllte, hatte Wolf ihn auch dazu gebracht, mehr zu wollen.

Wolf rieb mit der Nase über die feuchte Stelle, die er hinterlassen hatte, und flüsterte: „Bist du hier fertig? Kann ich dich mit nach oben nehmen und meinen Spaß mit dir haben?"

„Eigentlich muss ich auf die Toilette. Der Spaß muss warten", ärgerte Tristan ihn und Wolf ließ den Kopf in gespielter Verzweiflung hängen. „Kannst du für mich auf die Lobby aufpassen? Es ist Dienstag. Ich hoffe, Cook wird zurückkommen."

„Du gehst davon aus, dass ich sie sehen kann", stellte er fest.

„Ich glaube schon. Du kannst Jack sehen. Vielleicht musst du dich nur auf sie einstellen." Tristan saugte an Wolfs Unterlippe und ließ seine Hände nach unten wandern, um Wolfs Arsch zu packen. „Abgesehen davon, musst du nur auf nasse Fußabdrücke auf dem Boden achten."

„Sie wird warten, oder?"

„Vielleicht. Wenn es erst einmal Mittag ist, kommen normalerweise keine Geister mehr an. Cook ist anders, aber ich … will einfach nicht, dass sie ankommt und niemand ist da." Tristans unschuldiges Schmollen brach Wolf fast das Herz. „Ich will nicht, dass sie denkt, sie sei allein. Sie wird vielleicht nicht mit dir reden, aber sie wird dich sehen und warten."

„Keine Sorge, Babe. Ich werde hier sein." Es hatte lange gedauert, bis er geglaubt hatte, dass es auf dem Grange wirklich Geister gab, und der Skeptiker in ihm hatte immer noch Probleme mit den Geheimnissen, die er noch nicht entschlüsselt hatte. „Hast du eine Ahnung, warum sie immer wieder hierherkommt, obwohl die anderen weiterziehen?"

„Ich weiß nicht", antwortete Tristan leise. „Es gibt so vieles, was ich nicht weiß. Zum Beispiel, warum die meisten Geister nicht alt sind. Warum sie jünger aussehen, wenn sie hier ankommen, als wahrscheinlich zum Zeitpunkt ihres Todes. Sie sind immer fröhlich oder zumindest freundlich."

„Vielleicht sehen sie so aus, wie zu der Zeit, als sie am glücklichsten waren in ihrem Leben, wenn sie hierherkommen", grübelte Wolf. „Das bedeutet natürlich, dass ich diesen Ort nie verlassen werde, denn ich bin sehr glücklich ... hier und jetzt, Pryce. Mit deinem besessenen Hund und seinem roten Ball."

„Du spinnst, Kincaid." Tristan betrachtete ihn und seine Augen leuchteten golden im Licht des späten Vormittags.

„Du solltest es eigentlich für romantisch halten", seufzte Wolf schwer, „und etwas sagen wie 'Ja, Wolf, und ich werde hier bei dir sein. Für immer. Auf dem Grange. Wie Heather, die Köchin, außer, dass ich nicht jeden Dienstag hier auftauchen und um einen Job bitten werde.'"

„Siehst du? Das meinte ich damit."

„Ja, Wolf." Er verdrehte die Augen. „Und ich werde hier –"

„Ja, Wolf. Du hast recht. Ich werde hier sein. Du, Jack und der verdammte Ball ...", echote Tristan. „Von dem ich dir *gesagt* hatte, dass du ihn nicht nehmen sollst."

„Ja, du liebst mich." Wolf grinste. Er war albern, aber das war ihm egal. Und zum ersten Mal in seinem Leben konnte er verstehen, warum seine Mutter immer so verrückt zu sein schien. Etwas hielt sein Innerstes fest in der Hand. Das Gefühl, *glücklich zu sein.* „Geh pinkeln. Diese Romantik zwischen uns ist zu viel für mich."

„Mach ... bitte nichts kaputt", warnte Tristan und glitt aus Wolfs Umarmung. „Ich bin gleich zurück."

„Das ist ein Tresen. Was kann ich da schon kaputtmachen?" Er beobachtete, wie Tristan im Flur verschwand, und blickte dann nach unten, wo er zu seinen Füßen einen Plumps gehört hatte. Boris öffnete seine Augen gerade weit genug, dass Wolf sich vorstellen konnte, wie er die Augen verdrehte, genau wie sein Herrchen ein paar Minuten zuvor. „Fellkugel, bist du bei diesem verrückten Abenteuer für die Ewigkeit dabei?"

Wenn sein tiefes Seufzen eine Zustimmung bedeuten sollte, dann wäre der Wolfshund ihr Gefährte, bis die Sonne am Himmel verglühte.

Die Eingangstür knarrte und öffnete sich und Wolf sah auf, aber niemand erschien auf der Schwelle. Eine Sekunde später erschien eine kleine Pfütze auf dem Boden der Eingangshalle, dann eine weitere, bis eine deutliche Spur aus nassen Fußabdrücken ihren Weg zu dem runden Tresen gefunden hatte.

Ein Sonnenstrahl fiel durch eines der hohen Fenster und warf einen Schatten auf das teilweise geformte Gesicht einer Frau mit weit aufgerissenen erschöpften Augen. Ihre Hände zitterten, als sie das Spitzenhäubchen von ihrem zurückgekämmten Haar nahm, und einige lose Strähnen fielen ihr ins Gesicht, tropfnass von einem Sturm aus der Vergangenheit.

„Verzeihen Sie, Sir", flüsterte sie mit gesenktem Blick. „Aber ich bin hier wegen der Stelle der Köchin. Ich wollte durch den Bediensteteneingang hereinkommen, aber ich habe ihn nicht gefunden. Ich habe keine Referenzen, denn die Lady hat sie mir verweigert, nachdem, was der Lord getan hat, aber –"

„Das ist nicht schlimm", unterbrach Wolf sie. „Wir brauchen keine Referenzen. Ich weiß nicht, was Tristan Ihnen bezahlt, aber Sie sind eingestellt. Äh ... die Küche befindet sich in dieser Richtung. Durch die Tür und den Flur entlang. Wenn Sie irgendetwas im Kühlschrank finden, schmeißen Sie es raus. Wahrscheinlich hat meine Mutter etwas hinterlassen, das gerade damit beschäftigt ist, die Herrschaft über das Universum an sich zu reißen."

Der Geist blickte ihn verwirrt an und deutete zum hinteren Bereich des Anwesens. „Dort entlang, Sir?"

„Ja, genau." Wolf zuckte zusammen. „Sie haben wahrscheinlich keine Ahnung, was ein Kühlschrank ist."

„Nein, Sir, aber ich werden mein Bestes geben." Ihre leise Stimme schien Wolf zu verspotten, als sie sich zu ihren Pflichten aufmachte und eine Spur aus nassen Fußabdrücken hinterließ, die von ihrer Anwesenheit zeugten.

„Das geht uns allen so, Süße", flüsterte er, als sie aus seinem Blickfeld verschwand. „Also, wo hat Mara wohl den Mopp versteckt?"

TRISTAN HÄTTE nie erwartet, dass Wasser auf dem Boden der Eingangshalle ihn glücklich machen würde. Der Anblick von Wolfs Hintern, als er sich bückte, um die letzten Fußabdrücke, die seine Köchin aus dem viktorianischen London hinterlassen hatte, wegzuwischen, war noch viel besser. Boris war hinter der Rezeption hervorgekommen und folgte Wolf durch die Lobby.

Jeder Gedanke daran, an diesem Nachmittag zu zeichnen, verschwand hinter dem Verlangen, seinen Geliebten auszuziehen und so viel von Wolf zu schlucken, wie in seinen Mund passte. Er wollte dies gerade vorschlagen, als Wolf aufsah und ihm zuzwinkerte.

„Deine Köchin ist hier", knurrte Wolf ihm mit rauer Stimme zu. „Ich habe ihr gesagt, sie soll den Kühlschrank sauber machen, aber sie hat mich nur komisch angesehen. Ich nehme an, wo sie herkommt, gibt es keine Kühlschränke."

„Nein, eher nicht", kicherte Tristan. „Hoffentlich findet sie nicht heraus, worüber du gesprochen hast. Ich glaube, die Reste vom Auflauf deiner Mutter haben begonnen, Zuul heraufzubeschwören. Wir müssen das ganze Ding wahrscheinlich verbrennen."

„Es gefällt mir, dass du Zuul kennst." Wolf stand auf und wischte sich die feuchten Hände an seiner Jeans ab. „Das Feuer wäre praktisch für den Marshmellow-Mann, der später noch vorbeikommt. Ich hab die Schokolade und die Graham Cracker in deinem Appartement gesehen. Damit können wir uns einen schönen Abend machen."

„Ich hatte auf einen schönen Nachmittag gehofft. Wenn du die Vordertür abschließt, gehe ich schon mal nach oben und setze einen Topf mit Spaghettisoße auf." Tristan neigte den Kopf und versuchte, so sexy auszusehen wie möglich. Er hatte nicht viel Erfahrung darin, aber das schien Wolf nichts auszumachen. „Sie kann ein paar Stunden lang durchziehen, und –"

„Sie kann die ganze Nacht lang ziehen, wenn du das willst, Pryce." Wolf hakte den Finger in Tristans Hosenbund und zog ihn für einen Kuss zu sich heran. „Aber mir fällt bestimmt etwas ein, womit wir uns beschäftigen können, bis die Soße fertig ist."

Ihre Münder berührten sich, nur ganz leicht an den Lippen, und Tristan musste sich beherrschen, damit Wolfs Kuss ihn nicht überwältigte. Sex auf dem Boden der Eingangshalle zu haben war das Letzte, was er gebrauchen konnte. Nicht, wenn ein gemütliches Bett auf sie wartete. Er entzog sich Wolf und schüttelte den Kopf.

„Nein, keine Chance. Als du mich das letzte Mal zu einem anderen Ort als dem Schlafzimmer überredet hast, habe ich mir den Hintern am Teppich aufgeschürft."

„Aber ich habe dich geküsst, damit es besser wird."

„Du hast mich geküsst und dann noch mehr verursacht", warf Tristan ihm vor. „Schließ die Tür ab, dann treffen wir uns oben."

Er war schon fast auf dem ersten Treppenabsatz, als Wolf ihm hinterherrief: „Hey, Tris!"

„Was?", rief er zurück und beugte sich über das Geländer. Es fühlte sich albern an, dass er es wagte, in der Lobby zu schreien. Nach all den Jahren der … Stille fühlte es sich gut an, loszulassen.

„Wollen wir, wenn die Spaghettisoße … durchgezogen ist, Mara einladen, mit uns zu essen? Sie ist ihr eigenes Essen bestimmt leid." Wolf lehnte sich mit einem überlegenen Grinsen zurück. „Denkst du nicht, sie fühlt sich allein, wenn es Essenszeit ist?"

Er konnte das Lachen nicht zurückhalten und ein Kichern brach aus ihm hervor, das Wolf offensichtlich beleidigte. Es würde Wolf das Herz brechen, wenn er erkannte, dass er schon vor Winifreds Erscheinen in den Hexenkessel des Grange eingetaucht war. Der Schlag für das Ego des Mannes würde riesig sein und Tristan gönnte sich ein wenig Schadenfreude über das, was Wolf bevorstand.

„Was ist daran so lustig? Ich dachte, das wäre eine nette Idee."

„Sie kann nicht mit uns essen, Wolf", rief er nach unten. „Sie ist seit über 75 Jahren tot. Deshalb geht sie nachmittags immer ins Kutschenhaus. Sie spukt dort. Bist du nicht darauf gekommen, als niemand sonst sie gesehen oder mit ihr geredet hat?"

„Was? Willst du mich verarschen?" Wolfs Aufschrei folgte ihm nach oben und Tristan schüttelte angesichts der Empörung in der Stimme seines Geliebten den Kopf. „Ich dachte, das wäre, weil wir … Scheiße, verdammte Scheiße."

„Nein, ich verarsche dich nicht!", rief Tristan vom Treppenabsatz in den zweiten Stock hinunter. „Und vergiss nicht die Tür abzuschließen, bevor du nach oben kommst."

„Nur eins noch", rief Wolf zurück. „Sag mir, dass der Hund echt ist! Ja? Boris? Er ist echt, oder?"

„Schließ die Tür ab, Wolf!"

„Verdammte Scheiße." Tristan hörte, wie er den riesigen, zotteligen Hund anbrummte. „Ich schließe jetzt die Tür ab. Dann werden du, ich und dein Daddy ein langes ernstes Gespräch führen. Aber vielleicht auch erst, wenn die Soße durchgezogen ist."

# Es war einmal ... ein Wolf

## RHYS FORD

Pfad der Wölfe: Buch 1

Gibson Kellers Leben folgt einer ziemlich öden Routine: Aufstehen, Arbeiten und eine Menge Kaffee dazu. Nebenbei kümmert er sich noch um Ellis, seinen großen Bruder, der in seiner Wolfsgestalt steckt, seit er aus dem Krieg heimgekommen ist. Ein einfaches Leben mit vielen langen Läufen auf zwei oder vier Beinen ... bis Ellis einen gut aussehenden Mann über eine Klippe ins eiskalte Wasser in der Nähe ihres Hauses jagt und Gibsons Leben damit für immer verändert.

Zach Thomas wollte einen Neuanfang machen, als er sich das alte B&B kaufte – sein Stadtleben hinter sich lassen und endlich die ersehnte Ruhe finden. Auf den Pfaden hinter seinem Grundstück zu wandern, klang eigentlich wie eine ziemlich sichere Idee – bis zu dem Augenblick, als ihn ein riesiger, schwarzer Wolf in den See jagt und Zach beinahe ertrinkt. Zu seiner Überraschung muss er erfahren, dass es wirklich Werwölfe gibt, doch das ist nichts gegen die Entdeckung des Mannes, der ihn aus dem eisigen Wasser rettet und dann einfach in sein Herz spaziert, als gehörte es ihm.

# www.dreamspinner-de.com

# DIE SEELE IM METALL

## RHYS FORD

Wie kann man einen Mann vor dem Ertrinken retten, wenn man selbst dieser Mann ist?

Jake Moores Welt ist so beengend, dass sie ihn erdrückt. Er gibt jeden Cent, den er als Schweißer verdient, für seinen sterbenden Vater aus, einen gewalttätigen, kontrollierenden Mann, der Jakes einzige Familie ist. Weil Jake seiner toten Mutter versprechen musste, seinem Begehren nach anderen Männern zu widerstehen, droht die Dunkelheit ihn zu verschlucken.

Dallas Yates braucht seine ganze Vorstellungskraft, um das Potenzial zu erkennen, das in dem alten Art-Deco-Gebäude am Rand von West Hollywood steckt. Was ihn endgültig überzeugt, ist das schüchterne Lächeln des attraktiven Metallarbeiters aus der Werkstatt auf der gegenüberliegenden Straßenseite. Ihre Freundschaft vertieft sich, als Dallas – eine nach der anderen – die harten Schalen löst, die Jakes Seele die Luft zum Atmen nehmen. Es fällt ihm nicht schwer, den süßen, kunstbegabten Mann zu lieben, der sich hinter Jakes gebrochenem Äußeren verbirgt. Aber Dallas ist sich auch bewusst, dass Jake zuerst lernen muss, sich selbst zu lieben.

Als Jakes Welt in Scherben fällt, bittet er Dallas um Hilfe, den Mann, der immer auf seiner Seite stand. Es ist nur eine Frage der Zeit, bis er in ein Leben abdriftet, das er so nie führen wollte. Und obwohl er sich mehr ersehnt, lassen ihn die Geister der Vergangenheit nicht los. Er kann nicht glauben, die Liebe wert zu sein, die ihm Dallas so verzweifelt schenken möchte.

# www.dreamspinner-de.com

# DUNKLE
# SCHATTEN

## RHYS FORD

Buch 1 in der Serie – Ink and Shadows

Kismet Andreas lebt in Angst vor den Schatten.

Für den jungen Tattookünstler bedeuten sie mehr als nur Dunkelheit. Er hält sich für verrückt, weil er darin Kreaturen und kriechende Dinge sieht – Monster, die die Schwachen jagen, um ihren Verstand und ihre Seelen zu fressen, und nichts als leere Hüllen der Verzweiflung zurücklassen.

Kismet fürchtet nichts mehr, als ebenfalls auf diese Weise in den Wahnsinn getrieben zu werden.

Die schattenhafte Welt der Grenze ist Colms Zuhause. Als Pestilenz ist er der jüngste und unerfahrenste der apokalyptischen Reiter – wiederauferstandene Menschen, die nun als Unsterbliche der Menschheit dienen und sie zugleich eindämmen. Nur sichtbar für die Toten oder Wahnsinnigen existieren sie zwischen der Welt der Sterblichen und der Grenzwelt, an ihr nahezu ewiges Schicksal gebunden. Da selbst andere Unsterbliche sie fürchten, leben die vier Reiter größtenteils isoliert. Doch Colm möchte mehr kennenlernen als Tod, Krieg und Hunger.

Colm möchte … menschlicher sein und nicht nur mit Wahnsinnigen und Toten zu tun haben.

Als Kismet Colm vor einem Angriff aus den Schatten rettet, findet Pestilenz sich plötzlich in einer heftigen Auseinandersetzung wieder, bei der die Menschheit auf dem Spiel steht. Kismet allein hat Vertrauen zu ihm, obwohl die anderen Reiter den Tod des Menschen voraussehen.

# www.dreamspinner-de.com

EIN COLE-MCGINNIS-KRIMI

# DIRTY KISS

## RHYS FORD

Ein Cole-McGinnis-Krimi

Der ehemalige Polizist und Privatdetektiv Cole Kenjiro McGinnis kämpft noch damit, über die Ermordung seines Liebsten hinwegzukommen, als er mit einem scheinbar alltäglichen Fall beauftragt wird. Der Selbstmord des Sohnes eines erfolgreichen koreanischen Geschäftsmannes entpuppt sich als ganz und gar nicht gewöhnlich, vor allem, als Cole bei seinen Nachforschungen Jae-Min kennenlernt, den gut aussehenden Cousin des Toten.

Jae-Mins Cousin hatte ein schmutziges Geheimnis der Art, mit der Cole sich bestens auskennt und die Jae-Min selbst vor seiner Familie geheim hält. Die Ermittlungen führen Cole von geschmackvollen Villen zu zwielichtigen Begegnungen im Dirty Kiss, wo die Reichen und Verschwiegenen ihr Verlangen abseits ihrer konservativen Familien stillen.

Sie führen ihn außerdem in Jae-Mins Arme, was Probleme mit sich bringt. Der Selbstmord sieht mehr und mehr wie ein Mord aus, während Jae-Min das nächste Ziel zu sein scheint. Cole hat bereits einen geliebten Menschen auf diese Weise verloren – bei Jae-Min wird er es mit allen Mitteln verhindern.

# www.dreamspinner-de.com

Von RHYS FORD

Die Seele im Metall

DIE COLE-MCGINNIS-KRIMIS
Dirty Kiss
Dirty Secret

HELLSINGER
Von Fischen und Geistern

INK AND SHADOWS
Dunkle Schatten

PFAD DER WÖLFE
Es war einman … ein Wolf

Veröffentlicht von DREAMSPINNER PRESS
www.dreamspinner-de.com